Fantasy Library XXVI

제왕열기
−서양편−

帝王列記
by F. E. A. R.
Copyright ⓒ 1998 by F. E. A. R.
All rights reserved

Korean Translation Copyright ⓒ 2002
by Dulnyouk Publishing Co.

Original Japanese edition published by Shinkigensha
Korean Translation rights arranged with Shinkigensha
through Best Agency

이 책의 한국어판 저작권은 베스트 에이전시를 통한 저작권자와의 독점계약에 의하여 도서출판 들녘에 있습니다. 신저작권법에 의해 한국내에서 보호를 받는 저작물이므로 무단전재와 무단복제를 금합니다.

──────── 제왕열기 (서양편) ⓒ 들녘 2002 ────────

지은이 · F. E. A. R./옮긴이 · 허윤정/펴낸이 · 이정원/펴낸곳 · 도서출판 들녘/초판 1쇄 발행일 · 2002년 2월 28일/초판 2쇄 발행일 · 2007년 10월 26일/등록일자 · 1987년 12월 12일/등록번호 · 10-156/주소 · 경기도 파주시 교하읍 문발리 파주출판단지 513-9/ 전화 · (영업) 031-955-7374, (편집) 031-955-7381/ 팩시밀리 · 031-955-7393/값은 뒤표지에 있습니다. 잘못된 책은 구입하신 곳에서 바꿔드립니다.

ISBN 89-7527-197-8 (04830)

제왕열기
– 서양편 –

F. E. A. R. 지음 / 허윤정 옮김

머리말

1997년, 다이애나 전 영국 황태자비가 세상을 떠났다. 영국의 한 여성의 교통사고사가 그 정도로 대대적으로 전세계에 보도된 것은, 요컨대 그녀가 일찍이 '영국의 차기 국왕'의 배우자였기 때문이리라. 근대 민주주의가 널리 퍼진 20세기에도 여전히 특정 혈통에 대해 관심을 보이고 집착한다는 사실을 잘 대변해 주는 사건이었다. 사람들은 왕족에 대해 말하기를 좋아한다. 아니, 도저히 무관심할 수는 없는 것이다.

인류가 사회를 만들어 낸 이후부터 다양한 형태로 그것을 유지하는 장치가 만들어져 왔다. 그 중에서 가장 대중적인 형태가 왕정(王政), 곧 왕에 의한 통치이다. 왕정은 시대와 지역, 그리고 무엇보다도 왕이 되는 인물에 따라 다양한 형태가 존재한다. 다양한 형태가 가능하다는 것은 역으로 말하면 왕정이 대중적일 수 있는 이유이다. 또한 왕정은 정치를 국왕이라는 한 인간으로 구상화(具象化)할 수 있는 명료함이 있다. 실정(失政)을 한 왕을 매달아 버리면 일단 정치적 불만은 해결되기 때문이다.

선택 기준

이 책에서는 서양, 인도로부터 서쪽에 있는 국가의 제왕들에 관해서만 다루기로 한다. 엄밀히 말하자면 펠리페 2세나 빅토리아 1세는 동양에도 속령(屬領)이 있었지만 어디까지나 서양 역사상의 인물로 다루었다. 또한 칭기즈칸은 그와 그의 자손이 서양사에 끼친 영향을 무시한다면 역사의 흐름 그 자체를 간과하는 결과가 되기에 굳이 서양의 제왕들에 넣었다.

이 책에서는 원칙적으로 다음 기준에 의해 인물을 선택하였다.
(1) 왕 또는 황제로 인지된 인물
(2) 혈통에 의해 권력을 장악했거나 초대 왕이 된 인물
(3) 속세에서 왕인 인물

(1)에 대해서는 이의가 없을 것이다.
(2)에 대해서는 예를 들면 조조(曹操)를 연상하면 알기 쉽다. 그는 후한(後漢)에서는 죽을 때까지 신하의 입장이었지만 사후에 위(魏)의 무제(武帝)로 인정받았다. 따라서 후한의 조조는 왕은 아니었지만 위 왕조의 성립에 의해 황제가 된 것이다. 반대로 히틀러나 크롬웰 같은 인물은 왕이 아니라 독재자이므로 제외시켰다.

그리고 (3)의 이유에 의해 역대의 '로마 교황'에 대해서는 기본적으로 다루지 않았다.

한편, 세상에서는 왕으로 인지되지 않은 인물이나 실재(實在)하지 않는 왕에 대해서도 약간 다루었다. 그것은 그 인물에 대해 설명하지 않으면 이 책의 테마를 이해하는 데 어려움이 있을 것 같아서이다. 어디까지나 예외적인 조치로 이해해 주기 바란다.

또한 이 책에서는 제왕(帝王)에 대해서 시대에 의해 다음과 같이 구분했다.

■ 제1장 고대의 제왕
고대의 서양 중에서도 로마 이전에 존재한 제왕들에 대해 다룬다.

■ 제2장 로마 황제
유럽 문명의 원류(源流) 로마 황제의 흥망에 대해 설명한다.

■ 제3장 기사와 성직자와 제왕
왕이 무력했던 유럽 중세와 동방에서 다가온 충격에 의해 붕괴되는 모습을 해설한다.

■ 제4장 제왕의 시대
근대야말로 실은 제왕들의 시대였음을 설명한다.

■ 제5장 제왕의 황혼
근대에 의해 제왕이라는 존재가 형해화(形骸化)되어 가는 과정을 소개한다.

왕, 황제라는 용어는 킹(king), 차르, 칼리프, 칸 등을 번역한 용어로 사용했다. 또한 원래 말이 번역 불가능한 뜻을 가진 경우에는 원래의 말을 그대로 쓰기도 했다. 예컨대 술탄이라는 말에 이슬람 속세의 군주로서의 뜻이 있는 경우에는 술탄이라고 기술한다. 실례는 본문을 읽기 바란다.

차 례

머리말 · 5

제1장 고대의 제왕

함무라비 · 12
토트모세 3세 · 21
솔로몬 · 36
다리우스 1세 · 39
알렉산드로스 대왕 · 44
제1장 요약 · 66

제2장 로마 황제

율리우스 카이사르 · 72
클레오파트라 7세 · 91
옥타비아누스 · 99
네로 · 110
하드리아누스 · 113
제노비아 · 118
콘스탄티누스 1세 · 123
아틸라 · 129
제2장 요약 · 132

제3장 기사와 성직자와 제왕

유스티니아누스 · 138
헤라클리우스 · 144
샤를마뉴 · 147
하인리히 4세 · 152
살라딘 · 155
리처드 1세 · 160
칭기즈 칸 · 165
티무르 · 180
샤를 7세 · 185
메메드 2세 · 188
제3장 요약 · 194

제4장 제왕의 시대

이사벨 1세 · 페르난도 2세 · 200
막시밀리안 1세 · 208
헨리 8세 · 213
펠리페 2세 · 216
이반 4세 · 219
엘리자베스 1세 · 224
메리 스튜어트 · 232
구스타프 아돌프 · 240
루이 14세 · 246
조지 1세 · 252
표트르 1세 · 257
프리드리히 2세 · 263
예카테리나 2세 · 271
제4장 요약 · 276

제5장 제왕의 황혼

조지 워싱턴 · 282
루이 16세 · 290
나폴레옹 1세 · 298
빌헬름 1세 · 311
나폴레옹 3세 · 319
루트비히 2세 · 324
빅토리아 여왕 · 327
레오폴트 2세 · 330
니콜라이 2세 · 335
빌헬름 2세 · 338
J · F · 케네디 · 344
제5장 요약 · 352

참고문헌 · 355
찾아보기 · 363

제1장

고대의 제왕

HAMMURAPI
함무라비

왕의 탄생

DATA
생몰 : 불명~B.C. 1750
재위 : B.C. 1792~B.C. 1750
지역 : 메소포타미아 (현재의 중동 지역)
왕조 : 고대 바빌로니아

고대 이집트는 나일 강의 축복을 받은 안정된 사회였다. 그러나 오리엔트의 정세 변화는 이집트를 가차없이 삼켜 버렸고, 그 혼란이 가라앉았을 즈음에 파라오가 탄생, 오리엔트를 향해 웅비의 나래를 펼쳤다.

배경 ─ 함무라비 시대의 메소포타미아

현재의 이라크 공화국 주변에는 티그리스와 유프라테스라는 큰 강이 흐르고 있다. 메소포타미아라는 말은 '두 강 사이의 땅'이라는 그리스어에서 유래한다. 이 두 강은 비옥한 흙을 상류에서 하류로 운반하는데, 그 옛날 수메르인이 하류 지역에서 밭을 일구고 설형문자를 만들고 요새 도시를 건설한 이래, '에덴 동산'을 둘러싼 격렬한 싸움이 계속되었다. 북쪽의 아시리아인, 동쪽의 엘람인(엘람은 티그리스 강 동쪽 자그로스 산맥 일대인 이란 고원을 가리키는 옛 지명), 서쪽의 아람인 등 주변 민족의 공격으로 전쟁 무대는 점차 확대되었고, 마침내 두 강 주위에는 지중해에서 페르시아 만에 이르는 초승달 모양의 지역이 형성되었다. 함무라비가 즉위한 기원전 1792년 당시의 메소포타미아는 중국의 춘추·전국 시대와 같이 강력한 도시 국가가 다른 도시를 지배하는 약육강식의 전란 시대였다.

유래 ─ 고대 바빌로니아 왕조

함무라비의 근거지 바빌론은 유프라테스 강 유역에 위치한다. 그가 즉위했을 당시의 바빌로니아에는 엘람 지방에서 서진(西進)해 온 림신 왕(재위 B.C. 1759~B.C. 1698. 함무라비 왕에게 정복당함으로써 남메소포타미아에서 라르사의 지

고대의 제왕 **함무라비**

13

배는 끝이 난다.)의 라르사(이라크에 있던 도시로, 현재의 산카라에 해당한다. B.C. 3000년대부터 인간이 살았던 주거지가 있다. 나플라눔 왕이 창건한 왕조인데, 13대에 걸쳐 전성기를 맞이하였다.), 샴시아다드 1세(재위 B.C. 1750~B.C. 1717)의 아시리아가 북쪽에, 짐리림 왕이 다스리는 마리(유프라테스 강 중류 지역에 있는 메소포타미아의 고대 유적. 현재 지명은 텔하리리. 초기 왕조 시대와 B.C. 2000년대 후반에 번영했다.) 등과 같은 강국이 북서쪽에 존재했다. 그 중앙에 위치한 바빌로니아는 열강에 포위된 듯한 구도를 취하고 있었다.

기원전 1894년 전후, 수메르인이 건설한 도시에 주변 민족이었던 알람인이 침입하여 왕조를 세운 것이 고대 바빌로니아다. 함무라비는 시조로부터 6대째에 해당되는 인물이다.

초창기에 비교적 약소했던 바빌론은 점차 그 세력을 확대하기 시작했으나, 함무라비 왕이 등장하기 전까지는 협소한 영토를 소유한 일개 도시 국가에 불과했다.

라이벌 — 메소포타미아의 군웅

함무라비 왕의 즉위 당시 가장 유력한 국가는 북쪽의 아시리아였다. 샴시아다드 1세가 이끄는 이 왕국은 동쪽의 엘람과 북쪽의 아르메니아를 제압하고 있었다. 또한 이 왕의 만년에는 마리 왕국까지 수중에 넣어 메소포타미아 북부의 거의 모든 지역을 점령했다. 마리의 황태자였던 짐리림은 얌하드 왕국으로 망명하여 가까스로 목숨을 건졌다.

한편 바빌론 남부에서는 함무라비의 최대 라이벌이라 불리는 림신이 오랫동안 강국으로 군림했던 이신(수메르 지방의 고대 도시. 현재 이름은 이샨 바흐리야트로, 니푸르 남쪽 약 20km 지점에 있으며 1923년 K. 스티븐슨이 발견하였다.)을

함무라비 시대의 메소포타미아

멸망시켰다. 이것은 함무라비가 즉위하기 2년 전(기원전 1794년)의 일이다. 림신은 메소포타미아의 동쪽에 위치한 엘람 산맥 부근에 모여 사는 엘람인의 왕으로 바빌로니아 정복에 대한 야심을 불태우고 있었다.

 이러한 강국들이 활발한 군사 활동을 벌이고 있을 때 함무라비는 과연 무엇을 하고 있었을까?

용의주도함과 신중함 ─ 함무라비의 사적

 이렇다 할 만한 행적을 보이지는 않았지만, 함무라비가 무위의 세월을 보낸 것은 아니었다. 즉위한 지 7년째 되던 해에 우르크(이라크 남부 유프라테스 강 근처에 있던 수메르의 도시 국가. 지금은 텔 엘 무카이야르이다. 구약성서에는 아브라함의 고지故地, '칼데아의 우르'라고 한다. 1854년 J. E. 테일러가 발견하고, 1922년부터 C. L. 울리가 중심이 되어 본격적으로 발굴하였다 – 옮긴이), 이신과 같은 남쪽 도시를 점령하는 등 군사 활동을 전혀 벌이지 않은 것은 아니나, 함무라비는 이 시기에 내정(內政)과 방어에 힘을 기울인 듯하다.

어쨌든 주변은 강국뿐이다. 앞문의 늑대를 막는 데 힘을 기울이면 뒷문에서 호랑이의 위협을 받는 형국이었다. 샴시아다드 왕과 사실상의 복속 관계를 맺고 있던 함무라비로서는 우르크와 이신을 점령한 것도 남부 지역의 영지 확대라기보다 방위의 연장으로서 완충 지역을 확보하려는 것이었다.

앞에서 설명했듯이 즉위 후 30여 년간 내정에 힘을 기울였던 함무라비는 갑자기 군사 활동에 나서기 시작한다. 이처럼 갑작스럽게 정책을 변경하게 된 계기를 만들어 준 것은 샴시아다드 1세의 죽음이었다.

기원전 1782년경, 북쪽의 패왕(霸王)이 사망하자 함무라비는 곧바로 외교 정책을 전환하여 얌하드 왕국에서 망명 생활을 하고 있던 마리 왕국의 황태자 짐리림에게 도움의 손길을 뻗었다. 짐리림은 샴시아다드 1세의 아들 야스마하 아다드를 몰아내고 마리 왕국으로 돌아갔다. 그후 함무라비는 마리 왕국과 동맹을 맺었다. 그러나 그때까지도 함무라비는 군사 활동보다는 국력 보강에 힘을 쏟고 있었다. 이처럼 함무라비는 신중하고 용의주도한 인간형에 속했다.

기원전 1764년, 함무라비의 세력 확대에 위기감을 느낀 엘람, 아시리아, 구티, 에슈눈나 등의 국가들이 연합하여 바빌로니아를 공격했으나 함무라비는 성공적으로 연합군을 격퇴했다.

그리고 즉위한 지 30여 년 후 군사 정책을 일대 전환한 함무라비는 최대의 라이벌인 라르사 왕국의 림신을 엘람 산지까지 추격하여 생포하는 데 성공했다. 또한 한때 원조의 손길을 내밀었던 마리 왕국을 침공하여 수중에 넣은 다음 대홍수로 피폐해진 에슈눈나까지 멸망시켰다.

이와 같은 연속적인 출병이 가능했던 것은 함무라비가 항상 전쟁 준비에

만전을 기하고 있었기 때문이다. 함무라비는 마지막으로 아시리아를 정복함으로써 마침내 메소포타미아 지역의 통일을 달성했던 것이다.

함무라비가 군사적으로 성공한 이유는 분명하다. 충실한 내정은 국가의 생산력을 향상시키고 국력을 강화해 주었다. 이때는 기마병은 고사하고 철기소차 없었던 시대였다. 군사력은 병사의 수에 비례했고, 병사의 수는 식량의 공급에 의해 결정되었다. '부국강병(富國强兵)'이라는 말이 있지만, 어디까지나 부국이 강병을 유도하는 것이지 그 반대의 경우는 있을 수 없는 것이다.

여기서 흥미로운 것은 함무라비가 언제부터 메소포타미아 지역을 제압하려는 야심을 품게 되었는가 하는 점이다. 샴시아다드 1세의 죽음이 잠자고 있던 야심에 불을 붙인 것일까? 이때의 함무라비의 심경을 오다 노부나가(織田信長 : 1562년 도쿠가와 이에야스와 동맹을 맺고, 막부를 재건해 실권을 장악하는 한편 1573년에는 아시카가를 교토에서 추방함으로써 무로마치 막부를 단절시켰으나 부하의 모반·습격을 받고 자살했다. 그는 전제무장專制武將으로 과감한 개혁을 실시하여 새 시대의 도래에 대응하였다 - 옮긴이)와 동맹을 맺고 있던 도쿠가와 이에야스(德川家康 : 1542~1616. 처음에 도요토미 막하에 있다가 도요토미가 죽은 뒤 그의 일족을 멸망시키고 전국을 재패하여 에도 막부 시대를 연 인물 - 옮긴이)와 비교해 보는 것도 재미있을 것 같다. 또는 도요토미 히데요시(豊臣秀吉 : 1536~1598. 아즈치 모모야마 시대의 무장. 오다 노부나가의 부하로 두각을 나타내다가, 오다 사후 일본을 통일하고 중국 침략의 야망을 실천하기 위해 임진왜란을 일으킨 인물 - 옮긴이)와 도쿠가와 이에야스에 비교하는 편이 보다 적절할지도 모른다.

어쨌든 강력한 동맹 상대의 그늘에서 벗어난 함무라비는 착실하고 꾸준하게 힘을 비축했다. 이것도 도쿠가와 이에야스를 떠올리게 하는 부분이다.

함무라비가 언제 태어났는지는 정확히 알려져 있지 않다. 따라서 그가 몇

왕의 출현 — 정의와 공정의 원리

살에 즉위했는지 분명하지 않지만 즉위 30년 후쯤에 정치적으로나 군사적으로나 원숙해진 것은 틀림없는 듯하다.

그가 어떠한 정치를 했는지는 그의 이름을 딴 함무라비 법전이나 재판기록에서 대략 알 수 있다. '눈에는 눈, 이에는 이'라는 복수의 이미지가 강한 함무라비 법전이지만, 관개(灌漑)나 당시의 귀중한 칼로리 원이었던 대추야자의 재배법 등도 상세하게 쓰여 있다. 일정한 원칙에 따라 강자(强者)의 무한보복이나 약자가 억울하게 참는 일을 막을 수 있는 것만으로도 무법(無法) 상태보다는 훨씬 공정하다. 또한 발견된 편지에 의하면 함무라비는 직위를 등에 업고 돈을 빌린 관리가 민간인에게 갚지 않은 이자를 국가 재원에서 보상하라는 명령을 내렸다. 부정(不正)이 계속되고 일가(一家)에 약한 어느 나라의 정치가들이 본받았으면 할 정도이다.

이렇듯 함무라비는 '법'에 기초해 공정한 정치를 했고 그 때문에 그는 '입법자'로 불린다. 그가 법치주의를 채택한 것은, 급격히 확장된 왕국 내에서 바빌론인들만이 우대를 받을 경우 피정복민들의 반발을 우려한 때문인 것으로 추측된다.

또한 그의 법전에서는 미망인과 고아를 보호하고 있다. 이는 전사자 가족들이 몰락하지 않도록 하는 방책일 뿐 아니라 전시(戰時) 정책의 일부라고 할 수도 있을 것이다. 그러나 약자 보호정책은 사회적 약자를 지켜 민정(民政)을 안정시킨다는 자각 없이는 나오지 않는 법이다. 폭력으로 남을 굴복시키고 경외하게 만드는 패자(覇者)의 얼굴이 아닌 '정의와 공정'의 통치원리를 지닌 왕의 모습을 엿볼 수 있다.

수메르 사람들

함무라비 왕은 후대에 위대한 자취를 남겼으나 그런 왕이 갑자기 역사에 등장한 것은 아니었다. 함무라비의 바빌로니아를 포함한 메소포타미아 문명의 기초를 구축한 것은 수메르인들이었다. 그들은 티그리스 강, 유프라테스 강 하구 부근에 정착하여 농사를 짓고, 도시를 건설하고, 신전을 세워 신을 숭배했다. 역사상 처음으로 맥주를 만든 것도, 법률을 만든 것도 수메르인이라고 전해진다. 함무라비 법전과 유사한 내용으로 보다 오래된 연대의 법전이 발견되었다.

왕정(王政)이라 부르기에 걸맞은 정치체제를 만들어 낸 것도 수메르인이었다. 원래 루갈이라 불리는 수메르의 왕은 신을 모시는 신관(神官)이며, 그 지위는 세습되지 않았다. 언제부터 혈통에 의한 세습이 되었는지에 관해서는 그다지 알려져 있지 않다. 일단 가설로서는, 다른 도시 국가와의 항쟁 중에 임시로 군대를 통괄하던 인물이 점차 그 기간을 늘리는 사이에 항상적(恒常的)인 지배자가 되었다는 설과 관개(灌漑) 및 집단으로 행하는 토목공사 등 일상적인 지도가 항상적인 조직에 응용되었다는 설이 있다.

왕정이 탄생했을 무렵은 왕권과 신권(神權)이 분리되어 있지 않았는데 함무라비 왕 시대의 바빌로니아에서는 정교(政敎) 분리가 나름대로 진행되었던 것 같다.

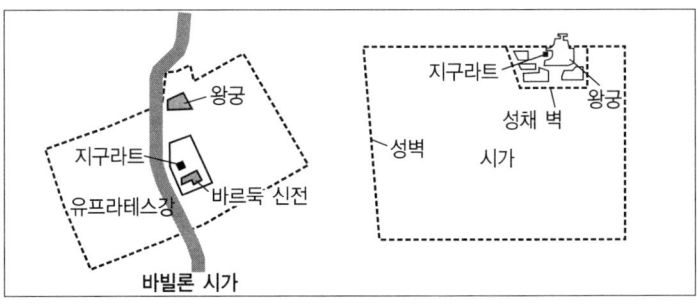

신전과 왕궁의 위치

정치와 종교의 분리는 문명의 진보라기보다는 민족성에 의존하는 것이며, 시대와 관계없이 그 관계는 변화되었다. 정교 분리는 바빌론 문화의 특징이며 바빌론에서는 신전이 도시의 중심에, 왕궁은 북쪽에 있다. 그러나 함무라비 왕보다 후대에 번성한 아시리아 제국의 도시는 왕궁과 신전이 함께 북쪽에 위치했다. 아시리아에서는 이처럼 정치와 종교가 밀접한 관계에 있었던 것이다.

TUTHMES Ⅲ
토트모세 3세

최초의 파라오

DATA
생몰 : B.C. 1510~B.C. 1450
재위 : B.C. 1504~B.C. 1450
지역 : 이집트
왕조 : 이집트 제18 왕조

고대 이집트는 나일 강의 축복을 받은 안정된 사회였다. 그러나 오리엔트의 정세 변화는 이집트를 가차없이 삼켜 버렸고, 그 혼란이 가라앉았을 즈음에 파라오가 탄생, 오리엔트를 향해 웅비의 나래를 펼쳤다.

선택 ─ 메기도 공격

 기원전 1482년에 이집트군(軍)은 반란을 일으킨 카데시 영주와 싸우러 북쪽으로 진군했다. 강국 미탄니가 반란의 배후에 있었기에 토트모세 3세로서는 간과할 수 없는 일이었다. 시나이 반도를 넘어 가나안 지방에 침입한 이집트군에 맞서 시리아, 페니키아, 가나안의 도시 연합군들은 메기도(팔레스타인의 카르멜 산맥 북쪽에 위치하는 청동기 시대의 유적. 현재의 이름은 텔엘무테세림이다 - 옮긴이)에 결집했다.

 그때 이집트군이 메기도로 가는 진격 루트는 세 가지가 있었다. 그 한 가지는 메기도의 동남쪽 약 8km에 위치한 도시 타나크를 통과하는 방법, 또 한 가지는 도시 제프티로 북진하여 메기도 서쪽으로 나가는 방법이 있었다. 그리고 최단거리 루트로서 메기도에서 약 2km 거리에 있는 구릉지에서 나올 수 있게 산악 지대를 넘는 방법이 있었는데, 이 루트는 좁은 고갯길인데다 잠복해 있던 적으로부터 습격을 받으면 꼼짝없이 당할 위험한 길이기도 했다. 전략회의에서 장군들은 안전한 루트로 가자고 왕에게 진언했다. 이 원정은 이집트가 오랜만에 감행하는 해외 출병이었기에 장군들이 신중을 기한 것도 당연했다.

 그러나 토트모세 3세는 이 전쟁에 모든 것을 걸었기에 '안전하다'는 이유만으로 루트를 결정할 수는 없었다.

배경 — 고대 이집트

토트모세 3세는 신왕국 시대 제18 왕조 때의 인물이다. 그러나 고왕국 시대, 중왕국 시대, 신왕국 시대로 분류되는 고대 이집트 왕조는 모두 기원전의 존재이며, 우리들은 대개 통틀어 '고대 이집트'라고 부르지만, 고·중·신왕국으로 분류하는 데는 그만한 이유가 있기 때문이다. 특히 고·중왕국 시대와 신왕국 시대는 분명한 차이가 있는데 역사상 정체 불명의 침략자 '힉소스'에 의한 이집트 지배를 받았던 시기에 해당한다.

상이집트와 하이집트가 통일된 이래 이집트 내부에서 수많은 항쟁이 있었으나, 이민족에게 정복, 지배당한 것은 힉소스의 침략이 처음이었다. 이민족의 억압을 받던 이집트를 해방시킨 것은 이푸아메스 왕으로, 그는 형의 뒤를 이어 이집트에서 힉소스를 몰아내고 영토 확장에 힘써 영토를 고왕국 시대와 거의 같은 넓이로까지 회복시켰다. 제18 왕조는 이렇게 하여 탄생했던 것이다.

유래 — 제18 왕조

그후 아멘호테프 1세, 토트모세 1세와 이푸아메스의 후계자들은 종종 해외 원정을 감행하여 이집트의 세력권은 확대되었다. 특히 토트모세 1세는 주변 국가들을 복속(服屬)시켜 이집트의 세력을 확고히 하는 데 성공했다.

토트모세 1세의 뒤를 이은 토트모세 2세는 거의 사적(事跡)을 남기지 않은 채 재위 14년 만에 죽었다. 토트모세 1세 사후, 토트모세 2세와 함께 중심 인물로 떠오른 것은 토트모세 2세의 공동 통치자 하트셉수트였다. 그녀는 고대 이집트 왕조 중에서 여왕으로서 통치를 한 몇 안 되는 인물 중 하나이다. 하트

고왕국과 중왕국과 신왕국

고왕국, 중왕국, 신왕국은 고대 이집트의 왕조를 세 시기로 구분한 것으로 물론 고왕국이 가장 오랜 왕조이며 중왕국, 신왕국 순서로 역사가 전개된다. 한 마디로 고대 이집트라고 하지만 고왕국 창시부터 신왕국이 멸망하기까지 약 3천 년이라는 장구한 세월이 걸렸다(대피라미드가 지어진 것은 기원전 2600년경, 고왕국 시대).

그 3천 년 동안 시대별로 31개 왕조가 나타나기도 했고 동시에 존재하기도 했지만 오랫동안 이집트인에 의한 통일 왕조가 만들어지지 않은 시기가 두 번 정도 있었다. 그 시기를 각각 제1, 제2중간기라고 하며 그 전후로 고·중·신왕국 시대가 존재했는데, 힉소스의 침략은 제2 중간기에 해당한다.

그런데 이집트란 도대체 어디부터 어디까지를 가리키는 것일까? 이집트의 주신(主神) 아멘의 신화 속에 그 해답이 있다. '이집트는 나일 강이 흐르고 있는 곳이며 이집트인은 나일 강의 물을 마시는 자이다.' 이집트는 나일의 선물이었던 것이다.

좀더 구체적으로 말하면 나일 강의 아스완 하류부터가 이집트이다. 아스완으로부터 나일 강이 지중해로 흘러 들어갈 때까지를 빗자루에 비유하자면 몸통 부분(아스완부터 멤피스까지)이 상이집트, 거기에서부터 앞의 델타 지대가 하이집트라 불렸다.

섭수트는 아버지 토트모세 1세의 외교 방침을 바꿔 무역 중심의 평화 외교를 단행했고, 그 결과 이집트의 국고는 매우 풍족해졌다. 하트섭수트는 그 부를 이용해 현재까지 남아 있는 다양한 건축물들을 축조하였다.

그리고 죽은 토트모세 2세를 대신해 하트섭수트의 공통 통치자가 된 것이 바로 토트모세 3세였다.

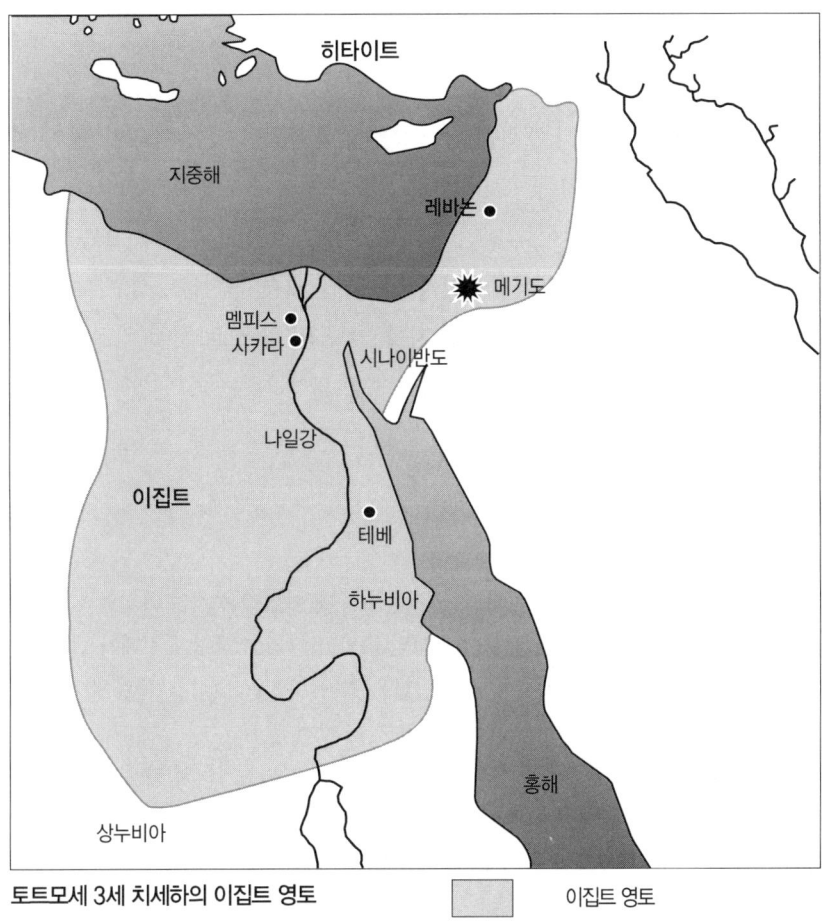

토트모세 3세 치세하의 이집트 영토 　　　　이집트 영토

계승 ─ 공동 통치자

토트모세 3세의 사적(事跡)에 대해 설명하기 이전에 '공동 통치'라는 이집트의 독특한 왕위계승 체제에 대하여 그리고 고왕국 시대, 중왕국 시대, 신왕국 시대의 왕의 위상이 어떻게 달랐는지 살펴보자.

공동 통치체제는 간단히 말해 왕권을 두 사람이 갖는다는 뜻인데, 그 당시의 이집트 왕위 계승권이 여자에게 있었다는 것이 근본적인 원인이다. 그렇다고 해서 고대 이집트가 개화된 남녀평등의 문화였던 것은 아니며, 왕이 될 수 있는 것은 남자뿐이었다.

여자에게 왕위 계승권이 있지만 여자는 통치자가 될 수 없다는 모순을 해결하는 것이 바로 공동 통치체제였다. 즉 왕권 계승자는 하트셉수트이지만 그녀 자신은 왕이 될 수 없으므로, 남자를 '공동의 왕'으로 삼아 비로소 하트셉수트는 왕좌에 앉을 수 있었던 것이다. 토트모세 2세는 하트셉수트의 남편

힉소스의 침략

제1왕조에 의해 상·하 이집트가 통일된 이래, 이집트는 거의 외적의 침입을 받지 않았다. 주위를 둘러싼 사막과 바다 그리고 남부 습지대가 천연의 방벽이 되어 외부로부터의 침입을 막아 주었던 것이다. 놀랍게도 제3왕조 시대에는 도시의 성벽이 없을 만큼 안전했다.

하지만 세월이 흐르면서 상황은 변했고, 마침내 힉소스의 침략을 받게 된다. 그런데 이 힉소스가 어디에서 온 어떠한 인종인지는 아직 밝혀지지 않고 있어 '민족'이라고는 하지만 실은 정말로 한 민족 집단인지의 여부는 알 수 없다.

힉소스가 이집트에 가져온 것이 두 가지 있는데, 하나는 철기(鐵器), 또 하나는 말(馬)을 사용한 전차 전술이었다. 이 최첨단 병기 앞에 평화롭던 이집트 왕조는 여지없이 무너졌고, 그 결과 기원전 1680년경에 힉소스의 제15, 16왕조가 성립되었다.

그후에 침략을 받은 이집트 쪽도 이 두 병기의 사용법을 익혀 나갔다. 그리고 파라오의 이집트 부활은 기원전 1565년경, 제18왕조에 의해 이루어졌던 것이다.

이며, 관습상으로는 명목상의 통치자가 하트셉수트이고 실제로 군림하는 것은 토트모세 2세였어야 하지만 이 부부는 그 관계가 반대였던 모양이다.

남편이 죽은 후에 권력을 손에 쥔 하트셉수트이지만 공동 통치자가 없으면 그녀는 왕권의 정당성을 잃게 된다. 이러한 이유로 아직 어린 토트모세 3세가 왕이 되었다. 그는 여섯 살의 나이에 토트모세 2세와 하트셉수트의 딸 네페루레와 결혼하여 하트셉수트의 공동 통치자가 되었다.

토트모세 1세의 원정

여러 설이 있지만, 토트모세 1세는 이푸아메스 왕의 손자 아멘호테프 1세의 아들이라고 전해진다.

토트모세 1세는 북쪽으로는 가나안부터 유프라테스 강, 남쪽으로는 누비아까지 원정하여 용맹을 떨쳤다. 토트모세 3세가 원정한 대부분의 지역은 이미 토트모세 1세가 원정한 곳이었다. 토트모세 1세는 원정한 토지를 정복하지 않고 복속시켜 조공을 바치게 했다. 이는 군대를 주둔시키는 것보다 훨씬 경제적이며 견실한 방법이었다. 이 성과가 있었기에 하트셉수트의 무역이 성공할 수 있었고, 토트모세 3세의 정복 사업이 가능했다. 토트모세 1세가 오리엔트의 역사에서 얼마나 큰 역할을 했는지 알고 있었을까?

토트모세 1세가 이끄는 이집트군이 유프라테스 강에 도착했을 때 이집트인들은 유프라테스 강을 보고 '세상에 이 강은 북에서 남으로 흐르고 있지 않은가!'라며 모두 깜짝 놀랐다고 한다. 우스운 얘기지만 당시의 이집트인들에게는 천지가 개벽할 만큼 놀라운 일이었던 모양이다. 그들은 유프라테스 강을 '역강(逆江)'이라고 기록에 남겼다.

혈통   신의 혈족

이집트의 왕위 계승권을 여자가 갖고 있었던 것은 왕의 혈족 자체가 신성시되었기 때문이다. 이집트인들은 왕을 신의 자손으로 여겼고, 그래서 이집트 왕족은 혈통 유지를 위해 동족간의 혼인, 더 심한 경우는 친자간이나 형제자매끼리 결혼할 정도였다. 이집트 왕은 살아 있는 신이었던 것이다. 왕이 신의 명령을 받아 통치를 하는 형식의 메소포타미아형(型) 왕권사상과 비교해 보면 더욱 재미있다.

하지만 힉소스의 침략과 격퇴의 역사 속에서 '이상적인 왕의 모습'에도 변화가 나타났다. 이민족과의 전쟁 속에서 왕은 신성함과 동시에 군사적 지도자로서의 역할을 담당하게 된 것이다.

군사를 중시하는 사상은 국제 환경에 의한 것이기도 했는데, 당시의 오리엔트에는 강국 히타이트, 미탄니, 카시테 등이 버티고 있어 언제 다시 이민족에 의해 정복당할지 모르는 일이었다.

계승   공동 통치자의 꼭두각시

겨우 여섯 살에 즉위한 토트모세 3세가 통치를 할 수 있을 리가 없었으므로 실제 통치는 후견인인 장모 하트셉수트가 대신했다. 그러나 하트셉수트 자신이 왕으로 군림하기 시작하면서 문제가 발생했다. 공동 통치가 시작된 지 7년 후의 일이었다(2년 후부터라는 설도 있다).

그녀의 행적에 관해서는 나중에 기록이 말살되어 명확하지 않으나, 남아 있는 기록에 의하면 그녀는 수염을 붙이고 남장(男裝)을 했으며, 자신을 '상·하 이집트의 여왕' '(여자) 홀스' '태양의 딸'이라 칭했다고 전해진다. 하트셉수트는 토트모세 3세의 후견인이 아닌 왕으로 행세했던 것인데, 이는 고대 이집트 사상(史上) 드문 사건이었다.

그렇다고 해서 그녀가 권력욕만 강했던 것은 아니다. 그녀는 이푸아메스부터 토트모세 1세 시대까지 계속되던 선란에 종지부를 찍고 평화 외교와 무역 진흥을 실현했으며, 시나이 반도에 원정대를 파견하여 광물 채집을 하게 하는 등의 식산(殖産) 정책도 실시함으로써 이집트는 평화와 번영을 누릴 수 있었다. 하트셉수트는 고대 이집트 역사상 몇 안 되는 여왕이기도 하거니와 보기 드문 명군(明君)이기도 했다.

활약 토트모세 3세의 치세로

토트모세 3세의 성장으로 후견인이 필요 없는 시기가 다가오고 있었다. 그런 그를 싫어했는지 아니면 그를 단련시키고자 했는지 하트셉수트는 토트모세 3세에게 변경(邊境)의 군역을 담당하게 했다. 그리고 토트모세 3세가 스물한 살이 되었을 때 하트셉수트와 토트모세 3세는 두 번째 공동 통치자 선언을 했다.

이 해에 토트모세 3세의 아내 네페루레가 사망했다. '원래 네페루레의 배우자로서 왕권을 쥔 토트모세 3세로서는 정권의 정당성을 주장하기 위해서도 다시 한번 공동 통치선언을 할 필요가 있었다'는 것이 표면적 사정이었지만 실권이 없던 토트모세 3세가 공동 통치선언을 요청했다는 것은 납득하기 어렵다. 이 해는 하트셉수트의 측근으로서 통치를 해온 재상 센무트가 실각한 해이기도 했다. 인심의 동요를 막기 위해 하트셉수트 정권의 정당성을 부각시킨 것인데, 역으로 그만큼 위기의식이 있었다는 얘기도 될 것이다.

기원전 1482년, 토트모세 3세가 스물아홉 살 때 시나이 반도로 원정대를 보

하트셉수트 여왕

고대 이집트에는 여왕이 몇 명 있었지만 역사적 신빙성이 떨어지거나 비상시에 임시적으로 왕이 되었던 것에 불과하다. 하트셉수트는 그 중 예외에 속하며, 중국사상 유일한 여황제였던 당나라의 측천무후에 비견할 수 있다.

하트셉수트는 토트모세 1세의 딸로서 기원전 1512년경에 토트모세 2세와 함께 공동 통치자가 되었다. 토트모세 2세는 왕으로서는 너무 유약한 인물이었고, 왕의 유약함을 이용한 것인지의 여부는 알 수 없지만 실권을 쥔 것은 하트셉수트였다. 남편이 사망한 후에 후계자로 선택된 인물은 여섯 살 난 토트모세 3세였다는 점으로 미루어 보아 통치자로서 군림할 의지가 있었던 것은 확실해 보인다. 그로부터 2년 후에 그녀는 '여자 파라오'로서 정권을 완전히 장악했다.

실제로 파라오로 즉위하지는 않았다는 설도 있는데, 그것은 당시의 연대기에 '토트모세 3세 치세 몇 년'이라고 표기되어 있기 때문이다. 하트셉수트가 파라오가 되었다면 그녀의 이름이 있을 텐데 없는 점으로 보아 진짜 파라오는 토트모세 3세이고 그녀는 역시 후견인이었다는 것이다.

그러나 하트셉수트는 단순한 후견인이 아니었다. 그녀가 그런 행동을 한 경위에 관해서는 여러 설들이 있지만, 비교적 확실한 것은 그녀가 심한 파더 콤플렉스(Father Complex)를 갖고 있었다는 것이다. 그녀가 남긴 기록 여기저기에 토트모세 1세의 이름을 볼 수 있고, 그녀가 생전에 건설한 묘지에 자신과 토트모세 1세를 합장(合葬)하려 했던 점 등을 미루어 보아 상당히 설득력이 있다. 그리고 그녀는 아버지로부터 정치적 수완도 물려받았다. 믿음이 안 가는 남편과 어린 후계자를 본 그녀가 통치자로서의 열정이 끓어오른 것은 당연한 일이 아니었을까.

그녀가 정권을 잡은 당시의 이집트는 평화로웠고 경제적으로도 번영을 누리고 있었다. 그녀는 많은 건축물들을 남겼고 인재 등용도 성공적이었다. 이 점 역시 당나라의 측천무후와 흡사하여 흥미롭다.

냈다는 기록 후에 하트셉수트의 이름은 역사에서 자취를 감춘다. 이때 무슨 일이 일어났는지 기록에는 남아 있지 않다.

이후로 토트모세 3세의 역사가 시작된다. 그는 하트셉수트 시대와 완전히 다른 외교 방침을 세워 원정을 반복했는데 그 중에서도 서아시아 원성(동치 23년째)은 그가 어떤 사람인지 알 수 있게 해주었다.

카르나크에 있는 아몬 신의 신전(神殿) 안에 있는 토트모세 3세의 연대기에 '메기도 전쟁'에 관한 일화가 새겨져 있는데, 그 기록에 의하면 이집트에서 가나안 지방에 침입한 이집트군에 맞서 시리아, 페니키아, 가나안의 여러 도시 연합군들이 메기도에 결집했다. 이집트군이 메기도에 이르는 진격 루트는 세 가지가 있었고 그 중의 최단 루트는 잠복 습격을 당하면 꼼짝없이 당할 위험한 길이었다. 그리고 토트모세 3세가 선택한 것은 장군들이 주장하는 안전한 루트가 아니라 최단 루트였다. '적의 의표를 찌르는 것이 작전의 진수(眞髓)'라는 이유에서였다.

그리고 토트모세 3세는 자신을 따를지 여부는 장군들 각자의 판단에 맡겼다. 결국 이집트군은 최단 루트를 진격했고, 의표를 찔렀는지 적의 방해 없이 무사히 메기도 장외에 도달했다.

토트모세 3세가 선두에 서서 돌격한 이 기습은 성공하여 '아시아 병사는 카데시와 메기도의 영주들을 버리고 마을로 도망갔고, 영주들은 옷이 걸려 성벽 위까지 끌어당겨 주어야 했다'고 한다. 결국 7개월 동안 포위한 끝에 메기도는 함락되었다. 토트모세 3세는 자신의 운명을 개척한 것이다.

토트모세 3세는 이처럼 결단력이 뛰어났고 군사적으로 유능했으며, 주위의 의견보다 자기의 의사를 존중했다. 또 주위에 자기를 알리고 부각시켰을 뿐 아니라 실천력이 뛰어난 성격의 소유자였다.

그가 훗날 이루어내는 군사적 성과로 추측건대, 메기도 포위전의 성공은 결코 우연이 아니었다. 그는 훌륭한 군인이었고 진격 루트를 설정하는 데 있어 충분한 정보 수집을 했을 것이다.

게다가 위대한 전임자의 정책을 뒤엎기 위해 그는 어떤 성과든 거두어야만 할 상황이었다. 내부적으로, 그리고 외부적으로 반대파들의 주목을 받고 있는 상황에서 모두가 인정할 만한 군사적 성과를 거두는 일은 20년 이상 장모 그늘에 있던 그에게는 인생의 가치를 건 전쟁이나 다름없었다.

토트모세 3세는 이 원정 후에도 외정을 반복해 기원전 1450년에 사망할 때까지 모두 열일곱 번이나 출병했다. 그 결과 북쪽은 유프라테스 강 상류의 카

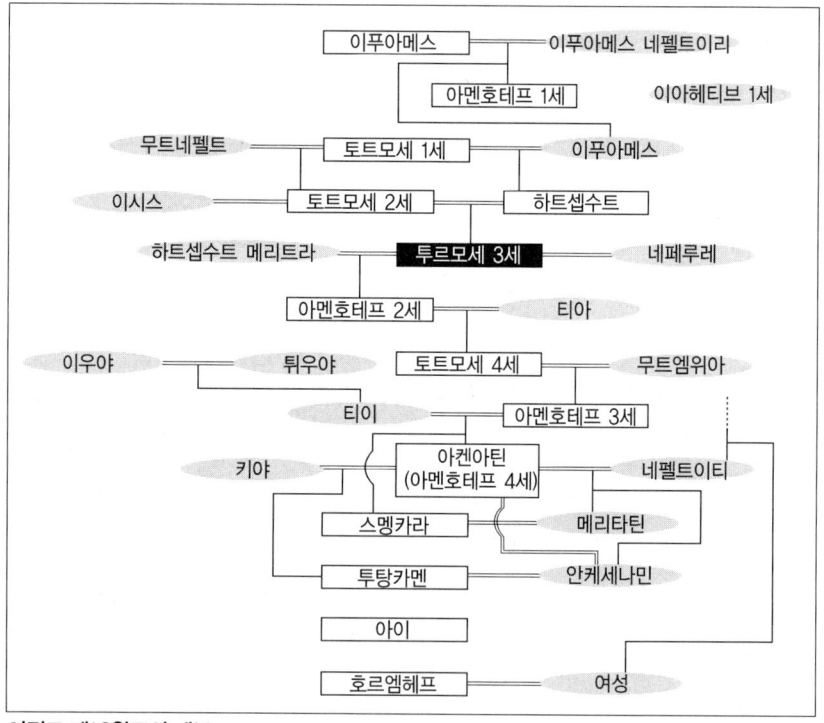

이집트 제18왕조의 계보

르케미시에서부터 남으로는 나일 강 주변의 나파타까지를 영유하여 고대 이집트 역사상 최대로 영토를 확장했다. 그의 군사적 성과는 학자들로부터 '이집트의 나폴레옹'이라 불릴 정도이다.

배경 ── 발전하는 국제 경제

단시일에 나라가 커지면 공동화(空洞化) 현상으로 급속히 기우는 일이 많다. 그러나 토트모세 3세의 뒤를 이은 아멘호테프 2세 뒤까지도 이집트는 번영했다. 그 이유는 무엇일까? 또한 토트모세 3세가 군사적 재능이 뛰어났다 해도 그 이유만으로 전쟁에 승리할 수 있었을 리는 없다. 그가 성공하게 된 배경은 과연 무엇인가?

당시의 오리엔트가 경제적으로 발전했었다는 것을 그 배경으로 생각해 볼 수 있다. 오리엔트에 소아시아에서부터 메소포타미아까지를 지배했던 히타이트에 의해 철기가 들어왔는데, 철은 강인(强靭)하고 가공이 쉬워 기존의 물질과는 전혀 다른 성격의 것이었다. 철을 사용하면 현저히 생산력이 향상되고, 확대된 생산력은 잉여 인구를 부양하고 다양한 물산(物産)을 낳는다. 그리고 물자가 생산되면 사람들의 생활은 윤택해지고 그것은 곧 교환 경제를 낳는 것이다.

또한 이 당시 오리엔트에서도 인도 아리아계 민족의 미탄니인들의 영향으로 말을 사용하게 되어, 이동 속도도 훨씬 향상되었다. 토트모세 3세는 적에게 돌격할 때 황금 장식의 전차를 타고 진두지휘를 했다고 한다.

이집트에서 철기가 일반적으로 쓰이게 된 것은 천 년쯤 후의 일이지만, 토트모세 3세 시대에 만들어진 릴리프(relief=부조浮彫)에 청동(靑銅)을 정련하는 모습이 새겨져 있다. 동의 원료인 광석은 이집트 본국에서는 산출되지 않는 것으로, 이집트 최대의 동(銅) 공급원인 시나이에 있는 동산(銅山)이었다. 요컨대, 토트모세 1세의 정복, 하트셉수트가 행한 조사를 거쳐 토트모세 3세시대에 동을 정제하는 기술이 활발해진 것이다.

실은 이집트에서 '상인'이라는 말을 쓴 것은 신왕국 시대 후기 때의 일인 듯한데, 이 당시에 나타난 상인들은 토트모세 3세에게 비호를 받기 위해 그의 군사 행동에 협력했던 것일지도 모른다. 물론 경제적 성공은 단순한 약탈의 성과인지도 모르지만 본래부터 이집트는 굴지의 곡창 지대였고 그런 의미에서는 해외 출병의 이점은 그다지 크지 않았다.

의문 하트셉수트와 토트모세 3세

앞에서 하트셉수트의 기록이 말살되었다고 했는데, 기록을 말살한 것은 토트모세 3세였고, 그는 하트셉수트가 남긴 기록에서 그녀의 이름을 삭제했다. '분노에 사로잡혀 자신을 억압한 장모의 업적을 말살했다……' 고 보면 얘기는 간단하지만 기록이 말살된 것은 토트모세 3세의 재위 기간 중에서 후반기의 일이므로 그렇게 단언하기는 힘들다. 단순한 분노가 이유라면 정권을 잡은 즉시 기록을 삭제했을 것이기 때문이다.

또한 토트모세 3세는 하트셉수트가 남장을 하고 파라오로 행세한 부분은 없앴지만 그녀의 왕비 및 여자로서의 기록에는 손을 대지 않았다. 이에 대해서도 토트모세 3세가 남권사상에 따라 여자가 정권을 잡았다는 기록만을 없앴다는 설이 있는데, 이 또한 어디까지나 추론일 뿐이다. 권력을 확고히 하고 난 후에 복수를 한 것일지도 모르니까 말이다.

하트셉수트와 토트모세 3세의 관계는 새로운 기록이 발견되지 않는 한 영원한 수수께끼로 남아 있을 것이다.

칭호 — 최초의 파라오

고대 이집트에서는 왕을 '파라오'라 불렀다고 알려져 있지만 파라오의 어원은 '페루 아아'라는 그리스어이며 '큰 집'이라는 뜻이다. 이는 두 가지 사실을 의미하는데, 하나는 큰 집에 사는, 거대 건축을 만들어 낼 수 있는 인물로서 파라오를 파악했다는 점, 또 한 가지는 이집트 국외에 그 이름이 알려져 처음으로 파라오로 불렸다는 점이다.

그리고 역사상 처음으로 파라오로 불린 인물이 바로 오리엔트 전체에 그 이름을 떨친 토트모세 3세이다.

훗날 알렉산드로스가 이집트에 원정했을 때 카르나크의 신전에 있는 토트모세 3세가 만든 방이 파괴된 것을 보고 수리를 명했는데 토트모세 3세와 함께 자신의 모습을 새기게 했다. 이집트의 영웅 토트모세 3세는 훗날 야심만만한 제왕들의 전형(典型)이 되는 존재였다.

SOLOMON
솔로몬

신의 지혜

DATA
생몰 : 불명~B.C. 928
재위 : B. C. 967~B. C. 928
지역 : 이스라엘
왕조 : 이스라엘 왕국

솔로몬은 실존했던 인물임에도 불구하고 '솔로몬의 지혜', '솔로몬의 악마' 등 마술이나 신비론과 관련하여 그 이름이 많이 거론된다. 솔로몬에 대한 기록을 찾아보자.

태생 — 상속과 숙정

솔로몬은 성경에 등장하는 유명한 다윗 왕의 아들이고, 다윗은 사울 왕의 부하였다. 다윗은 전쟁에서 세운 공훈으로 명성이 날로 높아졌는데 사울 왕의 질투 또한 그에 비례하여 커져 갔다. 신변의 위험을 느낀 다윗은 적국(敵國) 펠리시테인(오늘날의 지명 팔레스타인은 '펠리시테인의 나라'라는 뜻)의 집에 은신하며 고국으로 돌아갈 때를 기다리다가 이스라엘 민족이 있는 곳으로 돌아와 왕이 되었다.

다윗은 부하 우리아의 아내를 범하는 등 (게다가 우리아를 격전지에 보내 죽게 한다) 다정(多情)하여 자식을 여러 명 두었는데, 솔로몬은 그 중 한 명으로 다윗 왕의 만년에 솔로몬은 이복형제 아드니아와 왕위를 놓고 다투었다. 아버지와 군대의 지지를 얻은 솔로몬은 유언에 따라 왕위를 계승하게 되자 아드니아와 그 무리들을 숙정(肅正)하고 정치적 기반을 다졌다.

배경 — 연금술의 구조

당시 이스라엘은 주변 민족 펠리시테인과의 항쟁, 민족 내부의 대립이 계속되고 있었다. 다윗 왕은 이스라엘과 펠리시테인 사이에서 분쟁을 해결했던 전사 같은 인물이었다는 설도 있다. 왕이 된 솔로몬은 그 상황을 타개하기 위해 적극적으로 무역 진흥에 힘썼고 경제 강화에 주력했다. 구약성서의 열왕기 중에서 솔로몬을 기술한 부분에는 갑자기 재물에 대한 얘기가 많이 등장한다. 급속히 부를 축적해 가는 솔로몬 왕의 수완은 언뜻 연금술처럼 보였을 것이다.

또한 솔로몬은 아내를 강국 이집트(제21 왕조)에서 맞아들였는데 이 또한 외교 정책의 일환이었다. 솔로몬은 다윗 왕이 펼쳤던 외교 전략의 방향을 전환해 철저히 평화 외교를 고수했으며, 그런 보람이 있어 경제적으로 번영한 이스라엘은 기마(騎馬) 2만을 가진 강국이 되어 주변의 민족들보다 우위에 설 수 있었다.

반란 ── 민족주의의 한계

솔로몬은 여호와 신전을 세우는 등 내정에도 최선을 다했으나 성경에 남아 있는 기록들은 다윗에 비해 그에게 그다지 호의적이지 않은 편이다. 솔로몬이 여호와 신전 이외에 '아스다롯(Ashtaroth : 풍요의 여신 Ashtoreth의 복수형 및 그 여신을 모시는 장소)'과 '밀콤(Milcom : '왕' 이란 뜻. 암몬 족속의 국가신)' 등의 신전 건설을 허락한 것이 가장 큰 이유인 듯하다. 당시 이스라엘은 예언자와 왕이라는 종교와 군사의 이원 지배 체제였는데, 외교에 주력했던 솔로몬은 종교인(이 경우 민족주의자)들의 반감을 샀던 것이다. 여기에 신전 건축비를 확보하기 위해 무거운 세금을 바쳐야 했던 백성들의 원성도 작용했을 것으로 추측된다.

솔로몬은 40년 동안 왕위에 있었는데, 만년에는 국내 각지에서 자주 일어나는 반란 때문에 어려움을 겪었다. 그리고 솔로몬이 죽은 후에 그의 아들 대에서 이스라엘은 분열하여 그 힘이 약해졌다.

솔로몬의 재판

솔로몬은 '신이 내려주었다'고 할 정도로 지혜로운 인물이었다. 그 지혜를 느낄 수 있는 재판에 관한 일화가 성경에 기록되어 있다.

어느 날 두 여인이 솔로몬을 찾아왔다. 이 여인들은 어떤 남자 집에서 살고 있었고 얼마 전에 둘 다 아이를 낳았다. 그러던 중 한 여인의 딸이 죽고 말았는데, 그녀는 아이를 죽인 엄마가 살아 있는 자신의 아이와 죽은 아이를 바꿔치기했다고 호소하는 것이었다. 물론 상대 여인은 그것은 터무니없는 누명이라고 했다.

이야기를 다 들은 솔로몬은 칼을 한 자루씩 여인들에게 주며 '살아 있는 이 아이를 둘로 잘라 반반씩 나눠 가지도록 하라'라고 언명했다. 그러자 한 여인은 대경실색하여 '애는 저 여자의 아이입니다'라고 울먹이며 말했고, 다른 여인은 '아이를 반으로 나눠 주십시오'라고 당차게 나왔다. 당연히 솔로몬은 아이를 죽이지 말라고 말한 여인이 진짜 엄마임을 인정했다.

DAREIOS 1
다리우스 1세

길을 만드는 사람

DATA
생몰 : 불명~B. C. 486
재위 : B. C. 522~B. C. 486
지역 : 이란 고원에서 이집트 및 소아시아
왕조 : 아케메네스 왕조 페르시아

여러 민족들이 각축을 벌이는 고대 오리엔트 세계. 그 진동은 이윽고 오리엔트 세계와 그 주변을 거대한 하나의 경제권으로 묶기에 이르렀다. 정치적으로도 통일의 기운이 고조되었고, 그가 이를 실현했다.

배경

오리엔트에 아리아계 민족인 페르시아인이 나타난 것은 기원전 5세기경의 일이다. 말을 잘 다루는 그들은 얼마 지나지 않아 이란 고원에서 메소포타미아에 이르는 지역을 차지한다. 키로스 2세는 신(新)바빌로니아와 소아시아를 정복하여 페르시아 제국의 기초를 다졌다.

키로스 2세의 뒤를 이은 캄비세스 2세는 남동생 스메르디스(바르디야)를 암살하고 왕위를 차지하자 죽은 아버지가 손대지 못했던 이집트를 정복하였다. 이로써 페르시아가 오리엔트 세계의 패권을 쥐게 된 것이다.

하지만 원정 중이던 캄비세스 2세에게 어느 날, 암살한 남동생이 나타나 왕위를 차지했다는 소식이 전해지고 서둘러 이집트를 떠나 귀환하려던 캄비세스 2세는 도중에 급사하고 만다.

이때 본국에서 캄비세스의 남동생이라 칭한 것은 실은 제사장 가우마타였다. 그는 암살당한 스메르디스와 비슷하게 생겼고, 원정으로 스메르디스를 아는 사람이 없음을 이용해 반란을 일으켰던 것이다.

태생

이 반란을 진압한 것이 다리우스 1세였다. 다리우스는 동료 7명과 뜻을 합

쳐 스메르디스를 치기로 했는데, 왕궁으로 쳐들어가 스메르디스를 죽이자는 다리우스의 제안은 동료들의 반대에 부딪힌다. 이때 다리우스는 동료들을 설득하기 위해 이렇게 말했다.

"경비병들이 그들을 저지하시는 못할 것이네. 귀환 보고를 한나절 통과시켜 줄 것이야."

"거짓말이 불가피한 상황하에서는 거짓말을 하면 된다. (중략) 거짓말로 상대방을 납득시키는 편이 나을 것 같으면 거짓말을 해도 된다. 진실을 말하는 것은 진실로 인해 이익을 거두고 상대에게도 한층 자신을 믿게 만들려는 목표에서 온다. (중략) 우리를 흔쾌히 통과시켜 주는 문지기에게는 장래에 좋은 기회를 줄 것이다. 거역하는 자는 적으로 간주하면 되리라. 그런 후에 안으로 들어가 일을 해내야 하지 않겠는가?"

이 논리는 훗날의 다리우스의 정치 수법과 같은 것이었다.

옥좌   지혜와 아군과

동지 7명은 그들 중에 누가 왕이 되는가를 놓고 의논했는데, 서로의 처우에 대해 결정한 후에 왕이 되는 자에 대해서는 다음과 같이 정하기로 했다. 모두 함께 말을 타고 성 밖으로 나가, 처음으로 소리높이 운 말의 주인이 된 자가 왕위에 오르자고 정하였다. 다리우스는 그의 마부 오이바레스를 불러 의논했다. 오이바레스는 다리우스의 말을 성 밖의 어느 곳으로 데리고 가 말 주위에 목마를 가져와 빙글빙글 돌린 다음 풀어 주었다. 약속대로 다리우스와 그 동지들이 성 밖으로 말을 타고 나갔는데 전날 밤 목마가 매어져 있던 장소에 다다르자 다리우스의 말이 울기 시작했다. 이렇게 해서 다리우스는 왕이 될 수 있었다고 한다.

이상은 헤로도토스의 저서 『역사』에서 인용한 것인데 사실 신빙성이 떨어지는 일화이긴 하지만 다리우스가 지혜롭고 부하에게 존경받는 사람이었음을 엿보게 한다. 다리우스는 가우마타에 의한 반란을 제압한 후에도 약 2년간 잇달아 일어난 반란을 어렵게 진압하고 왕위에 올랐다. 그는 자신이 키로스 2세의 선조 아케메네스의 혈통이라며 왕위의 정당성을 주장했지만 그 사실은 다소 의심스럽다. 역사가에 의해서는 가우마타의 에피소드 그 자체의 신빙성을 의심하는 사람도 있다. 다리우스가 쿠데타를 일으켜 왕위를 빼앗은 것이며 가우마타의 얘기 또한 그가 지어낸 얘기라고 보는 사람들도 있다.

다리우스 1세는 동쪽으로는 아프가니스탄에서부터 인더스 강을 내려와 인도 서부, 서쪽은 트라키아부터 남러시아의 스키타이인을 정복하려는 등(결국 실패로 끝났다) 그야말로 동분서주하여 제국의 영토를 최대로 넓혔다. 다리우

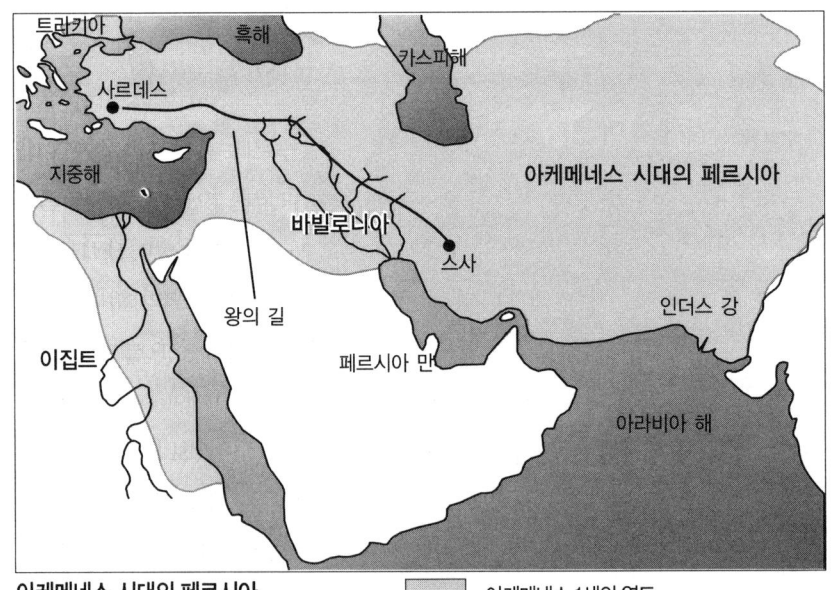

스 1세는 발칸 반도에도 손길을 뻗었으나, 그리스의 폴리스 동맹군에게 패하고 말았다. 하지만 그리스 북방의 마케도니아에 종주권을 인정하게 하는 등 정치적으로는 지중해 지방에 충분한 영향력을 갖고 있었다.

제패 길을 만드는 사람

그는 제국 내에서 여러 민족, 여러 언어, 여러 종교가 존재하는 것을 인정하는 관용적인 정책을 펴는 한편 '왕의 길'이라 불리는 가도(街道), '왕의 눈', '왕의 귀'라 불리는 관료 파견, 화폐 주조, 세제(稅制)를 비롯하여 각종 제도들을 정비했다. 특히 페르시아 국내의 세금은 금이나 은 등의 귀금속으로 내도 된다고 인정했다. 페르시아 국외는 물납(物納)이었던 점으로 보아 페르시아에서는 화폐 경제가 발달했던 것으로 보인다.

다리우스 1세는 매사에 이런 방식을 취해 공평함을 부각시켰고 그 때문에 헤로도토스는 『역사』에서 그를 '장사꾼'이라 칭했다.

이러한 관용적이고 온건한 지배 방식은 키로스 2세가 입안했으며, 다리우스는 그것을 계승, 발전시켜 광대한 제국을 지배하기 위한 체제로 삼았다. 그는 혈통에 관계 없이 키로스의 후계자로서 걸맞은 일을 실력으로 증명했다.

다리우스 1세 시대에 동쪽은 인더스 강으로부터 서쪽은 소아시아에 이르는 거대한 경제권이 완성되었다. 훗날 알렉산드로스 대왕이 이르는 길은 포장까지는 되지 않았지만 다리우스가 이미 땅고르기는 끝내 놓았던 것이다.

ALEXANDER Ⅲ
알렉산드로스 대왕

동방을 제패한 영웅

DATA
생몰 : B. C. 356~B. C. 323
재위 : B. C. 336~B. C. 323
지역 : 그리스, 오리엔트에서부터 인도 서부
국가 : 마케도니아

로마인들은 알렉산드로스를 대왕(마그누스)이라 불렀다. 그는 살아 있을 때부터 스스로가 주인공인 신화 속에 살았고, 자신을 신의 아들이라 믿는 마케도니아 왕국의 이 왕자는 세계를 정복하려 했다.

신의 계시 — 매듭

알렉산드로스가 소아시아 원정 중에 고르디움이라는 도시에 군대를 결집시켰을 때의 일이다. 알렉산드로스는 그 도시의 제우스 신전에서 전쟁의 승리를 기원했는데, 이 신전에는 '고르디우스의 매듭'으로 유명한 농부의 수레 받들어 모셔지고 있었다. 그 수레의 채에 박힌 나무못에는 나나카마드 나무 껍질이 복잡하게 매어져 있었고 '그것을 풀 수 있는 사람은 세계의 왕이 된다'는 전설이 있었다. 알렉산드로스는 그 매듭을 푸는 데 도전하기로 했다.

일설에 의하면 나무못을 빼고 풀었다고도 하고 칼로 잘랐다고도 전해지는데, 어쨌든 그는 기존의 원칙들을 깨고 매듭을 풀어 '세계를 손에 넣을 사람'으로 만들었다. 패기에 넘친다고 칭찬할지 어른스럽지 못하다고 말할지는 평가하는 이에 따라 다르겠지만, 그가 그런 행동을 할 수 있게 만든 것은 도대체 무엇이었을까?

배경 — 그리스와 페르시아 제국

알렉산드로스가 태어나기 얼마 전의 그리스는 전란의 시대였다. 이것은 페르시아의 교묘한 외교 정책 때문이었다. 페르시아는 군사적으로는 그리스 침략에 실패했지만, 풍부한 국력을 이용해 그리스의 여러 세력들을 매수함으로

고대의 제왕 **알렉산드로스 대왕**

써 서로 분열시키는 데 성공했다.

　아테네의 변론가 이소크라테스는 페르시아와 싸우기 위해 그리스 도시 국가들이 결속해야 한다고 주장했다. 이소크라테스는 그리스 세계를 통솔하는 역할을 아테네에 기대했지만 이 도시에는 이미 그럴 만한 힘이 없었다. 그는 차선책으로 북방변경의 전투적 신흥 국가 마케도니아 왕국에 기대를 걸게 된다.

태생　마케도니아 왕국

　전설에 의하면 마케도니아 왕국은 펠로폰네소스 반도의 동해안 아르고스 출신의 페루디카스가 세운 나라인데, 페루디카스가 현재의 그리스와 알바니아의 국경 근처 일리리아 지방에서 마케도니아로 건너가 나라를 세웠다고 한다. 마케도니아인은 파란 눈에 금발, 하얀 피부를 가졌고, 그리스인과 혈연 관계는 있지만 독자적 언어를 사용하며 변경(邊境)을 생활권으로 삼고 있었다. 그런 까닭에 그들은 그리스인으로부터 오랫동안 야만족이라는 뜻의 '발바로스'로 불렸다. 그러나 마케도니아의 상류계급은 그리스 문명을 받아들이려 애썼고 왕국은 점차 그리스 세계의 일원으로 인정받게 된다. 기원전 454년, 마케도니아의 왕위에 오른 페루디카스 2세는 펠로폰네소스 전쟁에 참가하여 마케도니아가 미개국이라는 오명을 씻는 데 성공했다.

　그후에 마케도니아는 왕위 쟁탈전이 계속되어 내정이 불안정한 상태에 있었으나 기원전 356년에 경쟁자들을 물리치고 왕위에 오른 필리포스 2세에 의해 강국으로 발돋움하기 시작한다. 필리포스 2세는 청년 시절에 테베에서 3년 동안 인질로 있었는데, 그곳에서 유명한 장군 에파미논다스와 페로피다스가 이끄는 강력한 테베군(軍)을 보았을 터이고, 그런 까닭에 조카 아민타스 4

세의 섭정을 할 때부터 군사력 증강에 힘썼던 것이다.

필리포스 2세는 아테네 해상동맹에 의한 동맹시(同盟市) 전쟁에 참여해 정복한 안휘폴리스의 판가이온 광산을 비롯하여 새로운 정복지에서 흘러들어오는 자금력을 기초로 군정을 개혁하고 군대를 더욱 강화하고 영토 확장에 눈을 돌린다.

필리포스 2세의 아내 올림피아스는 마케도니아 왕국 서쪽에 위치한 에페이로스의 공주였다. 기원전 356년 10월 폭풍우가 치던 어느 날 밤, 올림피아스는 훗날 대왕이 될 왕자 알렉산드로스를 낳았고, 필리포스 2세는 수도 페라에서 멀리 떨어진 전쟁터에서 그 소식을 들었다.

소년기 — 대두되는 마케도니아 왕국

필리포스 2세는 어린 알렉산드로스에게 별로 관심을 보이지 않았다고 한다. 그것은 불안정한 정세에 온통 마음을 빼앗기도 했거니와 아내의 정조를 의심한 탓도 있었다.

알렉산드로스는 이러한 사정으로 자연히 어머니의 교육을 받으며 자랐는데, 올림피아스는 매우 사려 깊은 여인이었다고 한다. 아버지가 어린 아들에게 관심을 보이지 않았기에 이 강인한 여인은 자신의 생각대로 알렉산드로스를 교육할 수 있었다. 올림피아스는 엄격한 어머니였으므로 그를 응석받이로 키우지는 않았다. 그녀는 아들에게 신의 피가 흐르고 있다고 믿었고, 그 생각을 어린 아들에게도 숨기지 않았다. 또한 알렉산드로스의 감독자이며 양부(養父)인 레오니다스는 그에게 사치와 낭비를 허용하지 않았다. 아버지를 닮아 충동적인 면이 있었던 알렉산드로스는 이 엄한 양부에 의해 필리포스 2세에게는 부족한, 감정을 억제하는 방법을 익히게 된다.

알렉산드로스는 자신이 신의 선택을 받은 사람이라는 높은 자긍심과 자제심을 갖게 되었다. 어머니의 신비적 사상을 듬뿍 주입받은 알렉산드로스의 몽상가적 기질은 필리포스 2세에게는 항상 고민거리였다. 소년 알렉산드로스는 근육은 발달했지만 몸은 가냘프고 살결도 부드러워 어딘지 중성적인 느낌을 주었다. 속세를 초월한 듯한 왕자의 성향을 바꾸기 위해 필리포스 2세는 알렉산드로스가 상식을 갖추고 현실에 눈을 돌리게 만들 교사를 찾았다.

그 교사는 아테네로 대표되는 그리스인의 지성을 갖춘, 동시에 마케도니아인의 용감함을 이해하는 인물이어야 했다. 그리하여 선택된 인물이 아민타스 2세의 궁정의사였던 니코마코스의 아들 아리스토텔레스였다. 그에게 교육받은 2년 동안 알렉산드로스는 공부를 열심히 하는 성실한 학생이었다. 하지만 아리스토텔레스 같은 현자(賢者)도 알렉산드로스의 마음 속에 깊이 뿌리내린 신비주의적 엘리트 의식을 불식시키지는 못했다.

재능 천재적 군인

이 무렵 마케도니아 왕국의 군사력은 그리스 세계에서 최대 규모였고 정예 병력으로서 모델이었던 테베군을 능가할 정도였다. 압도적인 병력에 그리스의 도시 국가들은 대항할 수단을 찾지 못하고 있었다.

알렉산드로스는 열여섯 살 때 처음으로 전투에 참가했는데, 장소는 페린토스 외곽의 폐허였다. 알렉산드로스의 활약은 눈부셨고 전공(戰功)에 의해 섭정역으로 임명된다. 마이디족(族)이 반란을 일으켰을 때는 사관 후보생인 어린 나이였음에도 불구하고 지휘관으로서 출발하여 문제 없이 진압을 했던 것이다.

이듬해인 기원전 338년에 있은 카이로네이아(그리스 보이오티아 지방 북서쪽

알렉산드로스의 말타기

알렉산드로스는 마마보이였고 어른스런 말투로 얘기하고 별로 웃지 않았으며 독서를 즐겨했다. 호방한 성격의 군인 필리포스 2세의 눈에는 이해하기 힘든 아들로 보였을 것이다. 그런 알렉산드로스가 열두 살 때 처음으로 아버지를 기쁘게 한 일이 있었나. 알렉산드로스가 아버지 잎에서 사납게 날뛰는 말을 탄 것이다.

부케팔라스(소의 머리)라는 크고 검은 털의 훌륭한 말이었는데 사나워서 아무도 손을 대지 못했다. 필리포스 2세는 말을 타러 나간 초원에서 부케팔라스의 사나운 모습을 보고 테살리아인(人) 말 상인에게 데려가라고 명령했다. 부왕과 함께 승마장에 와 있었던 알렉산드로스는 무심코 "솜씨와 배짱이 부족해 명마를 잃어야 하는가?"라고 내뱉고 말았다. 필리포스 2세는 윗사람을 존경하지 않는 아들의 태도에 화를 내며 호되게 그를 꾸짖었다.

하지만 왕자는 굽히지 않고 "저 같으면 여기 있는 누구보다도 이 말을 잘 탈 수 있습니다"라고 말했다. 필리포스 2세가 "그럼 해보거라. 하지만 만약에 말을 잘 타지 못하면 어떤 벌을 받겠느냐?"라고 묻자 알렉산드로스는 "제우스 신에 맹세컨대 이 말값을 제가 내겠습니다"라고 대답했다. 말 상인은 그 말에 아주 비싼 값을 내걸고 있었다.

알렉산드로스는 말의 머리를 태양을 향하게 하여 안심시킨 후에 완벽하게 이 말을 타 보였다. 감수성이 예민하고 음악과 독서를 즐기던 알렉산드로스이지만 결코 허약한 소년은 아니었던 것이다. 칼을 다루는 솜씨도 좋았고 달리기도 빨랐다. 그리고 알렉산드로스가 가장 자신 있어하는 것은 마술(馬術)이었다.

이때부터 부케팔라스는 알렉산드로스의 애마가 되었고 이 말은 인도의 히다스페스 강에서 죽을 때까지 그와 함께 광활한 세계를 내달렸다.

끝에 있는 고대 도시) 전투에서 마케도니아 왕국은 아테네, 테베 동맹군을 격파하고 그리스 지배를 확립한다. 이 전투에서는 열일곱 살의 알렉산드로스는 부하라기보다는 동료 관계에 있는 기병 부대를 이끌고 전쟁의 승패를 좌우할 정도의 공을 세웠다. 이로써 소년 알렉산드로스는 천재적인 군인이라는 사실이 명백해졌다.

반항 세력을 물리친 마케도니아 왕국에 의해 그리스 도시 국가들의 독립 시대는 끝이 났다. 하지만 동시에 그리스 세계는 역사상 처음으로 하나의 국가가 되었고 숙적 페르시아 제국과 겨루기에 이르렀다. 기원전 337년 가을, 필리포스 2세는 코린트(=코린토스)에서 대회의를 열었는데 스파르타를 제외한 그리스 도시 국가들의 대표자들이 모두 모였다. 신코린트 동맹(페르시아 전쟁 때 한 번 코린트를 중심으로 동맹이 맺어졌으므로 신코린트 동맹, 혹은 헬라스 동

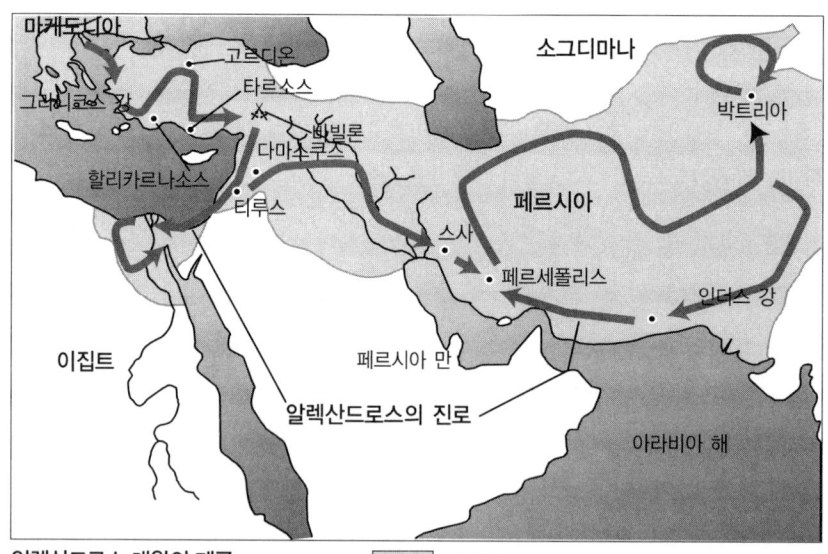

알렉산드로스 대왕의 제국   알랙산드로스의 최대 영토

맹이라 한다)이 결성되었다. 필리포스 2세는 소아시아 공격을 선언하고 만장일치로 동맹군의 총사령관으로 뽑혔다.

필리포스 2세는 공인으로서는 이처럼 순조로운 상태였으나 개인적으로는 많은 고민이 있었다. 장군이며 친척인 아타로스의 조카딸과 사랑에 빠졌던 것이다. 왕비 올림피아스도 그러했지만 그는 성격이 강한 여자를 좋아했다. 이 젊은 애인 또한 야심만만하고 자존심 강한 여인이었다. 그녀는 필리포스 2세에게 왕비와 헤어지라고 간청했다. 알렉산드로스를 비롯해 주위의 충고를 무시하고 필리포스 2세는 이 여인이 제시한 조건대로 올림피아스와 정식으로 헤어졌다.

왕위   아이가이의 흉사

알렉산드로스는 부왕의 행동을 용서하지 않고 어머니와 함께 페라를 떠나 필리포스 2세의 친구 데마라토스가 중재할 때까지 수도로 돌아가려 하지 않았다. 일단 화해는 했지만 새 왕비는 이미 임신중이었다. 새 왕비의 아들 알리다이오스 외에도 알렉산드로스 앞에 왕위를 둘러싼 경쟁자들이 잇달아 나타나게 된다. 필리포스 2세의 형 페르디카스 왕의 아들 아민타스와 새 왕비의 아들 카라노스가 왕위 계승을 놓고 겨루었다.

기원전 336년, 마음 편할 날이 없던 필리포스 2세는 의문의 암살을 당한다. 옛 수도 아이가이의 어느 극장에서 마케도니아 귀족 청년의 칼에 쓰러지고 말았던 것이다.

알렉산드로스는 즉시 부왕의 뒤를 이었다. 마케도니아 왕국은 절대군주제 국가가 아니라서 왕위에 오르기 위해서는 민회의 승인을 얻어야만 했다. 백성들의 환호로 즉위를 인정받은 알렉산드로스는 알렉산드로스 3세라 칭하고 마케도니아의 왕이 되었다. 군대의 지지를 얻은 알렉산드로스는 아이가이에서 필리포스 2세의 장례식을 치르고 왕위 계승을 선언했다. 올림피아스는 필리포스 2세의 젊은 아내에게 스스로 목숨을 끊게 했고, 아들 카라노스를 신의 제물로 삼아 제단의 불길 속으로 던져 버렸다. 알렉산드로스도 어머니의 이런 행위에는 화를 냈다고 한다. 하지만 아뮨타스를 마케도니아 왕으로 삼으려는 아타로스를 내버려둘 수는 없어 알렉산드로스는 그를 반역자로서 처형하기 위해 친구를 파견했다.

결국 알렉산드로스는 왕위에 올랐다. 하지만 그의 인생에 그 왕위를 지키고 있을 시간은 거의 없었다.

반역 테베의 파괴

젊은 알렉산드로스를 승부의 상대로 그리 두렵지 않을 것으로 예상한 그리스 도시 국가들은 그를 만만하게 보고 마케도니아 왕국의 약체화에 기대를 걸고 지배에 대한 반항을 개시했다. 알렉산드로스는 테베와 아테네의 반란을 군사력으로 제압했는데 그가 북방 에시아족(族) 원정에 나서자, 테베는 다시 한번 마케도니아를 배반했다.

호메로스를 사랑하고 그의 시에 등장하는 영웅과 자신을 동일시하던 알렉산드로스는 전쟁터에서 여러 번 큰 부상을 당했다. 그것이 그가 죽었다는 소문으로 와전되어 그리스에 전해졌던 것이다.

아테네의 선동으로 테베는 앞질러 나서, 파견되어 있던 마케도니아 장교를 죽이고 마케도니아 수비군을 포위하여 반역을 선언함으로써 그리스 세계의 본심이 드러나고 말았다. 그들의 눈에 거슬리는 것은 멀리 있는 페르시아가 아니라 마케도니아 왕국이었던 것이다. 알렉산드로스는 당장 군대를 돌려 하루 평균 32km라는 위협적인 속도로 진군해 테베로 향했다. 그것은 마케도니아의 병사들만이 할 수 있는 일이었다. 테베는 격렬하게 저항했으나 도시 안에서 포위당했던 마케도니아 수비군이 전투에 참가해 승리는 결국 알렉산드로스에게로 돌아갔다. 알렉산드로스는 신코린트 동맹의 도시 국가들에게 테베의 처분을 맡겼다. 마케도니아를 두려워하는 여러 도시들은 알렉산드로스의 짐작대로 테베를 철저히 파괴했다.

다짐 소아시아 정복

왕위에 오른 지 2년 후인 기원전 334년 4월, 그리스를 통일한 스물두 살의 청년 알렉산드로스는 성대한 축전을 열어 마케도니아에 이별을 고하고 소아시아 원정에 나섰다.

이 동방 원정을 위해 알렉산드로스가 이끈 병력은 주력이 되는 밀집방진(플랑크스)을 형성하는 보병대가 약 3만이었는데, 사리사라는 유명한 장창을 사용하는 보병대는 무적을 자랑했다. 그리고 코린트 동맹에 의해 7천 명의 보병들이 참가했다. 마케도니아 기병(騎兵)은 귀족 계급 출신으로 그 수는 대략 2천, 기병은 그밖에 강력한 테살리아 기병 부대가 있었고 수는 적지만 신코린트 동맹에서도 기병이 참가했다. 북방의 여러 부족들도 동방 원정에 참여했다. 가족을 데리고 간 병사도 있었고 낯선 동방의 국가들을 조사하려는 학자들, 상인들도 동행했다.

헬레스폰토스(다르다넬스 해협 : 터키 서쪽 에게해와 마르마라해 사이에 있는 해협으로 국제간의 분쟁지)를 끼고 있는 그리스 세계와 소아시아의 거리는 대략 1.5km. 알렉산드로스의 군선 160척은 페르시아 해군의 습격을 경계하며 해협을 지났는데 페르시아 군선의 모습은 보이지 않았다. 페르시아의 다리우스 3세의 대응이 늦었기 때문인데, 300척 이상이나 모인 페르시아의 군선은 출동 허가를 얻지 못하고 항구에서 대기중이었다. 해전(海戰)을 예상했던 알렉산드로스는 맥이 빠졌다고 한다.

마케도니아군이 고립무원(孤立無援)의 상태에서 소아시아에 상륙한 것은 아니다. 헬레스폰토스의 맞은 편 해안에 있는 아비도스 시(市)에는 이미 알렉산드로스의 아버지 필리포스 2세 시대에 지어진 교두보(橋頭堡)가 있었다. 아시아에 상륙하여 아비도스의 병사 1만과 합류한 알렉산드로스는 일리움(=트로이)으로 향한다. 트로이 전쟁의 영웅 아킬레우스는 알렉산드로스의 어머니 쪽의 조상이라 전해진다. 호메로스의 「일리어스」를 사랑하는 알렉산드로스에게 일리움은 특별한 곳이었다. 여신 아테네에게 기도를 한 알렉산드로스는 아킬레우스의 묘지에 기름을 칠했다. 이곳에서 운동과 투기 경기를 개최한 알렉산드로스는 관람하러 온 일리움 시민들과 이웃 도시의 시민들에게 페르시아인들을 소아시아에서 추방하겠다고 맹세했다.

여러 전쟁들 — 그라니코스 강

한편 페르시아군은 소아시아 북부의 제레이아에 결집해 있었다. 거기에는 필리포스 2세가 소아시아에 파견했던 원정군을 격파한 장군 멤논이 있었다. 그는 로도스 섬 출신의 그리스인이었는데 그 뛰어난 수완을 다리우스 3세가 높이 사서 페르시아군의 용병대장(傭兵隊長)으로 참가했다.

멤논은 마케도니아군이 막강하며 사기가 높다는 사실을 알고 초토전술(焦土戰術)을 주장했으나 이것은 페르시아의 주(州)장관들에게 받아들여지지 않았다. 페르시아의 지휘관들은 멤논의 작전을 그리스인의 의견이라며 받아들이지 않았고, 마케도니아군을 정공법(正攻法)으로 격퇴해야 한다며 그라니코스 강 해반(海畔)에 병력을 배치했다.

페르시아군의 전투 대형은 알렉산드로스가 당황할 정도로 기묘했다. 페르시아군의 주력인 기병대가 깎아지른 듯한 둑 위에 배치된 것이었다. 창을 넌지고 활을 쏘기엔 유리하지만 기병대의 전력은 반감되는 그런 위치에 배치된 것이다. 마케도니아의 중장(重裝) 보병들은 좁은 강변에서 옴쭉달싹 못하는 페르시아군 기병대를 기계적으로 죽여갔다. 페르시아 기병대 2만 명 중 3천 명이 전사하고 나머지는 도망쳤다.

페르시아군 보병대는 거의가 그리스 용병이었는데 알렉산드로스는 반역자라고 할 수 있는 그들을 용서하지 않고 포위하여 거의 전멸시켰다. 이 전투에서 알렉산드로스는 평소대로 스스로 기병이 되어 적진으로 들어가 다리우스 3세의 사위 미트리다테스와 그 형제인 로이사케스를 일대일로 싸워 승리를 거두었다.

그라니코스 강 전투는 마케도니아군의 압도적 승리로 끝났다. 방치된 페르시아군 야영지에서 대량의 전리품을 획득한 마케도니아군은 당장 필요한 군자금을 확보할 수 있었다. 해협 헬레스폰토스를 알렉산드로스가 차지했으므로 이 승리는 알렉산드로스의 배후를 위협하는 그리스 도시 국가들의 반란을 잠재우게 하는 전략적인 효과가 있었다. 이 승리로 알렉산드로스는 그리스의 생명선 흑해 연안의 곡물 유통을 장악하고 그리스 세계에 무언의 압력을 가할 수 있게 된 것이다.

그라니코스 강 전투에 승리한 알렉산드로스의 인기는 절대적이었고 사람들은 스스로를 호메로스가 묘사한 영웅들에 비유하며 행동하는 알렉산드로스를 정말 영웅으로 여기고 받들었다. 이 영웅의 군대가 오면 많은 도시들은 저항하지 않고 문을 열어 주었다. 알렉산드로스 또한 그 도시들의 생활에 변화가 생기지 않도록 배려했다. 페르시아 제국의 지방 행정 조직의 형태는 변경하지 않고, 마케도니아와 그리스인이 다스리도록 하였던 것이다.

정복의 시작 ─ 멤논과의 전투

이오니아 지방의 그리스인이 사는 도시에서는 알렉산드로스를 동포로 여기고 마케도니아군을 환영했지만 미트레스만은 달랐다. 그들은 페르시아 제국(帝國)에 종속하여 평화를 선택했다. 알렉산드로스에 의해 페르시아 제국의 지배에서 벗어난 도시는 자치를 허용받기는 하지만 독립을 이룰 수 있는 것은 아니었다. 코린트 동맹에 세금을 내야 했고 알렉산드로스에게 군자금을 제공해야만 했다. 마케도니아 왕국이 아닌 페르시아 제국을 지배자로 선택하는 그리스인 도시도 전혀 없지는 않았다.

알렉산드로스는 중립을 원하는 미트레스가 제시한 조건을 거절하고, 해방자가 아니라 정복자로서 미트레스에 대한 공격을 개시했다. 미트레스의 성벽은 견고해 공략이 쉽지 않았다. 게다가 미트레스는 페르시아 해군에 도움을 기대할 수도 있었다. 그러나 군선 160척의 마케도니아 함대는 강력한 페르시아 해군이 행동을 개시하기 전에 미트레스에 도착하여 해상을 봉쇄하고 말았다.

해전 경험이 없었던 알렉산드로스는 선수를 쳐서 별동대를 보내 페르시아 함대의 보급을 막고 400척이나 되는 군선을 무력하게 만들었다. 바다와 육지에서 포위당하면서도 미트레스는 잘 싸워 마케도니아군에게 상당한 타격을 주었지만 결국은 점령당하여 저항자들은 모두 죽음을 당했다. 에페소스에서 추방당해 미트레스에서 반격을 생각하고 있던 장군 멤논은 이 도시의 전투에서도 알렉산드로스에게 패하여 할리카르나소스로 탈출했다.

고대의 제왕 알렉산드로스 대왕 |

할리카르나소스는 카리아 왕국의 수도였고, 시민들은 그리스인과 카리아 인들로 이루어져 있었다. 장엄하고 강력한 이 도시는 마케도니아군을 요격할 준비를 해놓았고 멤논은 만반의 준비를 하고 알렉산드로스를 기다렸다. 철통 같은 도시의 방어 태세를 보고 알렉산드로스는 장기전을 결의했는데 예상대로 격전(激戰)이 벌어졌다. 도시측이 시가지에 불을 놓고 곶 위에 구축된 요새로 물러났기 때문에 알렉산드로스는 도시 안으로 들어갈 수 있었으나 멤논이 숨어 있는 요새만은 함락시킬 수가 없었다. 감시를 위한 군대를 남겨 놓고 알렉산드로스는 할리카르나소스에서 철수해야만 했다.

두 왕의 대결 — 다리우스 3세

알렉산드로스는 군의 본대(本隊)를 사르디스에 보내고 휘하의 군대를 이끌고 리키아 지방에서 북쪽으로 올라가 판퓔리아, 프리기아 지방을 정복했다.

멤논은 이때 다리우스 3세에 의해 소아시아와 해군의 최고 사령관으로 임명되어 에게해(海)를 석권하고 있었다. 하지만 그는 기원전 333년 여름이 끝나갈 무렵에 갑자기 병으로 죽고 말았다. 멤논의 조카 파르나바조스는 멤논의 뜻을 받들어 에게해에서의 작전을 계속했다. 함대를 해산시켰던 알렉산드로스로서는 해상 전력을 재건하는 일이 급선무였다.

기원전 333년 초봄, 알렉산드로스는 '고르디우스의 매듭'으로 유명한 고르디움을 출발해 카파도키아를 평정한 다음 아나톨리아를 정복하고 남하했다. 페르시아 해군의 본거지 키리키아 연안 지대로의 진군을 서둘렀다. 적의 공

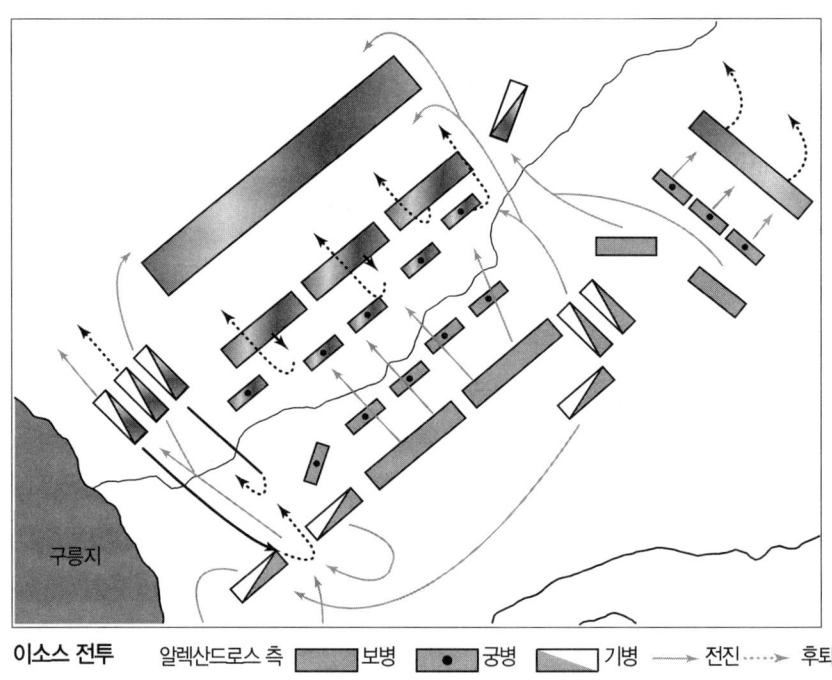

격 없이 알렉산드로스는 무사히 수도 타르소스에 도착했으나 페르시아의 수비대는 이미 도시에서 도망친 상태였다. 타르소스의 무더위를 견디지 못한 알렉산드로스는 알몸으로 큐도노스 강으로 뛰어들었다.

이 강은 물이 차기로 유명했는데 몸이 식은 알렉산드로스는 바로 이 지방 풍토병인 '키리키아 열병'에 걸리고 말았다. 여름이 지나자 열병은 회복되었지만 이때가 마케도니아군으로서는 최대의 위기였다. 페르시아 제국에서 이윽고 다리우스 3세가 출전, 알렉산드로스와 싸우기 위해 대군을 이끌고 진격해 왔기 때문이다.

그해 10월, 건강을 회복한 알렉산드로스는 시리아로 출발한다. 다마스쿠스를 경유하여 키리키아에서 남하하는 페르시아군과, 유리한 지형을 찾아 시리아 안에서 이동하는 마케도니아군은, 한 번 스친 후에 서로 방향을 전환해, 이소스(모자이크로 된 벽화에는 알렉산드로스 대왕이 다리우스 3세의 대군을 무찌르는 전투 장면을 묘사한 '이소스 전투'가 있다 - 옮긴이) 땅에서 대규모 전투를 벌였다. 마케도니아군의 불행은, 이소스에는 알렉산드로스와 마찬가지로 키리키아의 풍토병에 걸린 병사들이 남겨져 있다는 것이었다. 결과적으로 마케도니아 후방에서 습격한 페르시아군은 병에 걸린 병사들을 학살하고 마케도니아군의 연락선을 끊어 놓았다. 알렉산드로스는 전쟁터에서는 용감무쌍한 군인이었지만 그 이외의 곳에서는 실책을 범하는 일도 적지 않았다.

알렉산드로스는 서둘러 이소스로 향했고 기다리고 있던 페르시아군과 격돌했다. 전략적으로 우위에 서 있던 다리우스 3세였지만, 급경사 지역인 이소스에서는 기병을 주력으로 하는 페르시아군은 그 실력을 발휘하지 못해, 마케도니아군의 중앙을 차지하는 중장 보병의 밀집대에 압도당하고 말았다. 다리우스 3세는 전차를 타고 싸웠으나 다리에 부상을 입고 도주하기에 이르렀다. 전쟁터에 남겨진 전리품은 마케도니아군이 놀랄 만큼 엄청난 양이었다고 한다.

알렉산드로스는 테살리아 기병을 다마스쿠스로 파견하여 더 큰 소득을 거둔다. 알렉산드로스는 포로가 된 다리우스 3세의 어머니, 왕비, 두 명의 딸을 정중하게 대했다. 한편, 도주한 다리우스 3세가 인질이 된 가족의 반환과 강화를 요청했으나 알렉산드로스는 이를 거절하고 페르시아 제국 전체의 정복이 목적임을 선언했다.

티루스 — 최강의 도시

알렉산드로스는 다리우스 3세를 즉시 추적하지 않고 페르시아 해군의 근거지 페니키아로 향했다. 에게해에서는 여전히 페르시아가 우세했고, 마케도니아군은 페르시아가 퇴로를 차단할지도 모른다고 겁내고 있었다. 해안선을 남하하는 마케도니아군 앞에 페니키아 여러 도시들은 싸우지 않고 항복했지만 페니키아의 옛 수도이며 연안 지역 최강의 도시 티루스는 마케도니아군에 대해 철저히 적대적 태도를 취했다. 알렉산드로스는 섬에 건설된 이 도시를 육지에서 공격하기 위해 바다를 매립하고 제방을 만들었다. 그리고 공성구(攻城具)로 성벽을 공격했으나 실패했다. 티루스는 전술이 뛰어났고 모든 수단을 동원해 반격했기 때문에 알렉산드로스가 이 도시를 함락시키는 데는 7개월이나 걸렸다.

남하하여 마침내 이집트로 들어간 알렉산드로스는 이 땅에 그리스풍 도시를 건설하기로 하고, 나일 강 델타 지대의 파로스 섬을 선택한다. 훗날 이집트 수도가 되기도 하는 알렉산드리아는 이 계획에 의해 착공된 도시이다.

복수   페르세폴리스의 소멸

기원전 331년에 알렉산드로스는 티루스에 돌아왔는데, 그 사이에 페르시아는 모든 재력을 동원해 군을 재정비했고 바빌론에 전보다도 더 큰 규모의 군대를 편성했다. 그리고 가우가멜라 마을 근처의 평원에서 두 나라의 군대는 격돌한다. 격전 도중에 다리우스 3세는 다시 말을 타고 도망쳐, 전투는 알렉산드로스의 승리로 끝났다.

다리우스 3세를 쫓는 알렉산드로스 앞에 옛 수도 바빌론의 주(州)장관 마자이오스는 싸우지 않고 문을 열었다. 알렉산드로스는 이 도시에서도 해방자로서 환영을 받았다. 알렉산드로스는 궁전의 재물과 보화를 병사들에게 나눠주고 약탈이 행해지는 것을 막았다. 가우가펠라에서 그의 부장(副將)인 페르메니온을 괴롭힌 바빌론의 주장관 마자이오스를 알렉산드로스는 용감한 자로 인정하고 바빌로니아 전체의 부왕(副王)으로 임명했다. 이때부터 알렉산드로스는 정복지의 주장관직을 페르시아인에게 맡기게 되었다. 바빌론과 마찬가지로 항복한 스사에서도 주장관 아브리테스는 지위를 빼앗기지 않았다. 페르시아의 금고라 불리는 도시 스사의 보물창고에는 금 1천 톤에 상당하는 미가공 귀금속 200톤이나 되는 금화가 쌓여 있었다고 한다.

페르세폴리스도 저항 없이 문을 열기는 했지만 바빌론이나 스사와는 다르게 취급되었다. 알렉산드로스가 병사들에게 약탈 행위를 허용했던 것이다. 약탈은 아침부터 밤까지 이어졌다. 물건이 약탈당하고 남자들은 모두 죽음을 당했으며, 여자들은 죽음보다 더 비참한 일을 당했다. 마케도니아 병사들은 야수처럼 약탈하고 마구 죽였다. 알렉산드로스는 이 약탈과 학살을 묵인했다. 그는 시와 전설 속에 살고 있는 인물이었기에 페르시아인들의 손에 의해 100년 전에 불에 탄 신성한 아테네를 동정하여 그 보복의 기분을 눈앞의 장엄

가우가멜라 전투

기원전 331년에 다리우스 3세가 바빌론에 동원한 병력은 이전보다 훨씬 컸다. 가장 적은 숫자를 참고로 하더라도 기병 약 4만 5천, 보병 20만으로, 강력한 바크티아리 기병들이 참가했다. 그리고 다리우스 3세는 낫이 부착된 전차의 위력에 기대를 걸었는데, 네 마리의 말이 끄는 이 대형전차는 창과 검으로 바늘쥐처럼 무장했고 주위의 말과 병사를 베기 위한 낫이 네 개의 차바퀴살에 장착되어 있었다. 다리우스 3세는 이 무시무시한 무기를 200대 준비했고, 코끼리 15마리도 전열에 배치했다. 또 이소스 전투의 패전을 거울삼아 다리우스 3세는 기병전에 유리한 가우가멜라 마을 근처의 평원에 군사들을 배치시켜 놓았다.

티루스를 출발하여 유프라테스, 티그리스 강을 건넌 마케도니아군은 가우가멜라 평원에서 페르시아군과 대치한다. 전투의 발단은 기원전 331년 10월 1일. 알렉산드로스는 평소처럼 몸소 기병대 선두에 서서 다리우스 3세를 향해 돌진했다. 페르시아군은 지휘관이 선봉에 선 마케도니아 기병대의 맹돌격을 강한 바크티아리 기병과 스키타이의 갑옷기병으로 요격하

한 페르시아의 수도 페르세폴리스에 발산한 것이었다. 알렉산드로스 자신도 이 도시에서 금 3천 톤에 상당하는 재물과 보화를 손에 넣었다. 그는 약탈뿐 아니라 바빌로니아 및 이집트의 예술과 건축 기술의 결정이라 할 수 있는 페르세폴리스 왕궁에 불을 질러 이 페르시아의 낙원을 지상에서 영원히 사라지게 하였다.

결말 — 다리우스 3세의 죽음

다리우스 3세는 알렉산드로스의 추적을 피해 다니는 사이에, 박트리아 기

였다. 알렉산드로스는 우익을 따르던 그리스 기병대가 이들을 맞아 싸우게 했고, 마케도니아 기병대를 결전 병력으로 돌입시켰다.

다리우스 3세는 마케도니아 보병대를 향해 낫이 장착된 전차를 전진시켰는데, 마케도니아군은 창과 활로 대항하고 말과 마부를 쓰러뜨리는 전법으로 전차를 무력화했다. 알렉산드로스가 이끄는 기병대는 이소스와 마찬가지로 적군을 분단(分斷)하고 다리우스 3세에게 다가갔다. 귀신처럼 다가오는 알렉산드로스를 겁낸 다리우스 3세는 전차에서 내려 말을 타고 다시 전쟁터에서 도망쳤다. 다리우스 3세가 직접 지휘하던 중앙 부대도 왕을 따라 도주하기에 이르렀다.

그렇다고 페르시아군이 당장 붕괴된 것은 아니다. 바빌론의 주장관 마자이오스가 이끄는 기병대가 마케도니아군 우익을 맹공격하여 알렉산드로스는 다리우스 3세 추적하기를 포기하고, 파르메니온을 구원(救援)하러 떠났다. 왕이 전쟁터에서 사라진 페르시아군은 즉각 퇴각하기 시작했고, 은 100톤에 상당하는 재물과 보화, 귀중한 전차를 전쟁터에 남겨놓고 도망치고 말았다.

병을 이끄는 주장관 베소스의 음모로 죽게 된다. 알렉산드로스에게는 두말할 나위 없이 좋은 기회였다. 왕을 죽인 왕위 계략자는 베소스이고 알렉산드로스는 복수자라고 할 수 있으니 말이다. 알렉산드로스는 박트리아를 공략할 준비를 하는데, 병사들은 계속되는 전쟁에 이미 지쳐 있었다. 그들에게 있어 전쟁은 다리우스 3세가 죽었을 때 이미 끝나 있었던 것이다.

알렉산드로스는 베소스를 진압하는 데는 성공했지만, 기원전 329년부터 자주 일어나는 반란 진압에 분주해진다. 박트리아의 북방 소그디아나 지방을 돌며 저항 운동을 진압한 알렉산드로스는 박트리아의 귀족 오크슈알테스의 딸 록사네와 결혼했다. 이 결혼은 협조 정책으로 효과가 있어, 소그디아나 지방의 유력자들은 알렉산드로스를 따랐다. 이미 이 당시의 알렉산드로스는 페르시아식의 전제군주로서의 행동이 두드러졌고 알현 의례에 있어서 마케도니아인에게까지도 페르시아식의 궤배례(무릎꿇고 절하기)를 요구했다. 협조 정책의 일환인지 전제자의 사치인지 모르겠지만 말이다. 알렉산드로스는 박트리아와 소그디아나를 평정하고 기원전 327년 봄에 인도로 향했다.

종말   아케메네스 왕조의 마지막 왕

옛 인도의 자료에는 마케도니아군이 야만족으로 등장한다. 마지막 최대의 적인 인도 왕 폴로스와의 격전에서 승리한 알렉산드로스는 갠지스 강 맞은편 기슭에 위치한 마가다국(國)의 존재를 알게 되었다. 인더스 강의 지류 중 하나인 비파사 강(베아스 강)과 갠지스 강 사이에는 지나는 데 1년이나 걸리는 타르 사막이 가로놓여 있었다. 알렉산드로스는 사막을 건너 이 나라를 공략하기로 했는데, 마케도니아군의 인내심은 여기서 한계에 다다르게 된다. 사기를 돋우려는 알렉산드로스의 연설에 호응하는 이는 한 명도 없었다고 한다.

마침내 알렉산드로스는 양보하여 인더스 강을 내려가 군대를 돌리기로 했다. 해로와 육로로 나누어 돌아가기로 했는데, 육로를 지나는 병사들은 불모의 사막에서 식량과 물 부족으로 잇달아 쓰러졌다. 이 지옥 행군을 거쳐 알렉산드로스는 기원전 325년에 페르세폴리스에 돌아온다. 스사에 정착한 알렉산드로스는 축하연을 성대히 열고 합동 결혼식을 거행해 이민족과 마케도니아인의 융합을 꾀했다. 또한 페르시아의 청년 3만 명에게 마케도니아식 군사교련을 실시하고 군에 편입시켜 페르시아 기병대에게 '동료'로 불리는 명예로운 칭호를 주기도 했다. 이에 대해 마케도니아인들은 강력히 반발하고 나왔다.

기원전 323년에 알렉산드로스는 수도 바빌론으로 돌아가 아라비아 원정을 준비하던 중에 말라리아로 추측되는 병에 걸렸다. 열흘 후인 6월 13일 해가 질 무렵, 그는 후계자도 정하지 못한 채 죽고 말았다. 후계자를 묻자 알렉산드로스는 '크라스토(가장 강한 자)'라고 대답했다고 하는데, 그의 아들 헤라클레스의 이름을 부르려 했다는 설도 있다. 측근들은 후계자를 결정하는 회의를 우선하여 알렉산드로스의 유해는 관에 넣은 채 며칠 동안 방치되었다. 피비린내나는 권력 투쟁이 있는 동안에 알렉산드로스의 애매모호한 한 마디는 현실이 되었다. 측근들 중에서 '가장 강한 자'들이 알렉산드로스의 제국을 분할하고 말았으니 말이다.

이루지못한꿈 한 시대의 종말

알렉산드로스는 훌륭한 군인이었지만 뛰어난 통치자는 아니었다. 그에게 통치자의 재능이 있었다 해도 그것이 발휘될 시간이 없었던 것이다. 결국 그의 정복 활동은 자신을 찾는 여행이 아니었을까? 아버지로부터 사랑받지 못하고, 어머니로부터는 부담스러울 정도의 기대를 받은 고뇌하는 소년 알렉산드로스의 모습이 거기에 있었다. 하지만 마케도니아인들이 페르시아를 이기기 위한 영웅을 원하고 있었던 것 또한 사실이다. 그들은 그것이 이루어질 수 있는 동안에는 알렉산드로스를 지지했으나 그렇게 못할 때는 그를 버렸다.

그러나 알렉산드로스의 군사적 업적은 매우 큰 것이었고 그가 정복한 땅에 많은 헬레니즘 도시를 건설했는데 그 결과 문화, 인종, 기술이 확산·융합되었다. 불교 미술로 알려진 간다라 미술도 그 중 하나이다.

그가 정복한 땅은 그의 부하들이 네 개의 왕국으로 분할했다. 대제국 페르시아를 적당한 크기로 되돌려 놓았다고 말할 수 있을지도 모른다. 그리고 서방이 다시 한번 통합될 때까지는 로마의 출현을 기다려야만 했다.

요약
고대의 제왕

왕을 섬기지 않는 자는 목자 없는 양

― 고대 메소포타미아의 격언

왕권의 탄생

국왕은 도둑과 함께 세계에서 가장 오래된 직업 중 하나이다. 인류가 모여 생활하는 이상 지도자가 필요한 것은 당연하며, 소박한 상속의 개념으로 말하자면 가구와 가옥을 상속하듯이 지도자의 권한을 상속하는 것은 어떤 의미에서는 자연스런 일이었다.

단, 왕과 다른 직업 사이에는 다소의 차이가 있는데 예를 들면 뛰어난 장인(匠人)은 둘이 있어도 상관 없지만 아무리 훌륭한 인물이더라도 두 사람이 동시에 옥좌에 앉을 수는 없다는 것이다. 또 무능한 목공이라면 자기 혼자 먹고 살기 힘들면 그만이지만, 무능한 왕의 경우는 국민 전체가 먹고 살기 힘들어진다는 점이다.

그런 까닭에 처음으로 왕이 되었던 인물은 아마도 유능한 지도자였을 것이다. 그러나 반드시 같은 혈통에 몇 대나 이어서 우수한 지도자가 나타난다고 할 수는 없다. 오히려 역사를 보면 2대, 3대로 갈수록 우수한 지도자가 나오기 어렵다. 그렇다면 왕정(王政)은 어떻게 현실에 적응했는가?

혈통인가 실력인가?

차기 국왕을 선택할 때 크게 두 개의 가치기준이 있는데, 본인의 능력에 관계 없이 혈통을 중시하는 혈연 중시형과 지도력 있는 사람을 왕으로 삼는 실력 중시형이 그것이다. 일반적으로 혈연 중시형은 농경 사회에 많았으며, 실력 중시형은 수렵 유목(狩獵遊牧) 사회에 많았다.

예를 들면, 농경 사회인 이집트에서는 혈통을 중시한 나머지 동족혼이나 친자 사이에서의 혼인까지 이루어졌다. 농경 사회에서 혈통이 중시되는 것은 부(富)의 원천이 토지이기 때문이다. 어제와 같은 분쟁이 어제와 똑같이 중재되어야만 안심하고 경작을 할 수 있지 않은가?

그렇다면 사회를 안정시키는 제일 좋은 방법은 가장 많은 토지를 갖고 있는 씨족(氏族)이 대대로 정권을 잡는 것이다. 왜냐하면 가장 많은 토지를 소유한 사람은 그 사회 체제에서 제일 많은 혜택을 받은 사람이기 때문이다. 물론 경제적으로도 유복하기 때문에, 무력에 호소하는 경우에도 가장 많은 사람들을 동원할 수 있다.

이 경우에 왕은 아무것도 하지 않는 사람일수록 좋다. 아주 어리석은 사람만 아니라면 무능해도 상관 없다. 왕의 실력이 부족하다면 관료가 부족한 부분을 채우면 되는 것이다. 개혁의 의지에 불타는 국왕은 오히려 곤란했다.

한편, 수렵 유목 사회의 왕에게 실력이 우선되는 것은 그 집단이 죽고 사는 것이 지도자의 실력에 달려있기 때문이다. 수렵은 사냥감이 있는 곳, 유목은 가축이 먹는 풀이 있는 장소에 대한 정보 분석을 잘못하게 되면 순식간에 굶어죽고 마는 것이다. 수렵 유목민 왕에게는 정보 분석력, 결단력, 지도력, 획득한 사냥감을 공정하게 분배하는 능력 등이 요구되었다. 한 마디로 유능한 지도자가 필요했던 것이다.

나중에 해설할 칭기즈 칸을 대표로 하는 기마 민족과 북유럽의 바이킹 왕들의 대부분은 신하들에 의해 선택된 존재들이었다.

세계에 대한 영향

고대 오리엔트의 왕들을 처음에 소개하는 것은 그 땅이 현재의 유럽 문명의, 그리고 정치사의 원류가 되었기 때문이다. 예를 들면, 함무라비 법전은 훗날 오리엔트의 법체계에 영향을 주었고, 특히 성경을 통해 유럽에 영향을 끼쳤다. 함무라비 법전 자체의 원점은 더욱 오래되어 수메르 문명으로까지 거슬러 올라간다.

토트모세 3세로 대표되는 이집트의 파라오는 왕의 전제(專制) 형태로서 영향을 주었다. 알렉산드로스, 카이사르, 그리고 나폴레옹. 그들은 모두 이집트의 거대 건축물을 보고 전제군주가 되려고 했다고 한다.

솔로몬은 나중에 기독교를 탄생시킨 유대의 왕이다.

다리우스 1세와 바로 뒤에 등장하는 알렉산드로스 3세 시대에 오리엔트는 거의 하나의 세계로서 성립하는데 그것은 서쪽은 아프리카, 그리스로부터, 동쪽으로는 인도까지 도달하는 거대한 문명권의 탄생이었다.

알렉산드로스 3세가 탄생시킨 헬레니즘 문화는 그리스인의 사실적(寫實的)인 조형력을 인도에 전파했고, 그 기술은 인도에서 불교와 혼합되어 간다라 미술을 탄생시켰던 것이다. 이 문화는 동방에 불상의 제조 기술로 전해진다.

길은 로마로

오리엔트에서 눈을 돌려 지중해 지방을 보면 그리스 각지의 폴리스를 대표로 하여 왕정과는 다른 통치 시스템을 가진 도시 국가가 산재해 있었다. 아테네처럼 대표를 제비뽑기로 정하는 철저한 민주주의에서부터 거의 왕정에 가까운 귀족제까지 다양했다. 아무튼 원칙적으로 많은 도시에서 시민의 평등 원칙이 살아 있었는데, 그것은 이 도시들의 군대가 시민에 의한 보병 중심으로 형성되었기 때문인 듯하다. 시민이 부담하여 무장한 중장 보병은 시민의 경제적 자립을 대전제로 하며, 그렇지 않으면 국가가 그 부담을 져야 한다.

그리고 알렉산드로스 이후 정체(停滯)를 보였던 오리엔트를 대신하여 이탈리아 반도의 한 도시가 움직이기 시작했다. 바로 로마 공화국이었다. 로마는 많은 항쟁을 거치면서 점차 지중해의 패권(覇權)을 잡고 마침내 영토 국가로 발전한다. 하지만 커진 로마는 점차 옛 체제를 받아들이지 않게 되었다.

역사는 로마를 향해 흘러가기 시작했다.

이 시기에 일어난 역사적 사건			
B.C. 3300	수메르 문명 발흥	B.C. 500	페르시아 전쟁(~449)
B.C. 3100	이집트 제1왕조 발흥	B.C. 403	전국(戰國) 시대 시작(~221)
B.C. 3000	세계에 청동기 사용 확산	B.C. 399	소크라테스 사망
B.C. 2600	이집트에서 피라미드 건설	B.C. 317	인도에서 찬드라쿱타 왕에 의한 마우리아 왕조 성립(~297)
B.C. 1720	이집트에 힉소스 침입(~1570)	B.C. 273	아쇼카 왕 탄생(~232)
B.C. 1700	히타이트 발흥(오리엔트에서 처음으로 철기 사용)	B.C. 272	로마, 이탈리아 반도 통일
B.C. 1400	중국 은(殷)왕조 성립(~1027)	B.C. 262	로마와 카르타고에 의한 제1회 포에니 전쟁(~241)
B.C. 1230	모세, 이집트를 탈출		
B.C. 1027	중국의 서주 성립(~771)	B.C. 221	진(秦) 시황의 중국 통일(~206)
B.C. 997	다윗, 이스라엘의 왕이 되다	B.C. 218	제2차 포에니 전쟁(~210)
B.C. 771	그리스에서 고대 올림피아 경기 시작	B.C. 209	항우(項羽)·유방(劉邦) 거병
		B.C. 202	전한(前漢) 성립(~기원후 8)
B.C. 770	춘추 시대 시작(~403)	B.C. 202	로마의 대스키피오, 한니발
B.C. 709	아시리아 바빌론 공략 오리엔트 지배	B.C. 149	제3차 포에니 전쟁(~146) 카르타고 멸망
B.C. 660	조로아스터 탄생(~583)	B.C. 127	한무제, 기마민족 흉노에 대한 공격 개시
B.C. 566	석가 탄생(~486)		
B.C. 551	공자 탄생(~479)		

제 2 장
로마의 황제

GAIUS JULIUS CAESER
가이우스 율리우스 카이사르

DATA
- 생몰 : B. C. 100~B. C. 44
- 재위 : B. C. 44년
- 지역 : 지중해 세계
- 왕조 : 공화정 로마

공화정을 파괴하고 제정(帝政)의 기초를 쌓은 로마의 정치가 카이사르에 대한 평가는 다양하다. 매력적인 그의 품성은 학자들의 흥미를 끈다. 여인들에게 사랑받고 부하들의 존경을 한몸에 받던 그도 결국 흉도에 쓰러지게 되는데…….

배경 — 안정기의 공화정 로마

기원전 616년에 촌락 같은 작은 도시에서 출발한 로마는 에트루리아인의 지배하에 있었다. 에트루리아인은 약 100년간 로마를 지배했는데, 기원전 510년에 로마인이 반란을 일으켜, 치열한 전쟁 끝에 에트루리아인 왕을 추방했다. 이 시기에 시민의 대표자들이 만든 '원로원'이 정무의 최고 명령권을 갖고 집정관(執政官) 두 사람을 선출하는 로마 공화정 체제가 구축되었다. 로마인들은 왕정(王政) 타파를 자랑스러워했고, 전투에 대한 얘기는 전설처럼 전해졌으며 로마인들은 전제주의(專制主義)의 잔재가 남아 있는 사람들을 싫어하게 되었다. 공화정 로마는 착실히 힘을 키워 적들을 제거해 나갔다. 카이사르가 탄생한 기원전 100년의 로마는 지중해 세계의 승자였지만 내외부적으로 주변에 많은 적들이 있었다.

카이사르가 탄생했을 무렵에 평민 출신의 장군 가이우스 마리우스가 로마의 최고위 공직인 집정관으로 선출되었다. 기원전 115년에 법무관 선거에 당선된 마리우스는 카이사르의 고모 율리아와 결혼했으므로 카이사르에게는 고모부가 된다.

가이우스 마리우스, 그의 부하 장군 루키우스 코르넬리우스와 술라는 카이사르의 소년기를 격동으로 물들인 인물이다. 특히 술라는 사후(死後)에도 카이사르의 적으로서 그에게 커다란 영향을 끼쳤다.

로마의 황제 가이우스 율리우스 카이사르

태생 — 율리우스 일가

영어로 줄리어스 시저라 불리는 시저의 정식 라틴어 이름은 가이우스 율리우스 카이사르로서 가이우스는 남자에게 흔히 붙이는 명칭이었다. 율리우스는 가문, 카이사르는 가명(家名)에 해당한다. 가이우스라는 이름은 세습되기 때문에 여기서 설명하는 가이우스 율리우스 카이사르의 아버지도 이름이 가이우스 율리우스 카이사르이다. 잔혹한 독재정치로 악명 높던 로마의 제3대 제왕 카라칼라도 본명은 가이우스 율리우스 카이사르 게르마니쿠스이다.

로마를 건국한 로물루스는 현재의 로마보다 내륙에 있던 알바 왕국의 왕족 혈통인데, 율리우스 일가는 이 왕국의 유력자로서 명문 귀족이었다. 카이사르가(家)는 율리우스 일문의 직계라고 할 수는 없고 비교적 후대의 가명(家名)이다. 카이사르 가문은 가이우스라는 이름을 세습하는 가족과, 루키우스라는 가족으로 나뉘게 된다.

카이사르의 아버지는 법무관이었다. 법무관은 집정관 다음가는 공직이지만, 가이우스가의 힘으로는 최고위직 집정관이 될 수는 없었다. 이처럼 가이우스 집안은 같은 가문인 루키우스 집안에 비해 힘이 약했는데, 정략 결혼으로 그럭저럭 명문 귀족의 체면을 유지하고 있었다. 카이사르의 어머니 아우렐리아의 친정은 출세한 사람이 많은 명문이며, 학자 집안이라 그녀도 상당히 교양 있는 여성이요 보기 드문 현모(賢母)였다.

군사쿠데타 — 집정관에 의한 수도 제압

집정관이 된 마리우스는 우선 시민군이던 로마군(軍)을 직업군인 기구로 개편하는 군정 개혁을 단행했다. 그 당시까지 로마군은 징병에 의해 조직되었다. 패배를 모르는 장군으로서 영광을 누렸던 마리우스도 나이가 들어가면서 그 위세가 점차 떨어지고 있었는데, 병역 의무에서 시민들을 해방하고 실업자들에게 군인이라는 직업을 주어 로마 서민층의 지지를 얻어내는 데 성공했다. 게다가 휘하의 군대를 지휘할 수 있다면 그것은 마리우스의 새로운 미약으로 연결될 수 있을 것이었다.

그러나 그의 부하였던 루키우스 코르넬리우스, 술라가 마리우스에 대해 반란을 일으켰다. 마리우스와 술라는 원정의 지휘권을 놓고 싸웠는데, 오리엔트(소아시아)에서 반란을 일으킨 폰투스 왕 미트라다테스에 대한 원정 지휘권을 마리우스가 수중에 넣어 당초 총사령관에 선출되었던 술라가 이를 찬성하지 않았던 것이다.

기원전 88년에 집정관에 임명된 술라는 이 해에 캄파니아의 노라에 주둔한 군대를 움직여 수도 로마로 진군했다. 집정관이 군대를 이끌고 수도로 진군한다는 것은 로마인들로서는 상상조차 하지 못한 일이었다. 로마 시민들은 비난을 퍼부었으나 술라의 군대는 시민들을 학살하고, 일부에서는 불을 질러 약탈행위를 자행하기도 했다. 수도는 몇 시간 만에 제압되었고 마리우스는 로마에서 도망쳤다.

유혈 마리우스의 복수와 술라의 공포정치

군사 쿠데타로 오리엔트 원정의 지휘관으로 복귀한 술라는 오리엔트를 평정하고 그리스까지 진군해 그리스 전역을 항복시켰다. 술라가 없는 로마(기원전 89~84)에서는 집정관 루키우스 킨나가 마리우스파(派)임을 표명하고 원로원의 다수파를 장악하여 기원전 87년에 도망 다니던 마리우스를 불러들였다.

그 무렵 아프리카에 있던 마리우스는 병력 6천 명을 이끌고 로마로 귀환하여 두 번째 군사 쿠데타를 일으켰다. 분노에 찬 마리우스는 원로원 의원 50명, 기사계급 1천 명을 순식간에 학살했고 희생자들 중에는 집정관이었던 옥타비우스도 끼여 있었다. 옥타비우스의 죽음은 집정관이 같은 로마인에게 죽음을 당한 첫 번째 사건이었다.

이 사건으로 카이사르의 큰아버지가 두 사람이나 희생되었다. 마리우스도 또한 카이사르의 친척이었기 때문에 아직 열세 살인 소년 카이사르에게 충격은 매우 컸다. 카이사르가 처음으로 목격한 '유혈의 복수전'이었던 것이다.

복수는 대학살로 끝이 났고 이듬해에 마리우스는 킨나와 함께 집정관이 되었지만 임기를 시작한 지 13일 만에 열병으로 죽고 말았다.

마리우스의 후계자임을 자인하는 집정관 킨나는 점차 서민들의 호응을 얻게 되었고, 정권은 '민중파'가 독점하기에 이르렀다. 카이사르는 킨나의 딸 코르넬리아와 결혼하였다. 마리우스의 학살에서 살아남은 '원로원파' 사람들이 술라의 진영으로 망명하는 가운데, 집정관 킨나는 머지않아 로마로 돌아올 술라에 대비하여 방위군을 정비했다. 하지만 킨나는 군대 편성의 혼란에 휩싸여 목숨을 잃고 만다.

기원전 84년, 드디어 술라가 로마 귀환을 시도하고 2년에 걸친 내전이 벌어진다. 카이사르의 소년 시절도 끝이 났다.

술라의 군대에는 훗날 카이사르와 깊은 관련을 맺는 인물들이 있었는데, 우선 훗날 로마 최고의 갑부가 된 서른한 살의 마르쿠스 크라수스를 들 수 있다. 마리우스의 손에 아버지와 형을 잃은 그는 도망갔던 스페인에서 합류했다. 그리고 마찬가지로 마리우스파에게 아버지를 잃은 그나이우스 폼페이우스. 이 당시에 스물세 살이던 폼페이우스는 자신이 편성한 3개 군단을 이끌고 있었는데, 그의 천재적 기질은 카이사르를 능가했다. 그들이 참가하는 술라의 총 병력은 7만 5천이었다.

술라의 군대를 맞아 싸우는 '민중파'의 전력은 12만이었지만 그는 보통 사람이 아니었다. 집정관 두 사람은 노르바누스, 스키피오 순으로 잇달아 패하여 포로가 되고 만다. 킨나의 협력자 카르보는 마리우스의 장남과 힘께 술라에 맞서지만 지고 말았다. 이 전투가 있은 다음날 이른 아침에 술라는 로마로 입성했다. 마리우스의 장남은 전사했고, 임시 집정관 카르보는 자살했다.

로마에 입성한 술라의 대학살이 시작되니, 이것이 카이사르가 목격한 두 번째 대학살이었다. 내전 피해는 없었지만 입성한 술라에 의해 시내는 피의 강이 흐를 정도였고, 그 참상은 술라조차도 로마를 정치 중추로 삼는 것을 재고(再考)하게 만들 정도였다고 한다. 술라는 냉정한 합리주의자였으며 빠른 판단력과 실천력을 겸비한 인물이었다. 그가 목표로 한 것은 마리우스파의 근절(根絶)이었고, 그것은 질서 있게 그리고 조직적으로 진행되었다.

술라

술라는 역사에 이름에 남길 만한 대단한 자질의 소유자였다. 평범한 집안에서 태어나 가난한 청년 시절을 보냈는데, 품성이 천박하지는 않았다. 군사적 재능도 뛰어나 일단 적과 맞서면 반드시 승리하고야 말았다.
그는 결단력이 빠르고 냉정하게 행동했는데, 군사(軍事)는 그 재능을 가장 잘 발휘할 수 있는 분야였다. 이 당시의 로마는 개혁파인 '민중파'와 보수파인 '원로원파'라는 2대 세력이 존재했다. 카이사르의 고모부 마리우스는 '민중파'였고 술라는 '민중파'를 타파하려는 '원로원파'의 선봉에 서 있었는데, 이것이 술라와 카이사르가 대립하는 원인이 된다.

긴 충전기 — 청년 시절

술라는 반대파들을 효율적으로 제거하기 위해 '민중파'로 간주한 사람들 수천 명(수만 명이라고 한다)의 이름을 명부로 만들어 공고했는데, 이는 민중파를 공포에 떨게 만들었다.

'민중파'로 지목받은 카이사르는 가까스로 로마를 탈출하여 소아시아 서안에 도착한다. 소아시아 총독 마르쿠스 미누치우스 테무르스의 군대에 은신한 카이사르는 첫 임무로서 비티니아 왕국에 사신으로 가게 되었다. 임무는 무사히 달성했지만 비티니아 왕 니코메데스의 궁정에서 어떻게 지냈는지 동성애자로 소문난 니코메데스와 어울렸다는 추문에 휘말리게 된다. 로마는 동성애에 관용적이지 않았기에 이 추문은 평생 카이사르를 따라다닌다.

얼마 후 카이사르는 소아시아 남안의 키리키아 지방에서 근무한다. 로마의 술라는 여전히 건재해 아직은 로마로 돌아갈 수 없었다. 이 지방의 세르빌리우스 익사리우스 총독 밑에서 카이사르는 후한 대우를 받았으나 곧 제대했다. 로마로부터 술라가 죽었다는 소식이 전해졌기 때문이다. 카이사르는 서둘러 로마로 돌아갔다. 기원전 78년, 4년 만에 로마 땅을 밟은 카이사르는 스물두 살의 청년이 되어 있었다. 술라는 죽었지만 그의 자취는 아직 커서 민중파인 카이사르가 뜻을 펴기는 어려웠다. 카이사르는 변호사로 개업해 원로원파와 싸웠지만 실패했다. 카이사르는 아주 오랫동안 술라의 망령이라고도 할 수 있는 '원로원파' 세력 때문에 많은 어려움을 겪어야 했다.

카이사르가 로마로 돌아온 2년 후에 그보다 여섯 살 위인 서른 살의 폼페이우스는 4만의 병력을 이끄는 총사령관으로서 군사적 재능을 발휘하고 있었다. 한편, 카이사르는 술라파의 미움을 사서 다시 국외로 도망하게 된다. 그는 최고의 유학지로 알려진 로도스 섬으로 향했다.

카이사르의 해적 퇴치

카이사르가 로도스 섬으로 가는 도중에 일어난 사건이다. 그는 파르막사 섬 근처에서 유명한 키리키아 해적들에게 붙잡히고 말았다. 느긋한 그의 성격이 여기서 운 좋게 작용했다. 그는 겁내는 기색도 없이 자기의 몸값을 올려 대우를 보증하게 하였고, 해적들과 섞여 무술 훈련 등을 하면서 돈이 도착할 날을 기다렸다. 석방된 카이사르는 곧 배를 모아 해적이 숨은 장소를 급습하고 소아시아에 속한 주총독으로부터 처치를 일임받고는 해적들을 모두 사형시켰다. 카이사르의 해적 퇴치에 관한 얘기는 그리스에서 영웅담으로 전해지게 되었다.

무위(無爲) 쉽지 않은 출세

로도스 섬에서 교양을 익히며 유유자적하게 시간을 보내던 카이사르는 얼마 후 신기관(神祇官, 하늘의 신과 땅의 신을 섬김)으로 임명되어 로마로 돌아온다. 카이사르는 스물일곱 살에 로마 군대의 대대장으로서 입후보하여 당선되었는데, 6개 대대 600명을 통솔하는 지위이긴 하지만 크게 출세한 것은 아니었다. 그의 출세는 이때까지는 아직 순조롭지 않았던 것이다.

카이사르는 그 당시 오히려 엄청난 빚더미에 올라 있는 것으로 유명했는데 자그마치 '10개 군단 이상의 병사들을 1년 동안 먹여 살릴 수 있을 정도의 액수'였다고 한다. 그 돈을 책값, 유흥비, 옷값 등에 탕진했다. 특히 패션에 대해서는 공식석상에서 입는 장의(長衣)를 좋아했고, 평상복 단의(短衣)도 디자인을 궁리할 정도였다. 수많은 여인들에게 값비싼 물건을 선사하기도 했다. 이 빚더미에 앉은 사나이는 우습게도 재무관으로 스페인에 부임하는데, 재무관은 로마의 속주(屬州)를 통치하는 총독직 밑이며 재무와 공문서를 관리하는 직책으로서 로마 원로원의 첫 번째 공직이었다.

정계의 공식 무대 — 삼두정치로

카이사르가 부임지에서 가데스 시의 헤라클레스 신전에 들렀을 때 알렉산드로스 대왕의 상 앞에서 '벌써 알렉산드로스가 세계를 지배했던 나이가 되었건만 나는 아직 아무것도 못하고 있다'며 통탄했다고 하는데, 그렇다고 그 날 이후로 그가 갑자기 변한 것은 아니다.

재무관 임기를 마치고 로마로 돌아와서도 카이사르의 방탕한 생활은 여전했다. 그러나 재무관으로서의 능력을 인정받아 원로원에 들어갈 수 있었다.

그가 서른다섯 살 때 집정관, 법무관 다음가는 안찰관(按察官)에 임명된다. 나이를 생각하면 그리 빠른 출세는 아니었다. 하지만 그는 독특한 안찰관이었던 것만은 분명하다. 안찰관은 로마 시의 가로(街路)와 수도를 관리하고 또한 공적인 행사를 제공하는 공직인데, 카이사르는 로마의 주요 간선 아피아 가도(街道)를 복구하고 또 검투사 시합을 개최하는 등 활발히 활동했다. 이 사업들을 카이사르는 모두 자비, 즉 빚으로 시행했다. 그 금액은 어마어마했지만 대신에 귀중한 서민들의 지지를 얻을 수 있었다.

빚지는 것을 전혀 겁내지 않는 이 불가사의한 정신 구조의 카이사르는 돈을 빌려 선거 자금으로 썼고, 종교의 최고 책임자 최고 신기관 자리에 오른다.

원로원 의원이 된 카이사르는 그를 경계하는 보수파 세력의 음모와 몇 건의 스캔들을 보기 좋게 피해갔다. 재판이 주요 업무인 법무관직 임기가 채 끝나지 않은 채 속주(屬州) 총독이 된 카이사르는 재무관 시절부터 인연이 있는 스페인 남부로 부임해 갔다. 속주 총독은 법무관직과 동격이었지만 속주 총독은 군단을 지휘할 수 있었다. 서른아홉 살 때 마침내 카이사르는 정계의 공식 무대에 서게 되었다.

  속주 총독을 마치면 로마 공직의 최고위 집정관이 되는 것도 요원한 꿈은 아니었다. 1년 후에 무사히 귀국한 카이사르는 집정관이 되고자 행동을 개시했다. 영예로운 개선식(凱旋式)도 포기하고 집정관 선거에 입후보했고 당선을 굳히기 위해 폼페이우스와 접촉했다. 폼페이우스 지휘하의 병사들 표가 있으면 카이사르는 보수파인 '원로원파'의 대립 후보를 이길 수 있었기 때문이다. 카이사르는 협조를 얻기 위해 집정관에 취임하면 폼페이우스의 옛 부하에게 농지를 나눠주겠다고 약속했다. 폼페이우스의 승낙을 받자 그 다음에는 로마 최고의 갑부이며 카이사르의 최대 채권자인 크라수스를 설득한다. 이른바 유명한 '삼두정치'가 성립되는 찰나였던 것이다.

이민족과의 전쟁 — 갈리아 전쟁

  당초에는 카이사르, 폼페이우스, 크라수스 세 사람이 연합했다는 사실을 외부에 숨기고 있었으나 이 담화는 확실히 주효해 카이사르는 압도적 다수로 집정관에 당선되었다.

  카이사르는 집정관의 권한으로 즉시 변혁에 착수했다. 먼저 의사(議事)의 내용을 게재한 의사일보(議事日報)인 대자보를 작성하여 밀실이던 원로원 회의를 일반 시민들에게 숨김없이 공개했다. 그 다음에는 많은 선배들이 실패한 '농지법'을 성립시켰다. 기득권의 침해를 겁내는 보수파 세력에게 '농지법'은 반체제 운동으로 여겨졌다.

  보수파인 '원로원파'의 반대의 원성이 높았는데, 카이사르는 시민들로부터 얻은 자신감과 폼페이우스의 인기를 활용해 시민 집회에 모인 군중들을 열광시켰고, 반대파를 단상에서 쫓아냈다. 이것이 바로 시민 앞에서 밝혀진

'삼두정치'의 절대적 효력이었다. 또 한 사람의 집정관인 비브루스는 카이사르 때문에 무력화되어 의욕을 잃었으므로 카이사르는 집정관의 임기 1년 동안을 혼자서 충분히 활용했다.

집정관 임기 동안 자신의 구상을 현실화한 카이사르는 임기를 마치고 라인 강 서쪽, 현재의 서유럽에 해당하는 갈리아 지방의 속주(屬州) 총독이 되어 부임했다. 카이사르는 자기가 로마를 떠나 있는 동안에 뒤탈을 없애기 위해 딸 율리아를 폼페이우스에게 시집보내 결속을 더욱 튼튼히 했다.

카이사르가 부임했을 당시의 남부 갈리아는 로마의 속주로서 안정된 상태에 있었지만, 중부 및 북부에서는 동방에서 침입해 오는 게르만족의 압박으로 갈리아 부족들 사이에 여러 가지 문제들이 발생했다. 갈리아인들은 부족

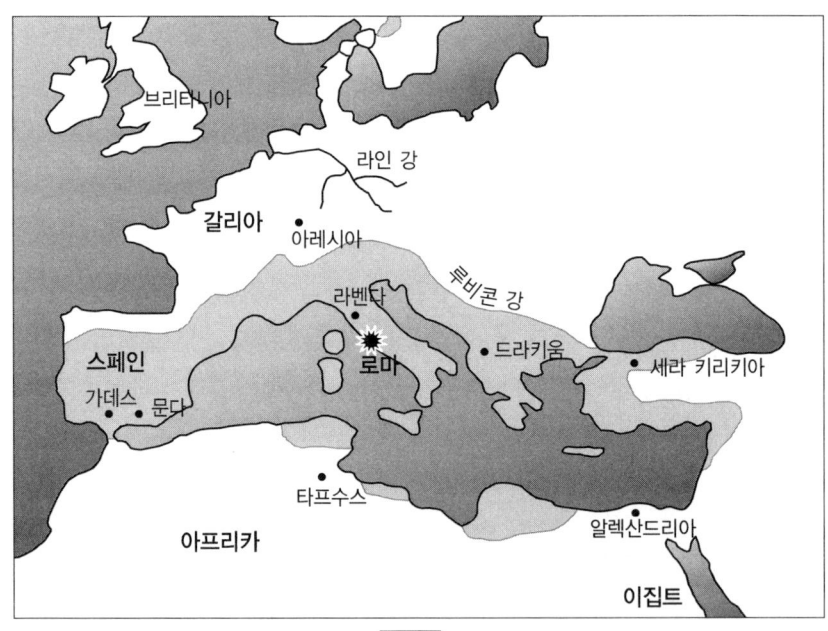

카이사르 시대의 로마  로마의 영토

간의 단결이 잘 이루어지지 않았는데 게르만족들은 약탈 행위뿐 아니라 갈리아인들끼리의 분쟁을 이용하기도 했다.

게르만족에게 거주지를 빼앗긴 갈리아인들은 난민이 되어 다른 부족의 땅으로 도망쳤고, 난민들의 이동은 다른 부족과의 말썽을 동반했다. 그런 와중에 헬베티족이 세콰니족 및 아이두이족과 충돌한다. 아이두족에게 원군(援軍) 요청을 받은 카이사르는 헬베티족을 공격하여 후퇴시키기 위해 전투에 개입했다.

카이사르는 항복하는 자에게는 관용을 베풀었지만 계속 저항하는 자는 용서하지 않았다. 카이사르는 군단 전체를 동원해 싸웠다. 약 40만 명으로 이동을 개시했던 헬베티족 중에서 원래의 거주지로 돌아갈 수 있었던 것은 10만 명이었다고 한다.

그 다음으로 카이사르의 적이 되는 것은 게르만족의 두목 아리오비스투스였다.

전격작전 — 카이사르의 전법(1)

카이사르의 특기는 재빠른 행동에 의한 전격(電擊)작전이었는데, 이 게르만족과의 전투에서도 그 실례를 볼 수 있다. 아리오비스투스의 병력에 바짝 다가간 카이사르는 회담이 결렬되자 당장 공격을 개시했다.

카이사르는 게르만측이 부족의 점성술 때문에 결전을 망설이고 있다는 정보를 얻자 이 절호의 기회를 놓치지 않았다. 대열을 흐트러뜨리지 않은 로마 군단은 조직화되지 않은 게르만 병사들을 압도했다. 승리에 결정적 공을 세운 것은 카이사르의 최대 채권자인 크라수스의 아들이었다. 패배한 아리오비스투스는 작은 배를 타고 라인 강 동쪽으로 도주했다.

기원전 57년, 이번에는 갈리아 북부의 벨기에인이 문제를 일으켰다. 로마군의 다음 표적이 될 것이라고 생각한 벨기에인들이 카이사르에게 선제공격을 가하려 한 것이다.

다른 갈리아인들과 달리 벨기에인은 잘 단결했으며 총 병력은 약 40만이었다. 카이사르의 병력은 원로원이 승인한 4개 군단과 자비로 창설한 4개 군단. 여기에 용병(傭兵), 현지 병을 합쳐도 6만이 채 못되었다. 카이사르는 이 새로운 적에게도 전격작전을 이용했다. 신속히 적의 영내로 진격하여 진영지를 설치하고 벨기에인 30만을 맞아 싸웠다. 적은 로마군의 약 5배였지만 선수를 친 로마군이 유리했다.

견실하게 싸우면서 카이사르는 게르만족과의 전투 이후에 동맹관계에 있는 아이두이족을 후방을 교란시키는 유격대로 사용했다. 카이사르는 군사적 재능면에서는 폼페이우스에 뒤떨어졌지만 정치를 전략(戰略)에 이용하는 재능이 탁월했다. 동맹을 맺은 이민족 부대를 직속 군단과 마찬가지로 잘 활용했던 것이다. 아이두이족에게 본거지를 공격당한 베로바치족은 전투를 계속할 수 없었다. 부족 연합 중에서 최강이었던 베로바치족이 철수하자 벨기에인들은 안절부절 못하고 도망갈 태세를 취했고, 카이사르는 승리했다.

궁리와지략 카이사르의 전법 (2)

벨기에인의 총대장 갈바는 스에시오네스족 출신이다. 그의 본거지인 노비오드눔을 공략할 때 카이사르가 지휘하는 로마 군단은 그들의 발달된 토목 기술을 잘 발휘하였다. 군단은 상황에 따라 즉석에서 공병대가 될 수 있었다. 대규모 야영지를 세우고 다리를 놓고, 공성전(攻城戰)에서는 거대한 병기를 순식간에 만들어 냈다. 그 공성 병기를 목격하고 갈바는 순순히 항복했다.

카이사르는 전투를 거듭하며 갈리아 지역 제패를 착실히 이루어갔다. 배를 잘 다루는 대서양안의 베네티족과 싸울 때는 로마군의 장기인 백병전(白兵戰)—로프를 감아 돛대 위에 걸너지른 활대를 꺾고 적의 배로 옮겨 타는—으로 승리를 거두었다.

게르만족의 한 씨족인 시칸브리족과의 전투에서는 역사상 처음으로 라인 강에 다리를 놓았다. 이것은 실리(實利)와 선전(宣傳)을 겸한 그야말로 카이사르다운 일이었다.

카이사르는 로마인들에게 전혀 낯선 브리타니아(현재의 영국)로 두 번 원정했는데, 브리타니아인들은 전신을 파랗게 물들이고 전차와 기병으로 파상(波狀)공격을 하며, 숲 속에서 펼치는 게릴라전에 능했다. 카이사르의 병사들에게 그들은 어쩐지 맞서 싸우기 기분 나쁜 상대였음에 틀림없다. 하지만 이 브리타니아에서도 카이사르는 승리하여 적의 총대장 카시베라누스를 항복시켰다.

갈리아에서는 우호적이었던 에브로네스족의 배반으로 1개 군단을 통째로 잃은 적도 있었다. 그래도 카이사르의 갈리아 부족 제압은 그치지 않았다.

수도 내의 적 · 갈리아 전쟁 종결

강력한 지도력을 지닌 오베르뉴족 출신의 베르킨게토릭스가 갈리아 여러 부족들을 결속시켜 로마군에 저항했다. 카이사르는 첫 전투에서 다소 출발이 늦긴 했지만 이 일대 봉기를 착실히 제압했다. 카이사르는 알레시아 고지마을의 성에 머물러 있는 베르킨게토릭스를 특기인 대규모 토목공사로 구축한 요새 같은 포위망으로 둘러싸, 외부와 내부의 갈리아군을 격파하고 베르킨게토릭스를 항복시켰다.

갈리아 전쟁 7년째에 일어난 이 베르킨게토릭스와의 전투가 끝나면서 카이사르의 갈리아 지방 평정은 거의 끝나갔다.

하지만 카이사르에게는 그를 위험인물로 여기고 실각시키려는 로마의 '원로원파'와의 싸움이 남아 있었다. 카이사르가 강적 베르킨게토릭스와의 싸움에 열중하고 있을 무렵 로마에서는 폼페이우스와 카이사르를 갈라놓으려는 공작이 시작되고 있었다. 크라수스는 기원전 53년에 원정지 파르티아에서 전사(戰死)했으므로 폼페이우스를 카이사르에게서 떼어놓으면 삼두정치는 해체되는 것이었다. 보수파인 폼페이우스는 '원로원파'의 설득으로 그들 편에 서게 된다.

갈리아 지방을 평정한 카이사르가 집정관 재선을 노릴 것으로 예상한 '원로원파'는 그를 무력화하기 위한 여러 함정을 준비해 두었다. 집정관에 입후보하려면 본인이 시내에서 신고해야 하는데 속주(屬州) 총독은 로마에 들어가는 것이 법으로 금지되어 있었으므로 카이사르는 군대를 해산시키고 개인적으로 들어가야 했다. '원로원파'는 이 점에 주목했다.

내란　폼페이우스와의 대결

원로원파는 그 기간에 카이사르를 고발하여 법정에서 단죄하면 이 위험인물을 실각시킬 수 있을 것으로 생각했다. 카이사르는 임지인 갈리아 지방에서 원로원의 인가를 얻지 않고 독단적으로 결정한 일이 많았는데, 이 죄를 묻고 재판을 길게 끈다면 카이사르가 입후보하는 것을 저지시킬 수 있다는 계산이었다.

카이사르는 군사력이 없는 채 '원로원파'와 맞서는 위험을 피하기 위해 속주 총독의 임기 연장을 요청했지만 기각되었다. 강경한 반(反)카이사르파이며 보수파 집정관인 마르케루스는 폼페이우스에게 전군의 편성권과 최고 지휘권을 주며 카이사르를 격파할 것을 명령했다. 북이탈리아의 라벤나에서 이 소식을 들은 카이사르는 갈리아에 주둔중인 자신의 군단을 불러모았다. '원로원파'는 비장의 카드인 '원로원 최종 권고'를 제시하며 원로원의 명령에 따르지 않는 카이사르를 국가의 적으로 간주했고 이로써 내전이 불가피해졌다.

본국과 속주의 경계선인 루비콘 강을 군대를 이끌고 건너면 술라와 마찬가지로 국법을 어긴 자가 된다. 하지만 그대로 기다리고 있으면 로마 정규군에 의해 카이사르는 매장당하고 말 상황이었다.

로마의 지배 영역은 확대되어 새로운 통치의 청사진이 필요해졌다. 그럼에도 불구하고 전통과 기득권에 집착하는 원로원 보수세력은 개혁을 지향하는 자들을 말살하려고 했다. 이것이 구식화된 로마 과두정치(寡頭政治)의 무서움이었다. 속주의 총독은 자기 군단을 수족처럼 이용할 수 있어 혹시라도 권력만을 탐하는 지휘관이 수도를 공격하면 폭정자의 출현도 얼마든지 가능했던 것이다.

카이사르는 원로원이 주체가 되는 과두정치가 이미 정상적인 기능을 발휘할 수 없음을 경험을 통해 확신하게 되었고, 그래서 손수 개혁을 현실화하고 싶었다. 법을 어기는 것을 주저하고 있던 카이사르도 마침내 '신들과 적이 기다리는 장소로 진격하라. 주사위는 이미 던져졌다'며 군대에게 강을 건너라고 명령한다. 기원전 49년 1월 12일, 카이사르 나이 쉰 살 때였다.

이때 카이사르 휘하 병력은 1개 군단에도 미치지 않는 4천 5백 명이었지만 행군 속도를 빨리하여 수적인 불리함을 보충하였고, 대응이 늦은 폼페이우스 측이 머뭇거리는 사이에 전격 작전을 성공시켰다. 진격 중이던 주요 도시들을 차례차례로 공략하고 순식간에 수도 로마까지 3일 만에 육박한 카이사르의 군단(軍團)을 보고 '원로원파'는 공포에 떨었다. 군단을 배비(配備)하지 않은 수도에는 방위력이 없다. 폼페이우스는 수도에서 탈출했고 이어서 집정관 두 사람과 반카이사르파의 원로원 의원 다수가 로마를 버리고 도망쳤다. 카이사르는 속공(速攻)으로 이탈리아 반도에서의 폼페이우스의 기반을 무너뜨리고 반격할 틈을 주지 않았다. 폼페이우스와 반카이사르파 원로원 의원이 본국을 버리고 그리스로 도주해 카이사르는 이탈리아 반도와 수도 로마를 장악하게 되었다.

로마의 대외 방위는 심복 안토니우스에게 맡기고 카이사르는 폼페이우스의 지반인 스페인 제압을 개시한다. 반년 동안에 스페인 내의 폼페이우스군을 모두 해체하고 스페인을 재패한 카이사르는 돌아온 수도 로마에서 집정관이 부재일 때 선출되는 독재관(=非常職)이 되었다.

암살 종신 독재관

독재관의 권한으로 선거운동을 하고 문제 없이 집정관에 오른 카이사르는 폼페이우스와 대결하기 위해 그리스로 출발했다.

폼페이우스는 드라키움 남부의 공방전(攻防戰)에서 천재로 불린 젊은 날을 방불케 하는 전투를 벌였다. 그때까지 완벽을 자랑하던 카이사르의 포위진을 격파했다. 하지만 카이사르는 의기소침하지 않았고 그 반격은 신속했다.

사기가 오른 폼페이우스 군단을 파르사르스 평원으로 유인해 결전을 벌였다. 카이사르는 정석 작전, 즉 기병에 의한 포위 작전을 포기하고 적군의 기병대 말을 가벼운 복장의 보병으로 교란시키는 전술을 펼쳐 수적으로 앞서는 폼페이우스 군단에게 치명적 타격을 주었다.

카이사르는 패하여 달아나는 폼페이우스를 쫓아 이집트로 향했는데 폼페이우스는 카이사르가 알렉산드리아에 상륙하기 전에 암살당했다. 이집트의 왕위 계승 다툼에 휘말린 카이사르는 소년 왕인 프톨레마이오스 13세에게 승리하여 그를 전사(戰死)하게 한다. 왕녀 클레오파트라 7세와 마지막 왕자 프톨레마이오스 14세를 공동 통치자로 삼은 카이사르는 클레오파트라 7세와의 사이에 아들 카이사리온을 두었다.

알렉산드리아를 출발한 카이사르는 소아시아의 절반을 공략한 폰투스 왕 파르나케스를 카파도키아 지방의 제라에서 간단히 물리치고 '왔노라, 보았노라, 이겼노라'라는 전과보고(戰果報告)를 로마의 원로원에 보냈다.

수도로 개선한 카이사르는 다시 한번 독재관에 임명되는데, 독재관의 통상 임기는 반년이지만 기원전 46년에 카이사르가 취임한 독재관 임기는 10년이

라는 이례적인 기간이었다.

도시 국가에서 초대국(超大國)으로 성장한 로마를 생각할 때 카이사르는 그때까지 항상 그랬듯이 새로운 질서를 구상했을 것이다. 아프리카 전쟁에서의 타프수스 전투, 스페인의 문다 전투에서 승리한 카이사르는 이 승리로 폼페이우스 잔당(殘黨)의 숨통을 완전히 끊어 놓았다. 이리하여 이상을 실현할 날이 다가오고 있었다.

카이사르는 구제(救濟) 사업, 도로 건설 등의 사회정책이나 '율리우스력(曆)'에 의한 달력 개정 등의 개혁을 적극적으로 추진해 나갔다. 얼마 후 종신 독재관으로 임명된 카이사르는 공화제를 해체할 수 있는 힘을 갖게 되었다. 그가 왕정(王政)을 원했는지 아닌지는 알 수 없지만 카이사르의 적에게는 그가 그렇게 할 수 있는 사람이라는 것, 그렇게 하고 싶어하는 것 같다는 게 중요했다.

카이사르에게 모든 권력이 집중되자 왕위를 노리고 있다는 소문이 나돌았다. 군주제에서 공화제로 이행한 로마 국민들은 '왕정'이라는 말에 매우 민감했기에 그에 대한 거부 반응은 카이사르의 예상 이상이었다.

카이사르는 폼페이우스가 설립한 극장 근처의 대회랑에서 카시우스 롱기누스, 마르쿠스 브루투스 등이 주동이 된 공화정 옹호파들의 칼에 찔려 쓰러졌다. 기원전 44년 3월 15일, 카이사르 나이 55세 때의 일이었다.

KLEOPATRA VII
클레오파트라 7세
세계사를 바꾼 여왕

DATA
생몰 : B. C. 69~B. C.30
재위 : B. C. 51~B. C. 30
지역 : 이집트
왕조 : 프톨레마이오스 왕조

제정 로마의 창세 신화에 악역으로 등장하는 클레오파트라 7세. 요부의 이미지가 따라다니는 그녀지만 여러 나라 언어를 자유자재로 구사하는 지성과 뛰어난 외교 수완, 그리고 정열을 가진 여인이었다.

만남 융단 안에서 나온 것은?

기원전 48년에 로마의 집정관 율리우스 카이사르는 뜻밖의 이유로 동맹국 이집트의 정정(政情) 안정화를 도모하게 되었다. 그는 폼페이우스를 쫓아 이집트에 왔는데 카이사르와 적이 되지 않으려는 프톨레마이오스 13세의 섭정들이 폼페이우스를 죽이고 말았던 것이다. 하지만 카이사르는 이를 기뻐하지 않았다. 폼페이우스는 카이사르의 정적(政敵)이었지만 같은 로마인이었기 때문이다. 동포를 죽인 섭정들의 죄를 묻지 않고 프톨레마이오스 13세 일파에게 통치를 맡길 수는 없었다.

결정이 있기 전날 밤에 고민하던 카이사르에게 융단 하나가 도착했다. 알렉산드리아의 누군가가 보낸 선물로 생각한 카이사르는 그 자리에서 융단을 펼치라고 명령했다. 융단을 펼쳤더니 안에서 한 소녀가 나오는 것이 아닌가? 카이사르는 깜짝 놀랐고, 그것이 클레오파트라 7세와 카이사르의 첫 만남이었다.

배경 클레오파트라 7세 시대의 이집트

기원전 3천 년부터 이집트의 왕은 신으로 여겨졌다. 기원전 4세기 초반에 이집트는 신정(神政) 체제에서 그리스인에 의한 왕정(王政) 체제로 바뀌게 된

다. 이집트를 통치하게 된 마케도니아의 알렉산드로스도 또한 아몬 신의 제사에 의해 신의 아들로 여겨졌다. 그리고 알렉산드로스의 계승자로서 이집트 왕이 된 프톨레마이오스 1세 소테르도 이집트 국민들의 신이 되었다.

프톨레마이오스 왕조가 시작된 후 1세기 동안 이십트는 모든 면에서 일류 국가로서 번영을 누렸다. 하지만 기원전 2세기부터 이집트는 쇠퇴기에 접어들어 프톨레마이오스 11세 아우레테스의 실정(失政)으로 회복은 불가능해 보였다. 지중해 아시아 전역을 제패하려는 로마에 대항할 힘도 없었고 형식적으로는 독립국이었지만 실질적으로는 속국이 되어 있었다.

이집트는 일관되게 친(親) 로마적 태도를 취했으므로 마케도니아와 시리아처럼 적대하는 일은 없었다. 셀레우코스 왕조 시리아는 프톨레마이오스와 마찬가지로 알렉산드로스 밑의 장군이었던 셀레우코스가 시조이며, 시리아는 기원전 63년에 로마에 의해 왕조가 없어지고 속주화(屬州化)되어 있었다. 프톨레마이오스 왕조 이집트는 독립 국가로서 살아남기 위해 로마의 동맹자가 되는 길을 택했다.

태생 _ 프톨레마이오스 왕조

헬레니즘 시대의 이집트를 지배한 프톨레마이오스 왕조는 기원전 305년에 알렉산드로스 3세의 계승자 중 한 명인 프톨레마이오스에 의해 창건되었다. 알렉산드로스의 원정에서 공을 세운 프톨레마이오스는 대왕의 사후에 이집트의 대수(大守)가 되어 기원전 305년부터 왕이라 칭하고 프톨레마이오스 왕조를 열었다. (프톨레마이오스의 자손은 대대로 같은 이름이므로 프톨레마이오스 왕조의 왕은 다른 명칭으로 구별된다.) 외교적 수완이 뛰어났던 프톨레마이오스 1세가 발전의 기반을 닦았고, 프톨레마이오스 3세 시대에 절정이 되었으나 그후 점차 쇠퇴하여 기원전 2세기 초에 로마의 동방 진출의 먹이가 되고 만다.

클레오파트라 7세의 아버지인 프톨레마이오스 12세는 기원전 76년에 즉위했다. 그는 국민들의 손에 맞아 죽은 아버지 프톨레마이오스 11세를 닮아 무능한 왕이었다고 한다. 아우레테스(플룻 불기)라는 별명이 있었기 때문에 '피리 부는 왕'이라 불리는 프톨레마이오스 12세 시대의 이집트는 로마의 권력자들로부터 마음대로 착취당하고 있었다.

프톨레마이오스 12세는 이집트 왕으로서 승인받기 위해 로마에 지불하게 된 대금을 내지 못해 세금을 크게 늘리려다 국민들의 지지를 잃고 말았다.

기예와 교양 — 어린 시절

클레오파트라는 마케도니아의 왕가에 많은 여자 이름으로서 프톨레마이오스 왕조 이집트에서는 특히 애호되었다. 클레오파트라 7세의 다른 이름(별명)은 필로파토르(Philopator)인데 '아버지를 사랑하는 여신'이라는 뜻이다. 필로파토르는 둘째딸이었고 클레오파트라 트류파이나라는 언니가 있었다. 어머니 클레오파트라 5세는 필로파토르를 낳은 기원전 69년에 죽었다. 필로파토르라는 이름으로 보아 어머니를 모르고 자란 그녀는 아버지 프톨레마이오스 12세에 대한 애정이 깊었던 것 같다.

프톨레마이오스 12세는 '피리 부는 왕'이라는 별명처럼 플룻 불기를 좋아해 필로파토르는 노래, 춤 등의 기예에 어릴 때부터 익숙했다. 어린 시절부터 높은 교양을 쌓고 있었던 셈이다. 또 마케도니아계 프톨레마이오스 왕조의 여왕으로서는 처음으로 이집트의 문자와 말을 배운 영리한 여인이었다.

프톨레마이오스 12세는 무력했고 국민의 원성에 못이겨 쫓겨나듯이 로마로 망명했다. 언니 트류파이나는 알렉산드리아에 남아 왕위에 잠깐 올랐으나 필로파토르는 아버지를 따라갔다.

즉위 소녀 시절

프톨레마이오스 12세가 로마, 에페소스(현재의 터키)를 전전하는 동안에 알렉산드리아에서는 통치자가 잇달아 바뀌었다. 클레오파트라 트류파이나가 통치한 기간은 1년이었다. 왕위는 트류파이나와 클레오파트라 7세의 이복자매 베레니케에게로 옮겨졌다. 로마를 자신의 편으로 만든 프톨레마이오스 12세는 베레니케를 처형하고 복위했다. 노쇠하여 기행(奇行)이 심해진 프톨레마이오스 12세는 기원전 51년 병으로 죽었는데, 이집트의 다음 국왕은 유언에 따라 열여덟 살인 필로파토르와 그녀의 남동생이며 열 살인 프톨레마이오스 필로파토르 필라델포스로 정해졌다. 기원전 51년, 관습에 따라 남매는 결혼했다. 프톨레마이오스 13세가 된 남동생이 성인이 될 때까지 섭정(攝政)들이 정치를 보좌했는데 그들은 얼마 후에 클레오파트라 7세가 되는 필로파토르를 나일 강 상류 지역으로 추방했다.

기원전 48년, 율리우스 카이사르와 싸우던 로마의 폼페이우스가 이집트로 온 것은 이 무렵이다. 프톨레마이오스 13세와 섭정들은 폼페이우스를 죽였지만, 카이사르는 섭정들에게 엄격한 태도로 대했기 때문에 섭정들은 카이사르에 대항할 결의를 다졌다.

복위 카이사르와 클레오파트라 7세

당시 이집트의 상황을 보면 우위인 프톨레마이오스 13세에게 통치를 맡기는 것이 자연스런 흐름이었다. 하지만 카이사르는 클레오파트라 7세와 프톨레마이오스 13세의 공동 통치를 재개하도록 결정을 내렸다. 폼페이우스를 죽인 프톨레마이오스 13세의 섭정들을 용서할 수 없었던 것이다. 로마인은 설령 상대가 정적(政敵)이더라도 동포를 다른 나라 사람이 죽이면 분노했다. 또한 카이사르가 클레오파트라 7세에게 호감을 가졌다는 것도 큰 이유였다. 그녀의 용기와 행동력은 카이사르와의 만남 그 자체에서도 알 수 있다. 군인이며 화려함을 좋아하는 카이사르가 호의를 갖는 것은 당연했다. 이 결정에 프톨레마이오스 13세는 절규했고, 방을 뛰쳐나가 흐느껴 울었다고 전해진다.

결정에 불만을 품은 섭정들은 한달 후에 카이사르에 맞서 군사를 일으켰다. 이 알렉산드리아 전쟁은 카이사르의 완전한 승리로 끝났고, 그 결과 클레오파트라 7세는 복위했다. 프톨레마이오스 13세는 전사했으므로 공동 통치자로서 더 어린 열세 살의 남동생 프톨레마이오스 14세가 뽑혔다.

이때 클레오파트라는 스물한 살, 카이사르는 쉰두 살이었다. 젊고 여러 언어를 구사하는 교양과 유머가 넘치는 클레오파트라 7세는 카이사르에게 요정처럼 매력적인 여인이었을 것이다. 로마에 해결해야 할 일이 쌓여 있는데도 카이사르는 10주 동안이나 휴가를 내어 클레오파트라 7세와 나일 강을 여행했다. 기원전 47년 여름에 클레오파트라 7세는 사내아이를 출산했다. 그 왕자는 프톨레마이오스 카이사르 테오스 필로파토르 필로메토르라 이름지었다. 정말 카이사르의 아들인지에 관해서는 아직도 여러 설이 있지만, 알렉산드리아 사람들은 이 왕자를 카이사리온(작은 카이사르)이라 불렀다.

카이사르가 로마에서 암살당했을 때 클레오파트라 7세는 카이사리온과 함께 손님으로 로마에 머물고 있었다. 카이사르가 죽기 반년 전에 작성된 유언장에는 클레오파트라 7세와 카이사리온의 이름은 없었고 그녀는 낙담했다. 정정(政情)이 불안정해진 로마에서 사람들 눈에 띄지 않게 떠나온 클레오파트라 7세는 실의에 빠져 이집트로 돌아갔다.

남동생이며 남편인 프톨레마이오스 14세는 기원전 44년 9월 이후에 역사에서 자취를 감춘다. 병으로 죽었다는 설과 독살을 당했다는 설 등이 있다. 클레오파트라 7세가 차기 공동 통치자로서 선택한 것은 세 살짜리 카이사리온이었다. 카이사르를 잃은 로마는 파벌로 나뉘어 위대한 종신 독재관의 정치 유산을 둘러싼 다툼을 벌이고 있었다. 클레오파트라 7세는 어느 파벌과도 거리를 두고 로마의 소동을 지켜보고 있었다.

다툼 안토니우스와 클레오파트라 7세

카이사르의 후계자를 자처하는 안토니우스와 카이사르의 유언장에서 후계자로 지명된 옥타비아누스가 손을 잡아 일단 로마의 정정(政情)은 소강상태에 들어갔다. 안토니우스에 의해 소아시아 동남의 로마 속주 키르키아로 소환된 클레오파트라 7세는 안토니우스에게 강렬한 인상을 남겼다.

안토니우스에게는 아내 풀비아가 있었으나 그녀는 안토니우스의 남동생 루키우스와 짜고 중부 이탈리아의 페르지아에서 거병(擧兵)했다가 옥타비아누스에 의해 진압되었다. 클레오파트라 7세와 함께 이집트에 있던 안토니우스는 이 거병을 아내의 독단적 행동으로 만들어 죽은 풀비아에게 책임을 전가했다.

이집트에서 로마로 돌아온 안토니우스는 옥타비아누스의 누나인 절세 미인 옥타비아와 결혼해 이집트에서의 환상을 잠시 잊게 된다. 딸 안토니아도 태어나 부부간에도 별문제는 없었다.

그러나 클레오파트라 7세는 파르티아 원정을 위해 로마를 떠난 안토니우스와 4년 만에 재회했을 때 다시 한번 그의 마음을 끄는 데 성공한다. 그리고 이번에는 완전히 그를 사로잡고 말았다.

기원전 37년, 안토니우스는 클레오파트라 7세와 결혼하여 두 사람 사이에 태어난 쌍둥이를 적자(嫡子)로 인정했다. 안토니우스는 로마의 속주와 동맹국이 포함된 오리엔트의 통치권을 클레오파트라에게 주었다. 법으로 허락되지 않은 이중결혼과 독단에 의한 속주(屬州) 양도에 로마인들은 크게 놀랐다.

안토니우스의 많은 실책들을 냉정하게 이용한 옥타비아누스는 로마 민중들에게 이집트를 적성(敵性) 국가로 인식하게 만들었다. 안토니우스와 클레오파트라 7세는 그리스에서 전투를 준비하고 옥타비아누스를 최고 사령관으로 하는 로마군을 맞아 싸우려고 한다. 하지만 그리스 서안의 악티움 해전에서 클레오파트라 7세는 전선을 탈출했고, 충격을 받은 안토니우스는 전투를 포기했다. 알렉산드리아에 돌아온 클레오파트라 7세는 영묘(靈廟)에 들어가 자기가 죽었다는 소식을 사신을 통해 안토니우스에게 전하게 했다. 절망한 안토니우스는 칼로 자기 몸을 찔렀는데 후회하고 달려온 클레오파트라 7세와 아직 숨이 남아 있는 동안에 만날 수 있었다고 한다.

종말 — 여왕의 죽음

클레오파트라 7세는 안토니우스를 진심으로 사랑했던 것 같다. 그녀는 패배한 장군 안토니우스를 옥타비아누스에게 인도하지 않았다. 그리고 그녀의 팔 안에서 죽은 안토니우스를 따르듯이 클레오파트라 7세는 뱀의 독에 의해 스스로 목숨을 끊었다.

기원전 30년 8월, 여왕의 정장(正裝)을 입고 자살한 클레오파트라 7세 필로파토르는 서른아홉 살이었다.

OCTAVIANUS GAIUS JULIUS CAESAR

옥타비아누스

초대 황제

DATA
생몰 : B. C. 63~14
재위 : B. C. 27~14
지역 : 지중해 세계
왕조 : 로마 제국

1세기 동안이나 에트루리아인에게 지배당했던 로마인들은 '왕'이라는 존재에 과민하게 반응했다. 카이사르조차도 목숨을 잃은 로마 공화정을 파괴하는 데 성공할 것은 가냘프고 병약한 한 청년이었다.

배경　카이사르 암살 후의 로마

기원전 44년 2월 종신 독재관이라는 실질적인 전제자가 된 가이우스 율리우스 카이사르는 그 모든 권력을 뒤로한 채 한 달 후인 3월 15일에 암살당했다. 카이사르를 암살한 자들이 지키려 했던 공화정은 급속히 확대되는 로마의 정세에 대처할 힘을 잃어가고 있었다. 군단을 장악해 그 위력을 그대로 권력으로 삼는 지휘관들이 반목하는 가운데 시민들은 폭정자가 나타날지도 모른다고 두려워했다.

스스로가 단독 지배자가 되려 했던 카이사르가 생전에 제안했던 대규모 개혁은 완성되지 않은 상태로 남아 있게 되었다. 막대한 재산, 그리고 정치적 유산이 방치된 것이다. 암살자 마르쿠스 브루투스는 행위의 정당성을 입증하기 위해 시민들 앞에서 연설했다.

그 무렵에 카이사르의 사택에서는 유언장이 공개되었다. 그 유언장에는 클레오파트라 7세와 그녀와 카이사르의 아들 프톨레마이오스 카이사르(카이사리온)의 이름은 어디에도 없었고 카이사르의 오른팔인 마르쿠스 안토니우스는 상속인이 아니라 유언 집행 책임자로 지명되어 있었다.

유언장에 의해 재산의 제1 상속인이 되고 또한 후계자인 양자가 되도록 지명된 것은 시민들에게 전혀 알려지지 않았던 무명의 젊은이, 열여덟 살의 옥타비아누스였다.

태생 평민 출신

가이우스 옥타비아누스라는 이름은 그가 평민 출신임을 나타내는데, 지방도시 벨레트리 출신의 아버지도 같은 이름이므로 구별하기 위해 그는 옥타비아누스(작은 옥타비우스)라 불렸다.

아버지는 그가 어릴 때 사망해 로마의 관습에 따라 어머니는 남편이 죽은 후 곧 재혼했다. 어머니 아티아는 카이사르의 여동생 율리아의 딸이기 때문에 카이사르는 옥타비아누스에게 큰할아버지가 된다. 폼페이우스와의 내전 때에 카이사르는 로마 젊은이들의 영웅이었고, 옥타비아누스는 카이사르를 숭배하는 젊은이들 중 하나였다.

카이사르도 또한 옥타비아누스를 눈여겨보았던 것 같다. 전쟁의 지휘관 카이사르는 옥타비아누스에게 군사적 재능이 없음을 잘 알고 있었다. 하지만 카이사르는 이 소년을 저버리지 않고 보좌역으로서 젊고 우수한 병사 아그리파를 붙여 암살당하는 날 며칠 후에 출발을 예정하고 있던 파르티아국 원정(遠征)에 참가할 것을 허락했다. 옥타비아누스가 카이사르의 죽음을 안 것은 파르티아 원정군의 결집지인 그리스의 아폴로니아에서였다.

연상의 경쟁자 안토니우스

카이사르가 암살당한 지 한 달 후에 옥타비아누스는 로마로 귀국했다. 암살자들은 시민들의 지지를 얻는 데 실패했고 이미 로마를 떠난 후였다. 카이사르의 후계자에 대한 미련을 버리지 못한 안토니우스는 입지를 굳히기 위한 행동을 시작했다. 카이사르의 유산을 자택으로 옮겨놓고 자기의 군대를 위한 자금으로 사용했으며 카이사르의 죽음으로 비어 있던 최고신기관에 레피두스를 앉히고 파트너가 되는 집정관에 같은 파인 드라베라를 임명했다.

역전(歷戰)의 군인인 서른여덟 살의 안토니우스에게 카이사르의 유언장에서 지명되었다고는 하지만 열여덟 살 소년에 불과한 옥타비아누스 따위는 문제가 되지 않았을 것이다. 로마의 관습상 죽은 유력한 인물의 후계자는 연극이나 경기 대회를 개최하고 관객을 초대해야만 했다. 옥타비아누스는 그 때문에 안토니우스에게 카이사르의 유산 반환을 요청했는데, 이 요구는 받아들여지지 않았다.

그러나 젊은 나이에 고난의 길을 걷기 시작한 옥타비아누스 앞에 그를 카이사르의 정통 후계자로 인정하는 재계(財界)의 유력자들이 잇달아 나타난다. 그들의 자금으로 옥타비아누스가 개최한 카이사르 기념 경기대회는 성공리에 끝났다. 미덥지 않아 보이는 이 젊은이의 무기는 어쩔 줄 몰라하면서 고심참담(苦心慘憺)하는 모습 그 자체였던 것이다. 안토니우스는 자신을 약자로 연출하는 전략을 선택한 옥타비아누스가 얼마나 위험한지 아직 깨닫지 못하고 있었다.

모데나 전투
자기의 군단

기원전 44년 10월 카이사르와 함께 파르티아 원정을 떠날 예정이던 군단이 그리스에서 로마의 항구 프린디시로 귀환했다. 안토니우스는 옥타비아누스를 추대하고 자신에게 대항하려는 구(舊)카이사르파를 경계하고 자신의 사병(私兵)을 갖고자 했다. 그래서 안토니우스는 파르티아 원정군을 장악하기 위해 프린디시로 향했지만 병사들은 카이사르가 지명한 후계자 옥타비아누스를 택함으로써 안토니우스의 휘하에 들어가기를 거부했다.

파르티아 원정군을 장악하는 데 실패한 안토니우스는 북이탈리아 속주(屬

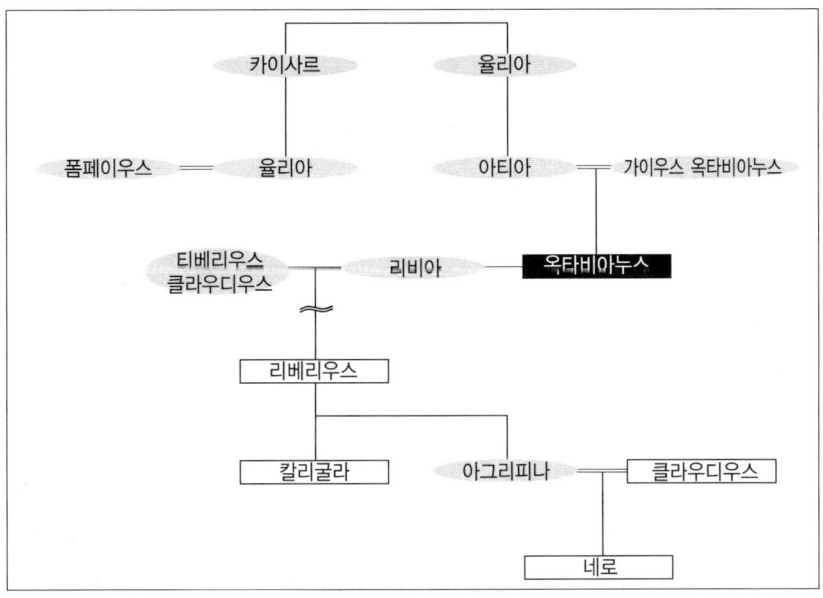

옥타비아누스 일족의 계보

州) 총독 데키우스 브루투스에게 군대를 내놓으라고 통고했지만 카이사르 암살계획에 참가했던 데키우스는 자기의 신변을 지켜 줄 군대를 내놓으려 하지 않았다. 안토니우스는 카이사르의 유산을 이용해 급하게 군대를 조직하여 데키우스의 총독직을 빼앗기 위한 공격을 개시했다.

로마의 원로원은 무도한 안토니우스의 전투를 제지하기 위해 전투지 모데나에 정규군을 파견했다. 착실히 군단을 편성하고 있던 옥타비아누스도 이 파견군에 참가하여 그의 군단과 로마 정규군으로 이루어진 연합군은 안토니우스를 퇴각시키는 데 성공했다.

카이사르의 후계자 — 이름의 위력

카이사르에 의해 후계자로서 지명되었다는 사실은 절대적 효력이 있었다.

병사들은 잇달아 그의 군단에 참가했고, 자격 연령에는 스물한 살이나 부족한 옥타비아누스는 집정관에 입후보하여 당선되었다. 열아홉 살의 집정관이 탄생한 것이다. 시민 집회의 지지도 있었지만 무엇보다도 원로원이 옥타비아누스가 고심 끝에 편성한 그의 군단을 두려워했기 때문이었다. 이 소년 집정관이 등장했다는 사실 자체가 로마 공화정의 약체화를 암시한다고 말할 수도 있을 것이다.

안토니우스가 로마를 떠나 있는 동안에 옥타비아누스는 염원이었던 양자결연을 실현시킨다. 집정관이 되었고, 또한 가이우스 율리우스 카이사르 옥타비아누스가 된 그는 10개 군단 이상의 병력을 움직이는 권한을 손에 쥐었다. 그는 불과 1년 만에 이만큼의 진용(陳容)을 갖추었다. 놀랄 만한 일이었는데, 그는 이 힘의 근원이 카이사르의 유언장 때문이라는 사실을 잘 알고 있었다. 옥타비아누스는 자신을 '고뇌하는 젊은이'로 인식시켜 그러한 권력을 차지하면서도 안토니우스와 대결하려고 하지는 않았다. 오히려 북이탈리아로 출병한 옥타비아누스는 안토니우스와 공동 전투 체제를 성립시켰는데 이 '제2회 삼두정치'는 정체(政體)로서 시민 집회에서 공인되었다. 폼페이우스, 카이사르, 크라수스 등에 의한 '제1회 삼두정치'와 달리 공적인 통치 체계였고, 이는 원로원이 주도하는 로마 공화정이 실질적으로 소멸했음을 의미하는 사건이었다.

전쟁터 — 군사적 재능

안토니우스, 옥타비아누스, 그리고 카이사르의 부하 장군이던 레피두스에 의한 삼두체제는 국내의 반(反)카이사르파를 뿌리뽑았고, 카이사르 암살의 주동자 마르쿠스 브루투스, 카시우스 롱기누스의 병력과 그리스 북부, 마케도니아의 필리피 근교에서 대치했다. 안토니우스와 옥타비아누스가 로마 정규군을 지휘했고 병력은 총 12만이었다. 안토니우스는 카시우스를 무난히 격파했지만 옥타비아누스는 브루투스에게 밀리고 만다. 카이사르의 판단대로 그에게는 군사적 자질은 전혀 없었다.

패배한 카시우스에 이은 브루투스의 자살로 안토니우스와 옥타비아누스 연합군은 승리했지만 옥타비아누스는 '군대 지휘는 경험이 가장 중요하다'는 사실을 재확인했다. 카이사르의 복수를 한 두 사람은 이 필리피 전투 이후에 로마 세계를 분할하여 안토니우스는 동방, 그리고 옥타비아누스는 서방을 각각 통치했다.

결말 강적의 배제

기원전 38년, 시칠리아에는 카이사르의 정적 폼페이우스의 아들, 섹스투스 폼페이우스가 있었다. 아프리카에서 로마에 이르는 바다의 제해권(制海權)을 쥔 그는 곡물의 운송을 방해하는 등 로마를 애먹였다.

옥타비아누스는 아버지를 닮아 군사적 자질이 뛰어난 섹스투스 폼페이우스를 힘겹게 레스보스 섬으로 추방했다. 이어서 삼두체제의 한 사람인 레피두스가 옥타비아누스에게 압력을 가해 온다. 전투에 자신이 없는 옥타비아누스는 레피두스의 병사들을 뇌물로 매수하여 약체화시켜 전투력을 잃은 레피두스를 추방했다.

안토니우스와의 갈등은 더욱 깊어갔지만 옥타비아누스에게는 이미 그 갈등을 해소할 생각은 없었다. 이집트의 왕녀 클레오파트라 7세의 꼭두각시가 된 안토니우스는 시민들의 신뢰를 잃었고, 곧 로마의 적으로 여겨질 것으로 짐작했기 때문이었다. 로마 본국의 지지를 등에 업은 옥타비아누스에게는 군사적 자질이 출중한 부하들도 생겼다. 한편 안토니우스측에서는 장군과 병사의 이반(離反)이 계속되고 있었다.

기원전 32년에 로마에서 안토니우스파 사람들을 추방한 옥타비아누스는 클레오파트라 7세에게 선전포고를 하고 사기가 낮은 안토니우스·클레오파트라 연합군을 어렵지 않게 격파했다. 결전 '악티움 해전'에서도 완전한 승리를 거둔 옥타비아누스는 안토니우스와 클레오파트라 7세를 이집트의 알렉산드리아에서 스스로 목숨을 끊게 했다.

제정의 개시 — 원수제

안토니우스와의 내전이 종결되자 옥타비아누스는 '질서가 회복되었다'며 비상시에 그에게 집중되었던 군사, 정치 결정권을 모두 원로원과 시민에게 돌려주겠다고 선언했다. 이 말에 청중들 사이에서는 한동안 침묵이 흘렀다.

공화정으로 복귀하겠다는 이 선언에 감사하며 원로원은 '존엄자'라는 뜻의 아우구스투스라는 칭호를 수여했고 이후 그는 아우구스투스로 불리게 된다.

'자신을 절대 위험한 사람으로 보이게 하지 않는' 아우구스투스의 이 독특한 재능은 훗날 카이사르조차 죽음으로 내몰았던 로마인들의 '제정(帝政) 알레르기'까지도 중화시켜 버렸다.

하지만 과두제(寡頭制)의 한계를 느끼고 있던 카이사르의 뜻을 아우구스투스는 분명히 인식하고 있었다. 그는 독재적인 통치에 필요한 몇 가지 결정적 권한을 두드러지지 않게 유지하고 했다. 우선 집정관으로서의 직무, 그 다음으로 군대의 최고사령관으로서의 칭호 '인페라토르'를 항상 사용하는 권리, 마지막으로 시민의 제1인자라는 뜻의 '프린켑스' 칭호였다. 특히 이 '프린켑스' 칭호는 아우구스투스의 목적 달성에 절대적으로 필요했다.

기원전 27년 1월 원로원의 결의로 '원수제'가 출발한다. 이는 실질적인 제정을 뜻했지만 최고권력자 아우구스투스가 공화정의 힘으로 그 지위를 유지하고 있는 것처럼 행동했으므로 로마인들은 불안해하지 않았다. 아우구스투스는 황제로서의 권한을 필요로 하면서도 국민들로부터 황제로 여겨지지 않도록 최선을 다했다. 어디까지나 시민의 제1인자 '프린켑스'로서 군대의 통수권을 장악하고 법률 제정을 담당했다.

아우구스투스는 로마 군단의 수를 28개로 정했고, 이들이 로마 내외의 수비를 강화했다. 그리고 로마의 숙적 파르티아에 압력을 가해 제시한 조건을 전부 받아들이게 만들었다. 하지만 뛰어난 군인은 아니었던 아우구스투스의 중앙 유럽 정복은 발칸 반도에서 일어난 반란에 의해 좌절된다. 또한 기원전 9년에 정복이 진행되던 게르마니아에서도 게르만인들의 게릴라전에 의해 3개 군단을 한꺼번에 잃고 로마의 경계선은 라인 강까지 후퇴했다. 그 이후에 아우구스투스는 군사적으로는 수비에 전력하게 되었다.

아우구스투스는 수도를 아름답게 꾸미고 싶어해 건설 사업을 추진하였다. 기와가 많던 로마를 아름다운 대리석 도시로 개조했으며 공공 건물, 수도 설비에 신경을 썼고 풍기를 단속하고 도시 내의 질서를 바로잡았다. 국가가 비용을 부담해 곡물을 운송하는 선단(船團)을 편성하여 식료를 안전하게 공급하도록 했다. 아우구스투스는 41년 동안 과거에 로마인들이 그토록 싫어했던 '황제'로서 최고 권력자의 지위에 있었지만 로마인들은 옥타비아누스의 권력독점을 위험하다고 여기지 않았다.

후계자 — 의붓아들

아우구스투스는 병약한 편으로 소화기관이 약했으나 주위의 예상을 뒤엎고 오래 살았다. 기원 14년 8월 19일 나폴리로 여행가는 도중에 76세의 나이로 조용히 숨을 거두었다. 이 행복한 노인은 사랑하는 아내 품에서 세상을 떠났는데, 아내 리비아는 아우구스투스가 스물네 살 때 열렬히 사랑해 결혼한 여자였다. 당시 열아홉이었던 리비아에게는 이미 남편과 세 살 된 아들 티베리우스가 있었고 둘째아이를 임신중이었다. 아우구스투스는 필사적으로 리비아의 남편에게 부탁하여 그녀를 차지했고 평생 사랑했다. 그가 유언장에 의해 후계자로 지명한 것은 아내가 데려온 아들 티베리우스였다.

초대 황제 — 빛나지 않는 위인

아우구스투스가 아직 청년 옥타비아누스였을 때 그가 동경해 마지않던 카이사르는 결코 잘생긴 남자는 아니었다. 옥타비아누스는 잘생긴 청년이었지만 연애면에서는 카이사르와는 정반대였다. 여성 편력이 심하던 카이사르와 달리 옥타비아누스는 아내 리비아만을 깊이 사랑했다.

여인을 대하듯이 밝게 웃는 얼굴로 사태에 대처하는 카이사르와는 반대로 옥타비아누스는 자신을 약해 보이게 함으로써 상대가 적의와 경계심을 갖지 않게 만들었다. 전투 지휘에도 서툴렀고 몸도 약한 편이었지만 '고뇌하는 청년'의 마음 속에는 카이사르에게 선택받았다는 자부심과 굳센 의지가 숨어 있었다.

열여덟 살의 나이에 로마 정치의 중심이 된 옥타비아누스는 실제로 보여지는 모습보다는 훨씬 지혜롭고 다부진 청년이었다. 이 청년은 영광을 안으로 숨기고 외부에 그 빛이 새어나오지 않게 함으로써 영웅으로 빛나는 천재들이 결코 잡을 수 없었던 것을 차지했던 것이다.

CLAUDIUS CAESAR AUGUSTUS GERMANICUS LUCIUS DOMITIUS NERO

네로

섬세한 폭군

DATA
- 생몰 : 37~68
- 재위 : 54~68
- 지역 : 지중해 세계
- 왕조 : 로마 제국

폭군의 전형으로 일컬어지는 네로 황제이지만 타고난 활달함 때문에 인기를 누렸던 시기도 있었다. 감수성이 예민하고 예술을 사랑했던 인물이 로마의 공적(公敵)으로 제위에서 쫓겨나 자살하게 된 것은 무슨 까닭인가?

배경 — 제정 로마 시대

옥타비아누스가 구축한 제정 로마의 기반은 그후에도 거의 안정되어, 제2대 황제 티베리우스는 무난히 왕위를 계승하고 80세 가까이까지 살았다. 나이가 들면서 대인 기피증이 생긴 티베리우스는 변덕스러운 처형 명령으로 주위 사람들을 공포에 떨게 하곤 했다. 이 노인이 죽고 후계자가 된 스물다섯 살의 칼리굴라(가이우스 카이사르)는 초기에는 선정(善政)을 베풀었으나, 크게 앓고 난 이후에 성격이 딴 사람처럼 변해 백부 티베리우스에 필적하는 죽음의 공포를 퍼뜨렸다.

칼리굴라가 재위한 지 5년 만에 암살당하자 근위병들이 그의 숙부이며 당시 쉰 살이던 클라우디우스를 황제로 추대했다. 그는 인간적 매력은 부족했지만 통치는 14년간 계속되었다. 클라우디우스의 조카딸이며 애인인 아그리피나는 그녀의 아들 네로를 황제의 후계자로 만들려는 야심이 있었다.

태생 — 악녀의 아들로서

아그리피나는 옥타비아누스의 손녀로서 그녀의 아버지 게르마니쿠스는 티베리우스의 후계자 후보였으나 젊은 나이에 급사했다. 그녀는 티베리우스의 명령으로 거칠고 제멋대로인 아헤노바르부스와 결혼하여 네로를 낳았다.

기원 37년, 티베리우스가 죽은 후에 그녀는 오빠이며 애인이던 칼리굴라의 광기어린 공격성 때문에 고민에 빠졌다.

그후 아그리피나는 칼리굴라의 노여움을 사 코르시카 섬으로 추방당한다.

언제 처형될지 모르는 유형(流刑)의 땅에 머물러 있던 그녀에게 다시 행운이 찾아왔다. 폭정 끝에 칼리굴라 황제는 암살당했고 클라우디우스가 새 황제가 된 것이다. 클라우디우스는 아그리피나를 로마로 다시 불러들였다.

로마로 돌아온 그녀는 클라우디우스의 본처 메살리나의 부정을 폭로해 황제로 하여금 그녀를 처형하게 만들었다. 그리고 왕비가 되려는 경쟁자들을 차례차례 없애고 왕비가 되었다. 황제와 아그리피나의 아들 네로의 양자 결연도 무사히 끝났다. 아그리피나는 결국 클라우디우스 황제마저 독살한다. 네로는 이리하여 제위(帝位)에 올랐다.

실상(實像) 몽상가이며 겁 많은 황제

네로는 감수성이 풍부하고 섬세하며 자신감이 부족한 예술가 타입의 소년이었다. 그런 그가 어머니가 정해 준 어린 아내 대신 해방 노예인 미녀 아크테를 사랑하면서부터 아그리피나와 반목 상태에 놓인다. 아그리피나에게는 클라우디우스 황제와의 사이에 아들 브리타니쿠스(네로의 남동생)가 있었다. 그녀는 브리타니쿠스를 제위에 오르게 하려 했지만 네로가 이를 눈치채고 남동생을 독살하고 아그리피나도 부하의 손으로 매장하게 했다.

네로는 통치 초기에는 선정을 베풀었다. 그가 유달리 잔학한 성격을 갖고 있었던 것은 아니며 폭군으로서의 이미지는 신화 속에서 다소 과장된 부분이 많다. 단, 그가 마음의 허전함을 달래려 열광할 수 있는 상황과 사람들의 칭찬을 좋아했던 것은 사실인 듯하다.

대중들의 인기를 의식한 네로는 그들의 잔인한 욕구대로 검투사 시합 등을 더욱 피비린내나고 자극적인 것으로 만들어 갔으며 전차 경주에 빠져 몸소 출전하기도 했다. 시를 사랑하고 직접 연극에 출연하기도 하는 등 예술가로서 평가받고 싶어하기도 했다.

하지만 곧 네로의 난행(亂行)은 폭력적으로 변해 갔다. 마음에 상처를 주거나 적으로 여겨지는 사람은 가차없이 황제의 권력으로 제거했다. 그의 섬세한 마음은 황제라는 중책과 절대적 권력을 휘두르는 지위를 견디지 못했던 것이다.

군대를 지휘한 적이 없고, 담력이 부족한 그는 전쟁을 아주 싫어했다. 기원 68년에 갈리아에서 총독 윈데크스가 봉기하자 네로는 겁에 질렸다. 이어서 스페인 총독 갈바(로마 제6대 황제. 재위 68～69. 네로 반대파들의 추대를 받아 70세에 즉위했으나, 지나치게 엄격한 규율로 말미암아 친위대원들에게 살해되었다.)가 반란을 일으키자 네로는 어찌할 바를 몰랐다. 군대를 이끌 힘이 없는 네로는 원로원과 로마 시민들에게 버림받고 그를 황제의 자리에 앉힌 근위병들의 지지마저 잃게 되었다. 원로원은 그를 공적(公敵)으로 간주했고 네로는 로마를 탈출, 마지막까지 그의 편에 있던 해방 노예 파온의 별장으로 도망쳐 그곳에서 스스로 목숨을 끊었다.

서기 68년 6월, 네로의 나이 서른한 살 때였다. 그러나 이 나약한 황제에 의해서도 로마의 제정(帝政)은 흔들리지 않았다.

PABLIUS AELIUS HADRIANUS

하드리아누스

DATA
- 생몰 : 76~138
- 재위 : 117~138
- 지역 : 지중해 세계
- 왕조 : 로마 제국

'다섯 명의 현명한 황제 시대'는 로마 제국의 전성기이며 5명의 훌륭한 황제가 잇달아 군림한 시기이다. 하지만 세 번째 현명한 황제 하드리아누스는 같은 시대를 산 이들에게는 폭군으로 여겨졌다.

배경 — 과거 최대의 지배 영역

일찍부터 군인으로서의 교육을 받고 군사적 자질도 뛰어났던 제13대 황제 트라야누스(재위 98~117)는 선임 황제들의 평화 정책을 뒤엎었다. 로마는 오랜만에 적극적인 정복주의의 황제를 맞게 된 것이다. 트라야누스는 도미티아누스 황제(재위 81~95) 시대부터 로마 제국의 힘을 무시하는 도발적 행위를 반복하던 다키아인(人)들에게 보복을 개시하여 5년간의 격전 끝에 그들을 격파했다. 이리하여 다키아인들이 지배하던 광활한 영역은 로마의 새로운 속주(屬州)가 되었다.

트라야누스는 동방 정복 전쟁을 개시하고 강적 파르티아 왕국과 전쟁을 벌였다. 트라야누스는 파르티아로부터 아르메니아, 메소포타미아를 잇달아 빼앗고, 로마 황제로서는 처음이자 마지막으로 티그리스 강을 내려가 페르시아 만에 도달한다.

트라야누스가 정복한 영역은 로마 제국 역사상 가장 컸지만 그것을 유지하는 것은 정복보다 어려웠다. 메소포타미아 남부를 시작으로 반란이 잇달아 발생했고 완전한 진압도 불가능해졌다. 서기 117년 여름에 트라야누스는 수도 로마로 돌아오는 도중에 병으로 쓰러져 세상을 떠나고 말았다.

태생 의문이 남는 양자 결연

트라야누스에게는 자식이 없어 임종시에 사촌의 아들인 하드리아누스를 양자로 삼았으나 변덕스러운 하드리아누스에게 제위를 물려주는 데 상당히 망설였던 것 같다. 왕비 프로티나가 설득했다는 설과 이 양자 결연 자체가 조작된 것이라는 설도 있다.

하드리아누스 집안은 로마 속주(屬州) 바에티크(현재의 스페인) 출신인데 그는 로마에서 태어났다. 열 살 때 죽은 아버지가 트라야누스의 사촌이었기 때문에 트라야누스는 하드리아누스의 후견인이 되었다. 자연스럽게 원로원에 들어가 견실하게 출세를 하지만 특별히 눈에 띄는 경력은 아니었다. 제위(帝位)를 계승할 만한 인물로는 매력이 부족했기에 하드리아누스의 즉위는 주위

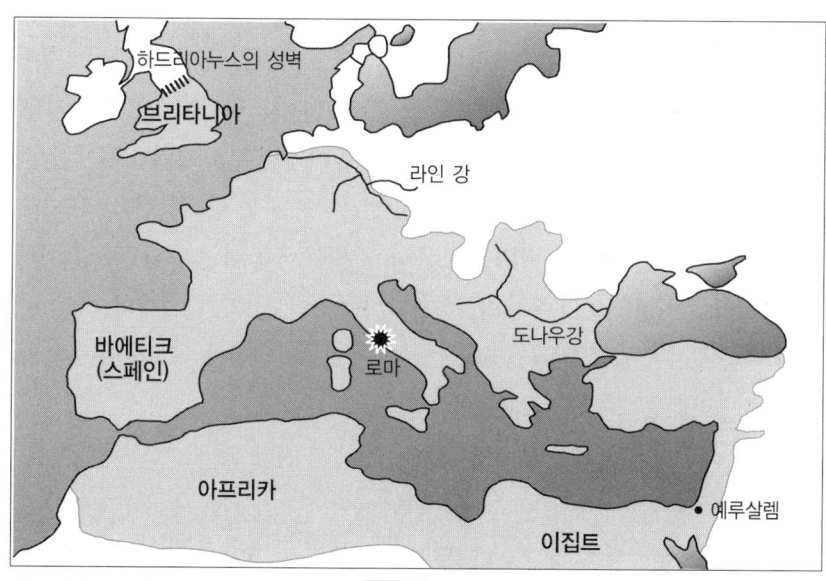

하드리아누스 시대의 로마    로마의 영토

에서 그다지 환영받지 못했다.

  게다가 시리아에서 즉위한 하드리아누스가 귀환하기 전에 로마의 유력한 원로원 의원이 4명이나 처형당했다. 황제를 암살하려 했다는 의혹에 따른 처형이었지만, 이는 새 황제가 경쟁자들을 없애기 위해 취한 행동으로 여기는 사람들도 적지 않았다.

  불투명한 제위 계승과 숙정의 냄새를 풍기는 이 사건은 하드리아누스의 신뢰에 결정적 흠집을 냈다. 이 처형에 하드리아누스가 관여했는지 또는 그를 지지하는 자들의 독단적 행위였는지는 수수께끼로 남아 있지만, 어쨌든 황제 하드리아누스의 출발은 순조롭지 못했다.

수세(守勢) 포기와 방비

  하드리아누스가 물려받은 로마 제국은 정복주의자였던 트라야누스 황제 덕분에 새로운 속주(屬州)들을 소유하고 있었는데 하드리아누스는 반란의 불씨가 남아 있는 비대한 속주 통치를 단념하고 아라비아를 제외한 동방 영역을 포기했다. 그는 정복보다는 방위, 정비에 관심을 쏟는 황제였던 것이다.

  하드리아누스는 변경의 방비를 튼튼히 하기 위해 장대한 방위선을 설치했다. 브리타니아(잉글랜드) 북부의 '하드리아누스의 성벽' 건설이나 라인 강, 도나우 강 상류를 강화하는 550km에 이르는 게르마니아 방위선의 부설은 그가 얼마나 방위를 중시하는 황제였는지를 말해 준다.

  하드리아누스는 여행을 좋아하여 21년의 재위 기간 동안 제국을 시찰하는 데 많은 시간을 할애해, 모든 속주를 직접 방문하고 현지에서 체험해야만 알 수 있는 여러 문제들을 해결했다. 무엇이든 확실히 파악해야 직성이 풀리는 그는 비밀경찰을 조직해 경쟁자들의 사생활을 엿보기까지 했다.

만년 폭군적 측면

하드리아누스의 변덕스러운 기질은 평생 바뀌지 않았고 마찬가지로 운 또한 일정하지 않았다. 서기 132년에 그는 파괴된 성지 예루살렘을 재건하여 식민 도시로 삼으려다가 이교도의 이주에 반발한 유대인들의 반란을 초래해 진압에 4년이 걸렸고 로마군은 수많은 전사자들을 냈다.

이 유대 반란에서도 알 수 있듯이 하드리아누스는 불운한 황제로서 그의 행동은 특히 남으로부터 오해받거나 왜곡되는 일이 많았다. 그리스풍을 좋아하는 취미는 사람들에게 네로 황제를 연상케 했으며, 즉위할 때의 상황은 만년에 폭군으로 변한 티베리우스 황제와 흡사했다. 하드리아누스는 남자를 좋아했다. 그 사실만으로도 평판이 좋지 않았는데 사랑하던 미소년 안티노우스를 사고로 잃은 후에 더욱 신경질적이고 냉혹한 사람으로 변해 그의 평판은 점점 더 땅에 떨어졌다.

폭군으로 변할 가능성이 있다는 소문에 평생 시달린 황제는 만년에 진짜 폭군이 되었던 것이다. 현재는 '현명한 다섯 황제 중 세 번째'로 추앙받는 하드리아누스이지만 생전의 그를 현명한 황제라 생각했던 사람들은 별로 없었다.

변덕스럽고 남자를 좋아했던 하드리아누스는 후계자를 선택할 때도 파문을 불러일으켰는데, 결국에는 고결한 성품을 지닌 아우렐리우스 안토니누스(황제 안토니누스 피우스)를 지명했다. 오랜 지병에 시달리던 하드리아누스는 이 양자 결연이 끝난 해인 서기 138년 7월 10일에 62세의 나이로 세상을 떠났다.

제노비아
ZENOBIA

전쟁터를 달리는 여걸

DATA
- 생몰 : 불명~불명
- 재위 : 267~273
- 지역 : 오리엔트
- 왕조 : 팔미라 제국

아름답고 지적이며 용감했던 팔미라 제국의 여왕 제노비아는 야심만만한 여인이었지만 실현 불가능한 환상만을 쫓지는 않았다. 시리아, 이집트, 그리고 소아시아 대부분을 지배했던 제노비아는 어떤 여걸이었을까?

배경 — 로마 동방 속주

서기 226년 페르시아를 지배하던 아르다시르는 파르티아 국왕 아르타바누스 5세를 쓰러뜨리고 사산 왕조 페르시아를 열었다. 이 새로운 페르시아 제국은 로마 제국의 영토를 위협하는 강력한 국가가 되었다.

아르다시르의 아들 샤푸르 1세는 시리아 주변의 로마 동방 속주에 공격을 가해, 서기 260년에 메소포타미아 지방의 에데사(지금의 우르파. B.C. 3세기에 에데사로 이름이 바뀌었다. 에데사는 오스로이네 공국의 수도로서 시리아 문학의 발생지이다.)에서 로마 황제 아우렐리아누스를 포로로 삼았는데, 그는 결국 로마로 돌아오지 못하고 포로로 죽고 만다. 같은 해 서방에서는 게르마니아의 속주 총독 포스투무스(259~268에 걸쳐 고대 그리스·로마에서 과두정치寡頭政治를 이끈 30명의 세력자 중 한 명)가 반란을 일으켜 갈리아 제국을 건국하고 주변 속주들을 잇달아 흡수하여 본국을 능가하는 제2의 로마 제국으로 성장하고 있었다. 동서에서 이렇듯 강적들에 둘러싸인 로마 제국은 통일된 힘을 잃고 붕괴 직전에 이르렀다.

아우렐리아누스의 아들인 황제 갈리에누스는 제위(帝位)를 노리는 국내의 경쟁자들과 제국을 노리는 외부의 적들을 상대하느라 사산 왕조 페르시아에 대항할 여유조차 없었다. 궁지에 몰린 갈리에누스는 시리아의 주변국인 팔미라의 지배자 오데나투스에게 페르시아 제국을 견제해 줄 것을 부탁한다.

로마의 황제 **제노비아**

팔미라의 왕 오데나투스는 낮은 신분 출신이었으나 혼자 힘으로 광대한 동방 영역의 지배자가 된 인물로서 갈리에누스의 동맹자로 페르시아 제국과 싸워 페르시아 대왕 샤프르 1세를 두 번이나 수도 쿠테시폰까지 후퇴하게 만들었고 아시아를 침범한 고트족을 쫓아냈다.

팔미라군(軍) 전투력은 무적의 지휘관 오데나투스에게서 나온 것이었다. 그의 곁에는 늘 남편과 함께 군복을 입은 아름다운 아내 제노비아가 있었다.

태생 — 팔미라 제국

팔미라 시(市)는 시리아 사막에 있는 오아시스 도시 중 하나로서 지중해 동부의 부유한 도시들로 이어지는 교역로의 중계 지점으로 발달하였다. 로마가 동방의 속주를 혼자 힘으로 방위할 수 없게 되자 팔미라의 왕 오데나투스는 이 기회를 놓치지 않고 로마의 동맹자로서 메소포타미아를 비롯한 여러 속주들을 사산 왕조 페르시아 제국으로부터 탈환했다.

제노비아는 이 오데나투스의 후처로 알려져 있는데 오데나투스의 전처와 자식들을 그녀가 모살(謀殺)했다는 설이 있다. 그녀는 자신이 마케도니아계 이집트 왕가의 혈통이라고 칭했고 평소에 클레오파트라 7세를 존경했다고 한다. 하지만 그녀는 클레오파트라 7세보다 훨씬 뛰어난 자질을 지닌 여인이었다. 오데나투스가 거둔 많은 승리는 바로 제노비아의 지략과 스스로가 장수가 되어 싸우는 그 무용(武勇)이 있었기에 가능했던 것이다.

여걸 — 재색 겸비

다재다능한 제노비아는 칠흑같이 검은 눈과 하얀 이를 지닌 아름다운 여인으로 명령을 내릴 때는 음성이 힘찼으나 평소에는 부드럽기 그지없었다고 한다. 라틴어를 비롯한 그리스, 시리아, 이집트어를 자유자재로 구사했으며 어떤 분야에서든 남자 이상의 능력을 발휘하였다. 남편 오데나투스와 함께 맹수 사냥을 즐겼는데 사냥 솜씨 또한 남편에게 뒤지지 않았다. 진쟁디에서도 말을 타고 항상 선두에서 지휘하는 여전사였다.

　오데나투스가 암살(제노비아의 모략이라는 설도 있다.)당하고 그녀는 곧 팔미라의 왕위를 이어받았다. 황제 갈리에누스와 원로원의 허가를 얻지 않고 왕위를 계승한 제노비아를 괘씸하게 여긴 로마는 장군 헤라클리아누스를 보내 싸우게 하지만 그녀는 이를 보기 좋게 격퇴시켰다. 그녀의 지배 영역은 시리아, 페니키아, 팔레스티나로부터 이집트 왕국에까지 이르렀고 견실하게 팔미라를 통치했다.

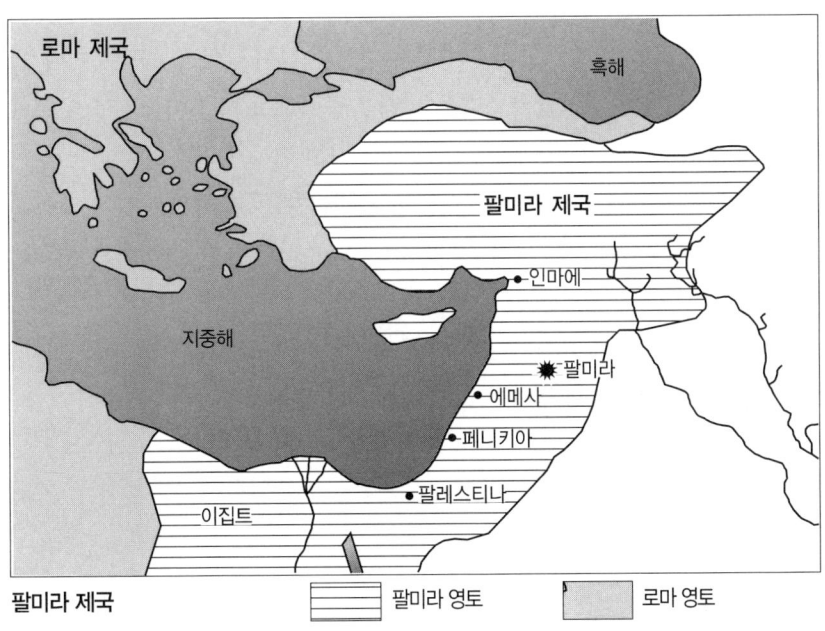

강적 아우렐리아누스 황제

로마 황제 아우렐리아누스가 270년에 즉위하면서 제노비아의 불행이 시작된다. 지휘력에서는 차이가 없었지만 아우렐리아누스는 강국 로마의 황제라는 점에서 그녀보다 우세했고, 그가 토벌 친정군(討伐親征軍)과 함께 진격하자 팔미라가 지배하던 속주들은 로마 황제에게 신하로 따르겠다고 맹세했다.

패색이 짙어지면 지배자는 현실에서 도피하고 싶어하게 마련이지만 제노비아는 달랐다. 그녀는 신속하게 군대를 움직여 아우렐리아누스를 맞아 싸웠다. 제노비아는 스스로 진두에 서서 병사들의 사기를 높였고 한번은 로마군에게 승리하기도 했다.

로마군은 인마에 시와 에메사 시 전투에서 승리하여 제노비아를 팔미라에서 쫓아냈다. 그녀의 유일한 실책은, 남편 오데나투스와 달리 로마에 맞섰다는 것이었다. 로마 제국은 아직 강적을 멸망시킬 힘이 남아 있었던 것이다. 팔미라는 방어전에 임했지만 로마군은 병력을 증강해 도시를 이중 삼중으로 포위했다. 제노비아는 사막에 잘 맞는 낙타를 타고 탈출을 시도하지만 로마 기병대의 추격으로 포로가 되었다. 항복한 팔미라 시는 로마군이 돌아가려 하자 다시 한번 반란을 일으켰다. 분노한 아우렐리아누스는 팔미라를 철저히 파괴했다.

제노비아는 아우렐리아누스의 개선식에 끌려갔지만 처형시키지는 않았고 상류 계급의 부인으로서 로마 근교의 별장에서 여생을 보냈다고 한다.

FLAVIUS VALERIUS CONSTANTINUS I

콘스탄티누스 1세

DATA
생몰 : 274?~337
재위 : 306~337
지역 : 지중해 세계
왕조 : 로마 제국

선대의 황제인 디오클레티아누스가 만년에 격렬하게 탄압한 기독교를 콘스탄티누스는 스스로 받아들여 제국의 국교로 삼았다. 로마의 재통일을 이룬 기독교 황제는 로마 국가 최초의 천도(遷都)를 실행한다.

배경 ── 군인 황제의 시대

서기 268년에 제위에 오른 클라우디우스 2세(=고티쿠스) 때부터 일류리아군(軍) 출신의 황제들 시대가 시작되었다. 그들의 재위 기간은 모두 짧았는데, 그 이유는 하나같이 군대의 모반에 의해 암살당했기 때문이다. 서기 284년에 즉위한 디오클레티아누스도 일류리아(달마티아) 출신으로 병사에서 황제에까지 오른 인물이었다. 로마 황제는 초대 원수 아우구스투스 이래로 다분히 편의적이기는 하지만 시민의 제일인자 '프린켑스'의 위치에 있었다. 디오클레티아누스는 이 애매한 입장을 버리고 황제는 절대군주이며 신이라는 오리엔트풍의 전제 군주제(도미나투스制)를 확립했다.

그렇다고 그가 그저 '신이 되고 싶은 남자'였던 것만은 아니었다. 군인이었던 그는 게르만족과 고트족 등이 얼마나 두려운 존재인지를 잘 알고 있었으므로 변경 문제를 지배자 혼자 처리하기는 불가능하다고 판단했다. 그래서 디오클레티아누스는 주위를 경탄케 하는 혁신적인 제도를 도입했다. 그 제도는 자신과 동등한 권리를 가진 황제를 또 한 사람 임명하고 각자가 한 명씩 부황제를 임명하는 '4황제(사분할 통치)체제'였다. 이 참신한 통치 체계는 훗날 로마 동서 분할 통치의 모체(母體)가 되지만 당초에는 내란의 원인이 될지 모르는 불안정한 제도였다.

태생 — 사분할 통치기

디오클레티아누스가 또 한 명의 황제 막시밀리아누스와 함께 305년에 퇴위하자 두 사람의 부황제가 황제로 승격되었는데, 갈레리우스와 콘스탄티우스 1세가 그들이었다. 두 사람은 각각 부황제를 임명하고 사분할 통치는 계속되었으나 306년에 콘스탄티우스 1세가 죽자 이 새로운 질서는 무너지기 시작한다. 콘스탄티우스 1세의 아들 콘스탄티누스는 아버지 군대에 의해 후계자로서 승인되었으나 다른 세 황제들은 그를 인정하는 데 소극적이었다.

콘스탄티누스는 디오클레티아누스를 따라 알렉산드리아로 원정한 경험이 있고 갈레리우스의 페르시아 정복에도 참가했다. 아버지 콘스탄티우스 1세의 브리튼 섬 경영에 관여한 적도 있어 군사, 통치 모든 면에서 자신감을 갖고 있었다. 황제 막시밀리아누스의 아들 막센티우스가 로마에서 자신을 황제라

고 칭하자, 콘스탄티누스는 막센티우스(아버지의 제위를 이어받지 못하였으나, 부제副帝 세베루스에 대한 로마의 반감을 배경으로 제위를 선언하고 아버지도 복위시켰다.)와 대결하여 312년에 그를 쓰러뜨린다. 사분할 통치가 붕괴되어 가는 내전 속에서 정식 황제가 된 콘스탄티누스는 협조하지 않은 동방 제국의 황제 리키니우스도 격파하여 324년에 단독 황제가 되었다.

개종 ── 기독교를 국교로

디오클레티아누스는 통치 말기에 기독교를 대대적으로 박해하였다. 동방에서 기독교도들은 비참한 운명이었다. 성경이 불태워졌고 교회는 폐쇄되었으며 많은 기독교도들이 개종을 거부하고 순교했다. 하지만 이 철저한 탄압에 맞서 기독교도들은 필사적으로 저항하여 박해는 점차 산발적이 되어갔다.

그리고 콘스탄티누스는 기독교를 받아들였다. 원래 태양신을 숭배했던 그는 312년에 로마 북부 전투에서 막센티우스에게 승리한 직후 스스로 기독교로 개종했다.

기록에는 콘스탄티누스가 결전 전날 밤에 꿈을 꾸었는데, 꿈속에 십자가가 나타나 '이것으로 이겨라' 라는 신의 음성을 들었다고 되어 있다. 하지만 죽음 직전까지 세례는 받지 않았으므로 이 개종이 진심에서 우러난 것인지 정치적 배려인지는 현재도 명확하지 않다.

콘스탄티누스는 칙령을 선포하여 신교(新敎)의 자유를 인정하고 국내의 기독교 박해를 중지했다. 교회의 사법권, 재산권을 우대하고 신전의 재산을 몰수하여 교회 건축을 위한 자금으로 쓰도록 했다. 콘스탄티누스는 교회 내의 교의적 대립이나 분쟁에 자주 개입했는데, 325년에는 니케아 공의회에서 성인 아타나시우스(예수의 신인양성 神人兩性의 일치를 주장했다.)의 주장을 정통으로 인정하고 그와 대립하던 아리우스(예수의 본질을 신과 인간의 중간적 존재라고 주장함으로써 신성神性을 부인했다.)를 이단으로 선포했다.

개혁   방위와 천도

콘스탄티누스는 독특하게 기독교를 국교로 인정하는 종교개혁을 단행했지만, 군사 및 행정개혁은 기본적으로 디오클레티아누스가 정한 방식을 계승·발전시킨 것이었다. 민정(民政)과 군사는 완전히 분리되어 속주(屬州) 총독이 큰 권한을 가지는 것은 불가능해졌고, 그에 따라 반란이 발생할 가능성은 현저히 감소했다. 침입자 고트족의 위험성을 잘 아는 콘스탄티누스는 도나우 강 유역을 중시해 '악마의 도랑'이라는 방위선을 구축했다. 콘스탄티누스는 변경에 주둔하는 부대를 유사시에 원정할 수 있는 전투 부대와 분리하여 상비군으로 삼았다.

콘스탄티누스의 통치 기간 중에 일어난 최대 사건은 기독교 개종과 천도(遷都)이다. 고대부터 외래의 신을 받아들이기도 하고 독자적으로 수많은 신들을 받들어온 로마 제국의 수도 로마는 다신교(多神敎)의 전통과 신전이 얽혀 있는 도시였다. 콘스탄티누스는 이 오래된 도시를 버리고 기독교도를 위한 도시를 새로운 제국의 수도로 삼고자 했다.

그는 보스포루스 해협에 면하는 그리스의 도시 비잔티움의 영역을 성벽으로 확대하고 자기 이름을 딴 신도시 콘스탄티노폴리스(콘스탄티노플)를 건설하여 천도한다. 이 도시는 나중에 이슬람교도에 점령당하여 이스탄불이라 불리게 된다. 그리고 그후 20세기 초에 오스만투르크 제국이 망할 때까지 각 왕조의 수도로서 번성했다. 현재는 아시아와 유럽을 연결하는 거점으로서 1500년 넘는 역사를 지닌 관광 도시로 발전하고 있다.

분열 ― 동서 로마로

이 개혁에 의해 동방의 속주들은 지정학적 중요성이 커졌으며, 반대로 로마 지역을 비롯하여 제국의 중심인 수도에 밀려난 서방 속주들은 점차 쇠퇴해 가게 된다.

콘스탄티누스의 개혁은 대부분 디오클레티아누스의 방식을 답습하여 독창적이지는 않았지만 그가 시행한 종교개혁과 천도는 그후의 로마 제국의 방향을 결정짓는 엄청난 사건이었다. 군인 황제는 암살에 의해 통치 기간이 짧다는 징크스를 깨고 디오클레티아누스 황제는 오랫동안 로마 제국을 통치했다. 콘스탄티누스의 재위 기간은 그보다 더 길었고 암살당하지도 않았다. 콘

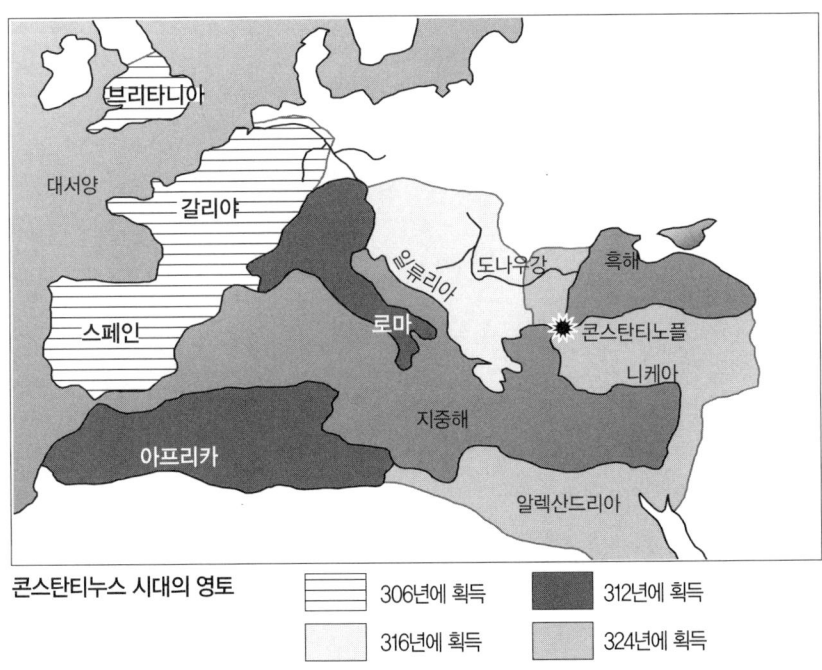

콘스탄티누스 시대의 영토 ― 306년에 획득 / 312년에 획득 / 316년에 획득 / 324년에 획득

스탄티누스는 군대 지휘관으로서 또 통치자로서 탁월한 인물로 평가받았으며 디오클레티아누스와 함께 제국을 건설한 황제로 인정받았던 것이다.

이 유능한 황제가 세상을 떠난 지 채 20년이 못 되어 로마는 동서로 분열되고 말았다.

ATTILA

아틸라

신의 징벌

DATA
생몰 : 406?~453
재위 : 433~453
지역 : 유라시아
왕조 : 훈족

4세기 후반, 로마는 쇠퇴 일로를 걷고 있었다. 같은 무렵 동방에서 무수한 게르만 부족들이 로마 영내로 이주하기 시작했다. 그들이 온 이유를 로마의 시민들은 얼마 지나지 않아 알게 되었다.

배경 — 역사의 공백

민족 대이동의 원인이 된, 게르만인들을 고향에서 쫓은 날래고 사나운 한 부족이 마침내 로마 영내로 그 모습을 드러냈다. 그 부족의 이름은 훈족(族), 왕의 이름은 아틸라였다.

4세기 후반 이후 100년간은 로마 제국에서 믿을 만한 역사 기술이 단절된 시대였기에 아틸라의 인물 됨됨이나 행적에 대해서는 정확히 알려진 바가 없다. 영국의 역사학자 기본은 '좋고 싫음이 극단적인 역사가의 편향적 기록, 단편적 자료와 연대기류에서 얻을 수 있는 애매한 힌트, 교회사가의 무책임한 기술 등에 의지하지 않을 수 없다'고 한탄한 바 있다.

성격 — 두 장의 초상화

한정된 자료에 따르면 '아틸라는 칼미크인(볼가 강 유역에 사는 동골계 민족. 여기서는 동양인과 같은 뜻) 특유의 추남이었고 화를 잘 내며 마치 자신이 인류 중에서 가장 뛰어나다고 생각하듯이 몸을 꼿꼿이 하고 걸었다. 전쟁은 아주 좋아하지만 솜씨보다도 머리로 이기는 타입의 장군이며 야만인들의 미신을 이용하는 데에 능했다.'고 한다.

헝가리인 화가이며 작가인 케이트 셀레디는 이것과는 다른 초상화를 그렸다. 그녀 자신이 '사실(事實)과 연월일의 무게를 견딜 수 없다'고 말한 동화 『하얀 사슴』에 의하면 훈족의 족장 벤데크스는 부족을 약속의 땅으로 인도하기 위해 태양을 따라 서쪽으로 서쪽으로 이동해, 돈 강과 볼가 강 사이의 초원에 머물렀을 때 타국 여인과의 사이에 아이를 낳았는데 그 여인은 몸이 약해 아들을 낳자마자 죽고 말았다.

아내를 잃은 벤데크스는 반드시 아들은 '신의 징벌'이라 불리는 강한 인간으로 키우겠다고 부족의 오랜 신에게 맹세했다. 얼마 지나지 않아 젊은 용사 아틸라의 이름이 많은 사람들의 귀에 들리게 되었다. 독수리처럼 날카롭고 드높은 목소리, 눈꼬리가 찢어진 호박색 눈. 항상 군대의 선두에서 칠흑 같은 말을 타고 그에게 덤비지 못하는 죽음을 비웃었다. 전투나 약탈을 할 때도 눈썹 하나 까딱하지 않았고, 절망적 상황에서만 웃었다고 한다.

아틸라는 상당히 매력적인 인물이었던 것 같다. 이런 추측들을 가능하게 한 사실(史實)은 다음과 같은 것이었다.

역사 — 정복자 아틸라

훈이라 불리는 한 부족이 볼가 강의 원류에 나타나서 전방의 여러 민족들을 물리치고 지금의 헝가리 평원에 도달했다. 이 때문에 유럽의 여러 민족들이 모두 움직이기 시작해 '민족 대이동'이라 불리는 대규모 변동이 일어났다. 433년에 이 부족의 왕이 된 아틸라는 군사를 일으켜 유럽의 여러 민족들을 격파하고 라인 강변으로까지 영토를 넓혔다. 그리고 동로마로부터 영토를 빼앗고 서로마 제국도 공격하려 했기 때문에 당시의 교회 사가(史家)들은 그를 두려워해 '신의 징벌'이라 불렀다. 서로마 제국은 서고트 · 프랑크의 여러 부족들과 대연합을 구성해 아틸라를 힘겹게 이겼다. 453년에 아틸라가 죽자 그의 제국은 돌림병과 내분으로 순식간에 와해되고 말았다.

평가 — 암흑 시대

한편 서로마의 타격도 커서 제국의 쇠망은 이미 결정적이었다. 아틸라가 죽고 20년 후 서로마 제국은 게르만인 용병대장 오도아케르의 반란으로 멸망했고 서양사(西洋史)는 새로운 시대를 맞이한다.

제국 붕괴 이후의 혼란을 암흑 시대라고 말한다. 그러나 사실 암흑 시대는 '로마 제국에서 믿을 만한 역사 기술이 자취를 감춘' 순간 이미 와 있었던 셈이다. 아틸라가 암흑 시대를 부른 것이 아니라 암흑 시대가 아틸라를 부른 것이었다.

> 요약
로마의 황제

주사위를 던져라

- 그리스의 희극 시인 메난드로스의 시편에서, 카이사르가 루비콘 강을 건널 때 인용했다고 한다.

로마는 정말 멸망했는가?

흔히 우리는 로마자(字), 로맨틱(로마적, 로마풍)이라고 말하곤 한다. 중국의 문자를 '한자(漢字)'라 부르며 중화 민족을 '한족(漢族)'이라 부르는 것은 중국의 민족, 문화가 완성된 것이 한(漢)나라 시대이기 때문이다. 마찬가지로 유럽의 원류를 더듬어보면 로마에 다다른다.

'로마는 왜 멸망했는가?' 영국의 역사학자 기본을 비롯하여 여러 연구가에 의해 반복되어 온 질문이다. 과연 로마는 476년에 멸망했는가? 그 질문에 답하기 전에 왜 로마는 공화제 국가에서 제정(帝政) 국가가 되었는가? 거기에서 출발해 보자.

로마인이 선주민족(先住民族) 에트루리아인(人) 왕을 추방하고 로마 공화국이 된 것은 기원전 509년의 일 전해진다. 일개 도시 국가였던 로마의 전기(轉機)는 카르타고와 벌인 포에니 전쟁의 승리에서 마련되었다. 명장 한니발이 이끄는 카르타고는 로마를 멸망 직전까지 몰아갔으나 거국적으로 항전하여 (대)스키피오가 기원전 202년에 카르타고군을 격파한다. 그 결과 로마는 일약 지중해의 패자(覇者)가 되었던 것이다.

그후 로마는 기원전 416년에 카르타고를 멸망시키고 마케도니아와 그리스를 영유, 기원전 133년에는 스페인 전 영토를 영유하면서 급속히 영토를 넓혀 나갔다. 하지만 급속한 확대는 공동화(空洞化)를 동반했다. 잇따르는 반란과 내전. 카르타고를 멸망시킨 기원전 146년부터 1세기 동안은 로마에 있어 패권의 확대와 동시에 공포의 1세기이기도 했다.

제정의 명과 암

제정(帝政)이라는 통치 형태는 그 공동(空洞)을 메우기 위해 받아들여졌다. 유력자 사병들 간의 항쟁을 끝내려면 명확한 제1인자가 필요했다(실제로 로마 황제는 제국에서 가장 부유한 사람이기도 했다). 다만, 제정으로 가는 길을 연 카이사르에게도 옥타비아누스를 지지했던 로마 시민에게도 전제(專制) 정치로 가는 문을 열었다는 자각이 있었는지는 의심스럽다. 그도 그럴 것이 어디까지나 로마 황제는 '시민의 제1인자'이며 전제자(專制者)가 아니라는 것이 원칙이었던 것이다. 그런 의미에서 중국의 황제와 제정 로마(초기)의 황제는 그 의미가 전혀 다르다고 할 수 있다.

어쨌든 안정된 로마 제국은 그후에도 해외로 영토를 확장했고 '다섯 명의 현명한 황제' 중 한 사람인 트라야누스 시대에 영토는 최대가 된다.

로마가 전성을 구가하고 있던 시대는 주변 민족들에게는 고난의 시대이기도 했다. 클레오파트라 7세는 로마가 제국이 되기 직전의 인물이고, 제노비아는 절정기를 조금 넘겼을 무렵의 여걸이다.

로마와 대립했던 카르타고 시는 철저히 파괴되었고 작물이 자라지 못하도록 땅에 소금이 뿌려졌다. 유대인의 반란에 대해서는 유대인이 예루살렘 부근에 거주하는 것을 금지했고, 나중의 유랑민 유대인을 만들어 냈다. 로마는 창조뿐 아니라 다른 문화의 파괴자이기도 했던 것이다.

기독교의 수용

게다가 로마인은 타문화를 적극적으로 흡수하는 민족이었다. 특히 그리스로부터는 많은 영향을 받아 '로마는 무엇 하나 스스로는 창조해 낼 수 없었다'라고 말하는 역사가들도 있을 정도이다. 하지만 타문화를 환골탈태(換骨奪胎)하고 수용하는 능력이야말로 로마의 가장 큰 특징이라 할 수 있다.

로마 제국에 있어서는 변경에 불과한 예루살렘의 종교를 받아들여 그것을 지배 체제로 만든 것도 그 일례라고 볼 수 있는데, 본래의 기독교가 갖고 있던 반(反)유대교적인(反민족종교적인) 요소를 훌륭하게 보편화하여 제국 지배의 수단으로 삼았다. 콘스탄티누스 이후에 기독교는 군대와 맞먹는 제정(帝政)의 중요한 무기가 되었다.

로마를 계승하는 것

로마는 정말 멸망했는가? 395년 로마 제국은 분열되었고, 476년에 게르만인 오도아케르에 의해 서로마 제국한 멸망한 것은 사실이다. 하지만 한편에서 동로마는 1453년까지, 신성 로마 제국은 1806년까지 존재했다. 그럼 왜 로마라는 이름이 붙은 국가가 19세기까지 존재할 수 있었을까? 그것은 기독교와 로마의 관료제 때문이다. 로마인은 조직화 능력이 뛰어나 건축, 토목 그리고 관료제 분야 등에서 실력을 발휘하였고, 그 자질이 거대한 제국을 탄생시키고 유지하는 데 활용되었다. 또한 콘스탄티누스 1세 때에 받아들여진 기독교는 요컨대 권력자(로마 제국)를 거역하지 않고 살아갈 것을 지상(至上)으로 하는 종교인 만큼 제국의 관료제와 깊이 관련되어 있었다.

로마 제국이 동서로 분열된 후에 서로마군 내부에서 게르만인이 추방당했다. 이것은 410년 게르만인이 로마를 함락한 데 대한 반동(反動)으로 보여진다. 이렇게 해서 주력(主力)이 되는 게르만인을 스스로 버린 서로마 제국은 멸망했다. 그러나 카톨릭 교회는 프랑크인과 게르만인에게 로마 황제의 칭호를 보내 살아 남았다. 상대가 이민족이든 아니든 기독교를 받아들이면 그때마다 가장 강한 자에게 로마의 수호자로서의 지위를 주었던 것이다. 새 왕들도 로마 카톨릭 교회가 가진 조직의 네트워크와 문화적 권위를 이용했다. 이리하여 카톨릭의 권위는 제정 시대는 손이 닿지 않았던 아일랜드와 북유럽에까지 미쳤다.

한편 동로마에서는 기본적으로 로마 제국의 정체(政體)가 서의 세승되었다. 하지만 살아남기 위해 잇달아 국가의 성립 기반을 변화시켜 가야만 했다. 그 과정과 결말에 대해서는 다음 장에서 다루기로 하자.

이 시기에 일어난 역사적 사건				
B.C. 92	사마천이『사기』저술			대 돌입(~280)
B.C. 44	카이사르 암살		226	사산 왕조 페르시아 흥기(~642)
B.C. 27	로마 제국 성립		239	진수가『삼국지』저술(297)
8	전한을 멸망, 신(新) 건국		280	서진의 중국 통일
25	광무제가 한조(漢朝)를 부활시킴 (후한조 ~220)		286	디오클레티아누스 황제에 의한 동양적 전제정치 시작
30	이 무렵에 예수 사형		300	서진에 팔왕의 난 발발(~306)
57	왜(倭)의 국왕 후한에 사신 파송		313	한반도에서 고구려 낙랑부
79	베수비오 화산 폭발로 폼페이 매몰		316	서진 멸망. 5호 16국 시대 돌입 (~439)
105	채륜이 제지 기술 개량		320	인도에 찬드라굽타 왕조 발흥
114	트라야누스 황제 메소포타미아 원정(~117) 로마 제국 최대의 영토 확립		330	로마 제국 콘스탄티노플로 천도
			333	시리아 대기근
150	중앙 아시아에서 대승 불교 발흥		375	서고트족 도나우 강 서쪽으로 이동 (게르만 민족 대이동의 발단)
156	선비족이 몽골고원 통일		395	로마 제국 동서로 분열
184	중국에서 황건적의 난 발발		399	중국 법현 인도 여행(중국으로 불교 전파)
208	중국에서 적벽 전투			
220	후한 멸망 위·오·촉의 삼국 시			

제3장

기사와 성직자와 제왕

JUSTINIANUS I MAGNUS

유스티니아누스

DATA
생몰 : 483~565
재위 : 527~565
지역 : 동지중해
왕조 : 동로마 제국

로마 제국은 동서로 분열되었다. 서로마 제국이 붕괴된 후에도 동로마 제국은 영화를 누렸는데, 특히 유스티니아누스 왕조 때는 법을 활발히 정비하고 군사를 일으켜 거의 구로마 제국에 가까울 정도로 영토를 확장했다.

배경 동로마 제국

395년에 로마 황제 테오도시우스는 죽기 직전에 제국을 동서로 분할해 두 아들에게 나눠주었다. 서로마 제국은 로마를 수도로 삼았고, 동로마 제국은 '콘스탄티누스 황제의 수도' 콘스탄티노플을 수도로 삼았다.

서로마 제국은 야만족의 침입에 시달리다가 476년에 반란으로 멸망하고 말았다.

한편, 동로마 제국은 시리아, 이집트 등의 부유한 속령(屬領)을 보유하고 번영을 누렸다. 518년에 동로마 제국에서 유스티누스(재위 518~527)라는 갑작스럽게 출세한 자가 황제가 되었는데, 그는 다키아(지금의 불가리아)에서 돼지를 키우던 사람이었다. 콘스탄티노플로 상경해 군인이 된 유스티누스는 전쟁에서 두각을 드러내 이름을 명성을 얻게 되었다. 당시 황제가 후사(後嗣) 없이 죽었기 때문에 그는 궁정과 군대의 지지로 제위에 올랐다.

하지만 새 황제 유스티누스는 즉위할 때 이미 예순 살이 넘어 정치에 어두운데다 문맹이었다.

'즉시 대신 겸 후계자가 필요하다'고 생각한 그는 수도에서 교육을 받고 있던 조카를 발탁했다. 이렇게 해서 엉뚱하게도 유스티니아누스가가 정치 무대에 오르게 되었던 것이다.

태생 돼지 키우는 사나이의 조카

당시 서른다섯 살의 잘생긴 유스티니아누스는 화려한 것과 공연 등을 좋아하는 호방한 성격으로 보였지만, 실은 고지식한 편이어서 잠을 설쳐가며 공무(公務)에 매진했다. 그는 다소 소심하고 질투심이 많은 편이기는 했지만 남의 마음을 잘 읽어내어 유능한 인재를 발굴하는 데 능했다. 527년, 유스티누스가 죽고 황제에 오른 후에도 유스티니아누스는 아내와 장군들의 도움으로 성공적으로 정치를 할 수 있었다.

황후 테오도라

유스티니아누스의 아내는 테오도라다. 로마에서는 경기장에서 다양한 볼거리가 행해졌는데 경기장 곰 사육사의 딸이었던 그녀는 자라서 대극장의 인기 여배우가 되었다. 춤, 노래, 피리 모두 썩 잘하는 편은 아니었지만 팬터마임만은 아주 뛰어났다. 작은 체구의 몸을 가볍게 움직이며 눈빛 하나로 어떤 감정도 훌륭하게 연기했다고 한다. 동서양을 막론하고 근대 이전의 여배우(때로는 남자 배우도)는 매춘을 부업으로 하는 경우가 많았는데, 그녀도 예외는 아니어서 많은 남성들과 염문을 뿌렸다. 물론 직업상 불가피한 일이었고, 523년 유스티니아누스의 눈에 띄어 결혼한 후에는 지극히 정숙한 아내로 지냈다. 황후가 된 이후에는 매춘부 경정(更正)을 위해 수도원을 건립하고, 자비로 매춘부의 빚을 대신 갚아주기도 했다.

그녀의 과감한 결단력이 황제를 구한 일도 있었다. 콘스탄티노플에는 '히포드롬'이라는 대전차 경기장이 있었는데, 시민들은 전차 경주에 매우 열광했다. 이 바람에 경주의 승패가 원인이 되어 폭동이나 내란이 일어나는 경우

도 심심치 않게 있었다 (오늘날의 월드컵에 열광하는 모습을 연상해 보라). 그런 종류의 폭동이 '유스티니아누스를 퇴위시키고 새로운 황제를 맞이하자' 라는 쿠데타 소동으로까지 급진전되었다. 급히 열린 어전회의에서 황제는 비교적 담담하게 '궁전의 선착장에서 바다로 도망가자' 라고 결정했는데 이때 테오도라가 입을 열었다.

"한번 태어난 사람이 죽는 것은 당연한 일이지만 한번 남의 위에 군림한 자는 권위와 지배력을 잃으면 죽은 것이나 다름없습니다. 저는 황후 자리에서 물러날 바에는 차라리 죽는 편이 낫겠다고 신에게 기원하겠어요."

이리하여 유스티니아누스는 마음을 바꿔 궁전에 은둔하며 폭동에 맞서기로 했다. 결국 명장 벨리사리우스가 폭도들을 진압하고 수도는 평온을 되찾았다.

장군 벨리사리우스

벨리사리우스(550?~565. 아프리카 반달을 정복하고 남이탈리아, 시칠리아를 공략한 명장)는 원래 유스티니아누스를 경호했는데 훗날 장군이 되어 페르시아와의 전쟁에서 대활약을 한다. 전투에서는 만사에 용의주도했고 가장 신용할 수 있는 부하를 정찰부대에 배치해 낮에만 진군하고 밤에는 경비를 강화했다. 각지의 야만인들을 불러모은 군대를 이끌면서 군대의 규율은 항상 엄정하게 지키도록 했고 약탈은 허락하지 않았다. 어떤 격전이 있었더라도 일상대로 각 부서를 점검하고 안전 확인을 게을리하지 않았으며, 성격은 결벽증에 가까울 정도로 근엄하여 군인들 중에 그가 술에 취한 모습을 본 사람은 아무도 없었다고 한다. 그는 치밀한 계산에 의해 승리를 거두는 타입의 장군이었는데, 훗날의 웰링턴(나폴레옹을 격파한 영국의 장군)과 몽고메리(롬멜을 격파한 영국의 장군) 등과 매우 흡사했다.

폭동 진압 이듬해에 이탈리아와 북아프리카 정복을 명령받고 각지에서 전투를 벌여 537년에는 로마로 입성하여 거의 구로마 제국에 가까울 정도로 영토를 확장했다.

유스티니아누스는 종종 벨리사리우스의 충성을 의심하여 그가 한 지방을 정복하면 수도로 소환해서 바로 다음 전선에 투입하였다. 그때마다 벨리사리우스는 막대한 전리품을 바치고 충성을 맹세했다. 마음만 먹으면 제국의 전 영토를 지배할 수 있는 강력한 군단을 이끌고, 몇 번이나 황제에게 불합리한 트집을 잡히고도 충성을 다한 신하는 역사상 보기 드물다.

그것이 오히려 유스티니아누스의 의심을 부채질했다. 만년의 황제는 의심이 더욱 심해져서 여러 번 벨리사리우스의 재산을 압수하고 결국에는 그를 자택에 연금하기까지 했다. 칩거(蟄居) 7개월 만에 벨리사리우스는 석방되지만 얼마 후에 화병으로 세상을 등지고 말았다. 그후 1년이 채 못 되어 유스티니아누스도 병으로 죽었다. 황제가 죽은 후 제국은 다시 서방 영토를 잃고 점차 쇠퇴해 갔다. 그러나 유스티니아누스 황제의 통치는 후세에 커다란 유산을 남겼다.

유산 — 법률, 건축, 비단

로마 문화는 그리스 문화보다 훨씬 실용적인 것이 특징이다. 그 결과 그리스에서는 철학이 발달했지만 로마에서는 법률이 발달했다. 그리스에서는 과학이 발전했지만, 로마에서는 기술, 특히 토목 기술이 발전했다. 그리스에서는 문학이 발달했지만, 로마에서는 사치가 발달했다.

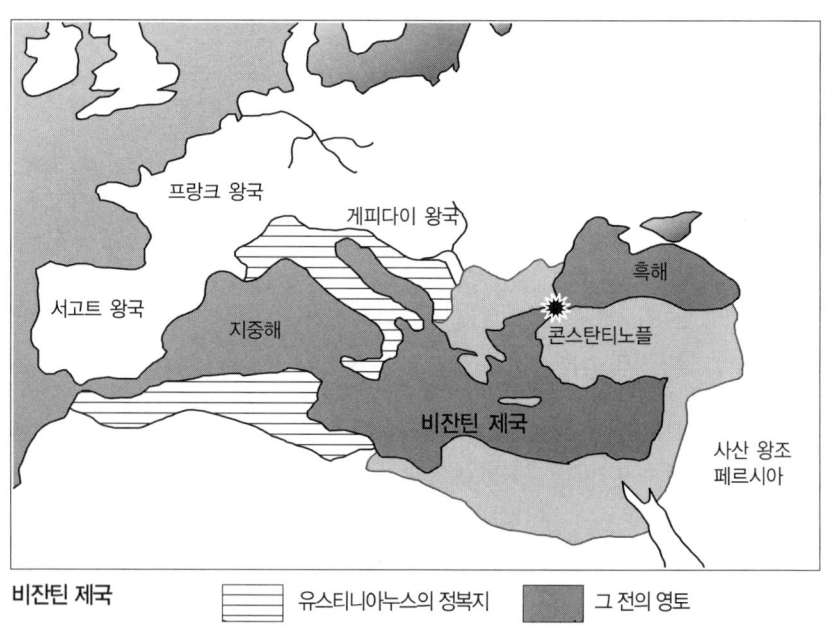

비잔틴 제국 / 유스티니아누스의 정복지 / 그 전의 영토

그리고 로마 제국의 후계자 유스티니아누스는 후세의 서양 세계에 로마다운 세 가지 유산, 즉 법률, 건축, 비단을 남겼다.

황제는 학자에게 로마의 옛 법률을 책으로 정리하게 하여, 『로마법 대전(大全)』이라 이름지었다. 『로마법 대전』은 현재까지 유럽 법률의 기초가 되고 있다. 또한 황제는 건축가에게 청동의 둥근 기와로 된 거대한 사원을 재건하도록 했다(원래는 콘스탄티누스 황제가 지은 것인데, 여러 번의 화재로 불타 없어졌다고 한다). 사원의 이름을 성(聖)소피아 대성당이라고 했는데 터키가 정복한 후에는 회교 사원으로 바뀌었고, 현재는 많은 관광객들이 찾는 박물관이 되어 있다.

황제는 수도사에게 명하여 중국에서 누에 알을 갖고 돌아오게 했다. 그리하여 얼마 지나지 않아 콘스탄티노플에서도 중국과 마찬가지로 양잠을 하고 견직물이 거래되기에 이르렀다.

HERACLIUS
헤라클리우스

이슬람 전야의 사투

DATA
생몰 : 575?~641
재위 : 610~641
지역 : 동지중해
왕조 : 동로마 제국

7세기에 동로마 제국과 사산 왕조 페르시아의 항쟁은 압도적으로 페르시아에 유리하게 전개되었다. 그러나 새 황제 헤라클리우스는 12년의 침묵 뒤에 역습을 감행한다.

배경 　동로마 대 페르시아

로마 제국은 오랫동안 시리아·이라크의 패권을 둘러싸고 동방의 파르티아와 일진일퇴의 공방을 계속했고 동로마가 로마로 바뀌고 사산 왕조 페르시아가 파르티아로 바뀌어도 항쟁은 지속되었다.

6세기 말에 그 사산 왕조 페르시아는 명장 바하람 튜비나의 쿠데타로 한 번 끊어졌는데 이때 홀로 살아남은 왕자 호스로 2세는 어제까지의 원수 동로마를 찾아가 기가 죽는 기색도 없이 원군(援軍)을 요청했다. 황제는 이에 응해 막대한 보석, 금은, 멋진 왕관을 보냈고 수만 명의 로마군을 빌려 주었다. 호스로는 즉시 페르시아로 침공하여 바하람을 축출하고 페르시아의 왕위를 회복했다. 이후에 동로마와 페르시아의 관계는 한동안 양호했고, 호스로의 신변을 경호하는 것은 페르시아인 친위대가 아니라 1천 명의 로마 병사들이었다.

그러나 이번에는 동로마에서 쿠데타가 일어나 황제가 사망하자, 호스로는 이제 빚진 것이 없다고 생각했는지 단숨에 동로마 침공을 개시했다. 동로마의 궁정은 혼란에 휩싸였고 결국 다시 쿠데타가 일어나 황제는 죽고 카르타고 총독의 아들 헤라클리우스가 황제가 되었다.

호적수 헤라클리우스

하지만 이 헤라클리우스는 황제가 된 후 12년 동안 한 일이 거의 없었다. 그가 나태하게 시간을 보내고 있는 사이에, 호스로는 동로마에서 가장 부유한 속주(屬州)인 시리아와 이집트를 빼앗았다. 수도 콘스탄티노플까지 위험해져서 헤라클리우스는 카르타고로 수도를 옮기려 했지만 수도의 총주교들이 읍소하며 말리는 바람에 마음을 바꿔 호스로와 대결하기로 한 것 같다. 황제는 총주교에게 명하여 각지의 교회로 하여금 막대한 재물을 모으게 하여 전쟁에 나섰다.

전격전 호스로 대 헤라클리우스

첫 전투에서 호스로와 헤라클리우스는 쌍방간에 만만치 않은 전략가임을 알아챈다. 두 사람 모두 '승부는 단숨에 결정해야 한다' 는 생각으로 서로의

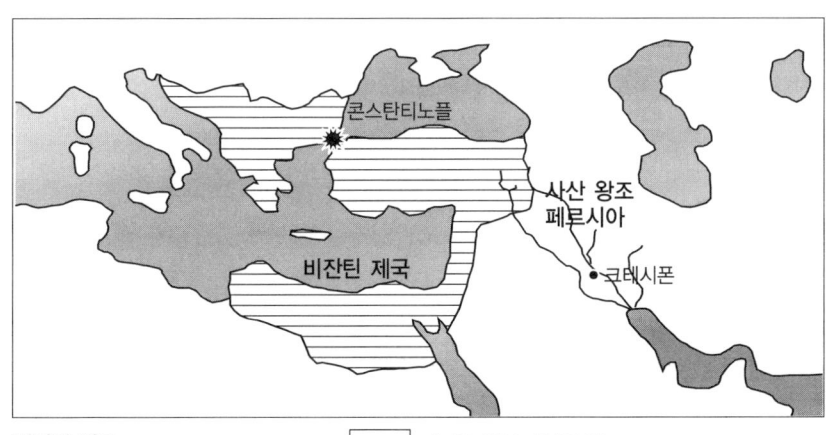

비잔틴 제국 / 헤라클이우스 시대의 영토

수도를 공격했다.

결국 콘스탄티노플은 함락되지 않았고 크테시폰은 함락되었다. 호스로는 도망다니다가 아들에게 배신당해 죽고 만다. 호스로의 아들은 동로마에 화해를 요청했고 헤라클리우스는 시리아와 이집트를 되찾아 콘스탄티노플과 예루살렘에서 대대적인 개선식을 했다.

후일담 — 개선식의 이면

마침 그 개선식이 있던 날에 시리아 변경의 한 한촌(寒村)이 '아라비아 사막의 도적들'에게 기습을 당해 구원에 나섰던 군대는 괴멸당했다. 하찮은 도적은 알고 보니 이슬람 대정복의 첨병(尖兵)이었던 것이다.

얼마 후 그들은 페르시아를 멸망시키고 동로마로부터는 시리아, 이집트, 북아프리카를 빼앗고 대제국을 건설했다. 이 아름다운 영토를 잃은 늙은 황제 헤라클리우스는 '시리아여! 적에게 이것은 얼마나 좋은 땅이겠는가?'라며 한탄했다고 한다.

CHALEMAGNE

샤를마뉴

서유럽의 창조자

DATA
생몰 : 742?~ 814
재위 : 768~814
지역 : 독일, 프랑스, 이탈리아
왕조 : 카롤링거 왕조

오늘날의 서유럽 세계의 토대를 만든 것은 프랑크 왕국의 샤를마뉴(카를로스 마그누스 카를 대제)였다. 서기 800년에 교황 레오 3세로부터 로마 제국의 제관(帝冠)을 받고 게르만족, 기독교, 그리고 그리스·로마 문화를 연결했다.

배경 '암흑 시대'

4세기 후반 이후 유럽으로 몰려든 무수한 게르만계 민족들은 유럽에 정착한 후에도 항쟁을 거듭해 통일될 기미를 보이지 않았다. 유스티니아누스의 서방 정복이 성공한 것은 그들의 내부항쟁 덕분이었다. 그러다가 8세기 무렵, 게르만 민족에게도 통합의 기운이 싹트기 시작했다. 북쪽에서는 프랑크 왕국이 오늘날의 프랑스와 남독일을 다스리고 남쪽에서는 랑고바르드 왕국이 이탈리아를 장악하려 했다. 그리고 랑고바르드 왕국(=롬바르디아 왕국)은 로마 교황청에 다양한 압박을 가했다.

754년 원교책(遠交策)에 나선 교황청은 동로마 제국에 도움을 요청했지만 우정을 다짐하는 서신 한 장이 날아왔을 뿐이었다. 마지막으로 프랑크 왕국을 찾아갔는데 프랑크 왕국의 왕 피핀은 따뜻하게 맞이하고 군대를 내주어 랑고바르드를 격파했다. 이 일로 프랑크와 로마 교황청의 유대는 확고해졌으며 피핀의 아들 샤를마뉴는 곧 교황으로부터 로마의 제관을 받게 된다.

태생 카롤링거 3대

샤를마뉴는 프랑크의 명문(名門) 카롤링거 출신이다. 그의 할아버지 카를 마르텔은 건장한 체구에 긴 수염을 텁수룩하게 길렀고 물결치는 머리를 두

갈래로 나눠 어깨에 늘어뜨리고 있었다. 메로빙거 왕조 프랑크 왕국에서 마요르 도므스(직역하면 큰 머리이지만 종종 왕궁의 재상이라고 해석된다. 왕가의 살림 일반을 도맡아 관리하는 내무대신 겸 재무장관)였다. 샤를 마르텔은 프랑스를 공격해 들어간 이슬람군을 투르푸아티에 전투에서 격파해 그 이름을 떨쳤다.

아버지 피핀은 카를 마르텔을 닮지 않아 체격은 작았으나 야심가였다. 751년에 카를 마르텔이 죽자 그는 당장 쿠데타를 일으켰다. 내무장관 겸 재무장관, 그리고 군을 장악하고 로마 교황의 승인까지 받았으므로 쿠데타는 성공하여 피핀은 왕이 되었다. 754년에 교황의 구원 요청에 응한 것도 절반은 쿠데타를 승인해 준 데 대한 보답이었던 것이다.

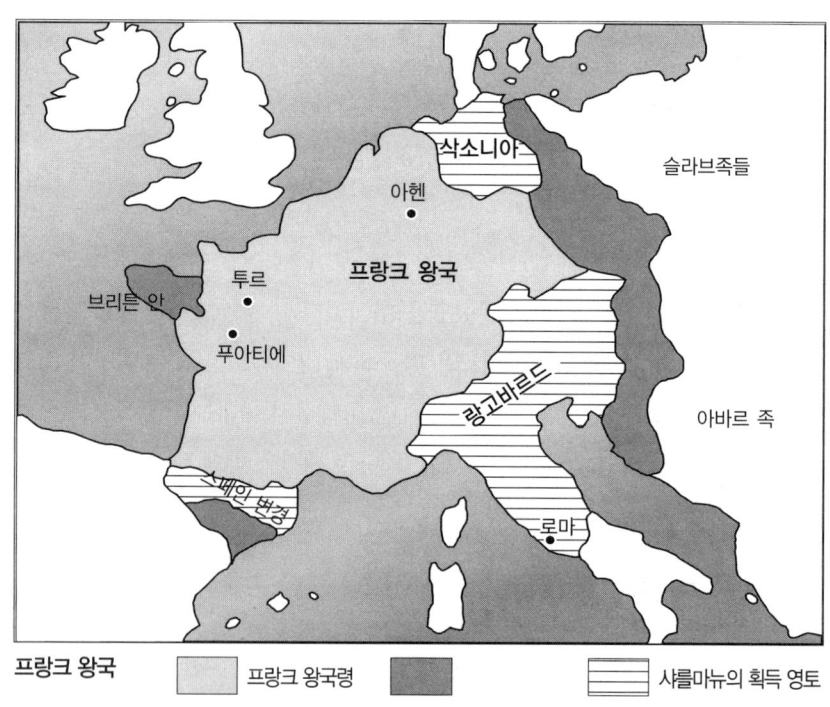

샤를마뉴는 아버지 피핀보다 할아버지 카를 마르텔을 닮아 체격이 크고 이목구비가 큼직큼직한 대장부였으나 등이 구부정하고 배가 나온 편이었다. 술은 마시지 않았으나 대식가였고 특히 구운 고기 요리를 좋아했다. 로마풍의 사치스런 옷은 좋아하지 않았고 항상 모피 상의에 파란 망토를 걸쳤다. 다만 검(劍)만은 고급스런 것을 좋아해 칼집도 무늬도 금은으로 장식했다. 서사시를 좋아하여 궁정 학자들에게 명령하여 수집하게 했다. 그는 왕이 되자 군대를 이끌고 북쪽으로는 삭소니아(작센의 다른 이름)를 정복하고 남쪽은 스페인 변경에서 이슬람군과 싸워 랑고바르드 왕국을 멸망시켰다.

대관식 샤를마뉴, 황제가 되다

서기 800년의 크리스마스 때 로마 교황 레오 3세는 마침내 그에게 로마의 제관을 수여하고 교회를 보호해 줄 것을 부탁했다. 이리하여 로마 교회는 동로마 제국과 완전히 인연을 끊었고, 서유럽 세계가 성립하게 된 것이다.

'로마 황제' 샤를마뉴는 정력적으로 활동했다. 아헨(로마 시대부터 쾰른에서 아헨을 거쳐 브뤼셀·파리를 잇는 교통의 요지로 발달하였다. 샤를마뉴 때에는 프랑크 왕국의 수도로 번영하였으며, 813~1531년 때때로 독일 국왕의 대관식이 거행되었다.)에 훌륭한 궁전을 지었으나 1년의 대부분은 궁전을 떠나 전쟁이나 순행(巡幸, 임금이 각처를 돌아다님)으로 분주한 나날을 보냈다. 각지를 돌며 황제의 위엄을 보여 반란을 잠재워야 했기 때문이다. 황제는 눈코뜰새없이 바빴던 것이다. 그렇게 바쁜 나날 속에서도 문맹이었던 황제는 그 큰손에 어울리지 않을 정도로 작은 깃털 펜을 쥐고 습자(習字)를 했다고 한다. 예전의 로마가 얄미울 정도로 확고한 시스템 위에 서 있던 것과 달리 이 로마 제국은 한 거인의 어깨에 걸려 있었다.

전설   기사들의 왕

샤를마뉴가 죽은 후 제국은 아들들에 의해 사분오열되면서 로마 제국은 환상 속으로 사라져 버렸다. 1대로 사라진 환상의 제국은 서사시를 통해 후세에 전해졌다. 서사시에 의하면 샤를마뉴 왕의 궁정에는 페르(실력이 비슷한 남자들)라 불리는 12명의 용사들이 있었다고 한다.

첫 번째로 손꼽히는 용사 올랜드는 교황에게 파문당한 아주 가난한 부모에게서 태어나 반라(半裸)의 상태로 동굴에서 자랐다. 털이 많은데다 미남은 아니었지만 괴력과 기사도 정신을 갖고 있었다. 그밖에 올랜드의 친한 친구이며 부자인 올리비에, 칼솜씨는 신통치 않았지만 미남이고 용감하며 재치 있는 아스토르포, 바이에른의 공작이며 왕의 작전 참모인 나모, 열쇠가 채워진 큰 책을 가진 마법사 말라지지, 주교(主敎) 지팡이보다도 창 다루는 솜씨가 뛰어난 수도사 튤판, 아첨을 잘 하는 악당 가노……등이었다.

그리고 서사시 속의 샤를마뉴는 위대한 왕이지만 성미가 급하고 화를 잘 내며 신하의 아첨에 잘 속아넘어갔다. 늘 악당 가노의 감언에 속아서 기사들에게 무리한 교리 문답을 내곤 했다. 결국 가노의 흉계로 올랜드와 그 친구들이 사라센군(軍)에게 죽음을 당하고 만다(기사도 얘기는 기사들의 활약과 비극적인 죽음을 묘사하므로 자연히 이렇게 될 수밖에 없다).

서사시 속에서는 역사 속의 샤를마뉴 제국이 그 한 사람에 의해 유지되었다는 것과는 전혀 다르게 표현되어 있는 것이다.

기사들의 또 다른 왕

중세 유럽에서 샤를마뉴의 기사단과 나란히 서사시의 주인공으로 등장하는 또 하나의 기사단은 아서 왕의 기사단이다.

기원 5세기 후반에 남웨일스에서는 브리튼인(로마화된 켈트족의 한 부족)이 신흥 색슨인들과 싸우고 있었다. 열세에 놀린 브리튼인은 종종 로마 훨씬 이전에 지어진 산성에 틀어박혀 색슨인들을 맞아 싸웠다. 그런 성들 중의 하나인 '베이든 산' 전투에서 브리튼인은 크게 승리했고 덕분에 색슨인의 침공은 그후 30년 정도 시들해졌다고 한다. 이때의 지휘관이 아서였던 것 같다.

12세기가 되자 몬머스의 수도사 제프리가 저서『브리튼 왕 열전』에서 아서 왕을 소개했는데, 아서는 색슨인을 격퇴하고, 영국·아일랜드·아이슬란드·프랑스·독일·노르웨이, 덴마크를 정복하고 서로마 황제까지 격파했다고 한다.

이 '역사서'는 몹시 사람들의 상상력을 자극해 십자군 이후로 많은 시인들이 '아서 왕과 원탁의 기사'들을 노래하게 된다. 왕궁의 거대한 원탁에 무수한 기사들이 모여 약자와 귀부인이 도움을 청하면 반드시 이에 응하여 모험 여행을 떠났다고 한다.

원탁의 기사들 중에는 왕과 같은 젖을 먹고 자란 궁정의 향응(饗應)역인 케이, 그의 친한 친구 베디비어, 태양의 가호를 받았으며 해가 높이 뜰수록 힘이 세지는 가웨인, 세상 물정을 모르는 순수한 젊은이 파시벌, 왕비 기네비어와 밀통하여 비극의 씨를 뿌리는 랜슬롯, 사냥과 하프의 명수 트리스탄 등의 인물들이 있다.

이렇게 해서 남웨일스의 한 족장은 서구 세계를 만들어낸 영웅과 나란히 불리게 되었다.

HEINRICH IV
하인리히 4세

카노사의 굴욕

DATA
생몰 : 1050~1106
재위 : 1056~1106
지역 : 독일, 이탈리아
왕조 : 신성 로마 제국

중세 유럽. 착실히 힘을 키워 온 왕권과 교황권이 충돌한다. 중심 인물은 하인리히 4세와 그레고리우스 7세였다.

탄원 — 카노사의 굴욕

1076년 겨울은 유난히 혹독해 라인 강은 완전히 얼어붙었고 이탈리아에도 큰눈이 내렸다. 그런 중에 알프스를 넘어 독일에서 이탈리아로 가려는 일행이 있었으니 선두에 선 이는 스물여섯 살의 파문당한 신성 로마 제국의 황제 하인리히 4세였다. 교황 그레고리우스 7세를 만나 파문을 철회해 줄 것을 간청하려 했던 것인데, 교황은 이를 쉽게 수락하지 않았다. 때문에 황제는 모자도 신발도 없이 털로 짠 수도사 옷만 걸친 채 3일 동안 눈 위에 서서 사면(赦免)을 계속 간청하여 간신히 허락을 받았다. 이것이 일명 '카노사의 굴욕' 사건이다.

배경 — 교권과 세속권의 대립

10세기에 독일 국왕 오토 1세는 국내의 여러 부족들에게 위엄을 보이기 위해 교회의 권위를 이용하기로 했다. 국내 교회와 수도원에 막대한 토지와 특권을 주었고 로마 교황의 부탁대로 북부 이탈리아를 평정했다. 교황은 그를 로마 황제로 임명했는데 이것이 신성 로마 제국의 시초였다.

이 제국에서는 황제는 교황과 주교와 수도원장을 임명하는 대신, 교회는 많은 토지와 특권을 받았다. 교회에 부패가 만연했을 때는 이 제도가 그 기능을 잘 했지만, 11세기 중반이 되자 교회 내부에서 개혁의 움직임이 시작되었다. 청렴결백한 수도사들의 세력이 강해졌고 교황도 그들의 영향을 받아 교회가 세속권, 즉 신성로마 황제의 그늘로부터 독립하기를 원했다. 이렇게 교회와 황제의 싸움은 시작되었던 것이다.

태생 — 여섯 살의 황제

마침 그 무렵(1056년)에 황제 하인리히 3세가 죽었다. 새 황제 하인리히 4세는 불과 여섯 살이었다. 노련한 교황 그레고리우스 7세는 이 기회를 이용해 '교황은 교회 내부의 선거로 결정된다'는 원칙을 세웠다. 그리고 이듬해에는 '황제에게는 주교와 수도원장을 마음대로 결정할 권리가 없다'는 결의까지 내놓았다.

하지만 신성 로마 제국은 본래 주교와 수도원장을 이용하여 시작되었다. 황제 입장에서 보면 성직자의 임면권(任免權)을 빼앗긴다는 것은 말이 안 되는 일이었다. 그리고 교황 선거가 있었을 때 여섯 살이던 황제 하인리히 4세도 스물세 살의 혈기왕성한 청년이 되어 있었다. 전부터 포섭해 놓은 독일 국내의 주교와 수도원장들을 모아 그레고리우스 7세의 폐위를 결정했다.

투쟁 — 하인리히 대 그레고리우스

이에 맞서 늙은 교황은 비장의 카드로서 황제를 파문했다. 알기 쉽게 말하자면 파문이란 교회에 출입하는 것을 금하는 것이다. 파문당한 사람은 이제 기독교도가 아니었다. '교황에게 파문당하면 죽어서 천국에 못 가게 되는 건 아닐까?' 하는 두려움에서 벗어날 수가 없었다.

이 일로 독일 국내는 떠들썩해졌고 주교와 수도원장들 중에도 하인리히에게 등을 돌리는 사람이 속출했다. 할 수 없이 하인리히는 교황에게 머리를 숙이고 사면을 청해, '카노사의 굴욕'을 당하게 된다.

그러나 파문에서 풀린 그는 즉시 기운을 회복해 독일로 돌아갔다가 보복하기 위해 대군을 이끌고 이탈리아를 공격하여 교황을 로마에서 쫓아내고 말았다.

교황은 '나는 정의를 사랑하고 부정을 미워한 까닭으로 죽는구나'라 말하고 숨을 거두었다. 하지만 황제의 최후도 행복하지는 못했다. 국내에는 반란 세력이 들끓고 황제는 아들에게 쫓겨 나라 안을 도망 다니던 끝에 쓸쓸하게 죽어갔다.

결말 ─ 교회 권력의 신장

추잡한 싸움은 이렇게 끝이 나고, 사람들의 마음 속에는 '교회에 반항하면 무서운 결과가 온다'는 생각만이 남게 되었다. 이후 교황의 권위는 점차 높아져 십자군의 등장했을 때는 절정에 달했다.

SARADIN

살라딘

반십자군의 영웅

DATA
생몰 : 1138~1193
재위 : 1169~1193[1)]
지역 : 이집트, 시리아
왕조 : 아이유브 왕조

11세기 말에 2만 명의 십자군 정예군은 멀리 바다를 건너 성지 예루살렘을 점령하여 왕국을 세웠다. 그로부터 3세대를 걸쳐 십자군에 맞서는 강력한 도전자 살라딘이 나타났다. 살라딘의 지략과 아량은 십자군 전사들도 칭송할 정도였다.

배경 십자군

예루살렘은 유대교, 기독교, 이슬람교의 성지(聖地)이다. 8세기에 이슬람 교도가 도시를 정복했는데 그들은 유대교도, 기독교도의 예루살렘 순례를 계속 인정했다 (여기에는 작은 이유와 큰 이유가 있다. 작은 이유는 이슬람 교도의 종교적 관용이고, 큰 이유는 순례를 통한 수입이 있었기 때문이다).

11세기 말에 동로마 제국은 아나톨리아(지금의 터키)에서 이슬람의 셀주크 왕조와 영토 싸움을 벌이고 있었다. 그래서 황제 알렉시우스 1세는 용병들을 모으기 위해 '성지 예루살렘에서 이슬람 교도가 기독교도의 순례를 박해하고 있다' 고 선전했다. (물론 기독교도와 유대교도에 대한 박해가 전혀 없는 것은 아니었다. 그들은 항상 세금을 많이 내야 했고 현지 정부가 즉흥적으로 박해를 하기도 했지만 셀주크 왕조가 기존의 지배자들에 비해 특히 편협했다는 증거는 없다).

동로마 황제의 요청으로 로마 교황 우르바누스 2세는 유럽의 제후(諸侯)들에게 성전(聖戰)을 호소하였고, 이리하여 전쟁이 발발한 것이 제1회 십자군전이었다. 당시 이슬람 세계는 사분오열(四分五裂)의 상황에 있었고 십자군은 이 기회를 이용해 성지 예루살렘을 점령하여 대학살을 자행했을 뿐 아니라 이곳

---

1) 살라딘은 공식적으로 술탄(왕)이라 칭한 적은 없다. 이 연호는 그가 사실상 이집트·시리아의 지배자가 되고 나서 죽을 때까지의 것이다.

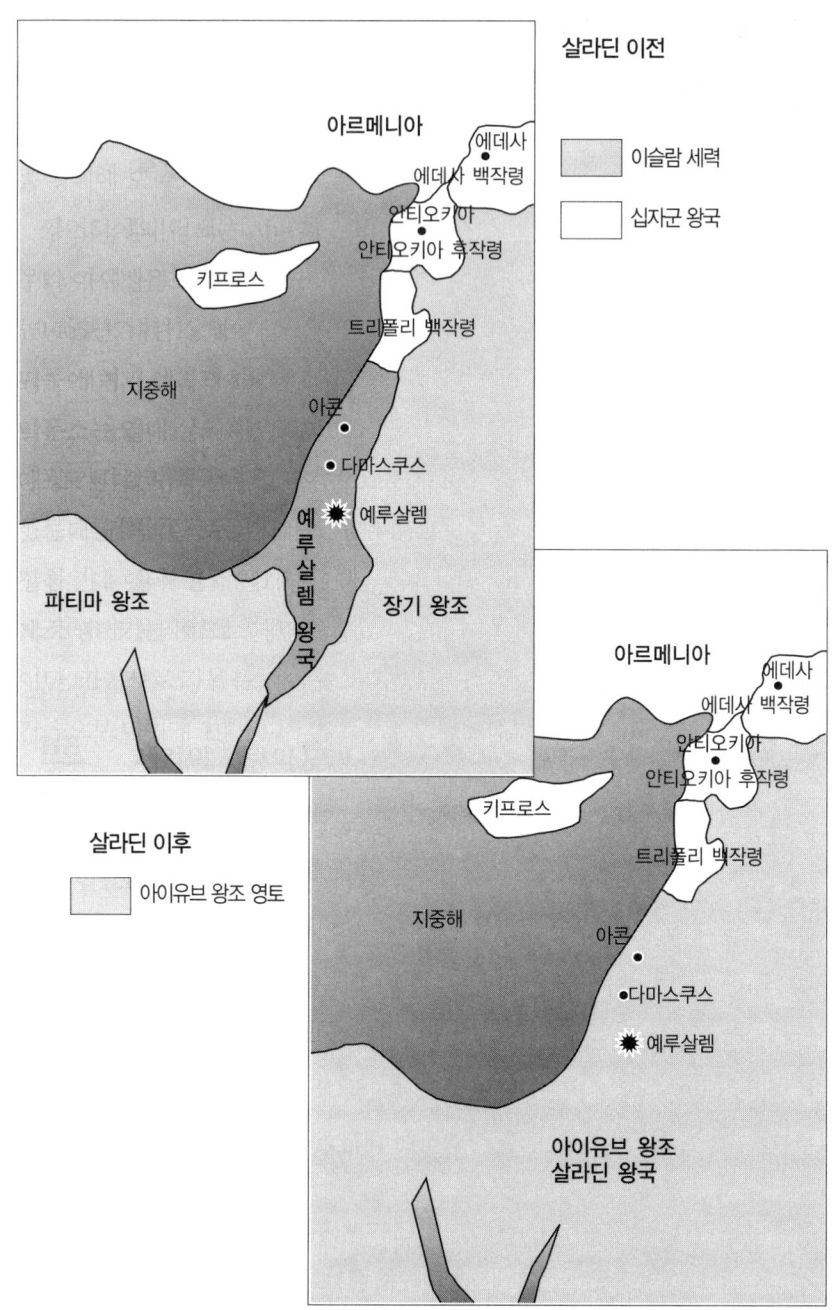

에 왕국을 세웠다.

그러나 얼마 지나지 않아 아랍 왕조의 역습이 시작되었다. 그 중심 인물이 곧 아이유브 왕조의 시조 살라딘(=살라흐 앗 딘 유수프 이븐 아이유브)이었다.

태생 ── 크루드의 기사

살라딘은 순수한 아랍인이 아니라 이슬람 교도인 크루드인(人)이었다. 크루드인은 오늘날의 이란, 이라크, 터키 3개국에 걸쳐 거주하는 산악 유목 민족인데, 고대 그리스의 역사서 『아나바시스』에도 용맹하고 강한 부족으로 등장한다. 살라딘은 크루드의 명문가에서 대관(代官)의 아들로 태어났다. 본명은 유수프, 살라딘은 신앙의 평안(살라흐 앗 딘)이라는 별명을 유럽 사투리로 발음한 것이다. 왜소한 체격에 내성적이며 사려 깊은 사람이었다고 한다.

출세 ── 이집트 강탈

살라딘은 성장하여 숙부의 도움으로 시리아의 장기 왕조(개창자는 이마드 아딘 장기. 1127년 셀주크 왕조의 술탄 무하마드가 장기를 모술 총독에 임명함과 동시에 아타벡의 칭호를 주었는데, 이때 세력을 신장시키고 신자르·자지라·하란·알레포·하마 등으로 영토를 넓혔다.)에 들어가 국왕에게 중용되었다. 당시 이집트의 파티마 왕조는 내분이 계속되어 고관 중의 어떤 자는 십자군과 손을 잡고, 또 어떤 자는 장기 왕조와 손을 잡고 있었다. 이 파티마 왕조에 십자군이 몰려왔다. 궁정 내의 친(親)시리아파(派)는 장기 왕조에게 도움을 요청했고, 왕은 살라딘의 숙부와 살라딘을 이집트에 파견, 십자군을 물리치게 하고 그대로 그곳에 있게 하였다.

그러나 교활한 두 사람은 궁정을 나올 때는 별로 마음이 내키지 않는 듯, 살라딘은 '가장 의욕이 없던 것은 나였고' '마치 죽으러 가는 듯한 기분이었다'라고 말했으면서도 이집트에 도착하자 두 사람 모두 당장 파티마 왕조의 실권을 장악해 버렸다. 살라딘의 숙부는 뻔뻔스럽게도 파티마 왕조의 재상이 되어 본국 시리아에 보내는 송금을 지연시킬 수 있을 만큼 지연시킨다. 숙부가 죽자 즉각 조카 살라딘이 재상 자리를 이어받아 시리아에 돈을 보내지 않았다. 화가 난 장기 왕조의 국왕은 여러 통의 편지를 보냈으나 살라딘으로부터 아무런 대답도 듣지 못했다.

출세 ─ 이 무슨 행운인가!

그 무렵에 파티마 왕조의 국왕이 후계자 없이 병으로 죽고 말았다(살라딘에게는 그야말로 적절한 때 죽어 준 것이었다). 살라딘은 먼 바그다드의 칼리프(敎王. 이슬람 교도의 최고지도자인데 이때 이미 유명무실화되었다.)의 이름을 사용해 '나는 칼리프의 이름 아래 이집트를 대리 통치한다'고 선언하고 사실상 이집트의 왕이 되었다. 살라딘은 자신을 '왕'이라 칭하지 않았지만 사람들은 그를 왕이라 불렀고, 이것이 살라딘의 아버지 이름을 딴 아이유브 왕조의 시초였다.

당연히 시리아의 장기 왕조와의 관계는 전보다 더욱더 악화되었다. 장기 왕조의 국왕은 이집트 원정군을 편성하기 시작했는데 살라딘은 은혜를 입은 주군(主君)에게 칼을 들이대는 것은 본의가 아니라며 애써 전쟁을 피하려 했다.

그런데 마침 그때 장기 왕조의 국왕이 왕비와 어린 왕자만을 남겨 놓고 갑자기 죽고 말았다(살라딘에게는 이 또한 기가 막힌 때에 죽어 준 것이었다). 살라딘은 "저는 왕자님의 충실한 신하입니다. 왕자님을 섬기기 위해 왔습니다"라고 하며 시리아로 들어가 왕비와 결혼, 장기 왕조를 사실상 차지해 버렸던 것이다.

살라딘은 엄청난 행운을 거머쥐었다. (만약 그것이 행운이라면 말이다).

성전　십자군과의 싸움

이집트·시리아의 이슬람 세력은 통합되었으므로 다음은 십자군이었다. 1187년에 살라딘은 성지 예루살렘을 탈환, 예루살렘 왕 기를 히틴 언덕에서 크게 물리치고 그를 포로로 삼았다. 살라딘은 기 왕에게 얼음이 든 장미수를 대접하고 '왕은 왕을 죽이지 않는 법'이라 말했다.

얼마 후 유럽은 제3회 십자군을 파병했고 살라딘은 십자군의 명장 리처드와 사투를 벌였다. 그러나 전쟁 중에도 살라딘은 아량을 잊지 않았다. 그는 리처드가 전투 중에 낙마했을 때 새 말을 보냈고, 리처드가 고열에 시달렸을 때는 산의 눈(雪)을 보냈다고 한다. 살라딘의 이와 같은 웅대한 지략과 관대함은 먼 유럽에까지 전해졌다.

총론　위선자1대

살라딘은 어찌 보면 지독한 위선자, 그것도 철저한 위선자 같기도 하다. 이집트의 재상이 되고 나서는 한 방울의 술도 입에 대지 않았을 뿐 아니라 매우 공정한 재판을 했으며 그의 치세 동안 이집트는 크게 번영했다. 또한 어떤 야비한 책략을 쓰더라도 한번 한 약속은 절대 깨는 일이 없었다. 그는 정치는 철저한 위선을 통해 선(善)에 이르는 것이라고 생각했는지도 모른다. 리처드 왕이 고귀한 야만인이라면, 살라딘은 고귀한 문명인이었다.

리처드 1세

RICHARD I

사자 왕

DATA
- 생몰 : 1157~1199
- 재위 : 1189~1199
- 지역 : 잉글랜드
- 왕조 : 플랜태저넷 왕조

영국·프랑스·신성 로마 제국의 국왕 3명이 행동했던 제3회 십자군. 십자군의 최대 투사는 '사자의 마음을 가졌다'는 리처드 1세였다. 기사 리처드, 그리고 국왕 리처드는 어떤 사람이었을까?

배경 — 제3회 십자군

살라딘 앞에 예루살렘은 함락되고 팔레스티나의 서구 세력은 위기에 처했다. 이에 충격을 받은 서유럽 국가의 왕들은 평소의 반목을 일시적으로 보류하고 십자군 원정에 나섰다. 병력이나 참모 면에서 이만큼 훌륭한 십자군은 없었다. 중심 인물은 프랑스의 '존엄 왕' 필리프 2세, 신성 로마(독일)의 '빨간 수염 왕' 프리드리히 1세, 그리고 수완과 전략이 뛰어난 영국의 '사자 왕' 리처드였다.

태생 — 플랜태저넷 왕조의 2대째

리처드의 아버지는 영국의 플랜태저넷 왕조의 시조인 헨리 2세였다. 중세 유럽에서는 국왕이 반드시 세습되는 것은 아니어서 제후(諸侯)의 선거로 선출되는 경우가 많았는데, 리처드는 선거가 아닌 혈통으로 왕이 되었다. 대관식은 매우 장엄해 여러 세기에 걸쳐 영국 왕의 즉위 의례의 규범이 되었다. 리처드는 '키는 큰 편이고 체격은 균형 잡혔으며 머리는 황갈색을 띠었고 자세는 곧고 나긋나긋했으며 팔은 긴 편이라 보통 사람보다 검술에 걸맞았다'고 전해진다. 리처드의 멋진 모습에 국민들은 매료되었다.

기사와 성직자와 제왕 리처드 1세

성정 폭풍우가 가다

하지만 리처드는 부모로부터 이어받은 나라를 다스리며 평온하게 일생을 마칠 사람은 아니었다. 독일의 마이에르의 소설 『성자(聖者)』 중에서 젊은 왕자 리처드는 "나는 셋째아들이다. 그러므로 정복 왕의 나라를 잇기보다는 이 손으로 한 나라를 정복하는 것이 한층 흥미롭다"고 말한다. 픽션이기는 하지만 리처드의 성격이 어떠했는지를 말해 주고 있다.

유럽 각지를 돌기에(나중에는 아시아를) 바빴던 리처드는 잉글랜드의 왕으로서 국내에 머문 것은 6개월에 불과했다. 잉글랜드에는 군자금을 조달하기 위해 무거운 세금을 부과했고 "살 사람이 있으면 런던이라도 팔겠다"라고 말하기도 했다. 그는 잘 웃었고 또 화도 잘 냈다. 흥분하기 쉬운 성격이 극단적이었고 좋고 싫음이 너무도 분명했다. 항복한 적에게는 한없이 관대한가 하면 때로는 무섭게 잔인하게 대했다. 적과의 약속은 잘 깼지만 자기 자신과의 맹세는 어기는 법이 없었다.

이런 일화도 있다. 어느 날 리처드 왕이 런던의 웨스트민스터 궁전에서 한창 식사 중에 '프랑스 왕이 노르망디의 한 도시를 포위했다'는 소식을 전해 들었다. 이 소식에 리처드는 "프랑스군과 대결할 때까지 결코 적에게 등을 보이지 않겠다"고 맹세했고, 이 약속을 이행하기 위해 궁전의 남쪽 벽을 파괴하고 해안으로 직행, 즉각 노르망디로 향했다'[1]고 한다.

1191년에 제3회 십자군 장군으로서 팔레스티나에 상륙한 리처드는 그런 성정(性情)의 사람이었다.

---

[1] 프랑스가 영국의 남쪽에 있음을 상기할 것. 그리고 노르망디는 영불해협의 프랑스측 토지. 당시에는 영국령이었다.

고투 리처드 대 살라딘

제3회 십자군은 병력, 참모 면에서 훌륭하고 강력했다. 그러나 신성 로마 황제 프리드리히는 진군 중에 강에서 익사했고, 프랑스의 왕 필리프는 본래 리처드와 견원지간(犬猿之間)이라 항만도시 아코(이스라엘 북부에 있는 항구 도시. 아크레라고도 한다. 고대에는 페니키아인의 항구로서 번영했다. 635년에 이슬람교도에게 점령되었고, 1104년에 십자군이 공략하면서부터 쟁탈의 대상이 되었다. 1517년부터는 오스만투르크의 속령이 되었다.)를 함락시킨 후에 '내 할 일은 다 했다'며 프랑스로 돌아가 버렸다. 그 결과 제3회 십자군은 '리처드의 십자군'이 되어 버린 것이다.

리처드와 살라딘의 전쟁은 2년 가까이 계속되었다. 리처드는 종종 살라딘을 격파하긴 했지만 결국 예루살렘을 함락시키지는 못했다. 예루살렘까지 불과 하루의 일정으로까지 쫓기면서 보급선이 끊길 염려가 있음을 알고 되돌아가야 했던 일도 있었다. (그는 특히 군사에 관한 한 냉정했다). 이때 왕은 방패를 들고 자기 눈에서 예루살렘을 가리고 "성지를 개방할 힘이 없는 자는 성지를 바라볼 자격도 없다"고 외쳤다고 한다.

결국 피폐해진 두 나라는 휴전 협정을 맺어 리처드는 기독교도의 순례자가 예루살렘에 출입할 권리를, 살라딘은 예루살렘의 영유권을 확보했다. '정을 아는 살라딘이라면 외교 교섭만으로도 이 정도 일은 할 수 있었을 것'이라고 보는 역사가들이 많다. 아무튼 소득 없는 전쟁이었다.

후일담 포로, 죽음, 후계자

소득 없이 팔레스티나를 떠난 리처드는 귀국 도중에 오스트리아에서 신성 로마 황제(즉 프리드리히 1세의 후계자) 하인리히 6세에게 잡혀 막대한 몸값을 치르고 겨우 풀려났다. 그는 1199년에 십자군에 동참했던 필리프 2세와 싸우다 빗나간 화살에 맞아 죽고 말았다. 이것이 '여러 왕들의 십자군' 또는 '최대의 십자군'이라 일컬어진 제3회 십자군의 최후였다.

리처드가 죽은 후에 잉글랜드의 제후들은 다시 선거 원칙으로 돌아가 그의 동생 존을 새로운 왕으로 추대했다. 아직도 국왕이 제후보다 힘이 우세하다고 말하기는 어려운 시대였던 것이다.

리처드가 '사자 왕'이라는 별명을 얻게 된 것처럼 존은 실지왕(失地王)이라 불렸다. 본래는 아버지 헨리 2세가 "형들에게 이미 나눠주어서 네게 줄 영지는 없어졌다"고 말한 데서 유래한 별명인데 훗날 별명처럼 프랑스의 필리프 왕과 로마 교황과의 전쟁에서 크게 패해 영토를 잃고 말았다.

평가 — 사실과 전설

역사적 관점에서는 리처드의 공적이라 할 만한 것이 없다. 하지만 사람들(직접 피해를 입은 사람들을 포함해)은 용맹하고 타산적이지 않은 리처드를 존경했다. 게다가 차기 왕 존의 실정(失政) 때문에 리처드를 그리워하는 사람들이 많아졌다. 그런 이유로 리처드는 후세의 시와 소설에 자주 등장하는데, 영국 낭만파의 선구자 스콧은 '호부(護符, 부적)'에서 리처드와 살라딘의 기사도 정신을 묘사했고 『아이반 호』에서는 리처드의 동생 존의 압정에 시달리는 잉글랜드에 리처드가 기사로 분하여 귀환, 의적 로빈 후드와 우정을 맺는 모습으로 묘사했다. (만약 로빈 후드가 실제 인물이었다면 그가 도둑이 된 것은 리처드의 무거운 세금 탓임에 틀림없는데). 리처드 왕은 만만찮은 호적수와 굉장한 명성을 얻은 지상의 행복한 사람들 중 한 명이었다.

칭기즈 칸

CHINGGIS KHAN

사상 최대의 패왕

DATA
생몰 : 1162~1227
재위 : 1206~1227
지역 : 아시아 대륙
왕조 : 몽골 제국

거대한 몽골 제국은 동방으로부터 중앙 아시아를 중심으로 유럽 세계에도 커다란 영향을 끼쳤다. 서양사에 공포의 상흔을 남긴 칭기즈 칸, 그리고 몽골은 어떠한 존재였을까?

배경 — 동방 왕의 전설

리처드 왕의 십자군도 만족스러운 전과(戰果)를 올리지 못하고 유럽 세계가 이슬람과의 오랜 싸움에 염증이 났을 무렵, "적국 이슬람의 동쪽 저편에 기독교도들의 나라가 있는데 그 나라 왕은 프레스터 존(Prester John), 즉 '사제 요한'이라고 한다"라는 소문이 나돌기 시작했다.

동방에서 이슬람과 싸우면서 기독교의 성지 예루살렘을 노리고 있다는 이 왕의 이름은 서방의 '십자군' 사이에 하나의 구세주의 전설로서 사실인 양 퍼져 나갔다. 전설의 근원이 된 것은 당시 위구르와 몽골 고원의 일부에서 널리 퍼져 있던 네스토리우스파(派) 기독교(景敎)의 일부인데 그 실체는 전설과는 전혀 다른 것이었다. 그러나 유럽은 이 허상을 바라고 있었다. 폐쇄된 시대에 성스러운 왕이 동방에서 나타나 이슬람군을 격파해 주기를 원했던 것이다.

결국 희망대로 동방에서 전설의 왕이 왔다. 하지만 그 왕의 이름은 칭기즈 칸이었다.

태생 — 몽골의 고아

칭기즈 칸이 이끄는 몽골이 역사의 무대에 모습을 드러내는 것은 13세기 초이다. 당시 몽골 고원에서는 위구르 유목 제국이 해체된 이후에 3세기 반에

걸쳐 분열과 할거(割去)가 이어졌다. 요(遼)를 비롯한 주위 국가들은 모두 몽골의 유목 부족이 하나로 뭉치는 것을 두려워했는데 그 이유는 과거의 흉노(匈奴), 돌궐(突厥)같이 하나가 된 부족 연합은 틀림없이 아주 강력한 힘을 발휘할 것이기 때문이었다. 조금이라도 유력한 부족이 나타나면, 그 대항마(對抗馬)를 지원하여 서로 싸우게 했고 그래도 안 될 때는 대군을 북벌(北伐)하게 하여 직접 격파했다. 경연(硬軟) 양면에서 간섭한 결과 유목 부족들이 통일되는 일은 없었다. 하지만 요(遼)가 금(金)에 쓰러지고 멀리 중앙 아시아에서 서요(西遼)가 된 이 당시에는 몽골 고원에 대한 압박도 다소 느슨해져 있었다. 사실, 이 시대에 이르면서 몽골 부(部)는 통일되었고, 칸도 3대째에 이르렀다. 그러나 유목 부족 사이에서 여전히 전쟁은 계속되고 있었고, 몽골 고원 전체를 하나의 군단(軍團)으로 통일할 사람은 아직 나타나지 않았다.

칭기즈 칸, 그의 어릴 때 이름은 테무진이었는데 초년 시절은 그리 평탄치 않았다. 아버지 에스게이는 쿠트라 칸의 뒤를 이어 몽골 부의 제4대 족장에 오를 것으로 촉망받고 있었으나 테무진이 어렸을 때 숙적(宿敵) 타타르 부(部)에 의해 독살당했다. 그러자 에스게이를 따르던 타이치우트 씨족은 손바닥 뒤집듯이 테무진을 배신했고, 테무진의 복수를 염려해 어린 그를 죽이려고 계획했다. 난세에 이용 가치가 없는 사람을 배척했다는 이유만으로 그들이 각별히 사악했다고 말할 수는 없을 것이다. 테무진이 어리고 힘이 없을 때 제거하려 한 것은 아직 밝혀지지 않은 테무진의 실력을 인정하고 있었기 때문이다.

어머니 호에른의 엄한 교육 때문에 테무진은 아주 가혹하고 격렬한 성격으로 자라났다.

이런 일화가 있다. 어느 날, 테무진을 비롯한 4형제가 강에서 낚시를 하고 있었다. 이때 에스게이의 또 다른 아내의 아들, 이복형제 두 명이 찾아와서 그들이 낚은 고기를 빼앗았다. 테무진은 집으로 돌아가 어머니에게 이 사실을 말했는데, 어머니는 형제끼리 싸워서는 안 된다고 충고했다. 어머니의 책망을 듣고 테무진은 남동생 카사르와 활을 들고 집을 나가 이복형제를 앞뒤에서 공격하여 활로 쏘아 죽였다. 집으로 돌아온 두 아들을 보고 무슨 일이 일어났는지 알게 된 어머니는 "같은 집안 사람끼리 싸워서 어떻게 하느냐"고 테무진을 꾸짖었다고 한다. 그런 성격의 소유자가 조용히 참으며 살 리가 없었다.

테무진은 보르테를 아내로 맞이하면서 승승장구하게 된다. '눈에 불이 있고 얼굴에 빛이 있는' 소년 테무진과 소녀 보르테를 약혼하게 한 것은 아버지 에스게이였지만 정식 결혼은 그로부터 9년이 지나서야 성사되었다. 이때 보르테가 갖고 온 결혼 선물 크로텐(검은담비) 가죽옷이 테무진의 운명을 바꾸어 놓았다. 당시에 크로텐 가죽옷은 매우 고가품이었고 유목민 사이에서 진

귀한 옷이었다. 테무진은 이 털가죽을 가지고 케레이트 부(部)의 군주 토오릴 칸에게 찾아갔다. 토오릴 칸은 선친 에스게이의 친한 친구였고 그를 같은 편으로 만들면 100만의 우군을 얻게 되는 셈이었다. 테무진은 몽골 고원 최대의 군주를 우군으로 받아들여 그것을 이용하려는 과감한 도박에서 결국 이겼던 것이다. 크로텐 모피에 기분이 좋아진 토오릴은 기뻐하며 말했다.

"답례로 너의 해산된 씨족 사람들을 모아 주마."

인격 — '유린하라'고 초원은 말했다

유목민의 생활은 가혹한 편이다. 으레 초원이라고 하면 초목과 바람, 끝없이 높은 하늘을 떠올릴지도 모르겠지만 그런 기후는 1년 중 짧은 여름에 불과하며 이 시기를 제외하고는 혹독한 추위 속에 갇힌다. 1월의 평균 기온은 영하 26.1도. '눈에 방목된 소의 머리가 얼어서 깨지거나' '쇠꼬리가 얼어붙어서 뚝 잘려 땅에 떨어지기도' 하는 가혹한 환경 속에서 유목민들이 철저한 약육강식의 논리로 살아가는 것은 너무도 당연하다. 정확한 판단력과 단호한 행동력이 없으면 유목 생활을 해나갈 수 없으며 그것이 몽골 제국 전체의 특징이기도 했다. 그러나 칭기즈 칸은 그렇게 단순하게 설명할 수는 없다.

그는 "남자가 쾌락과 기쁨으로 삼는 것은 모반인(謀叛人)을 유린하고 적을 정복하여 재산을 박탈하고 그 시종들의 눈, 코에서 눈물을 흘리게 하며, 그들의 살진 말을 타고 그들의 아내를 나의 침상으로 삼아 그 장미 같은 뺨을 애무하고 진홍빛 입술에 입맞춤하며 끌어당기는데 있다"고 말했다.

칭기즈 칸의 이 잔학성은 젊을 때 겪은 여러 굴욕적인 사건이 원인인지도 모른다.

아버지가 죽음을 당하고 가난의 밑바닥에서 허덕이며 아내를 빼앗기고 아내가 누군지도 모르는 남자의 아들을 낳은(칼럼 참조) 데 대한 분노는 마음 속 깊이 앙금으로 남아 있었을 것이다. 칭기즈 칸이 단순히 어두운 분노에 자극받아 행동할 사람은 아니었지만, 어떤 분노에도 좌우되지 않는 냉철함, 그것이 칭기즈 칸이 무서운 진짜 이유였다. 그의 냉철함과 지략(智略)은 원정(遠征)에서 충분히 발휘되었다.

대서정(1) 호레즘 샤와의 대립

1219년, 칭기즈 칸은 서양 세계에 모습을 드러내는데, 그때까지의 10년 동안 그는 몽골을 강력한 통일 국가로 통합하고 중국 북부의 금(金)을 침략하여 정복했다. 당초에는 유목민 특유의 약탈 행위로 시작된 이 침략은 해를 거듭하면서 토지를 제압하고 항구적으로 지배하는 정복 행위로 그 성격이 바뀌어 갔다. 혹독한 자연 속에 자란 유목민들에게 정착민들의 토지는 처분하기에는 너무 풍요로웠던 것이다. 지배를 하게 되면서 몽골 유목민들의 성격도 바뀌어 많은 나라를 정복하고 지배하기 위해 서쪽으로 눈을 돌렸다. 몽골의 서양 정복이 시작되었던 것이다.

이 당시에 서아시아 최대의 이슬람 국가이던 호레즘 샤 왕조는 1210년에 국력이 쇠퇴해 있던 서요(西遼)를 멸망시키고 북쪽은 카스피해 연안으로부터 남쪽은 페르시아, 동쪽으로는 힌두쿠시로부터 서쪽은 코카서스(카프카스)까지 영토를 확장했다. 칭기즈 칸은 몽골의 접경 지역에 위치한 호레즘 샤와 당초에는 우호적인 관계를 유지하고 있었다.

1215년에 칭기즈 칸은 호레즘 샤가 보낸 사절단에게 말했다.

"내가 동방의 패자가 될 것이니 샤는 서방의 패자가 되시오. 우리는 서로 평화와 우호를 유지하여 상인들이 자유롭게 왕래할 수 있게 해야 하지 않겠소?"

그러나 칭기즈 칸의 진의는 다른 데에 있었다. 『집사(集史)』에 의하면 1216년에 대금(對金)침략에 일단락을 지은 칭기즈 칸은 몽골 전군에게 2년간 휴식을 명령했다. 부족 전체적으로 대원정 준비가 진행되어 서방으로 첩보(諜報)·조략(調略)을 목적으로 통상단이 보내졌다. 표면상의 우호 관계는 적의 내정을 다 살필 때까지의 수단이었을지도 모른다.

그리고 1219년에 호레즘 영(領)인 오트라르(시르다리야 강의 동안, 그 지류 아리스 강 남쪽에 있었으며 옛 명칭은 파라브. 호레즘 왕국 시대에는 그 국경 도시가 되고, 태수가 몽골의 대상을 살해했기 때문에 칭기즈 칸이 서부 정벌을 하게 된 원인이 되었다.)에서 몽골 통상단이 첩자 혐의로 학살을 당했다. 문명국 사이에서 통상단이 파견되는 경우 그것은 보통 스파이로 생각하는 것이 당연하며, 그것을 잘 알고 있는 상태에서 받아들일지 아닐지 판단하는 것이 일반적 방식이었다. 호레즘이 취한 방법은 그다지 문명적이지 못했다. 칭기즈 칸은 분노했고, 이것은 침략을 개시할 아주 좋은 빌미였다.

칭기즈 칸의 큰아들

칭기즈 칸의 아내 보르테는 결혼하고 얼마 지나지 않아 메르키드족에 의해 납치당했다. 그녀는 토오릴 칸이 9개월 동안 교섭을 벌인 끝에 칭기즈 칸에게 돌아올 수 있었는데, 돌아온 직후에 사내아이를 낳는다.

칭기즈 칸은 아들의 이름을 주치[赤]라 했는데, '객인(客人)' 즉 '이방인'이라는 뜻이다. 이런 이름을 붙인 이유는 보르테가 남편에게 돌아오는 도중에 뜻하지 않게 태어났기 때문이라는 설과 사실은 칭기즈 칸의 아들이 아니기 때문이라는 설이 있다.

대서정 (2) **중앙 아시아에서 러시아로**

용의주도한 첩보 활동을 벌인 결과 호레즘에 대한 조사가 끝났다.

골 왕조, 아바스 왕조를 누르고 이슬람 세계의 최대 패자(覇者)로 알려졌던 서방의 강국은 실은 겉보기보다 실속은 없었다.

호레즘 샤 왕조가 갑자기 대두하게 된 것은 아랄해(海) 북방의 사나운 유목 민족인 터키계 캉글리족(族)의 무력 때문이었다. 하지만 그들이 직접 충성을 맹세한 것은 호레즘 국왕 무하마드의 생모, 캉글리족 출신의 테르켄 하튼이었고, 호레즘 왕조에서는 어머니와 아들이 대립하고 있었다. 캉글리족이 군사 쿠데타를 일으킬 것을 염려한 무하마드는 병력을 집중시킬 수 없었다. 이러한 사정은 몽골측에 바로 누설되었다. 몽골의 철저한 내부 교란(攪亂)의 결과, 공격의 손길은 무하마드의 어머니 테르켄 하튼에게까지 뻗어 있었다고 전해진다. 결국 호레즘 군대는 전쟁이 끝날 때까지 개별적 도시 방위군으로 몽골 군대 전체와 싸워야 했고, 마침내 모조리 패하고 만다.

1219년, 칭기즈 칸이 이끄는 원정군은 오토라르 시를 공격하고, 이어서 마와라 안나르 지역을 침공했다. 나중에 제왕 티무르에 의해 번영하는 이 지역은 옛날부터 중앙 아시아에서 가장 비옥한 지대였고 수도 사마르칸트는 알렉산드로스 대왕도 탐내던 곳이었다.

오아시스 여러 도시를 공격, 함락시킨 몽골군은 공성전(攻城戰)에도 뛰어났다. 오토라르를 공략하는 데는 5개월이 걸렸지만 부하라는 며칠 만에, 그리고 사마르칸트는 4일 만에 함락되었다. 금(金)과 서하(西夏)에서 등용한 기술자에게서 습득한 공성전 기술이 주효했음은 물론이고, 몽골군(軍)이 두려워 자진해서 문을 여는 도시들도 많았다. 사전에 조사한 대로 호레즘 샤 왕조의 행동은 전혀 통일되어 있지 않았다. 또한 몽골군은 강력하고 잔학한 군대임을 알려 전쟁 전부터 정보전에서 상대방의 사기를 꺾어 놓았다. 사마르칸트에 몽골군이 오기 직전에 국왕 무하마드는 도시에서 도망쳐 버렸다.

서양 세계에 이 사태는 전설의 구현으로 전해졌다. 프레스터 존은 다윗 왕으로 이름을 바꾸고, 페르시아를 석권하고 바그다드 근처까지 육박했다는 정보가 로마 교황청을 통해 유럽에 퍼졌다. 환상의 구세주가 나타났다는 데 힘을 얻은 십자군은 아이유브 왕조의 수도 카이로를 공격했으나 물론 동방으로부터의 원군(援軍)은 오지 않았다. 십자군은 참패하고 말았다.

그리고 서양 세계에 동방에서 온 군단이 루시(러시아)를 향해 올라오고 있다는 새로운 소문이 퍼지기 시작했다.

진격   러시아 공략전

사마르칸트에서 도망친 호레즘 국왕 무하마드는 서쪽으로 달아났다. 무하마드가 도망친 것은 몽골군을 내지(內地)로 유인, 공격하려는 책략이었다는 설이 있지만 이미 때늦은 일이었다. 국왕의 추태가 호레즘 샤 왕조의 해체를 앞당겼다는 설도 있다.

이 시기에 니샤푸르에서 칭기즈 칸이 낭독한 선언문에는 다음과 같이 되어 있다.

"사령관, 대관, 평민들이여. 신이 동에서 서에 이르는 지상의 제국을 짐에게 준 것을 알라. 항복하는 자는 목숨은 살려 줄 것이다. 그러나 저항하는 자는 불행을 당하여 처자(妻子), 평민 모두 죽음을 면치 못할 것이다."

풍요로운 마와라 안나르를 제압한 칭기즈 칸은 세계 제패의 실현을 계획했는지도 모른다. 칭기즈 칸의 군대는 이란 서부 여러 지역을 공략하는 한편, 장군 제베와 스베테이가 군대를 이끌고 루시로 향했다. 무하마드를 쫓아간다는 것이 명목이었지만 사실은 새로운 땅을 정복하기 위한 침략 행위였다.

무하마드는 추격을 피해 카스피해 남안의 쿠르간까지 달아났다. 그러나 결국 몽골군에게 발견되어 카스피해 앞바다의 아바스쿤 섬으로 다시 탈출했으나 폐병이 악화되어 죽고 말았다. 이것이 1220년 12월의 일이다.

제베와 스베테이의 진군은 계속되었다. 몽골군은 그대로 카스피해 서안에서 북진하면서 도시들을 함락해 나갔다. 카프카스 지방을 지나 흑해 연안으로 들어간 원정군은 곧 칼카 해반(海畔)에서 루시군(軍)과 일전을 벌인다.

몽골군은 당초에 남러시아 초원에 분포하는 터키계 유목민 부족 킵차크족(族)을 정복하려는 계획도 있었는데, 킵차크족은 예전의 칭기즈 칸의 숙적 메르키드족과 교류하는 부족이기 때문에 제압해야 할 적이었다. 몽골군이 쳐들어오자 킵차크의 족장이며 루시와 인연이 있던 코치아는 루시측에 협력을 요

청했고, 루시의 대공 게오르규는 몽골에 대항하는 동맹을 맺게 된다.

루시 제후들로 이루어진 연합군은 드네프르 강 우안(右岸)에 진을 치고 몽골군을 기다렸다. 연합군은 8만 정도였고, 이에 비해 몽골군은 훨씬 열세였다. 첫 전투에서는 연합군의 가리치 공(公)이 몽골군을 압도했다. 기세등등해진 연합군은 후퇴하는 몽골군을 추격했고, 몽골군은 연합군을 방어하면서 칼카 강 동안(東岸)까지 후퇴했다. 그러나 그것은 몽골군의 책략이었다. 몽골에 비해 기동력이 뒤떨어지는 루시군(軍)은 추격전에 지쳐 있었는데, 가루치 공은 혈기만을 믿고 칼카 강을 건너는 작전을 감행했다. 때를 기다리고 있던 몽골군은 일제히 반격에 나섰고 루시군은 꼼짝없이 격파당하고 말았다.

가루치 공의 군단과 그것을 지원한 킵차크 군대는 괴멸되었고 몽골군은 제후들을 추격하여 그들을 꼼짝 못하게 만들었다. 키에프 공, 체르니고프 공은 붙잡혔고 공전승(共戰勝)의 연회석상에서 함께 처형되었다.

칼카 강의 결전은 이렇게 막을 내렸다. 그후 원정군은 동쪽으로 전진하여 칭기즈 칸의 본군대와 합류하여 본국으로 돌아갔다. 루시 남쪽에 몽골군의 직접적 영향이 미치지는 않았지만, 이 패배는 루시 제후, 그리고 흑해 건너편의 비잔틴 제국을 공포에 떨게 만들었다.

상흔(傷痕)을 남기고 몽골은 이렇게 떠났다. 1227년 칭기즈 칸은 서하 정복전이 한창일 때 죽었는데, 그가 만든 제국과 정복에 대한 야망은 사라지지 않았다. 10년도 채 지나지 않아 서양 세계는 다시 한번 칭기즈 칸의 그림자에 떨게 된다.

재방문 **유럽 침입**

1236년, 루시인들이 몽골을 거의 잊어갈 무렵에 몽골은 다시 동쪽에서 왔다. 칭기즈 칸의 뒤를 이은 오고타이 칸의 명령하에, 죽은 칭기즈 칸의 장남 주치의 아들인 바투 칸이 군을 이끌었다. 이번 원정의 목적 또한 킵차크족 지배, 호레즘 잔당의 괴멸, 그리고 서양 세계의 정복이었다.

바투 원정군은 우선 가까이 있는 킵차크족을 공격했다. 유목민 집단에 불과하며 몽골처럼 군단으로서 통일되지 않은 킵차크족은 몽골군의 적수가 못 되었다. 어떤 자들은 서쪽으로 도망치고 어떤 이들은 투항하여 대부분이 몽골의 지배하에서 몽골군의 일원으로 재편성되었다.

새롭게 킵차크군을 얻게 된 바투 원정군은 그 다음으로 루시를 침공했다. 카스피해에서 북상하여 모스크바, 블라디미르 여러 도시를 장악하고 노브고로드를 위협한 후에 방향을 바꾸어 폴란드, 헝가리 방면으로 침입해 들어갔다.

겁에 질린 두 나라는 동유럽의 비잔틴 제국과 로마 교황에게 사신을 보내 구원을 요청했지만 당시 교황 그레고리우스 9세는 신성 로마 황제 프리드리히 2세와의 전쟁에 패해 그 호소에 귀를 기울이려 하지 않았다.

압도 발슈타트 전투

유럽의 권력자들이 방관하고 있는 동안, 몽골군 별동대는 폴란드에 침입하여 폴란드 대공은 국내가 수습되지 않은 채 이를 맞아 싸우게 되었다. 1241년 4월, 양군은 리그니츠 평원에서 대규모 전투를 벌이고 몽골군은 폴란드군을 괴멸했다. 이곳은 훗날 발슈타트라 불렸는데 독일어로 '시체의 도시'라는 뜻이다. 이는 전투 후에 시체가 많이 나왔기 때문인 듯하다. 이 전투의 규모에 대해서는 여러 의견들이 있지만, 몽골군의 가차없는 살육은 러시아인들에게 이질적인 모습으로 비쳤을 것은 확실하다.

그 무렵 바투가 이끄는 본대(本隊)는 헝가리로 향하고 있었다. 당시 헝가리

왕국의 군대는 유럽 최강으로 알려져 있었고, 국왕 베라 4세가 이끄는 헝가리군은 전력상 몽골군에 뒤지지 않았다고 한다.

헝가리의 수도 부다(현 부다페스트)로 진로를 잡은 몽골군과 헝가리 국왕군은 사요 강의 하반(河畔)에서 대치했다. 몽골군의 노궁포(弩弓砲)가 빗발치듯 쏟아져 헝가리군 내부에서는 참전한 수도원장과 국왕 사이에 균열이 생겼다. 이 혼란을 틈타 몽골군은 헝가리를 격파했다. 참패한 헝가리군은 몽골군의 추격을 받아 퇴로에는 여정 이틀에 걸쳐 시체가 흩어져 있었다고 한다.

공포의 전설 — 타타르의 멍에

유럽은 위기에 처해 있었고, 몽골군이 어디까지 공격할지는 아무도 예측할 수 없었다. 헝가리에서부터 서쪽으로 향하면 그곳은 독일, 프랑스와 평원이 이어져 있었다. 라인 강 이외에 몽골군의 진격을 저지할 요충지는 없었다. 그대로 대서양에 도달하고 마는 것이다. 바투군은 헝가리 평원의 목초 지대에 주둔하며 전진에 대비하고 있었다. 만약 몽골군이 유럽을 정복했더라면 라인 강가의 구릉지대는 목초지대로 모습을 바꿔, 훗날 유럽의 역사, 아니 세계의 역사는 완전히 달려졌을 것이다.

유럽을 구한 것은 1241년 12월의 오고타이 칸의 갑작스런 죽음이었다. 정복 명령은 본래 오고타이 칸이 내렸으므로 그것을 계속할 것인지는 대회의를 열어 결정할 문제였다. 바투 칸은 빈을 눈앞에 두고 군사를 돌려 유럽을 떠났다. 그후에 몽골군이 유럽을 공격하는 일은 없었지만, 루시 땅에서는 제후와 각 도시, 그리고 정교회(正敎會)가 몽골의 지배를 완전히 받아들여 이후 수백 년간 루시는 킵차크 한국의 지배를 받게 되었다. 이를 러시아인들은 '타타르의 멍에'라 불렀고, 이 말은 지금도 불행을 뜻한다.

몽골인들의 지배는 몽골군의 가혹함과 잔학성에 비하면 훨씬 온후한 편이어서 기독교는 보호되었고 국내의 치안은 양호했다. 하지만 그들은 러시아인으로부터 10분의 1세(稅)를 거두는 한편 그들의 노동력을 이용했는데, 거역할 경우에는 가차없이 학살했다.

러시아 제후는 이 타타르의 멍에 아래에서 단결을 결의했다. 1380년에 모스크바 대공 드미트리 돈스코이는 주위의 제후에게 킵차크한국의 지배로부터의 해방을 호소하여 크리코보 전투에서 한번 승리를 거두었다. 그러나 대군을 이끌고 역습한 킵차크한국에 패하여 모스크바는 황폐화되었고 1만 내지 2만 명의 사상자를 내었다.

결국, 러시아가 타타르의 멍에에서 탈출하려면 이반 뇌제(雷帝) 시대까지 기다려야만 했다.

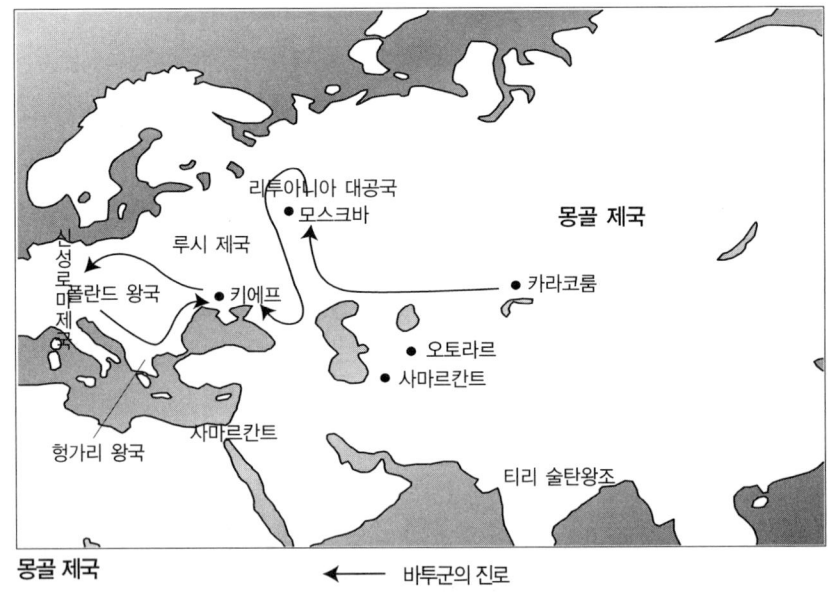

그후 동서의 교류

오늘날에 이르기까지 서양 제국에게 몽골, 그리고 칭기즈 칸은 파괴와 약탈의 상징으로 여겨지고 있으며, 몽골에 관한 저서들은 대부분 그들의 파괴와 약탈, 폭력과 살육만이 묘사되어 있다. 그들이 서양 세계에 던져준 공포를 생각하면 당연하겠지만, 몽골이 서양 세계에 준 또 다른 영향 — 몽골이 동서의 교통을 활발하게 만들었다 — 에 대해서도 간과해서는 안 될 것이다.

몽골의 지배자들은 '초원의 길'이라 전해지는 동서의 교통로에 역과 말과 숙사(宿舍)를 마련했고 그 때문에 외국 사절과 여행자들은 안전하게 여행할 수 있었다. 또한 금과 은으로 된 파이자라는 여권이 발행되어 이것이 있으면 외국인도 여행할 때 시설을 이용할 수 있었다. 이탈리아 상인 마르코 폴로가 멀리 중국을 여행하다 돌아올 수 있었던 것도 그 영향이 크다. 파이자는 현재의 러시아 영(領)에서 여러 장 발견된 바 있다.

몽골인들은 통상을 통해 얻는 이익에 대해 잘 알고 있었고, 결국은 육로뿐 아니라 해상로도 열렸다. 몽골 제국의 지배하에 통일을 회복한 중국 남부 항구에서 3층 갑판의 큰 배가 인도를 향해 항행(航行)했다. 몽골 제국의 보호하에 중국, 페르시아, 인도, 중앙 아시아, 흑해 주변에서 러시아까지를 포함한 거대한 통상 시장이 나타나 세계는 동과 서가 서로 통하게 되었던 것이다.

"……인쇄술, 항해자의 나침반, 화기(火器), 사회생활의 매우 중요한……이것들은 유럽에는 없는 것들이며 몽골의 영향에 의해 극동(極東)에서 유럽에 이입된 것이라고 나는 생각한다"라고 말한 사람도 있다.

몽골 고원의 한촌(寒村)에서 태어난 소년 테무진, 칭기즈 칸은 세계를 공포에 떨게 한 상징으로서, 또 한편으로는 세계를 발전으로 이끈 공로자로서 역사에 그 이름을 남겼다.

TIMUR
티무르

광기와 풍운의 왕

DATA
생몰 : 1336~1405
재위 : 1370[1]~1405
지역 : 중앙 아시아
왕조 : 티무르 제국

14세기 후반, 중앙 아시아에 거대한 제국이 홀연히 모습을 나타냈다. 중앙 아시아 최대의 정복자, 항상 몸소 전선에 서서 30년간 전쟁에 몰두했던 티무르는 어떤 인물이었는가?

배경 — 유목인가 정주인가?

중앙 아시아 일대는 스텝(초원)과 오아시스가 한데 섞인 아시아의 심장부이다. 이 땅은 칭기즈 칸이 정복한 후에 차남인 차가타이 칸이 차지했다. 사마르칸트, 부하라, 타슈켄트, 그 밖에 동서 교통의 요지도 그 안에 있었다.

이후 몽골 제국에서는 50년 동안이나 내란이 지속되었다. 그런 중에 차가타이한국은 제국의 지배에서 벗어나 독립 국가로서의 길을 걷기 시작했다. 유목민 국가였던 차가타이한국에 이 무렵부터 주민 사이에 중앙 아시아 독자적인 문화가 유입되었다. 즉, 이슬람 교리를 받아들이고 오아시스에서 정주(定住) 생활이 시작된 것이다.

이슬람화 및 정주화가 왕족 간에도 확산되자 보수적인 몽골인들은 당연히 반발했다.

'몽골인은 유목 생활을 해야 하며 또한 그들 본래의 샤머니즘 신앙을 무시하는 일은 용서되지 않는다'고 생각했던 것이다. 생활 면에서도 소박한 초원의 법률인 야사 법(法)과 도시 문화의 성과라고도 할 수 있는 이슬람법의 대립이 양자를 뿌리깊게 가로막고 있었다.

---
1) 그는 평생 '칸'이라는 칭호를 쓰지 않았다. 이 연호는 티무르가 사마르칸트의 실권을 장악한 해.

결국 14세기 초에 차가타이한국의 왕족, 주민은 유목파인 비(非)이슬람인 동한국, 정주파인 이슬람의 서한국이라는 두 세력으로 나뉘어 독자적으로 칸(통치자, khan)을 옹립하여 겨루게 되었다.

중앙 아시아 최대의 정복자 티무르는 이러한 혼란의 시대를 틈타 모습을 드러냈던 것이다.

태생 ─ 도적 무리의 수령

1336년, 티무르는 이슬람화된 몽골 씨족의 하나인 바를라스 부(部)의 일원으로 태어났다. 티무르의 가계(家系)는 예전엔 명가(名家)였으나 그가 태어났을 무렵에는 이미 몰락하여 4, 5명의 시종밖에 없는 유목민 일가에 불과했다. 청년 시절을 양과 말을 약탈하는 데 보낸 티무르는 얼마 후 수백 명을 이끄는 도적단의 수령(首領)이 된다.

그때 동한국에 투글루크 티무르 칸이라는 지도자(티무르는 '강철'을 뜻하며 당시에 흔히 쓰였던 이름이다.)가 나타났다. 그는 동한국에 이슬람 신비주의를 도입, 16만의 병사를 이슬람교로 개종시킨 다음 군대를 이끌고 서한국으로 쳐들어갔다. 투글루크에 의해 동·서한국은 극히 일시적이지만 재통일에 성공했다.

출세 ─ 사마르칸트 탈취

투글루크 편에 재빨리 편승한 티무르는 조상들의 땅이었던 케슈 주변 지역을 되찾았다.

그러나 티무르가 그 지위에 만족한 것은 잠시뿐이었다. 지방 호족 아미르

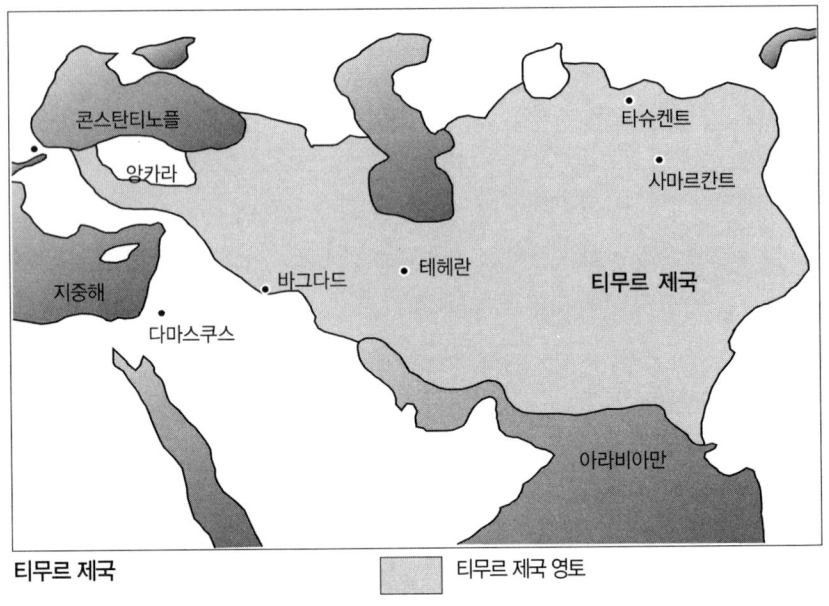

티무르 제국　　　　　　□ 티무르 제국 영토

후사인과 손을 잡고 투글루크에 대한 저항 운동을 펴기 시작했다.

1356년, 타슈켄트 교외에서 티무르 후사인 연합군은 투글루크의 왕자 일리아스 호자와 일전을 벌인다. 빗속에서 벌어진 이 '진흙탕 전투'는 티무르의 참패로 끝났지만 운이 좋게도 사마르칸트에서 민중 폭동이 일어났다. 군대를 돌려 수도에 도착한 두 사람은 수도 수비대를 격파하고 즉시 폭동 주동자들을 계략으로 처리해 사마르칸트를 차지했다.

그러나 티무르와 후사인도 곧 대립하게 된다. 지배권을 둘러싼 두 사람의 싸움은 티무르가 정주민(定住民)의 지지를 얻음으로써 종지부를 찍고, 1370년에 티무르는 명실공히 사마르칸트 주변, 마와라 안나르를 지배하기에 이른다

혈투 백전 — 정복자 티무르

중앙 아시아에서 가장 비옥한 지역을 제압하고 지반을 굳힌 티무르는 대외

정복에 착수했다. 30년에 걸친 이 정복 사업은 북쪽으로는 러시아로부터 남쪽은 인도, 동쪽은 중국 변경으로부터 서쪽은 소아시아에 이르렀다. 30년간 티무르가 수도 사마르칸트에 머문 것은 2, 3년에 불과했다.

티무르는 가혹한 정복자였다. 관개 시설을 철저히 파괴하고 비옥한 땅을 황야로 만들었으며, 저항하는 도시는 남녀노소를 가리지 않고 모두 죽여, 마구 자른 사람의 목으로 탑을 쌓을 정도였다.

티무르가 침입한 지 35년 후에 어떤 이집트 역사가는 바그다드의 상황을 이렇게 서술했다.

"……바그다드는 폐허이다. 그곳에는 회교 사원도 없고 신자도 없다. 나무들은 메마르고 수로는 막혔다. 이제 도시라고 부를 수조차 없다……."

정복은 계속되었고 티무르의 군대는 원정을 시작하고 한 번도 패한 적이 없었다. 군을 7개로 편성하고 기마(騎馬)의 기동성을 최대한으로 발휘하여 적을 무찌르는 티무르군의 전법(戰法)은 당시 최강이었다. 또 가축과 함께 이동했으므로 병참(兵站) 보급도 필요 없었다.

티무르에게 있어 최대의 전투는 오스만제국 바야자드 1세와 벌인 앙카라 전투를 들 수 있는데, 양쪽 군대를 합쳐 100만이었으므로(과장되었다 하더라도) 당시로서는 최대 규모의 전투였다. 유럽 여러 나라를 위협하고 동로마를 함락하려 했던 동유럽의 패자 오스만 제국도 티무르 앞에서는 무력했다. 황제 바야자드는 붙잡혔고, 오스만 왕조는 한때 붕괴되었다.

티무르의 마지막 원정은 동방의 대국 명(明)나라였다. 서방 정복을 위해 그때까지는 명나라에 융화책(融和策)을 쓰고는 있었으나 이제 주저할 이유가 없었다. 1405년, 티무르는 20만의 병사들을 이끌고 사마르칸트로 향했고, 이 소식은 바로 명의 영락제(永樂帝)에게 들어가 두 제왕의 대결은 이미 불가피해졌다. 그러나 그해 겨울 예순아홉 살의 티무르는 원정 도중에 갑자기 열병으로 죽고 만다. 그는 마지막 순간까지도 원정을 중지하라는 말은 하지 않은 채 세상을 떠났다.

청의 수도 사마르칸트 — 건설자 티무르

파괴자 티무르는 건설자로서의 일면도 갖고 있었다.

정복 활동을 하는 한편, 각지에서 데려온 당대 일류의 장인, 예술가들로 하여금 사마르칸트에 웅장하고 화려한 건축물들을 많이 짓게 했을 뿐 아니라 이슬람 학자들을 모아 사마르칸트를 문화적으로도 이슬람 세계의 중심지로 만들려고 애썼다.

그 결과 티무르 왕조 시대에 터키·이슬람 그 밖의 복합적인 웅장한 문화가 꽃을 피웠다. 특히, 티무르 왕조는 건축, 문학, 세밀화 분야에서 중앙 아시아 사상 최고의 수준을 보여주고 있다.

총론 — 문화에 대한 도전

전투에 몰두하고 문화에 관심을 쏟았던 티무르가 진정 원했던 것은 유목 민족이 만든 독자적 문화국이 아니었을까?

티무르는 마와라 안나플을 둘러싼 선진적인 정주 민족 국가를 무력으로 가혹하게 정복하고 문화를 빼앗아 차지했다. 그것은 독자적 문화가 빈약했던 유목 민족이 벌인 문명에 대한 도전이었을지도 모른다.

현재까지 남아 있는 사마르칸트의 웅장하면서도 화려한 성터는 티무르의 도전이 성공했음을 말해 준다.

CHARLES VII

샤를 7세

어머니에게 버림받고 성녀를 버리고

DATA
생몰 : 1403~1461
재위 : 1422~1461
지역 : 프랑스
왕조 : 발루아 왕조

백년 전쟁 말기에 한 왕이 있었다. 어머니에게 배신당하고 자신도 '은인' 같은 여인을 배신한 샤를 7세. 그는 왕위의 정당성을 보이기 위해 살았던 인물이다.

무능하고 권위없는 사람
부르주의 푸념왕

1422년 당시 샤를은 아직 왕관을 쓰지 않았었고 루아르 강 남방에 있는 부르주(파리 남쪽 220km, 예브르 강과 오롱 강의 합류점에 있으며, 베리 운하에 면한다. 백년 전쟁 말기에 황태자, 즉 후의 샤를 7세가 영국·부르고뉴파에 의해 폐위된 후 이곳에 체류하여 '부르주의 왕'이라고 불렸다.) 근처에 얼마 안 되는 영지를 소유한 약소 세력이었다. 측근들은 어머니 이자보의 말 때문에 황태자로서의 정당성을 의심했고 반대파들은 그를 '부르주의 푸념왕'이라 놀렸다. 그런데도 샤를은 — 속마음이야 어찌됐든 — 반격에 나서기는커녕 스코틀랜드로 망명할 생각까지 했다. 그의 무능함에 어떤 측근은 "폐하, 왜 잠에서 깨어나지 않으십니까?"라고 말했다고 한다.

모자상극
메워지지 않는 틈

황태자 샤를은 왜 이러한 굴욕을 맛보아야 했을까? 그 원인은 그를 중심으로 한 알마냐크파와 부르고뉴 공 필립(선량공)이 중심이 된 부르고뉴파의 왕위 쟁탈전에서 비롯되었다.

샤를 7세의 아버지 샤를 6세는 정신병을 앓았고, 어머니 이자보는 향락적이며 부귀영화만을 생각하는 여자였다. 그녀는 필리프와 손을 잡고 프랑스 왕녀 카트리느와 영국 왕 헨리 5세와의 약혼(프랑스를 영국에 넘겨주는)을 결정했다. 백년 전쟁의 적국인 영국의 왕을 '내 자식'이라고까지 부르는가 하면, 친아들 샤를을 '자칭 황태자'라 비웃으며 본의 아니게 태어난 서자(庶子)라고 말할 정도였다. 어머니와 아들의 극심한 갈등은 평생 풀리지 않았고 샤를은 누구에게도 왕위의 정당성을 인정받지 못했던 것이다.

성녀의 도래 — 잔 다르크와의 만남

1429년 2월 25일, 의지할 곳 없는 황태자에게 한 소녀가 나타났다. 그 소녀는 나란히 앉아 있는 신하들 속에 있던 샤를을 한눈에 알아보고 "폐하만이 고귀하신 황태자님입니다"라고 말했다. 그는 소녀 잔 다르크의 묘한 힘에 놀랐을 뿐 아니라 마음도 끌렸다.

잔 다르크를 얻고 신의 보증을 받은 샤를의 프랑스군은 파죽지세(破竹之勢)로 영국군을 격파해 나갔다. 같은 해 7월 17일, 샤를은 랑스의 대성당에서 대관식을 거행하고 샤를 7세로서 명실공히 프랑스의 왕이 되었다.

망은은 왕의 미덕인가 — 실추한 성녀

하지만 그 직후에 일대 사건이 벌어졌다. 잔 다르크가 영국군에 붙잡혀 이단 심문을 받고 화형(火刑)에 처해지게 된 것이었다. 잔 다르크가 위기에 놓였을 때 샤를 7세는 어이없게도 아무것도 하지 않았다. 몸값을 치르고 그녀를 '구하지도', 싸워서 구출하려는 노력도 기울이지 않았다. 그녀를 돕기 위한 어떤 조치도 취하지 않았던 것이다. 덕분에 그는 왕위를 지켰고 프랑스에서 영국군을 완전히 철퇴시켰다.

부르고뉴의 연대기 작자 조르주 샤트란은 그의 성격에 대해 '그에게는 몇 가지 버릇이 있었는데, 변덕스러움, 시기심, 질투 이 세 가지였다' 라고 적었다. 샤를은 잔 다르크가 '성녀(聖女)' 로서의 명성이 높아지는 것을 싫어했던 것이 틀림없으며 잔 다르크의 처형 소식을 듣고 '어린 계집애 한 명의 목숨으로 해결된다면 싸게 먹히는 셈' 이라고 말했다.

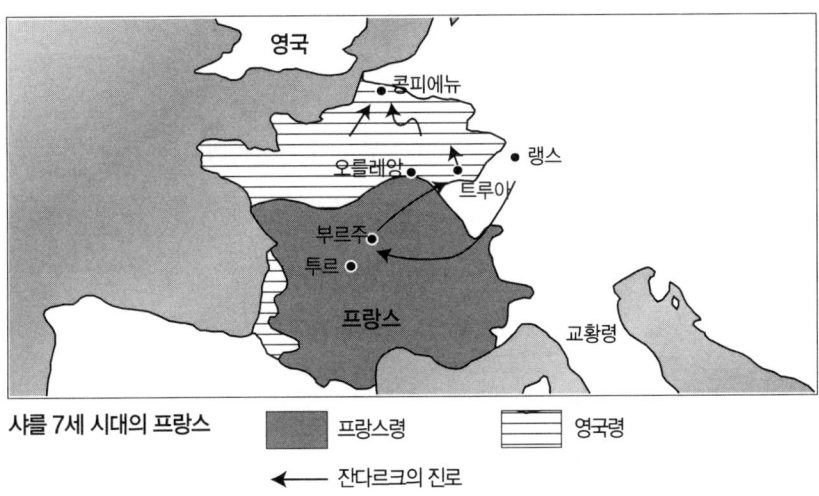

샤를 7세 시대의 프랑스

MEHMET II

메메드 2세

콘스탄티노플을 함락시킨 왕

DATA
- 생몰 : 1432~1481
- 재위 : 1451~1481
- 지역 : 동지중해
- 왕조 : 오스만투르크

1453년, 오스만투르크의 청년 국왕 메메드 2세는 왕조의 비원(悲願)인 콘스탄티노플을 함락시켰다. 그러나 그때까지 콘스탄티노플의 역사도 오스만투르크의 역사도 결코 평탄하지는 못했다.

배경(1) 콘스탄티노플

콘스탄티노플은 324년에 콘스탄티누스 황제가 로마를 대신하는 새로운 수도로 삼았던 도시이다. 이 도시는 도나우 북안의 야만족과 사산 왕조 페르시아의 위협에 즉각 대응할 수 있는 위치에 있었고 흑해와 지중해의 교점에 해당하는 해상 교통의 요충이었다. 북쪽, 동쪽, 남쪽은 바다여서 유럽에서 공격을 해 올 경우 전선(前線)이 좁아 방어하기에 용이했다. 또한 북쪽의 금각만(=Golden Horn)은 입구가 좁아 쇠사슬만 쳐두면 함선(艦船)의 침입을 막을 수가 있었다. 방위에도 경영에도 적합한 입지였던 것이다.

제국이 분열된 이후 콘스탄티노플은 천년에 걸쳐 동로마 제국의 수도로서 번성했지만 몇 차례에 걸쳐 침입을 받았다.

7세기에는 돌풍처럼 역사에 나타났다 사라진 페르시아 국왕 호스로 2세가 아바르족(도나우 북안의 야만족)과 손을 잡고 아바르족은 유럽으로부터, 페르시아군은 아시아로부터 수도를 포위했다. 그때 동로마가 자랑하는 해군이 보스포루스 해협을 제압함으로써 페르시아는 손을 대지 못하고 아바르족은 포위하여 공격한 지 10일 만에 철수했다.

우마이야 왕조는 7세기 중엽부터 8세기 중엽까지 이슬람 세계를 제패하고, 서쪽으로는 이베리아 반도까지 정복한 왕조였다. 이 왕조는 콘스탄티노플을 세 차례 공격했는데, 칼리프(왕) 술레이만이 이끈 세 번째 공격이 가장 대규모였다. 이슬람교의 시조 무하마드가 '콘스탄티노플은 예언자[1]의 이름을 가진 왕이 정복할 것'이라고 말한 것을 술레이만(솔로몬)은 '자신을 가리키는 것' 으로 믿었던 듯하다. 포위하여 공격한 지 1년이 지났지만 결국 수도는 함락되지 않았고 아랍군은 겨울의 혹한(酷寒)에 못견뎌 철수할 수밖에 없었다.

아바스 왕조도 여러 차례 콘스탄티노플을 공격했다. '아라비안나이트'로 유명한 칼리프, 하룬 알 라시드도 열다섯 살 때 이 성을 공격하는 총사령관으로 참가, 동로마에 헌납을 맹세하게 하고 철수하였다. 아바스 왕조가 쇠퇴하자 중앙 아시아로부터 온 터키인 세력들이 콘스탄티노플을 계속 공격했다. 셀주크 왕조가 침공하자 열세였던 동로마측은 서유럽에서 용병(傭兵)을 모집했다. 이에 나타난 것이 십자군인데, 그들은 동로마군과 공동 보조를 맞추지 않고 제4회 십자군은 콘스탄티노플을 점령했다. 동로마 국내의 정변을 틈타 왕위에서 밀려난 측과 손을 잡고 입성(入城)했던 것이다.

동로마 제국은 소아시아로 천도(遷都), 훗날 희대의 책략가인 미카엘 8세 때에 콘스탄티노플을 회복했다. 이 무렵 이슬람 세계에서는 셀주크 왕조를 대신해 오스만투르크가 융성하고 있었다.

배경(2) 오스만투르크

오스만투르크는 중앙 아시아의 부족 중 하나로서 몽골에 쫓겨나 소아시아로 들어왔다. 이 부족은 처음에는 셀주크 왕조를 섬겼으나 이 왕조가 멸망하자 이후 오스만 대(代)에 사실상의 독립 왕조가 되었다. 이리도림(번개)이라

---

1) 신의 계시를 전하는 사람. 이슬람교는 술라이만(솔로몬), 이사(이에스), 무하마드 등을 주요 예언자로 삼는다.

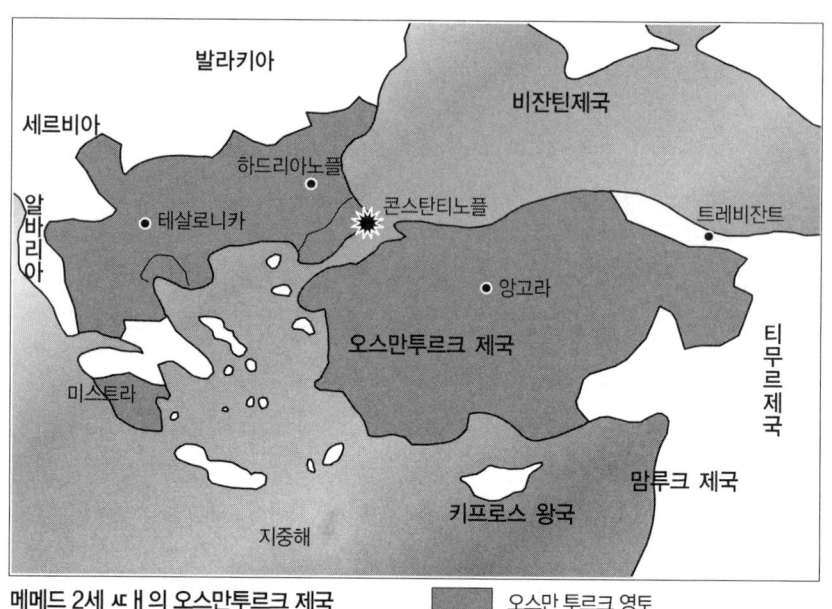

메메드 2세 ㄸㅐ의 오스만투르크 제국   오스만 투르크 영토

불렸던 술탄(왕) 바야지트 시대에는 소아시아와 발칸 제국(諸國)을 정복하고 광대한 제국(帝國)을 건설하기도 했다. 동로마 제국의 영토는 고양이 이마 정도가 되었고 아시아 유럽 양쪽으로부터 포위당하는 꼴이 되었다. 이때 동로마를 구한 것이 티무르였다. 티무르는 소아시아를 침공하여 앙카라 땅에서 바야지트와 싸우게 된다. 오스만군의 훌륭한 전력에는 티무르도 감탄해 눈물을 머금을 정도였다는데, 이 '철과 '번개'의 전투에서는 결국 티무르가 승리했다. 오스만 왕조는 일단 멸망한 셈이 되었다.

그러나 바야지트의 자식들은 제국을 부흥시켜, 바야지트의 증손자 메메드 2세가 스물한 살의 나이로 왕이 되었을 때는 바야드 시대와 맞먹을 정도로 영토를 되찾았다. 그리고 예언자 이름을 가진 메메드(무하마드)는 콘스탄티노플 정복에 나섰다.

제왕 — 메메드 2세

메메드 2세의 성품에 대해서는 두 가지 설이 있다. 어떤 설에 의하면 결단력이 있고 전투에 강하며 학문, 예술을 좋아하여 수도에 문인들을 초대하고 이질적 문명에도 관용적이었다고 한다. 그의 시대에 문화가 번성했고 점령 후의 콘스탄티노플에서 신앙의 자유가 허용된 것이 이를 뒷받침한다. 반면에 잔인하고 난폭하여 지팡이 창으로 부하를 곧잘 때렸고 도둑맞은 멜론이 찾으려고 시중들던 소년 14명의 배를 베어 갈랐다는 얘기도 있다. 물론 90퍼센트는 오스만투르크를 증오하는 유럽 역사가들이 꾸며낸 얘기겠지만, 10퍼센트 정도는 사실인 듯하다. 그는 아버지 무라드 대에 두 번이나 왕위에 올랐지만 두 번 다 폐위당했다. 왕조 내부의 정쟁과 원정(院政)을 계획하는 아버지의 농간으로 그에게는 남을 불신하는 습성이 싹텄을지도 모른다.

그는 평소에 관대한 편이었으나 일단 감정이 폭발하면 마치 딴사람처럼 거

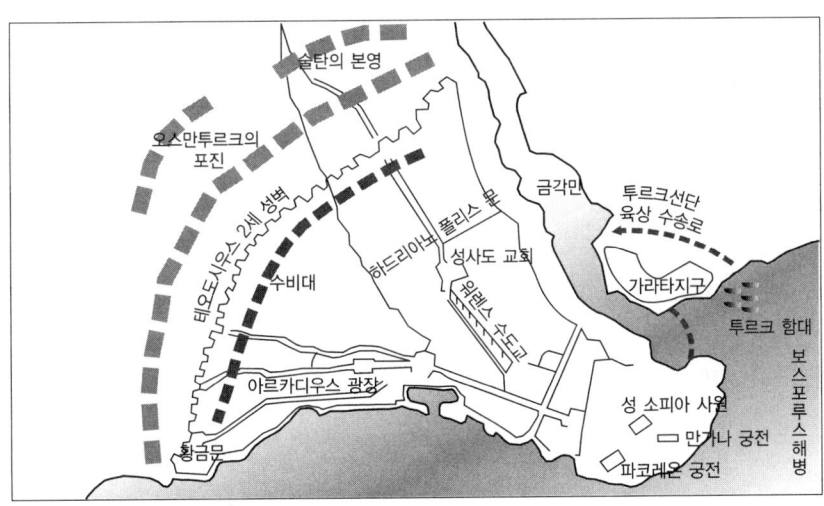

콘스탄티노플의 공성전

칠고 난폭해지곤 했다. 1453년 콘스탄티노플을 공격, 포위한 그는 신하에게 "어젯밤 나는 잠들지 못했다. 흥분한 나머지 밤새도록 베개 한쪽을 쥐어뜯었고 또 한쪽을 쥐어뜯었다. 부디 로마인들의 매수에는 넘어가지 말아라. 무기는 우리가 우세하므로 그렇게 하면 이길 수 있을 것이다"라고 말했다고 한다. 합리적이면서도 격정적인 메메드 2세였다.

공성전   비장의 카드

콘스탄티노플이 쉽게 정복되지 않자 메메드 2세는 최후 수단을 쓰기로 했다. 첫째는 대포(大砲)였다. 헝가리인 기사 우르반이 개발한 거대한 포였는데, 거의 나폴레옹 시대의 대포와 같은 정도의 위력을 지녔었다는 설도 있다. 두 번째는 함대의 산넘기였다. 금각만에 면하는 성벽은 다른 곳에 비해 약했지만, 만내(灣內)에는 동로마와 제노바의 함대가 숨어 있었고 만 입구에는 쇠사슬이 쳐져 있어 터키 함대의 접근을 허용치 않았다. 그래서 보스포루스 해협으로부터 육상으로 배를 운반하여 조금 높은 산을 넘어 물소와 인부의 힘으로 함선을 육지로 운송, 금각만으로 옮겼다. 이로써 해전(海戰)은 간단히 끝이 났고 터키는 금각만을 차지했다.

곧 총공격이 시작되어, 터키 병사들은 포탄이 성벽에 뚫은 무수한 구멍으로부터 돌입, 콘스탄티노플의 명운(命運)은 다하였다. 스물아홉 차례의 공격을 받은 이 수도가 내통에 의하지 않고 함락된 것은 처음 있는 일이었다.

이제 로마 제국은 명실공히 멸망했다. 그러나 로마의 전통을 이어받는다는 세력은 계속 존재했다. 곧 북방의 모스크바에서, 이반 뇌제(雷帝 재위 : 1533~1584. 이반 4세. 모스크바 대공 바실리 3세의 아들. 즉위했을 때는 나이가 어려 대귀족들의 전횡으로 고초를 겪었다. 이것 때문에 1547년 차르라고 칭하며 친정을 시작하고 나서는 자신이 신뢰하는 사람들로 선발회의를 구성하여 정치를 하였다.)가 '제1의 로마, 제2의 로마(콘스탄티노플)는 멸망했다. 제3의 로마(모스크바)는 불멸이다. 그리고 제4의 로마는 있을 수 없다'고 선언했다. 그리고 뇌제 바야지트의 자손은 뇌제 이반의 자손에게 굴복하게 된다.

> 요약

기사와 성직자와 제왕

> 이 돌과 철침에 의해 이 검을 빼는 자는 전 잉글랜드의
> 정당한 왕으로서 태어난 자이다.
>
> – 토머스 맬러리 작, 『아서 왕의 죽음』에서 '아서가 왕이
> 된 것, 그 아서에서 뽑은 검의 기적'에서

로맨스와 현실

중세 유럽은 왕과 기사들이 활약하는 아름다운 시대처럼 보일지 모르지만 실제로 당시만큼 왕권을 무시했던 시대도 드물 것이다. 과장해서 말하자면, 이 시대는 로마 교황에게 인정받기만 하면 누구나 왕이 될 수 있었다. 이 부분은 천황에게서 정이(征夷)대장군의 지위를 받았던 일본의 무가(武家) 정권과 비슷하기도 하다.

때문에 이 시대에 소개할 만한 왕은 동방, 소아시아와 중동 지방에 편중될 수밖에 없다.

동으로부터의 위협

유럽의 '중세' 시대에 일어난 중요한 두 사건이라면 하나는 이슬람교의 탄생과 그와 동반한 이슬람 문화의 확대요, 또 하나는 몽골 제국의 칭기즈 칸이 유라시아 대륙을 제패(制覇)한 일이었다.

예언자 무하마드(마호메트)에 의해 수립된 이슬람교는 순식간에 퍼져 일찍이 오리엔트라 불렸던 지역을 정복했다. 그리고 지중해 방면으로 향하는 이슬람 세력이 동쪽은 소아시아로부터, 서쪽은 지브롤터 해협을 건너 이베리아 반도로부터 유럽을 침입해 들어왔다.

유럽인들은 13세기가 되어서야 이베리아 반도 대부분에서 이슬람 교도들

을 쫓아내었다. 그 무렵 동로마 제국에서는 같은 기독교도인 십자군이 콘스탄티노플을 함락시켰다.

그리고 같은 시기에 신성 로마 제국에서는 바투(1207?~1255. 칭기즈 칸의 손자. 1227년 아버지인 주치(朮赤)의 영지를 계승한 뒤, 1236년에 유럽 원정의 총지휘관이 되어 루시의 여러 公國을 공략하고, 이어 폴란드에 침입하였다-옮긴이)가 이끄는 몽골군이 독일과 폴란드의 제후 연합군을 섬멸했다. 아틸라(406?~453. 5세기 전반의 민족 대이동기에 지금의 헝가리인 트란실바니아를 본거로 하여 주변의 게르만 부족과 동고트족을 굴복시켜 동쪽은 카스피해에서 서쪽은 라인 강에 이르는 지역을 지배하는 대제국을 건설하였다. 자세한 것은 아틸라 항목 참조-옮긴이)가 출현한 이후에 기마 민족이 다시 유럽을 침입한 것이었다.

몽골은 페스트라는 뜻밖의 재앙도 유럽에 가져다 주었다. 현재의 중국 운남성 부근의 풍토병이던 페스트는 몽골군에 의해 순식간에 유라시아 전체에 퍼졌다. 이 병은 쥐벼룩을 매개로 하는데, 페스트로 죽은 사람의 시체를 농성(籠城)하는 도시 성벽의 안쪽까지 캐터펄트(모함의 갑판 등의 비행기 사출기)로 던져 넣었다고 하므로 인간의 탓이 아니라고 말할 수도 없다. 페스트는 황폐한 유럽에서 대유행했고 인구를 감소시켰다. 영국과 프랑스에서는 인구의 3분의 1을 잃었을 정도였다.

유럽인들은 절체절명(絶體絶命)의 위기에 처했던 것이다.

구체제의 종말

이런 정세 속에서 유럽 각국의 왕들은 세력을 키워갔고, 영국 · 프랑스 · 독일 · 스페인 등 현재의 유럽 제국(諸國)의 원형은 이 무렵에 완성되었다.

왕들이 세력을 갖기 시작한 계기는 로마 교황의 호소로 시작된 십자군이었는데, 각국의 왕들은 교황의 명령으로 국내의 제후를 데리고 예루살렘으로 향했다. 그 결과 그때까지 명목상의 권위밖에 없던 왕들에게 실제 권력이 주어졌던 것이다.

동방이 가해 온 위협에 적절히 대처하지 못하는 교회에 대한 반항의 움직임도 이 시기에 시작되었다.

14세기에 프랑스 왕 필리프 4세(재위 1285~1314. 프랑스 카페 왕조의 제11대 왕. 별칭은 단려왕端麗王. 프랑스 통일의 체제를 처음으로 갖추고 측근의 법조정치가들이 추진한 정책을 과감히 수행하였으며, 왕권 신장에 중요한 계기를 마련하였다.)가 로마 교황 보니파키우스 8세(본명 베네데토 카이타니Benedetto Caetani. 교황청의 요직을 거쳐, 1294년 12월 24일 교황이 되었으며 교회법 학자이기도 하다.)를 아비뇽으로 납치하는 사건이 일어났다(아비뇽 포수捕囚. 아비뇽 유수 사건이라고도 한다. 기간은 1309~1377년까지). 교회 내부에서도 프라하 대학의 신학자 요하네스 후스(Huss, Johannes. 1369?~1415체코의 종교 개혁가·카톨릭 신학자)가 로마 교황청을 비판하는 등 그토록 막강했던 카톨릭의 권세도 눈에 띄게 약해져 갔다.

한편, 동로마 제국은 동로마 교회(로마 정교회)와 황제가 연결된 성속일치(聖俗一致)의 체제를 유지하고 있었으나 그 실체는 점차 변화하고 있었다. 예를 들면, 분열 후 한동안은 로마 시민권자에게 빵과 오락을 무료로 공급하다가 유스티니아누스 황제 시절 재정난으로 중지했다. 또한 빈부의 차가 심해지고 귀족 세력들이 대두되자 그들을 '황제의 친구'라 칭하고 체제에 포함시켰다. 동로마 제국을 비잔틴 제국이라고 부르기도 하는데, 유럽에서 '비잔틴인'은 '신뢰할 수 없는 거짓말쟁이'를 뜻할 정도였다.

물론, 이 유연한 변화야말로 천년 동안이나 동로마가 살아남았던 이유였다. 그러나 천년간 밀려오는 침략자들을 물리친 성벽(城壁)도 동방에서 온 새 병기(兵器), 메메드 2세의 대포로 파괴되고 말았다. 시대의 물결은 구시대 그 자체를 파괴해 버렸던 것이다. 사람들은 새로운 체제를 만들어야만 했다.

왕들의 시대로

새로운 체제를 만들기 위한 도구, 대포, 활자인쇄, 그리고 나침반 등도 모두 동방에서 왔다. 대포는 기사들을 낭만적 소설 속에나 등장하는 인물로 전락시켰고, 활자인쇄기는 성경을 각국 언어로 번역하여 값비쌌던 신앙의 가격을 떨어뜨려 놓았다. 나침반은 바다에 빠진 유럽인들에게 도표(道標)가 되어 주었다. 그리고 이 사건들에 왕들은 처음에는 후원자 혹은 중개자였으나 곧 당사자로서 등장한다.

1492년에는 세계사에 또 하나의 획기적인 사건이 발생하여 왕들의 역사도 변해 가는데, 바로 절대왕정(絶對王政)의 시대가 시작된 것이었다.

이 시기에 일어난 역사적 사건			
476	서로마 제국 멸망	1215	영국에서 마그나카르타 제정
552	돌궐 제국성립(~583)	1219	칭기즈 칸의 서양 정복
589	수나라 중국 통일(~618)		(~1224)
610	서아시아에서 이슬람교 성립	1234	고려에서 세계 최초로 금속활자
612	고구려, 수 양제 격퇴		발명
618	당나라 건국(~907)	1271	원나라 건국(~1368)
711	이슬람군(우마이야 왕조) 이베리	1274	원군(元軍) 일본 내습
	아 반도에 침입	1338	무로마치 막부 성립(~1573)
936	고려 건국(~1391)	1347	유럽에서 페스트 유행(~1351)
960	송나라 건국(~1276)	1353	오스만투르크의 유럽 침입
962	신성 로마 제국 성립	1363	명나라 건국(~1644)
1096	제1회 십자군(~1099)	1392	조선 건국(~1910)
1192	가마쿠라 막부 성립(~1333)	1453	백년 전쟁 종전
1202	제4회 십자군, 콘스탄티노플 함락	1453	비잔틴 제국 멸망
1206	몽골 통일	1488	바르톨로뮤 디아스 희망봉에 도달

제4장

제왕의 시대

ISABEL I & FERNANDO II

이사벨 1세 페르난도 2세

세계사를 바꾼 세기의 결혼

DATA
이사벨 1세
생몰 : 1451~1504
재위 : 1474~1504
지역 : 카스티야
왕조 : 트라스타마라 왕조

DATA
페르난도 2세
생몰 : 1452~1516
재위 : 1479~1516
지역 : 아라곤
왕조 : 트라스타마라 왕조

15세기 이베리아 반도는 여러 국가로 나뉘어 서로 패권을 다투고 있었다. 북에 있는 나바라 왕국은 프랑스의 일부가 되었고 남쪽의 그라나다 왕국은 이슬람교 세력이 건재하고 있었다. 한편 포르투갈은 무역으로 경제력이 날로 강화되는 중이었다.

태생 — 운명의 두 사람

페르난도는 이베리아 반도의 동부에 위치한 아라곤 왕국 태생이다. 당시 아라곤에서는 왕권이 약해 귀족들의 반항을 억제할 힘이 없었다. 아라곤의 왕 후안 2세는 아들 페르난도를 이웃 나라 카스티야의 왕 엔리케 4세의 이복 여동생 이사벨과 결혼시키려 했는데, 그 이유는 카스티야의 후원을 받아 국내를 평정하려는 목적에서였다.

하지만 이 선택은 자칫 잘못하면 아라곤이 카스티야의 꼭두각시가 될 위험도 안고 있었다.

이사벨은 이베리아 반도 서부의 카스티야 왕국에서 태어났다. 국왕 엔리케 4세는 국내의 친아라곤파(派) 귀족들과 대립하고 있었고, 딸 후아나를 포르투갈에 시집보내려고 하고 있었다. 후아나는 엔리케가 총애하는 신하 벨트란과 왕비 후아나(딸과 동명) 사이에서 태어났다는 소문이 있어 '벨트라네야'(벨트란의 딸)라 불렸다.

왕은 이런 소문에 개의치 않고 그를 계속 신임하였는데 이 또한 귀족들이

제왕의 시대 **이사벨 1세 페르난도 2세**

반발하는 요인 중 하나였다. 귀족들은 엔리케를 폐위하고 이복 형제 알폰소를 왕위에 오르게 하려는 음모를 꾸몄다.

카스티야의 정세는 서서히 그러나 확실히 악화되어 갔다. 알폰소는 열 살, 누나 이사벨은 열세 살 때였다.

1465년, 내란 상태에 돌입한 카스티야에서는 알폰소를 왕으로 추대하려는 귀족 세력과 엔리케 4세 세력이 서로 충돌했다. 그런데 내란이 한창이던 중에 알폰소는 열네 살의 어린 나이로 죽고 말았다(병으로 죽었다고도 하고 독살당했다고도 한다). 귀족들은 그 다음으로 이사벨을 주목하고 그녀를 여왕에 앉히려 했는데, 귀족의 꼭두각시가 되어 부왕(父王)과 대립할 수 없다며 이사벨은 완강히 거절했다. 결국 제1 왕위 계승권이 엔리케의 딸 후아나에게서 이사벨에게로 넘어가는 것으로 내란은 종료되었다.

결혼 — 세기의 사랑의 도피

1479년, 이사벨은 페르난도와 결혼하기 위해 왕궁을 탈출했다. 아라곤을 같은 편으로 만들어 자국의 귀족들과 대항하기 위해서였다. 그러나 반대 세력은 그녀를 바야돌리드(도시 이름은 이슬람 아밀의 거주지를 나타내는 벨라드울리드에서 유래되었다. 국토 회복 전쟁기인 11세기에는 레온 왕국의 전초 기지로서 도시가 형성되고, 15~16세기 전반은 카스티야 왕국의 사실상의 수도가 되어 왕국 의회가 자주 열렸다.)에서 따라잡고 도시를 포위했다. 이런 상황에서는 도저히 결혼은 불가능해 보였다.

한편, 페르난도도 바야돌리드로 향하고 있었는데, 그는 도시가 포위당한 것에 아랑곳하지 않고 '나 혼자서라도 그녀를 구하러 갈 것'이라며 초라한 상인으로 변장하고 이사벨에게로 달려갔다.

두 사람은 결혼을 기정 사실화하기 위해 예식을 올리기로 하였다. 우선 결혼식만 하면 카톨릭의 강력한 영향하에 있던 당시의 스페인 지방에서는 인정받을 수 있었다(다만 친포르투갈 교황 때문에 정식 결혼 허가를 얻으려면 상당히 걸리지만). 두 사람은 부부가 되었으나 그들 앞에는 수많은 난제(難題)들이 놓여 있었다. 그러나 서로 신뢰할 수 있는 반려자 ― 왕족으로서의 임무를 다할 수 있는 능력을 지닌 협력자 ― 를 얻은 것이다. 그에 비하면 페르난도에게 이미 여러 명의 사생아들이 있다는 사실도 2차적인 문제였을 것이다.

약속 ― 서로를 보지 않는 결혼

어떤 전기(傳記)에서는 이사벨과 페르난도와 '연애' 결혼한 것으로 되어 있는데, 실제로는 어떠했을까?

두 사람이 어렸을 때 약혼한 것은 확실한 듯하지만 그 당시에는 약혼의 성사와 파기는 다반사여서 당사자들이 그 모든 것을 파악하고 있었다고 보기는 어렵다. 두 사람은 결혼할 때까지 한 번도 만난 적이 없었는데 어떻게 '연애'가 가능했던 것일까? 그렇지만 실제로 그들은 서로를 결혼 상대로 여기고 적극적으로 결혼했다.

궁정에 전해 오는 소문으로 상대의 성품과 지성을 파악하면서 서로를 '스페인 통일에 협력해 줄 사람'이라 생각했는지도 모른다. 어쨌든 두 사람은 서로를 원했고 그리고 결혼했다.

이사벨에게 결혼을 신청할 때 페르난도는 다음 조건들을 약속했다.
- 이사벨이 왕위에 오른 경우에 페르난도도 카스티야에 살아야 한다.
- 카스티야의 재산에는 손을 대지 않는다.
- 카스티야의 법률을 지킨다.

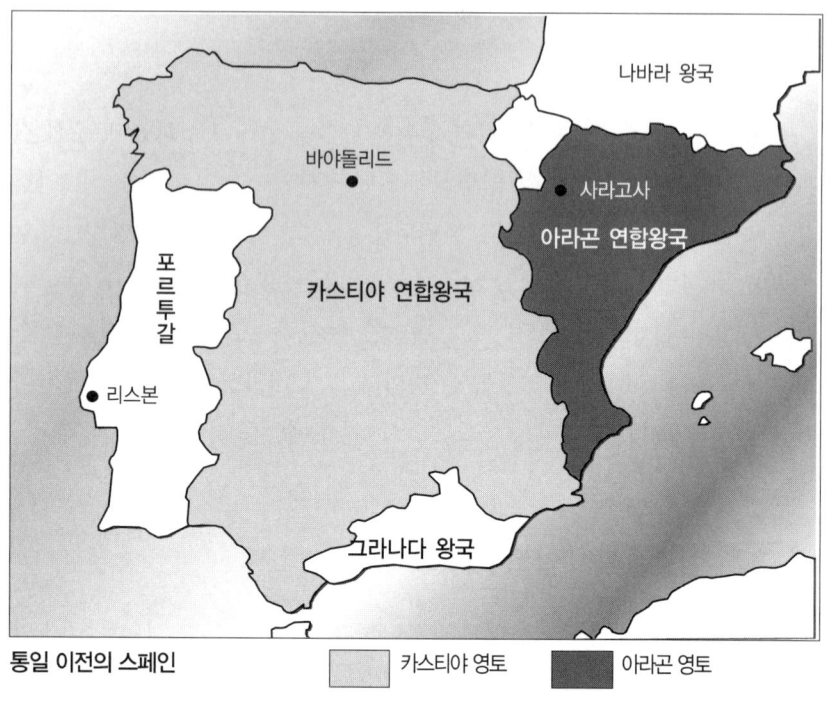

통일 이전의 스페인   카스티야 영토   아라곤 영토

- 요인(要人)을 임명할 때는 여왕(이사벨)의 승인이 있어야 한다.

이사벨은 이 성실한 '약속'을 선언한 아직 만나지 못한 약혼자 페르난도를 마음에 들어했던 것 같다. 이 약속을 페르난도의 의도적 포즈로 볼 것인지 진지한 인격의 표현으로 볼 것인지는 사람에 따라 다르겠지만.

그후   세계사의 복선

1474년에 카스티야의 왕 엔리케 4세가 죽자 카스티야는 이사벨 페르난도파(派)와 포르투갈이 지원하는 후아나파(派)가 왕위 쟁탈전을 벌였다. 그런데 어이없게도 후아나의 친아버지로 추측되는 벨트란은 이사벨파에 속해 있었다. 결국 이사벨 페르난도파가 승리했고 포르투갈 왕은 두 사람의 카스티야 왕위를 승인하게 되었다. 이로써 카스티야의 국내 정세는 일단 안정을 보였다.

1479년, 아라곤 왕 후안 2세가 죽고 페르난도가 아라곤의 왕으로 즉위하면서 아라곤＝카스티야 연합 왕국이 실현되었다. 이른바 '스페인이 통일된 해'였다.

아라곤 국내도 어느 정도 안정을 되찾았고, 두 사람은 두 나라를 합친 강대한 국력을 바탕으로 이베리아 반도 통일의 꿈을 실현시키고자 했다. 1492년 1월, 그라나다의 알함브라 궁전의 이슬람교를 공격하고 이를 함락시켰다. 711년 우마이야 왕조가 정복한 이후로 실로 800년 만에 이슬람 교도를 바다 저편으로 축출한 것이다.

같은 해 3월 31일, 이사벨은 스페인 국내에 있는 유대인에게 4개월 이내에 국외로 퇴거(退去)할 것을 명령했다. 이교도에 대한 국토 회복 운동이라는 이데올로기로 성립한 스페인으로서는 부득이한 선택이었다. 하지만 경제 활동, 특히 금융에 탁월한 능력을 지녔던 유대인들을 잃은 것은 훗날 스페인 경제가 산업혁명에 뒤처지는 원인이 되기도 했다.

그리고 마지막 유대인이 스페인에서 퇴거한 8월 2일, 제노바 출신의 크리스토퍼 콜럼버스가 인도를 향해 출발했다. 이사벨은 우연히 스페인에서 서쪽으로 도는 항로로 인도에 가겠다는 그의 계획을 높이 샀다. 그가 바로 아메리카 대륙을 발견한 콜럼버스였다. 이사벨은 뜻밖의 사건으로 인류사와 역사에 이름을 남기게 된다.

스페인은 그 탄생부터 영광과 쇠퇴로의 복선(伏線)이 깔려 있었던 셈이다.

개막 — 절대왕정으로의 길

이사벨은 1504년에 죽지만 페르난도는 건재했다. 페르난도는 카스티야의 왕위 계승을 거부하고 왕위는 둘째딸인 후아나(엔리케 4세의 장녀와는 다른 사람)가 이어받았다.

그러나 후아나는 정신병을 앓고 있어 실권은 섭정의 자리에 앉은 페르난도가 쥐고 있었다. 페르난도는 카스티야 내의 반대파 세력과 정치 투쟁을 벌이며 두 나라의 발전을 위해 힘쓰다가 1516년에 타계했다.

'세기의 결혼'으로 태어난 대국(大國), 아라곤 카스티야 연합 왕국. 실제로 두 나라는 법률, 통화(通貨), 세제(稅制)가 모두 달랐기 때문에(언어, 생활 습관은 큰 차이가 없었다.) 실질적인 통일 국가라 부르기는 어렵다. 하지만 '양국의 관계는 아픈 사람이 서로를 위로하는 관계, 즉 서로의 부족함을 채워 주는 단순한 동맹관계'였다고 보는 견해도 있다.

두 나라 모두 내부적으로 여러 가지 문제들을 안고 있었던 것은 분명하다. 반면 두 나라가 서로의 약점을 보완해 일약 대국이 된 것 또한 사실이다. 페르

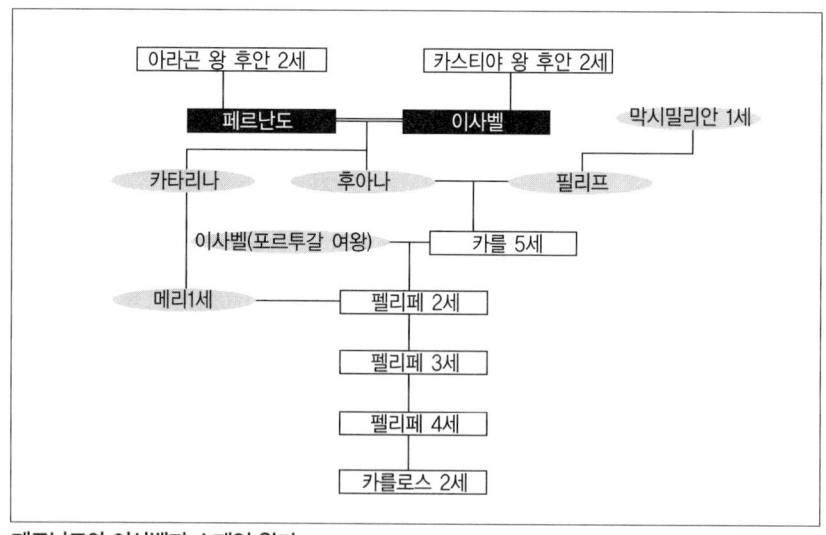

페르난도와 이사벨과 스페인 왕가

난도와 이사벨, 두 사람의 강한 유대가 스페인 통일의 기반, 나아가 중앙 집권의 기초를 만들었다.

두 사람이 '통일 국가'가 아니라, '통일 국가를 향한 길'을 보여주었던 것이다.

마침 당시 유럽에서는 왕권이 강대해져 다른 세력을 압도하는 시대, 즉 절대왕정이 막을 올리려 하고 있었다.

MAXIMILIAN I

막시밀리안 1세

합스부르크 웅비하다

DATA
생몰 : 1459~1519
재위 : 1493~1519
지역 : 알자스, 북스위스의 소영주에서 출발.
왕조 : 합스부르크 왕조

유럽 역사 속에서 합스부르크가는 결코 무시할 수 없는 위치를 차지한다. 원래 스위스의 가난한 귀족은 전쟁을 통하지 않고 유럽을 제압했다. 그리고 그 시작은 '중세 마지막 기사'라 불린 막시밀리안 1세였다.

태생 — 중세 마지막 기사

막시밀리안의 아버지 프리드리히 3세는 신성 로마 제국의 국왕이었다(1440년에 대관, 1452년부터는 로마 교황으로부터 제관帝冠을 받고 황제가 된다). 이 무렵의 합스부르크가(家)는 명문이었지만 가난하고 약소한 오스트리아의 한 귀족에 불과했다. 신성 로마의 왕을 고르는 선제후(選帝侯)들은 유능한 전제 군주를 원하지 않았다. 프리드리히 3세가 국왕으로 선출된 것은 그가 소심한데다 남의 말을 잘 듣기 때문이었다.

그러나 그들은 두 가지 실수를 한 셈이다. 하나는 프리드리히 3세가 선제후들보다 오래 살았다는 것이다. 그는 참고 인내하면서 합스부르크가의 기초를 쌓았다. 또 한 가지는 프리드리히 3세의 아들이 '중세 마지막 기사'라 불린 막시밀리안이었다는 사실이다.

배경 — 프랑스 대 부르고뉴

1477년, 막시밀리안은 은제(銀製) 투구와 갑옷을 걸치고 백마를 타고 부르고뉴 공국(公國)의 간 궁전에 도착했다. 막시밀리안이 부르고뉴로 향한 것은 갑자기 죽은 부르고뉴 공 샤를의 딸 마리아와 결혼하기 위해서였다. 샤를은 돌진공(突進公)이라 불릴 만큼 야심만만한 인물이었고, 부르고뉴 공의 가문은 브뤼셀을 비롯한 상업 선진 지대를 영유(領有)하는 부유한 집안이었다. 샤를은 로마 왕이 되고자 합스부르크가를 선택한 것이었다. 딸 마리아와 막시밀리안의 혼사를 통해 자기를 왕으로 지명하게 하기 위함이었다. 그러나 합스부르크는 선제후에게 선택받는 입장이지 선택하는 입장은 아니었다. 결국 프리드리히 3세의 방해도 있어서 샤를은 로마 왕위를 단념했지만, 그때 알게 된 막시밀리안에게 호감을 갖고 왕위와는 상관 없이 딸 마리아와의 결혼을 희망했다. 1477년 1월, 샤를은 스위스 방면으로 출병하던 중 사망했다. 그가 죽은 후에 그의 경쟁자인 프랑스의 루이 11세는 빼앗긴 프랑스 영토를 되찾으려 했고 독립심 강한 간과 브뤼셀 시민들도 술렁이기 시작했다. 이 사태를 진정시키려면 마리아가 유력한 사람과 결혼할 필요가 있었다. 이것이 샤를의 유언장에 쓰여 있던 막시밀리안이 부르고뉴로 가게 된 이유였다.

다행히 막시밀리안과 마리아는 서로를 마음에 들어했고 말을 잘 타는 두 사람은 함께 산야를 달리거나 춤추러 가는 등 다정한 모습을 보였다. 부르고뉴 사람들도 아름다운 '우리의 공주님'과 어울리는 새 부르고뉴 대공을 좋아했다. 막시밀리안은 부르고뉴에 왔을 당시에는 프랑스어를 못했지만 너무도 빨리 프랑스어와 상용어 플라망어(벨기에의 북반, 주로 브뤼셀 이북에서 쓰이며 일부는 벨기에 남부 및 프랑스 북부의 한 지역에서 쓰인다. 벨기에에서는 프랑스어와 함께 공용어로 쓰인다 - 옮긴이)까지 익혔다. 이는 합스부르크가의 특징이기도 한데, 막시밀리안의 자손들 중에는 외국어에 능통한 사람들이 많았다.

왕좌로 — 좌절과 재생으로

막시밀리안과 마리아 사이에 1남 1녀가 태어났고, 부르고뉴 공의 집안은 평온한 나날들이 이어졌다. 그런데 1482년 3월, 남편의 백로(白鷺) 사냥에 동행했던 마리아가 낙마하여 사망하면서, 각지에서 특히 경제적으로 앞서 있던 간과 브뤼셀에서 반란이 잇달아 발생했다. 마리아가 죽었으니 그녀의 아들 필리프만 있으면 막시밀리안 따위는 필요없다는 이유에서였다. 사람들은 막시밀리안이 어린 필리프의 후견인이 되는 것도 거부하였다. 그리고 그 배후에는 프랑스의 왕 루이 11세가 있었다. 부르고뉴를 노리는 루이 11세는 '거미'라는 별명을 지닌 책사(策士)였다.

부르고뉴의 소동을 기회로 루이 11세는 마리아의 딸 마르가리타를 납치하듯 프랑스로 데려가서 자신의 아들과 약혼시켰다. 사랑하는 아내를 잃고 절망에 빠져 있던 막시밀리안이었지만 점차 기력을 회복하여 반격을 개시했다. 매수와 설득을 통해 각지의 반란을 진압했고 결국 모든 도시들은 막시밀리안이 필리프의 후견인이 되는 것을 인정했다. 또한 이 무렵에 오스만투르크 제

왕녀 마르가리타의 귀환

루이 11세에 의해 프랑스로 오게 된 마르가리타는 프랑스 황태자 샤를 8세와 약혼했다. 프랑스에 10년이나 있어야 했던 그녀는 그 동안에 프랑스 왕비가 되는 교육을 받았는데, 그 미모와 총명함 때문에 프랑스에서 대단한 인기를 얻게 되었다. 그러나 막시밀리안 1세가 프랑스에 쐐기를 박기 위해 브르타뉴 공녀(公女) 안과의 약혼을 발표하자 프랑스는 매우 난처해졌다. 결국 안과 샤를 8세를 결혼시켜 막시밀리안 1세의 책략을 방해했다.

이렇게 해서 마르가리타는 고향으로 돌아올 수 있었다. 나중에 그녀는 스페인 왕가, 그리고 사보이 공가(公家)에 시집을 갔는데 모두 남편이 먼저 세상을 떠났다. 세 번 고국으로 되돌아온 마르가리타는 그 이후로 결혼하지 않고 네덜란드(그녀의 고향 부르고뉴의 일부) 총독으로 여생을 보낸다.

국이 유럽 침입을 계획하고 있어, 막시밀리안의 고향 오스트리아는 공포에 떨고 있었다. 이 위기를 극복할 만한 지도력과 인망을 지닌 인물이 필요했다. 그는 이런 시대적 요청으로 로마의 왕 막시밀리안 1세가 되었던 것이다.

번영 합스부르크여 결혼하라!

그 이후 막시밀리안 1세는 혼인 정책에 힘썼다. 자기 자신은 밀라노의 스포르차가(家)의 공녀(公女) 비앙카와 재혼했고 아들 필리프와 딸 마르가리타는 스페인 왕가와 결혼시켰다. 그리고 필리프의 아들(막시밀리안의 손자)은 헝가리 왕가와 혼인시켰다. 이들 왕가는 모두 단절(斷絶)되어 갔고, 결국 각국의 왕위가 합스부르크가로 넘어오게 되었다. 스페인, 나폴리와 시칠리아(스페인 왕국의 영지였다), 부르고뉴(현재의 네덜란드, 벨기에), 신성 로마 제국(현재의 독일, 오스트리아), 체코, 헝가리를 합스부르크가 영유하게 된 것이다.

합스부르크는 유럽에 대제국을 구축했다. 무적함대의 스페인 왕 펠리페 2세. 오스트리아의 여황제 마리아 테레지아. 프랑스 왕비 마리 앙투아네트. 사라예보에서 암살당해 제1차 세계대전의 계기가 되는 오스트리아 황태자 프란츠 페르디난도. 그들은 모두 합스부르크 가문이었다. 근세의 유럽 왕정(王政)의 역사는 합스부르크의 역사이며, 그것은 1918년에 오스트리아·헝가리 제국이 해체될 때까지 지속되었다.

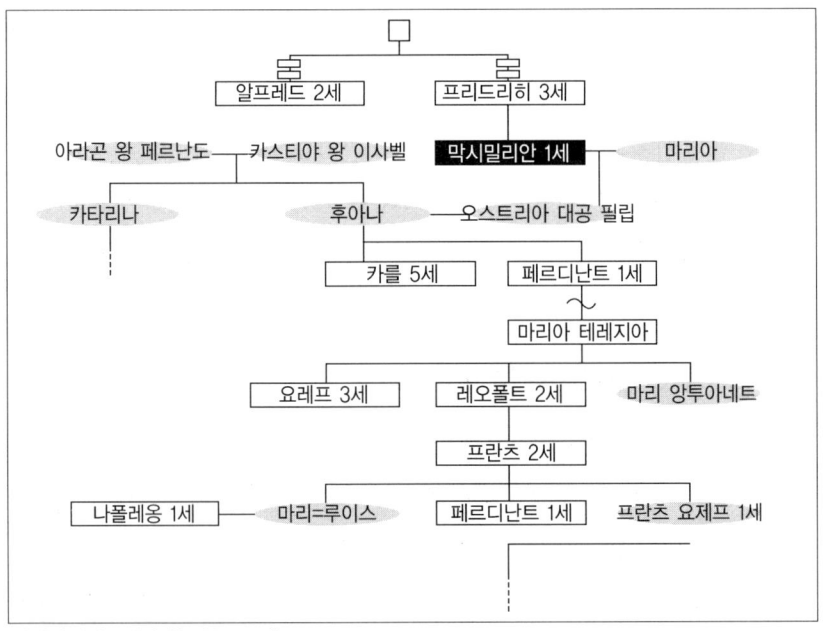

막시밀리안 1세와 합스부르크가

HENRY VIII

헨리 8세

세기의 대이혼

DATA
생몰 : 1491~1547
재위 : 1509~1547
지역 : 잉글랜드
왕조 : 튜더 왕조

종교 개혁의 물결을 타고 각지에 신교국이 성립한다. 영국도 그 중 하나였다. 하지만 영국의 개혁은 경건한 신교도들에 의한 것이 아닌 한 탕아에 의한 것이었다.

배경 ─ 종교 개혁

독일의 수도사 루터는 이탈리아를 여행하며 교황청의 부패를 낱낱이 보고 면죄부(免罪符 : 이것을 사면 죄가 사해진다는 표) 판매를 비판했다. 교황은 마침내 그를 파문했는데 이는 그를 한층 더 전투적으로 만드는 결과를 초래하였다. 그는 결혼을 했고(카톨릭 교회는 성직자의 결혼을 금하고 있다.) 신앙을 교회에 의지하는 것은 잘못이라며 '오로지 성경에만 의지하라'고 설교했다. 이른바 개혁의 물꼬를 트기 시작한 것이었다.

신교와 구교의 싸움은 서유럽 각지로 확산되었다. 독일에서는 농민 전쟁, 30년 전쟁으로 혼란이 이어졌다. 프랑스에서도 30여 년의 종교 전쟁 끝에 신구 양교의 화친(和親)이 이루어졌다. 스웨덴은 국왕 구스타프 1세가 주도하여 신교의 국교회를 수립하고 교회 재산을 국유화하여 왕권을 크게 강화하였다. 강해진 스웨덴은 구스타프의 손자 구스타프 아돌프 대에 이르러 유럽 무대에 화려하게 등장한다.

탕아 ─ 헨리 8세

유럽 변경에 해당하는 영국의 왕 헨리 8세는 키가 크고 운동을 잘했으며 멋진 목소리를 지녔는데, 반면 금전 감각이 전혀 없었고 부하를 단두대에 보내기를 좋아했으며 여성 편력이 심한 사람이었다.

헨리 8세는 마흔 살이 넘은 왕비 캐서린과의 사이에 아들이 없었기에 그녀와 이혼하고 젊고 아름다운 궁녀 앤 블린과 결혼하겠다고 했다.

카톨릭은 원칙적으로 이혼을 인정하지 않았지만 교황이 특별히 허용하는 경우도 있었다. 헨리는 교황에게 이혼을 허용해 달라고 요청했다. 그러나 헨리의 왕비 캐서린은 당시 유럽 제일의 세력을 떨치던 신성 로마 제국 카를 5세의 숙모였기 때문에 교황은 카를 5세의 기분을 상하게 할 것을 염려하여 이혼을 허가하지 않았다. 헨리는 제 뜻대로 왕비를 궁정에서 쫓아내고 앤과 결혼했다. 화가 난 교황은 헨리를 파문시켰다.

탄생 영국 국교회

그러나 카톨릭이 서유럽의 유일한 교회였던 하인리히 4세 때와는 상황이 달랐다. 신교가 있었던 것이다. 헨리는 '영국 국교회'를 만들어 자신이 그 수장(首長)이 되기로 마음먹었다. 정치에 능력이 없는 왕은 서민 출신의 민완가 토머스 크롬웰에게 모든 일을 처리하도록 했다.

크롬웰은 '전국의 수도원 거의 모두가 부도덕하고 육욕적인 언어도단의 생활을 하고 있다'는 '조사 결과'를 의회에 폭로하고 국내의 수도원을 모조리 해산하고 영지(領地)는 몰수하여 왕령(王領)으로 만들어 버렸다. 성직자들 중 일부는 구교국 아일랜드로 망명하고, 어떤 자는 국교회의 교구사제가 되었다. 끝까지 반항한 이들은 단두대로 보내졌다.

그러나 크롬웰 자신도 왕의 눈밖에 나 단두대의 제물이 되었다. 크롬웰이 처형되던 날 헨리 8세는 다섯 번째 결혼식을 올리고 있었고, 그 젊고 아리땁던 궁녀 앤 블린은 크롬웰보다 훨씬 전에 단두대의 이슬로 사라진 뒤였다.

말로 화폐 남발

크롬웰을 잃은 헨리 8세는 그후에도 이혼, 전쟁, 사치로 세월을 보냈다. 어느새 국고는 바닥나 있었고 몰수한 막대한 수도원령도 대부분은 지주 귀족에게 팔아 버렸다.

고육지책으로 생각한 것이 화폐에 다른 것을 섞는 것이었다. 이 때문에 국고는 늘어났으나 대인플레가 발생, 헨리 8세는 국민들의 원망과 한탄 속에서 세상을 떠났다. 헨리 8세의 죽음 후에 영국은 일시적으로 혼란에 빠지지만 곧 헨리와 앤의 딸 엘리자베스가 왕위에 올라 국가의 재건을 도모하게 된다.

FELIPE II
펠리페 2세

일곱 바다의 지배자

DATA
생몰 : 1527~1598
재위 : 1556~1598
지역 : 스페인
왕조 : 합스부르크 왕조

일찍이 스페인은 '해가 지지 않는 나라'라 불렸다. 절대 군주제의 절정기, 필리페 2세가 통치하던 시대였다. 그는 스페인의 영광을 만들었으나 뜻하지 않은 불명예도 뒤집어쓰게 되었다.

16세기의 스페인 — 종교 대립

펠리페 2세가 즉위했을 무렵의 스페인은 프로테스탄트 제국(諸國)과 이슬람 세력과의 항쟁으로 피폐해져 있었다. 전 국왕이었던 아버지 카를로스(그는 신성 로마 제국의 황제이기도 했다.) 자신도 또한 프랑스에 의한 영토 상실, 프로테스탄트 세력의 승리(아우구스부르크의 종교화의和議에 의한 신앙의 자유), 오스만투르크의 대두 등에 의해 의기소침했는지 아들에게 왕위를 양보했다.

고독한 왕 — 어디까지나 성실하고 정직하게

무단파(武斷派)인 아버지 카를로스의 뒤를 이은 펠리페 2세는 관료형·실무형 인물로서 국정의 모든 일에 주목하여 스스로 결단을 내렸다. 또한 독실한 카톨릭 신자로서 '카톨릭 유럽'을 지키는 사명감에 넘쳐 있었다고 한다. 하지만 국정에 열심이었던 그가 '좋은 왕'이었냐 하면 그렇게 단언하기는 어렵다. 지나친 열의가 오히려 행정 처리의 지연을 초래했고, 관료적이었기 때문에 형식주의와 내부 부패를 불러왔던 것이다. 또한 종교적인 관용을 베풀지 않았기에 그라나다 지방의 이슬람 교도들이 반란을 일으켰다.

그리고 그는 장남 카를로스의 반란(미수로 그쳐 카를로스는 감금 상태에서 죽었다), 가장 사랑했던 세 번째 아내 이사벨이 먼저 세상을 떠나는 등 가정적으로도 불운하였다. 게다가 너무나도 관료적이어서 유능한 부하들도 주변에 없는 고독한 왕이었다.

아무튼 타협을 일체 배제한 펠리페는 강한 저항을 받으면서도 스페인의 왕권을 확대시켜 갔다.

승리　스페인이라는 이름의 태양

1571년, 스페인 해군은 그리스 남부의 레판토 해협에서 당시 막강했던 터키 해군을 격파했다. 무적 터키 해군에 승리했다는 사실은 스페인의 저력을 유럽 여러 나라에 알린 것이었다. 펠리페의 위세는 하늘 높은 줄 모르고 치솟았고 1581년 포르투갈 의회에 의해 그는 포르투갈 국왕으로서 승인받아 포르투갈 및 그 식민지를 지배하게 되었다. 이 결과 스페인은 광대한 식민지를 가진 대제국이 되어 '해가 지지 않는 나라'라고 불린다. 그리고 그 막강한 해군을 소유한 펠리페 2세는 '일곱 바다의 지배자'였다.

무적함대　깨져버린 신화

카톨릭파인 스코틀랜드 여왕 메리가 엘리자베스에 의해 처형되었을 때, 펠리페 2세는 영국에 파병하기로 하고 130척의 선단(船團), '무적함대'를 소집했다. 그러나 경험이 풍부한 총사령관 알바로 데 바산이 출항하기 직전에 사망했고 후임 알론소 데 구스만은 해군을 지휘한 경험이 전혀 없었다. 더구나 출항 후에는 폭풍에 시달렸다. 반면에 영국 해군은 기동성・사정(射程)에 뛰어난 화기(火器)를 구사해 피폐하고 통솔력 부족한 스페인군을 단숨에 격파했다.

쇠망 떠오른 해는 반드시 진다

나중에 영국이 일곱 바다를 지배하게 되었기에 무능하다는 얘기를 지나치게 듣게 된 펠리페 2세지만 무적함대의 패배로 스페인의 뼈대가 뒤흔들린 것은 아니었다.

그러나 스페인에 쇠퇴의 움직임이 보인 것은 사실이다. 이 무렵에 해외 정복에 따르는 군비 지출 때문에 해외 식민지로부터 유입되는 부(富)는 외국의 금융업자에게 흘러갈 뿐이었다. 또한 농업과 수공업이 쇠퇴하여 부족한 물자를 해외로부터 구입하기 위한 자금이 유럽 각국으로 유출되고 있었다. 극단적으로 말하면 식민지의 부는 스페인을 지나쳐 가고 대신 다른 나라들만 윤택하게 만들었던 것이다. 펠리페 2세는 1557년, 1575년, 1597년 스페인의 파산 선언을 했다.

펠리페 2세가 죽은 후에 세 명의 스페인 왕이 있었으나 아무도 예전의 영광을 되찾지는 못했다. 1700년에 마지막 스페인 왕이 죽은 후에 이 나라의 왕위는 이웃 나라 프랑스의 부르봉 왕조의 차지가 되고 만다.

이반 4세

IVAN IV

뇌제

DATA
생몰 : 1530~1584
재위 : 1533~1584
지역 : 러시아
왕조 : 류리크 왕조

유럽 역사에 홀연히 모습을 드러낸 러시아. 오랜 세월 '타타르의 멍에'를 견뎌 온 러시아가 이제는 동서로 기지개를 켜기 시작했으니, 그 중심 인물이 바로 뇌제, 이반 4세였다.

우연한 만남 — 영국인, 러시아를 만나다

16세기에 서유럽은 대항해 시대를 맞이하고 있었다. 인도와 중국의 진귀한 물건들을 찾으러 서쪽으로 돌아서 대서양을 건너는 이들도 있었고, 남쪽으로 돌아 희망봉을 넘어 탐험 여행을 떠나는 사람들도 있었다.

북쪽으로 돌아 북빙해(北氷洋)을 넘어 동양을 목표로 하는 이들도 있었는데, 그 중 한 명 영국의 챈들러 선장은 스칸디나비아 반도 북쪽을 넘어 북해에 면한 도나우 강 하구에 어렵게 도착했다. 그는 거기서 전혀 새로운 미지의 나라를 보게 된다.

설원(雪原), 곳곳에 보이는 수도원과 농촌. "이 나라의 '차르'(아무래도 지배자를 말하는 것 같다)에게 초대받아 썰매를 타고 몇 주일간 평원을 달려갔더니 높은 성벽에 둘러싸인 거대한 도시가 눈에 들어왔다. '교외를 포함한 런던 시보다도 이 도시가 더 큰 것 같았다……"(이린 세가르 지음 『인간의 역사 3』에서 인용).

궁전 안은 검소하게 보이기도 했고 화려해 보이기도 했다. "목재 테이블, 천장까지 닿을 듯한 도자기 난로 같은 검소한 도구 옆에 융단, 우단, 모피, 비단 따위가 산처럼 쌓여 있다……공기에는 향과 밀랍(蜜蠟)과 신불에 올리는 등불 기름 냄새가 뒤섞여 있다"(트로와이어 지음, 『이반 뇌제』에서 인용).

영국인들은 금으로 된 큰 잔으로 술을 대접받았다. 연석(宴席)에는 '차르'도 있었다. 멋진 그는 다소 차가운 용모에 멋진 적갈색 수염을 기르고 있었는데 이따금 얼굴에 불길한 경련이 지나가곤 했다. 세 살의 어린 나이에 꼭두각시로 즉위한 이래로 대귀족들의 권력 투쟁 속에서 살아온 그의 버릇이었다.

배경 — 모스크바 대공국

모스크바 대공국은 1480년에 킵차크한국에서 독립한 신생국이었다. 이 공국은 대귀족들이 모인 잡다한 집단이었는데 곧 국내에서 물건의 매매가 활발해지자, 상인들은 좀더 크고 통일된 국내 시장을 원하게 되었다. 그래서 대귀족의 대표였던 모스크바 대공(大公)도 점차 왕권 확립에 나서게 된다.

대귀족들도 잠자코 있을 리 없었다. 이리하여 대공과 대귀족의 암투가 시작되었고, 이반은 어린 나이에 모스크바 대공이던 아버지를 잃고 여덟 살에 섭정이던 어머니마저 잃었다. 어머니가 독살당했다는 것은 공공연한 비밀이었다.

소년 — 이반이 배운 것

이반은 이용 가치가 있어 살아남았지만 언제 대귀족들의 마음이 변할지 모르는 일이었다. 그는 늘 암살당하지 않을까 걱정하며 지냈는데, 궁전을 나와 대귀족의 자녀들과 사냥을 할 때만 안심할 수 있었다. 억누르는 울분을 한꺼번에 풀 수 있는 사냥에 그는 몰입했고 곰, 늑대, 여우, 백조는 모조리 사냥감이 되었다. 일행이 지나는 마을에서는 술과 음식을 내놓아야 했고 여인들은 겁탈당했다. 그리고 밤에 광란의 사냥에서 돌아오면 이반은 마치 딴 사람처럼 독서에 열중하는 것이었다.

청년 ── 대공이면서 차르

 이반이 성년이 되자 대귀족들도 드디어 그를 대공으로 인정하게 된다. 그런 어느 날 모스크바에서 대화재가 발생했다. 대귀족이 방화했다는 소문이 퍼지자 시민들은 무기를 들고 궁전으로 달려갔고, 대귀족들은 당황했다. 이때 열일곱 살의 이반은 눈썹 하나 까딱하지 않고 시민들을 총으로 공격하여 2, 3명을 붙잡아 주동자로 처형했다. 폭동은 쉽게 진압되었고 이반의 권위는 크게 올라갔다. 모두들 그를 모스크바 대공이라 칭했고 황제(차르)라 불렀다. 이반의 할아버지 이반 3세는 동로마 제국 마지막 황제의 조카딸과 결혼했으므로 이반은 로마 황제의 후계자라는 이유에서였다.

 국내에서 인정받은 그는 이번에는 국외로 눈을 돌려 군대를 이끌고 동쪽으로 카잔한국을, 서쪽으로 폴란드와 리보니아를 공격했다. 카잔에는 그럭저럭 승리했으나 막강한 폴란드군에게는 쉽게 이길 수가 없었다. 대귀족들은 불만을 터뜨렸고 이반은 툭하면 화를 내곤 했다. 그를 진정시킬 수 있는 것은 아내 아나스타샤뿐이었다. 그러나 그녀는 젊은 나이에 죽고 말았다(독살설도 있음). 이를 전후해 이반이 신뢰하는 장군 크루프스키가 폴란드로 망명하자 이반은 대귀족과 손을 끊을 수밖에 없다고 결단을 내렸다.

장년 독재자

그는 신하들을 데리고 시골로 들어가 망연자실한 국민들이 자신을 다시 부르기를 기다렸다. 그의 예상은 적중했고, 노브고로드의 대주교가 이끄는 진정단(陳情團)이 그를 데리러 왔다. 모스크바로 돌아온 그는 백성들의 지지를 앞세워 새로운 정책을 내놓았다. 국토를 '천령(오프리치니나)'과 '귀족령(제므시치나)'으로 나눠 천령(天領)은 귀족이 일체 간섭할 수 없는 황제의 직할지(直轄地)로 만들었다. 말하자면 천령은 그때까지 대귀족들이 영유(領有)하던 토지의 일부를 황제의 이름으로 몰수한 것이었다.

하급 군인들로 구성된 '친위대(오프리치니크)'로 하여금 천령을 관리하게 하였다. 그들은 모두 검은 옷을 입고 말 안장에 개의 목과 빗자루를 달고(황제의 적에게 달려들어 쫓아낸다는 뜻이다), 이반의 눈에 거슬리는 귀족 영지에 침입해서 행패를 부렸다.

노년 고독 끝에

이반의 신경질은 갈수록 심해져서 주위 사람들을 겁에 질리게 했다. 임신한 며느리가 옷을 얇게 입은 것을 보고 복장이 난잡하다며 그녀를 때려 유산하게 만든 일도 있었다.

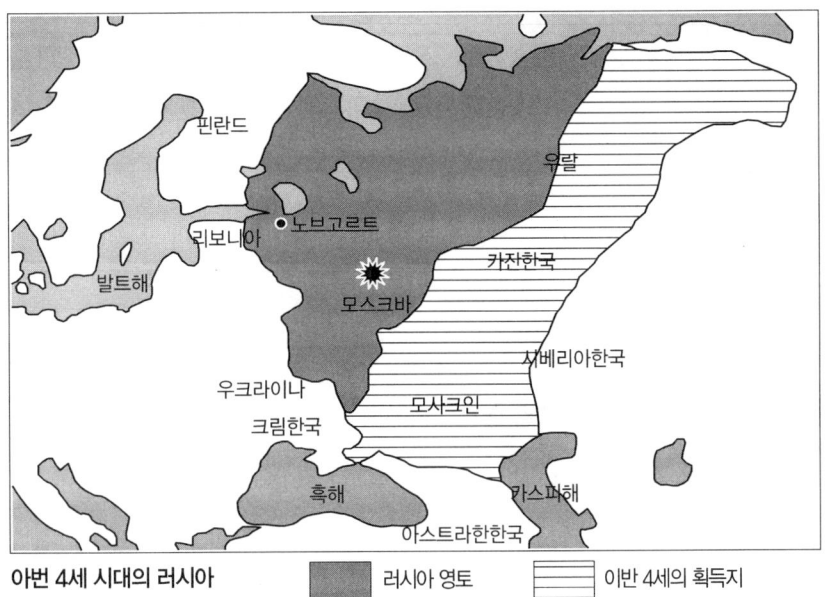

이반 4세 시대의 러시아 ■ 러시아 영토 ▤ 이반 4세의 획득지

　분노한 아들은 아버지에게 욕을 퍼부었고 갑자기 화가 치민 이반은 갈고리 창으로 아들을 마구 때렸다. 그러고는 후회하며 빈사 상태의 아들을 끌어안고 하염없이 울었다. 아들은 나흘 후에 세상을 떠났으며, 비탄에 잠긴 이반은 3년 후에 죽었다. 그가 죽은 후에 무리한 천령(오프리치니나) 정책으로 피폐해 있던 국토는 혼란에 빠졌고, 대귀족들의 내분은 폴란드와 스웨덴의 간섭을 초래했다.

　결국 이반이 추진했던 개혁은 수포로 돌아갔다. 러시아는 표트르 대제 시대가 되어서야 다시 강국으로 발돋움하게 된다. 이반이 시행착오를 거듭하며 걸었던 절대군주로의 길을 얼마 후에 표트르는 서유럽에서 배워 걷게 된다.

ELIZABETH I

엘리자베스 1세

대영 제국의 처녀 여왕

DATA
생몰 : 1533~1603
재위 : 1558~1603
지역 : 영국
왕조 : 튜더 왕조

영국은 엘리자베스 여왕, 빅토리아 여왕 등 여왕이 즉위하던 시대에 더욱 번영을 누렸다. 여왕 신화의 첫 주인공 엘리자베스 1세는 어떤 인물이었을까?

허와실 — 전설의 여왕의 정체

엘리자베스 1세는 스페인의 무적함대를 격파한 영광의 여왕으로 기억되고 있지만, 그녀의 소녀 시절은 여러 번 런던 탑에 갇혀 죽음의 문턱까지 갔다 오는 공포와 굴욕의 나날들이었다. 엘리자베스 1세의 실상은 어떠했을까?

태생 — 서자의 신분으로

엘리자베스의 아버지 헨리 8세에게는 6명의 부인이 있었다. 첫째 왕비 캐서린과의 사이에 태어난 딸이 엘리자베스의 이복자매 메리였다. 캐서린은 아들을 못 낳았기 때문에 헨리 8세는 그녀와의 이혼을 희망했다. 그는 이혼을 허락하지 않는 로마 교황과 크게 다툰 끝에 마침내 국교회라는 프로테스탄트 교회를 만들었다. 그렇게 해서 결혼한 두 번째 왕비 앤 블린이 낳은 딸이 엘리자베스였다. 앤은 캐서린처럼 아들을 낳지 못하고 간통 혐의로 처형당했기에 엘리자베스는 '서자(庶子)'로 취급되었다. 헨리는 그후에도 여러 명의 왕비를 두었는데 아들은 병약한 에드워드 한 명뿐이었다. 엘리자베스는 에드워드 왕자와 함께 이 당시의 여성으로서는 드물게 초등교육을 받을 기회를 얻었다. 교사에 말에 의하면 엘리자베스는 아주 총명한 학생이었다.

헨리 8세의 뒤를 이은 에드워드 6세는 몇 년 만에 병으로 죽었다. 그뒤를 이

제왕의 시대 여왕 엘리자베스 1세

어 헨리 7세의 증손녀인 제인 그레이가 즉위했지만 불과 9일 만에 왕위에서 쫓겨났고, 헨리 8세의 장녀 메리가 다시 즉위하였다. 엘리자베스가 스무 살 때의 일이었다.

종교 대립 — 분열된 나라

엘리자베스의 즉위 당시 유럽에서는 종교 개혁에 의해 구교 카톨릭과 프로테스탄트(국교회)가 피비린내나는 항쟁을 벌이던 중이었다. 엘리자베스의 언니 전(前) 여왕 메리 1세는 구교를 신봉하고 신교도들을 심하게 탄압하였다. '블러디(Bloody) 메리' 라 불릴 정도로 혹독한 탄압이었다.

신교도들은 메리 치하의 영국을 떠나 대륙으로 망명했다가 엘리자베스가 즉위하자 많은 사람들이 영국으로 되돌아왔다. 카톨릭은 서부·북부에서, 신교는 동부·남부를 중심으로 세력을 떨쳤고 영국 국내는 두 동강이 났다.

투옥 — 런던 탑으로

메리가 즉위하고 곧 '와이엇의 난' 이 일어났다. 반란 자체는 비교적 빨리 진압되었지만 주동자가 고문 중에 "이 반란에는 엘리자베스가 관련되어 있다"는 엉뚱한 말을 내뱉었다. 엘리자베스는 즉시 붙잡혀 런던 탑에 갇히는 신세가 되었다. 물론 그녀는 결백을 주장했다. 실제로 엘리자베스가 관여했는지 여부는 확실하지 않지만 반란 주동자가 처형 직전에 엘리자베스는 결백하다고 말했기 때문에 무사히 석방될 수 있었다.

그녀는 에드워드 6세가 건재했을 시절에도 반역자 토머스 시모어의 음모에 가담했다는 혐의로 취조를 받다 풀려나기도 했다. 이처럼 불우한 소녀 시절의 경험은 그녀를 조심성 많고 사려깊은 사람으로 만들어 주었다.

즉위 신에게 선택받은 여왕

1558년 11월 17일, 엘리자베스는 스물다섯 살의 나이에 죽은 언니 메리의 뒤를 이어 즉위했다. 의회가 엘리자베스의 왕위 계승을 승인했을 때 그녀는 "위대하신 신의 조화입니다"라고 말했다고 한다. 어려운 나날들을 견뎌 온 엘리자베스의 심경을 엿볼 수 있는 말이다.

즉위한 엘리자베스 1세는 영국 국교의 입장을 명확히 하기 위해 여러 가지 개혁을 실시했다. '여왕은 세속상의 사항과 마찬가지로 국내의 종교상의 사항에 관해서도 영국의 유일한 통치자다'(국교 지상법)라고 하며 로마 교회·외국으로부터의 독립을 표명했다. 이렇게 성립된 영국 국교회의 근본 교의는 신교적 성격이 강했지만 카톨릭적 요소도 섞여 있었다. 왕이 교회의 최고 통치자이며 그 아래에 주교, 사제 등이 위치하는 '주교 제도(主敎制度)'가 그 대표적인 예이다. 엘리자베스는 종교계에 절대왕정의 지주를 세운 것이다.

간섭 메리 스튜어트와의 불화

앙리 2세와 프랑스에서 자란 스코틀랜드 여왕 메리 스튜어트는 엘리자베스의 즉위를 간섭하고 나섰다. 법률상 엘리자베스는 서자로서 상속권이 없는 데 비해 메리는 정식으로 튜더 왕가의 혈통을 이어받았기 때문에 영국의 왕위 계승권은 메리에게 있다고 그들은 주장했다. 영국 의회는 즉시 엘리자베스를 공식적인 적자(嫡子)로 승인하여 더 이상의 혼란은 없었지만, 이 사건으로 엘리자베스는 메리에게 반감을 품게 된다. 메리 스튜어트도 그후 계속 영국의 왕위 계승권을 주장했으므로 두 사람의 갈등은 더욱 깊어졌고 평생 화해하지 않았다.

애매함의 승리 — 여성으로서, 왕으로서

스페인 왕 펠리페 2세, 신성 로마 황제의 셋째아들 카를 대공(大公), 스웨덴 황태자 에릭, 프랑스 왕 샤를 9세 등이 엘리자베스와의 결혼을 희망했다. 이들은 모두 카톨릭을 옹호하는 국가였기에 영국 국교회를 받드는 입장이면서 카톨릭 국가와 혼인하는 것은 자칫 국민들의 반발이나 왕권의 약화를 초래할지도 모르는 일이었다. 또한 특정 국가와 지나치게 친밀해지면 다른 국가의 반발을 살 수도 있었다. 그래서 엘리자베스는 항상 애매한 응답을 하여 사태를 수습하곤 했다.

예를 들면, A국가로부터 군사적 위협을 받으면 B와 동맹을 맺는 척하고 A를 저지시켰다. 사태가 수습되면 B와의 동맹은 적당한 이유를 대서 '처음부터 없었던 일로' 하고 마는 것이었다. 이런 기회주의자적 태도는 주변 국가 모두를 적으로 만들게 될 위험이 있었지만 엘리자베스는 뛰어난 외교 수완으로 그것을 훌륭하게 피해 갔다. 중요한 사항에 대해서는 애매한 태도를 취하고, 결단을 미루고 확답을 피했다. 엘리자베스와 영국을 번영하게 한 정치 수완이었다.

엘리자베스는 평생 결혼하지 않은 것으로도 유명하다. '몸에 결함이 있어 남자를 받아들일 수 없다'는 소문이 나돌 정도로 외국으로부터의 혼담을 거절한 그녀는 '처녀 여왕'으로 불렸다.

"저는 영국과 결혼했습니다."

그녀가 남긴 유명한 말인데, '강한 영국'을 유지하기 위해 그리고 절대적 왕권을 수호하기 위해 그녀에게는 개인적인 애정을 쏟을 상대, 자신과 나란히 설 수 있는 존재는 필요하지 않았던 것이다. 사랑 때문에 나라를 잃는 것은 이웃 나라의 메리 스튜어트에게나 어울릴 얘기였다.

얼음의 미소 여왕 폐하의 의상방

엘리자베스는 의상에 대단한 관심을 가졌다. 한번 지은 옷은 안 입게 되더라도 소중히 보관했고 의상은 약 3천 벌이나 되었다고 한다. 엘리자베스의 의상에 대한 일화를 살펴보자. 프랑스와의 전쟁에 종지부를 찍고 화해하기 위해 스페인은 프랑스에 사신을 보냈다. 이에 프랑스 왕은 동맹국 영국의 동의를 얻기 위해 드 메스를 대사(大使)로 보냈는데, 상대방을 압도하는 엘리자베스의 태도에 대사는 당황했다. 대사가 당황한 것은 엘리자베스의 언변 때문만은 아니었다. 여왕은 앞이 대담하게 패인 의상을 입고 있었는데 움직일 때마다 아슬아슬한 광경이 보이는 것이었다. 시선을 어디에 둬야 할지 몰라 난감해 제대로 교섭하기가 더욱 힘들었다. 그 당시에 여왕은 예순다섯 살이었다는데 드 메스도 여러 가지 의미에서 식은땀을 흘렸을 것이다.

쓰라린 승리 카톨릭과의 대결

1568년, 메리 스튜어트가 스코틀랜드 왕위에서 쫓겨나 영국으로 망명해 왔다. 엘리자베스에게 있어 이는 난처한 사건이 아닐 수 없었다. 메리는 튜더가의 혈통이며 자신의 혈육인데다가 카톨릭 교도였기에 그녀를 처형하면 다른 카톨릭 국가들의 반감을 불러일으켜 전쟁의 구실이 될지도 몰랐으므로 엘리자베스도 상당히 고민하였다.

영국 내에서는 카톨릭 교도인 메리를 처형해야 한다는 의견이 매우 강했다. 엘리자베스는 결론을 내리지 못한 채 20년 가까이 메리를 감금했다. 하지만 메리는 끊임없이 엘리자베스를 죽이려는 계획을 세웠다. 결국 엘리자베스는 결단을 내렸고, 메리는 단두대의 이슬로 사라져 두 사람의 불화는 그렇게 끝이 났다.

카톨릭 교도 메리를 처형한 것은 주변 국가들에게 큰 충격을 주었다. 그 중에서도 독실한 카톨릭 국가 스페인의 펠리페 2세는 이 사건을 기화로 '무적함대'를 영국에 파견하기로 결정했다. 두 나라는 전부터 험악한 사이였고 펠리페 2세로서도 단숨에 결말을 지어 '해가 지지 않는 나라' 스페인의 힘을 여러 나라에 다시 한번 보여주려는 속셈이었다.

그러나 영국 해군의 맹공격과 폭풍우 때문에 선단(船團)은 큰 타격을 입고 '무적함대'는 사실상 괴멸되었다. 영국의 대승리로 스페인의 영광은 상당한 상처를 입었으나 엘리자베스는 이 승리를 그다지 기뻐하지 않았다. 해전의 결실이 의외로 적었기 때문이었다. 당시의 영국 경제는 여전히 파산 직전이었고 승리의 축배를 들 여유 같은 것은 없었다.

연애 _ 엘리자베스의 사생활

엘리자베스에게도 몇 번의 로맨스는 있었다. 상대는 외국의 왕이 아닌 가신(家臣)들이었다.

그녀의 첫 연애 상대는 엘리자베스와 동갑내기인 귀족 로버트 다드레였다. 위풍당당한 체구의 로버트를 그녀는 각별히 총애해 밤낮을 가리지 않고 그의 방을 찾았다고 한다. 엘리자베스가 그의 아이를 임신했다는 소문까지 나돌 정도였다. 물론 엘리자베스는 출산하지도 결혼하지도 않았지만.

두 번째 주인공은 웨식스 백작 로버트 데브르로서, 그는 엘리자베스와 헤어진 후에 재혼한 다드레의 아내가 데려온 자식이었다. 여왕 앞에 나타난 이 청년은 스무 살이었고, 50대 중반에 접어든 여왕에게 그의 젊음은 상당히 매력적이었던 것 같다. 엘리자베스도 아들 같은 연인을 총애해 잇달아 요직에 앉히는 어리석은 짓을 하고 말았다. 하지만 그는 사랑의 밀어를 속삭이는 기술은 어떤지 몰라도 정치적으로는 완전히 무능했기 때문에 곧 여왕도 그를 외면했다.

자신이 여왕에게 버림받은 것은 여왕 주변의 간신들 때문이라고 생각한 웨식스 백작은 반란을 기도했다가 실패하고 만다. 여왕에게 '연애'에 관한 교훈과 불신감을 준 사건이었다고나 할까. 결국 그는 1601년에 처형되었고, 그 명령을 내린 것은 당연히 엘리자베스 1세였다.

여왕의 죽음 — 영국의 어머니로서

1603년 3월 24일 엘리자베스는 숨을 거두었다. 잉글랜드의 왕위를 계승한 것은 바로 평생 갈등이 계속되었던 메리 스튜어트의 아들 제임스였다. 엘리자베스는 자식을 낳지 않았기 때문에 잉글랜드 국내에는 최적의 계승자가 없었던 것이다.

엘리자베스는 죽기 직전에도 의사를 부르려 하지 않았으므로 신하들은 그녀를 타일렀다.

"폐하, 국민을 안심시키기 위해 의사를 부르셔야만 합니다."

"무엇 무엇을 해야만 한다고 말하는 것은 군주에게 쓰는 말이 아닙니다."

그녀는 마지막 순간까지 절대군주로서의 위엄을 흐트러뜨리지 않았다.

MARY STUART
메리 스튜어트

분방한 비극의 여왕

DATA
생몰 : 1542~1587
재위 : 1543~1567
지역 : 스코틀랜드
왕조 : 스튜어트 왕가

16세기 중반, 종교 개혁에 흔들리는 스코틀랜드. '비극의 여왕' 메리 스튜어트는 그런 혼란 속에서 태어났다. 그녀의 '비극'은 어떻게 시작되었고 어떻게 종말을 맞이했을까?

배경 — 16세기 중반의 스코틀랜드

16세기 초에 독일의 마르틴 루터가 시작한 종교 개혁의 물결은 스코틀랜드에도 몰려왔다. 그 무렵 이웃 나라 잉글랜드의 헨리 8세는 자신의 이혼 문제로 로마 카톨릭과 절연하고 도피처로서 프로테스탄트의 길을 선택했다. 이리하여 카톨릭 제국 틈에서 고립당한 헨리 8세는 길동무가 필요해지자 무력을 내세워 스코틀랜드에 동맹을 강요했다.

그것은 스코틀랜드가 카톨릭과 동맹국인 프랑스와 절연하라는 것이었다.

이런 혼란 속에서 카톨릭을 신봉하던 스코틀랜드 왕 제임스 5세는 죽음을 맞이했다. 그의 혈통은 나이 어린 소녀 메리뿐이었다.

태생 — 스튜어트 왕조

기원전 1000년경에 브리튼 섬 북부, 전체의 거의 1/3을 차지하는 지역에는 대륙에서 켈트계 픽트인들이 건너와서 이 땅에 자신들의 집락을 형성해 갔다. 이 땅 — 로마인들은 칼레도니아라 불렀다 — 에는 나중에 켈트계 브리튼족, 게르만계 앵글족, 그리고 켈트계 스코트족 등 세 민족이 침입하여 모두 네 민족이 항쟁과 융화를 거듭하게 된다.

그 중에서 스코트인들은 서안부(西岸部)에 다르리아다 왕조라 불리는 세력을

제왕의 시대 메리 스튜어트

구축하여 다른 세력을 병탄(倂吞)해 갔다. 다르리아다 왕국은 11세기 초에 스코우시아 왕국으로 이름을 바꿨고 얼마 후에는 스코틀랜드라 불리게 되었다.

메리 스튜어트가 속하는 스튜어트 왕가는 대대로 스코틀랜드 왕을 섬기는 스튜어드 (Steward = 재상 겸 재무장관) 가문으로서 스코틀랜드의 오랜 왕가의 피를 잇는 명문이었다. 스튜어드는 국가의 세입, 지출 일체를 담당하는 중요한 직책이었다.

어린 여왕 — 생후 6일의 여왕

1542년 12월 8일, 메리는 스코틀랜드 왕 제임스 5세의 큰딸로 태어났다. 오래 전부터 병상에 있던 제임스 5세는 그 전해에 장남과 차남을 잃어 사내아이를 간절히 바랐으나 태어난 것은 여자아이였다. 그 소식을 들은 제임스 5세의 심경은 어떠했을까? 종교 개혁에 흔들리는 나라, 살 날이 얼마 안 남은 자신, 뒤를 이을 사람은 갓 태어난 딸 메리.

스코틀랜드의 장래를 걱정하며 같은 해 12월 14일에 제임스 5세는 서른 살의 젊은 나이로 세상을 떠난다. 그리고 생후 6일 된 메리가 즉위했다. 그녀의 몸에는 스코틀랜드 왕실은 물론이고 어머니 마리 드 로렌을 통해 프랑스의 피가, 그리고 할머니 마가렛을 통해 잉글랜드 튜터 왕가의 피가 흐르고 있었다. 이 혈통이 훗날 메리에게 화를 자초하는 원인이 된다.

난폭한 구혼 — 첫 번째 위기

잉글랜드의 헨리 8세는 어린 여왕에게 큰 관심을 보였다. 그녀를 황태자 에드워드(나중의 에드워드 6세)와 결혼시켜 잉글랜드·스코틀랜드 간의 신속한 동맹 체결 — 혹은 사실상의 스코틀랜드 병합 — 을 기도했다.

그러나 당시에 친프랑스(프랑스는 왕모 마리의 고국이며 카톨릭 국가였다.)로 기울던 스코틀랜드 궁정이 헨리의 제안을 승낙할 리가 없었다.

1544년, 잉글랜드는 강경책을 쓰기 시작했다. 헨리 8세의 명령으로 하포드 백작 에드워드 시모어가 메리의 신병을 요청해 스코틀랜드 영내에 침공하여 약탈·화공(火攻)을 가했다. 메리는 무사했지만 이 공격으로 에든버러는 막대한 피해를 입었고 많은 궁전·수도원이 파괴되었다. 이른바 '난폭한 구혼' (Rough Wooding)이라 불리게 된 사건이었다.

급전직하 — 불행한 귀환

1548년에 메리가 다섯 살 때 왕모 마리의 제안으로 메리는 정정(政情)이 불안정한 스코틀랜드에서 프랑스로 극비리에 옮겨지게 되었다. 이 계획은 잉글랜드에 의한 습격에 대비해 4명의 대역(메리의 대역)들을 세워 아일랜드의 서쪽을 우회하는 해로(海路)를 이용하는 등 치밀하게 진행되었다. 메리는 프랑스에서 그런 대로 행복한 나날을 보냈다. 프랑스 국왕 앙리 2세는 메리를 후대했고 궁정의 시선도 따뜻했다. 물론 메리가 이어받은 혈통이 '이용 가치가 있다'고 판단했기 때문이었지만. 프랑스식 교육을 받으며 메리의 소녀 시절은 지나갔다.

1558년에 메리는 프랑스 황태자비가 되었다. 남편은 열네 살의 프랑스 황태자 프랑수아. 메리는 그보다 한 살 위였다. 메리의 결혼과 때를 같이하여 잉글랜드에서는 프로테스탄트를 신봉하는 엘리자베스가 여왕으로 즉위했다. 프랑스 국왕 앙리 2세는 "서자 엘리자베스에게는 왕위 계승권이 없으며, 오히려 튜더 왕가의 혈통인 메리 스튜어트가 적합하다"며 엘리자베스의 즉위를 간섭하고 나섰다.

이에 맞서 잉글랜드 의회는 즉시 엘리자베스의 적출(嫡出)을 결정함으로써 프랑스의 개입을 막았다. 이 사건은 메리와 엘리자베스의 오랜 불화의 발단이 된 동시에 주변 국가들이 프랑스를 더욱 경계하게 만든 계기가 되었다. 프랑스도 메리도 얻은 것이 전혀 없는 무의미한 사건이었다.

결혼한 이듬해에 앙리 2세는 마상창(馬上槍) 시합에서 얻은 부상이 원인이 되어 타계하고 말았다. 즉시 프랑수아가 즉위함으로써 메리는 프랑스 왕비가 되었다. 스코틀랜드 여왕에다 프랑스 왕비······ 절정기를 구가하던 그녀였지만 황금기는 급작스레 긴 황혼의 시대로 변해 갔다. 1560년 병약한 남편 프랑수아가 죽은 것이다. 열여덟 나이에 미망인이 된 메리는 이듬해인 1561년에 프랑스에서의 후원자를 잃고 모국 스코틀랜드로 돌아갔다. 메리 스튜어트의 황금 시대는 그렇게 허무하게 끝이 났다.

파멸을 향한 만남 — 사려 없는 재혼

1565년 메리는 세 살 연하의 사촌 단리 경(卿) 헨리 스튜어트와 재혼했다. 하지만 다양한 관직을 그에게 주고 차기 왕위까지도 약속했던 사랑은 금세 식고 말았다. 남은 것은 귀족들의 불신과 반감뿐이었다. 그후에 단리 경이 메리의 정부(情夫)를 살해하는 사건으로 두 사람은 완전히 갈라졌다.

단리 경은 1567년 의문의 사고로 죽고, 메리는 곧 세 번째 결혼을 한다. 상대는 단리 경의 '사고사'를 꾸민 것으로 여겨지는 보스웰 백작 제임스 헤븐이었다.

보스웰 백작의 범행은 거의 공공연한 사실이었는데도 메리는 아무런 조치도 취하지 않았을 뿐 아니라 그와 결혼까지 했다. 귀족들의 반발은 절정에 달해, 단리 경이 죽은 지 4개월, 그녀가 결혼한 지 불과 한 달 만에 귀족들의 반란이 일어났다. 보스웰 백작은 노르웨이까지 도망(나중에 옥사)하였고 메리는 반란군에게 투항했다.

1567년 7월 24일, 스코틀랜드 여왕 메리 스튜어트는 폐위당하여 로크리븐 성(城)에 감금되었다. 즉위한 지 24년 8개월 만의 일이었다. 단리 경과의 사이에서 낳은 아들, 생후 1년 남짓 된 제임스가 뒤를 이어 즉위했다.

종국 꿈의 끝에

폐위 후에 메리는 감금되었으나 이듬해에 탈출에 성공하여 다시 한번 왕위를 목표로 거병(擧兵)하였다. 계획성·통찰력이 부족한 이 거병은 싱겁게 진압되었고 메리는 잉글랜드로—엘리자베스가 있는 곳으로—망명했다. 엘리자베스도 그녀에게 어떤 조치를 취할지 상당히 애를 먹었던 모양이다. 메리는 감금 상태에서 이후 20년 가까이 잉글랜드 안을 전전해야 했다.

메리는 망명 후에도 자신의 태도를 바꾸지 않았다. 여전히 잉글랜드의 왕위 계승권은 자신에게 있다고 주장했고, 엘리자베스를 폐위시키려고 획책한 일이 번번이 실패하곤 했다. 그녀는 시간이 지나도 어른이 되지 못하는 '분방한 귀족의 딸'이었다.

그런 그녀에게 마지막이 다가왔다. 1586년 엘리자베스 여왕을 노린 암살 계획에 연루되어 재판을 받게 된 것이었다. 판결 결과 유죄, 사형이 언도되었다. 엘리자베스는 사형 집행 명령서에 서명하기를 마지막까지 주저했다고 한다.

'애증이 반반이다…….' 메리에 대한 엘리자베스의 심경이 나타난 말이다. 다음해 1587년 2월 8일, 마흔네 살의 메리 스튜어트는 참수형에 처해졌다.

여왕의 대역을 담당했던 4명 중 한 명인 메리 플레밍은 평생 메리 여왕을 섬겼고 이 처형에도 입회했다고 전해진다. 혼란 속에서 태어나 분방하게 살아온 '비극의 여왕'은 현재 웨스트민스터 사원에 안치되어 영원한 정적 속에 잠들어 있다.

분방함이 부른 비극 — 천진난만한 이미지

그녀의 '비극'은 정치적으로 미성숙한 소녀가 혈통 때문에 정치 투쟁의 장에 던져졌다는 점에 있었다.

그녀는 감금 생활 중에도 잉글랜드의 계승권을 주장하며 엘리자베스에 대한 음모에 여러 번 가담했다. 하지만 그 모습에서는 이상하게도 권력에 집착하는 괴물이 아닌 분방한 '소녀'의 이미지만이 느껴진다. 그 '천진난만한 여

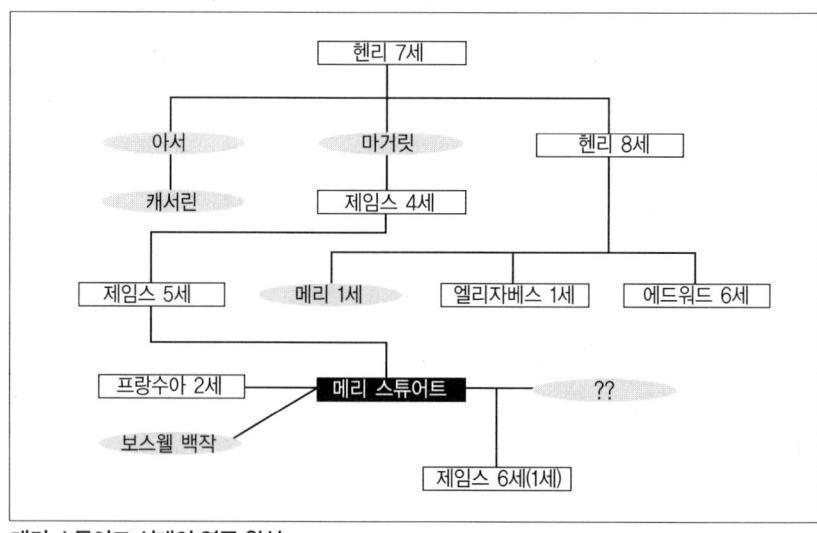

메리 스튜어트 시대의 영국 왕실

왕'의 이미지가 그녀가 계속 기억되고 사랑받고 있는 이유가 아닐까 싶다. 전혀 입장은 다르지만 작년에 타계한 다이애나 비와 비슷하다는 생각도 든다—스캔들 많은 삶과 사후에 미화된 점도 포함해서.

그리고 메리 스튜어트의 아들, 스코틀랜드 왕 제임스 6세는 영국의 제임스 1세로 즉위했다. 엘리자베스 1세가 평생 결혼하지 않고 후계자 없이 타계했기 때문이다.

에든버러에 있던 제임스가 영국 왕위 계승의 소식을 듣고 크게 기뻐했을 것은 너무도 당연한 일이다.

GUSTAV ADOLF

구스타프 아돌프

북방의 사자 왕

DATA
생몰 : 1594~1632
재위 : 1611~1632
지역 : 스웨덴
왕조 : 바사 왕가

신구교 항쟁으로 시작되어 독일 전역을 황폐하게 만든 30년 전쟁. 이 전쟁 말기에 궁지에 몰린 신교측을 도와 단숨에 전세를 역전시킨 스웨덴 국왕 구스타프 아돌프는 어떤 인물이었을까?

배경 — 30년 전쟁

30년 전쟁의 근원은 그로부터 약 100년 전에 있었던 루터의 종교 개혁으로까지 거슬러 올라간다. 교회의 부패에 이의를 제기하고, 깨끗하고 경건한 신앙의 부활을 희망한 루터의 개혁은 단순한 신학 논쟁에 머물지 않고 독일 제후(諸侯)의 권력 투쟁의 도구가 되었다. 신교는 교황, 나아가서는 황제에 반대하는 세력의 기치가 되었고 농민층의 계급 투쟁과도 이어져서 국내에 여러 소란을 불러일으켰다.

1555년에 아우구스부르크에서 종교화의(宗教和議)가 이루어져 제후에게는 종교의 자유가 인정되었지만 신구교 제후의 대립 관계는 여전히 청산되지 않았다. 그것은 종교적 대립이 원인이 아니었기에 당연한 결과였다고 하겠다. 뿌리 깊은 투쟁은 이후 100년 동안 계속되었고, 마침내 1618년 전쟁이 되어 폭발했다.

국내가 안정되지 못했던 독일은 주변국들의 표적이 되었다. 우선 덴마크가 신교군을 구한다는 명목 아래 북독일을 점령하는 데 착수했다. 덩달아 영국과 네덜란드, 그리고 합스부르크가(家)를 무너뜨리고 싶어하는 프랑스도 가세했다. 합스부르크가의 동포 바이에른 공(公)과 스페인은 궁지에 몰린 황제에게 사신을 보내 군대를 빌려주겠다고 했다.

그러나 여유가 없던 황제는 용병대장 바렌슈타인을 고용했는데 그는 의외로 강하여 상황은 곧 황제군에게 유리하게 돌아섰다.

덴마크를 격파하고 신교 제후를 궁지에 몰아넣은 황제는 1629년 '회복 칙령'을 내려 구교의 실지(失地) 회복을 도모하는 한편 신교를 억압했다. 이때 황제의 세력은 독일 북방, 발트해 연안에까지 미쳤고 일단 황제의 절대 주권이 확립되는 듯이 보였다.

하지만 발트해에 다른 세력이 미치는 것을 참을 수 없는 사람이 있었다. 바로 북방의 사자 왕 구스타프 아돌프였다.

태생 ─ 바사 왕가

구스타프 아돌프는 열일곱 살 때 왕위를 계승했다. 그는 어릴 때부터 영명(英明)해 부왕 카를 9세는 그를 매우 신뢰했다. 카를 9세가 병상에 쓰러져, 러시아·폴란드·덴마크의 포위망의 위협이 다가왔을 때도 작은 아돌프의 머리를 쓰다듬으며 "이제 이 아이가 할 것이다"라고 중얼거리곤 했다. 왕위를 이은 아돌프는 아버지의 기대를 저버리지 않았다. 왕위와 함께 이어받은 덴마크와의 전쟁, 러시아와의 항쟁을 뛰어난 외교 수완으로 종결짓고 내정을 개혁하고 국력을 충실히 하는 데 힘썼다.

스웨덴은 인구 100만 명의 자원도 부족한 농업국이었지만 그 병력은 유럽 어느 나라에도 뒤지지 않았다. 보병과 기마의 혼성 전술을 사용해 기동성을 중시한 용병(用兵), 그리고 공성전 병기였던 대포를 처음으로 야전(野戰)에 도입한 것도 그였다. 스웨덴군의 막강함은 폴란드를 상대로 했을 때 입증되었고, 선봉에 선 아돌프는 폴란드 각지에서 싸워 승리를 거머쥐었다.

또한 스웨덴의 국력이 커진 것도 구스타프의 중상주의적(重商主義的) 발트해 정책의 결과였다. 발트해는 스웨덴의 생명선이었던 것이다.

전쟁터로 **포메라니아 상륙**

구스타프는 황제군의 발트해 진출을 간과할 수 없었다. 게다가 프랑스 재상 리슐리외가 전쟁에 드는 비용을 빌려주겠다고 제안했다. 제국 내의 합스부르크가(家)를 쳐서 스페인 합스부르크가에 타격을 입히고 싶어하는 프랑스의 의도는 명백했다.

프랑스의 제안을 거절할 이유도 없었다. 구스타프는 신교를 보호한다는 명목하에 싸우러 갔다. "나는 정복하기 위함이 아니라 신앙의 적을 쫓아내기 위

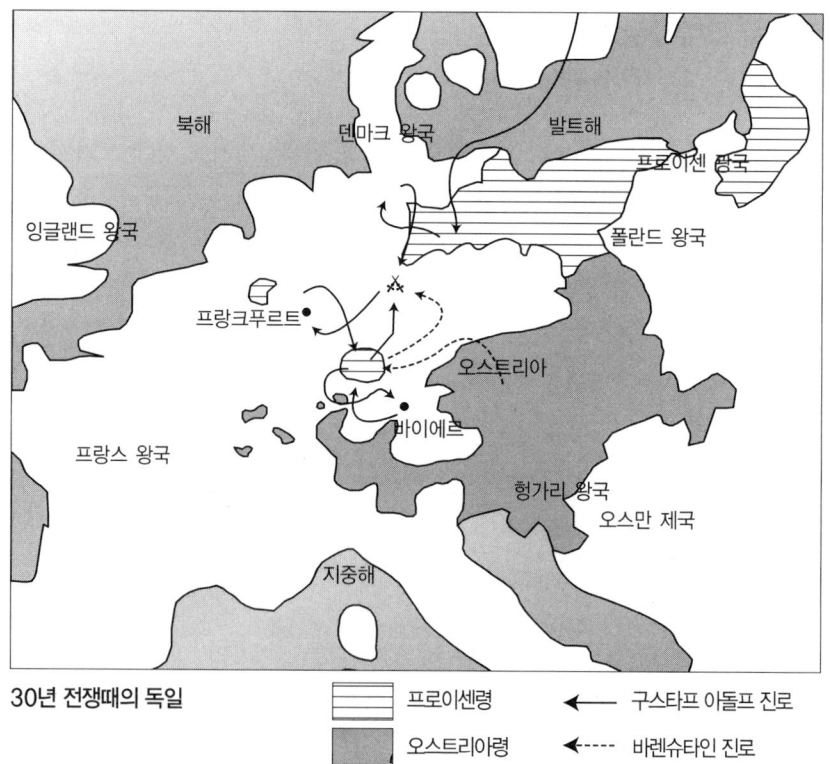

30년 전쟁때의 독일 　　프로이센령　　← 구스타프 아돌프 진로
　　　　　　　　　　오스트리아령　　←--- 바렌슈타인 진로

해 왔다"고 말하긴 했지만 '신앙의 적' 구교 국가인 프랑스와 손을 잡았으므로 그다지 설득력은 없었다.

실제로 구스타프에게는 상당한 정복욕이 있었는데, 그는 자신이 고대 고트 민족의 직계 후예라고 했고 일찍이 유럽 전체를 석권했던 고트 왕 베리크와 마찬가지로 유럽의 패자가 되려고 했다.

1630년 포메라니아에 상륙한 구스타프는 독일 국내의 신교 제후들에게 황제편에 서거나 스웨덴 편에 설 것을 통지했다. 중립은 허용하지 않았다. 그러나 작센과 브란덴부르크의 선제후(選帝候)는 평소처럼 중립을 결정하고 제3의 세력이 되었다. 구스타프는 그들을 무시하고 진격을 개시했다.

황제를 비롯한 빈 정부는 대수롭지 않게 여겼다. 결국 구스타프 아돌프 편에 선 제후(諸侯)는 5명에 불과했고 그 중에서 군사력을 가진 것은 한 사람뿐이었다.

그러나 구스타프는 강했고 상황도 그에게 유리해졌다. 구스타프와 동맹을 맺은 크리스천 빌헬름의 본거지 마그데부르크 시를 황제군의 장군 티리가 습격했다. '투구와 갑옷을 걸친 수도사' 티리가 신교를 지지하는 도시에 인정을 베풀 리 없었다. 그는 도시를 철저히 파괴했고 사람들을 학살했다. 도시는 3일에 걸쳐 불탔으며 시민 3만 중 2만 5천 명은 목숨을 잃었다. 나머지 5천 명은 거의 여성으로서 폭행의 대상이 되었다. 그야말로 지옥 같은 '마그데부르크의 참극'이었다.

이 상황을 목격한 대부분의 중립 세력이 스웨덴군에 가담했다. 1631년에 브라이텐펠트에서 티리가 이끄는 황제군과 구스타프 아돌프의 군대가 대치했다. 양쪽에 기병, 중앙에 보병이 위치한 각각 4만의 병력이었다.

그러나 티리의 보병대가 전통적 밀집방진(密集方陣, 테르시오)을 취했는데 구스타프의 보병대는 밀집대형을 취하지 않았다.

기병 소대의 포진도 여유를 갖고, 벌어진 소대(小隊) 사이에는 머스켓 총 소대를 두었다. 소대는 5명이 1조였고 교대로 연속적으로 총격을 가했다. 결과적으로 구스타프군의 총격 속도는 티리군의 3배. 게다가 약 500문이나 되는 압도적인 수의 야전포가 작열탄과 산탄(散彈)을 쏟아지게 하였다.

승산 없는 싸움이었다. 티리는 오른팔이 산산조각나는 부상을 당하고 가까스로 도망쳤다. 이 승리를 기념해 드레스덴에서는 감사제가 열려 오랫동안 계속되었다고 한다.

정복자 구스타프 아돌프 — 갑작스런 죽음

구스타프 아돌프는 영웅이 됨과 동시에 정복자로서의 모습도 보이기 시작했다. 독일 제후가 점차 불안한 기색을 보이기 시작하는 한편, 구스타프는 유랑의 선제후 프리드리히를 신하로 맞으려 했다. 선제후의 주군은 황제뿐이었다. 실제로 그는 이 시기에 '내가 황제가 되면……'이라고 편지에 쓰기도 했다. 한편 로마 황제는 눈에 거슬려 파면했던 바렌슈타인을 다시 한번 전쟁터로 불렀다.

바렌슈타인은 즉시 마음이 약해져 있던 작센 후작을 매수하여 신교군을 해체하는 데 착수했고, 작센 후작은 그 작전에 넘어갔다. 구스타프는 놀라워했지만 때는 이미 늦어 빈까지 침공할 수는 없는 상황이었다. 바렌슈타인을 물리치는 수밖에 없다고 생각한 그는 뤼첸(독일 라이프치히 근교-옮긴이)의 대전투에 임했다.

그러나 이 전투가 구스타프의 마지막 전쟁터가 되었다. 평소처럼 진두에서 지휘하던 구스타프를 한 발의 유탄(流彈)이 포착했다. 영웅의 죽음은 그렇게 갑자기 찾아왔다. 전쟁에 승리했지만 왕은 돌아오지 않았다. 이때 구스타프 아돌프는 서른일곱 살이었다.

후일담 — 이전투구는 계속되다

구스타프 아돌프는 스웨덴의 역대 왕들 중에서 가장 사랑받는 왕이 되었다. 군사뿐 아니라 경제, 외교 모든 면에서 스웨덴을 북유럽 제일의 대국으로 끌어올렸기 때문이다. 하지만 그 또한 30년 전쟁에 종지부를 찍지는 못했으며 전쟁은 당사자 모두가 완전히 지칠 때까지 16년 동안이나 계속되었다.

LOUIS XIV

루이 14세

절대적인 태양왕

DATA
- 생몰 : 1638~1715
- 재위 : 1643~1715
- 지역 : 프랑스
- 왕조 : 부르봉 왕조

전성기에는 '태양왕'이라 극찬받고 절대왕정의 정점에 앉았던 루이 14세. 그는 프랑스 역사상 가장 강한 권력을 가진 왕이었다. 하지만 더없는 권세를 누린 그에게도 몰락은 찾아왔다.

배경 — 여명 전야

16세기 말의 프랑스는 신교와 구교의 대립, 거기에 동반하는 궁정 세력의 항쟁이 심화되어 심각한 상황이었다. 17세기 중엽까지 문제들은 어느 정도 진정되었지만, 대귀족들은 강력한 권력을 갖고 왕권을 위협했다. 게다가 '낭트 칙령'(1598년 앙리 4세가 낭트에서 공포한 칙령. 신교파인 위그노에게 조건부 신앙의 자유를 허용하면서 약 30년간 지속된 프랑스의 종교 전쟁, 일명 위그노 전쟁을 종식시켰다 – 옮긴이)으로 신앙의 자유가 인정된 신교도들의 세력도 골치아픈 문제였다. 그런 정세 속에서 루이 14세는 아버지 루이 13세의 뒤를 이어 1643년에 즉위했다.

어린 루이를 대신해 재상 마자랭이 국정을 움직였는데, 왕권 강화를 위해 귀족들의 힘을 꺾으려다 오히려 귀족들의 반란을 초래하고 말았다. 하지만 반란은 평정되어 국내는 안정되고 왕권은 강력해졌다. 그리고 마자랭이 죽은 후에 루이 14세는 본격적으로 정치에 나섰다. 그가 다져 놓은 왕국의 기반을 더욱 확고부동한 것으로 만들기 위해.

짐은 국가이다 — 태양왕 루이

루이 14세는 '국왕은 나라를 다스리기 위해 권력을 위탁받은 것에 불과하다'는 '국왕 기관설(國王 機關說)'을 부정했다. 왕(즉 그 자신)의 권력은 신에 의해 승인된 것이므로 당연한 것이며 왕권을 방해할 권리를 가진 것은 아무것도 없었다. 절대적 왕권을 제약하는 것은 신의 법, 왕국의 법(이전의 왕이 정한 법)뿐이었다. 루이는 철저히 자기를 합리화했고 절대성을 신뢰했다. '태양왕'은 국민들이 보낸 찬사가 아니라 루이가 자신에게 붙인 존칭이었다.

1655년 파리의 고등법원에서 루이 14세는 왕의 절대성을 만인에게 다시 한번 인식시킬 만한 유명한 말 — 짐은 국가이다 — 을 남겼다.

그러나 그는 권력을 함부로 휘두르는 폭군은 아니었다. 그것이 허용되지 않는다는 사실을 스스로 잘 알고 있었기 때문이다. 왕권은 신이 부여한 신성

한 것이므로 왕은 자신의 왕국을 위해 최선을 다해야만 했다. 영토 확보, 국위 선양, 경제 발전 등 루이는 왕으로서의 의무를 성실히 완수하려고 했다.

중상주의 실패의 시작

루이 14세가 임명한 재무총감 콜베르는 공업 생산력을 높이고 무역을 통해 경제 발전을 촉진했고 동인도 회사 등의 해외무역 거점을 구축, 발전시켰다. 그의 노력으로 국고는 한때 윤택해졌다.

하지만 계속되는 전쟁으로 구매력은 저하되었고 그로 인해 공업 제품은 이익을 거두지 못했으며, 해상무역은 저해받아 프랑스의 경제력은 쇠퇴했다. 결과적으로 실패한 것이다. 루이 14세가 좀더 신중했더라면 상황은 달라졌을지도 모른다.

허울 좋은 이름 루이14세라는 인물

"무엇보다 중요한 것은 나 자신의 명성을 확립하는 일이다"라는 그의 말은 왕의 위대함을 보여 '위대한 프랑스'를 알리려 했던 수준 높은 유머라기보다는 지나친 자기 과시욕의 표현으로 느껴진다. 그 정도로 그는 자신을 '위대한 왕'으로 연출하고 싶어했고 칭찬에 약했다.

생시몽 대공(大公)의 수기를 보면 "그는 칭찬, 감언, 아첨을 좋아했고 속이 뻔히 보이는 말에도 기뻐했으며 너무도 비열한 겉치레 인사도 좋아했다. 순종적이며 비굴한 태도를 취하는 것이 국왕을 기쁘게 하는 비장의 방법이었다"라고 적혀 있다.

그러니 국왕 주변에는 간신들만 들끓었다고 한다. 생시몽 대공은 루이 14

세의 결점뿐 아니라 그가 지닌 카리스마성도 솔직히 평가했으므로 위의 내용이 일방적인 중상(中傷)만은 아닌 것 같다.

루이 14세는 예술가들에게 자금을 원조하여 그를 칭송하는 시, 그림 따위를 만들게 했을 뿐 아니라 그 작품들을 매우 아껴 예술가들에게 상이나 작위를 주었다. 프로이센 대사였던 슈판하임은 이렇게 평했다.

"왕은 주는 것도 좋아하지만 모으는 것은 더욱 좋아한다. 왕의 후원이나 은혜는 대개 이해(利害)에서 나오는 것이며 과시하기 위해 수여하고 있다."

어용 예술가들에게는 그야말로 살기 편한 시대였을 것이다.

실정 ─ 전투로 채색된 생애

루이 14세는 재위 기간 동안 계속 전쟁을 했다. 영국·스페인·네덜란드 연합, 신성 로마 제국, 독일 제후 등 유럽 전체와 맞서 싸웠다고 해도 과언이 아닐 정도였다. 재위 전반기에는 수없이 승리를 거두었고 플랑드르 등의 영지를 획득해 갔다.

루이 14세는 종교에도 손을 뻗어 카톨릭 외에는 탄압하기 시작했다. 모든 것은 그에게로 통일되어야 하며 종교도 예외가 아니라는 생각에서였다. 1685년 낭트 칙령은 폐지되었고, 종교 또한 국왕의 이름으로 통일되었다.

하지만 이 정책은 나중에 프로테스탄트의 무장봉기를 초래하는 화근이 되었을 뿐 아니라 칙령 폐지에 반발하는 나라들과 싸우게 되는 원인으로 작용했다. 성속(聖俗)을 불문한 '전쟁'은 그를 화려하게 채색했지만 그것도 승리했기에 있는 전훈(戰勳)이었다. 재위 만년에는 패배를 거듭해 위신과 국력을 잃어갔다.

일식 — 해가 가려질 때

루이 14세의 자신감은 날이 갈수록 오만과 독선으로 변해 갔다. 또한 계속되는 전쟁에 국고 지출은 늘어났고 국민들은 무거운 세금으로 이를 충당해야만 했다.

그 결과 국민들은 점점 피폐해졌고 국왕의 '위대한' 궁정(宮廷)은 더욱 사치스러워졌다. 궁정 내에서는 새로운 관직이 생겨났고 부르주아 계급은 돈으로 관직을 사들였다. 궁정 자금을 조달하기 위해 관직을 사고팔았기 때문이다.

대신 퐁샤르트란은 "폐하가 관직을 만드시면 신(神)은 그것을 살 바보를 만드신다"라고 말했다고 한다. 어디에서도 국왕에 대한 외경심 같은 것은 찾아볼 수 없는 말이다.

루이 14세는 이렇듯 프랑스인들의 마음에서 멀어져갔다.

떠오른 해는 진다 — 태양왕의 몰락

루이 14세를 믿는 사람은 이제 아무도 없었다. 이미 프랑스에서 그를 '태양왕'이라 칭송할 자는 아무도 없는데도 그는 여전히 자신을 믿고 있었다. 그리고 결국 그 위신을 회복하지 못한 채 병이 들었다.

"나는 죽지만 왕국은 불변한다."

죽음을 앞둔 그의 너무나도 쓸쓸한 고백이었다. 그의 신념은 결국 무너져 국왕 기관설을 인정하게 된 것일까? 자기가 없어도 (그리고 왕이라는 존재가 없더라도) 국가는 유지된다……. 그것은 태양왕이 죽음의 문턱에서 깨달은 진실이었는지도 모른다.

1715년 9월 1일, 추락한 태양왕, 지는 태양 같은 루이 14세는 세상을 떠났다. 프랑스 국민들은 프랑스를 불행으로 내몰았던 그의 죽음을 애도는커녕 오히려 기뻐했다.

과대망상적인 절대왕정은 허무하게 사라져간 것이다.

GEORGE I
조지 1세

기벽의 국왕

DATA
생몰 : 1660~1727
재위 : 1714~1727
지역 : 영국
왕조 : 하노버 왕조

근대인들은 적성에 안 맞는 직업에 종사하지 않아도 된다. 이 말은 곧 예전에는 그렇지 않았다는 뜻인데, 특히 불행한 것은 왕이 되지 않아야 할 사람이 권력자가 된 경우가 아닐까?

배경 — 왕권을 둘러싼 싸움

'앞으로의 왕위는 스튜어트가(家)의 피를 잇는 프로테스탄트'가 아니면 계승할 수 없다. 1701년에 반포된 왕위 계승령의 내용이다. 이런 법령을 내놓은 이유는 카톨릭과 프로테스탄트 중에서 어느 쪽 국왕이 되는가 하는 것이 정책상 중요한 문제였기 때문이다. 현대를 사는 우리들로서는 상상하기 힘들지만, 그 문제로 혁명(명예혁명)이 일어날 정도이므로 간과할 수 없는 사안이었다.

그런데 어이없게도 법령이 발포(發布)된 지 불과 10년이 채 못되어 스튜어트 왕가는 망하고 말았다. 우여곡절 끝에 조지1세가 국왕 후보로 뽑혔다.

태생 — 하노버가

조지 1세는 독일의 선제후(選帝候) 집안 중 하나인 하노버가(家) 출신이었다. 스튜어트 왕가의 시조가 된 제임스 1세의 자손이긴 했지만, 아주 먼 친척이었다. 이미 왕위 계승자 중에서 프로테스탄트는 그밖에 없는 상황에서 쉰네 살의 조지(혹은 독일 귀족 게오르규)는 왕위 계승에 대해 망설이고 또 망설였다.

그가 망설인 이유 중 하나는 영국 내에서 게오르규를 맞이하는 데 반발이 있었기 때문인데, 국외에서 왕을 맞이하기는 어려운 일이었을 것이다. 그 중에서도 스튜어트 왕가 지지파 등은 암살도 불사할 태세였다. 그리고 또 한 가지 이유는 그가 영어를 못한다는 것이었다.

결국, 영국 정부가 국회의원의 충성 맹세를 얻어내고 궁정비(宮廷費)로서 연간 70만 파운드를 갹출하는 것을 조건으로 마침내 승낙하게 하였다. 1714년 9월 20일, 게오르규는 런던에 도착해 조지 1세로 즉위한다.

별난 버릇 왕의 여성 관계

조지 1세측이 마지못해 왕위를 계승했다면, 독일에서 국왕을 맞이하는 영국 국민들 역시 불평투성이였다. 이 국왕이 신통치 않은데다가 취미 또한 유별나 미인을 싫어하고 박색을 좋아하는 것이었다.

조지 1세는 영국에 올 때 애인 두 명도 함께 데리고 왔는데, 그 중 하나인 에렌걸트 슈렌부르크는 5월 축제에 쓰는 긴 봉의 이름을 따 '메이폴'이라고 불릴 만큼 깡마르고 키가 컸다. 샤롯테 킬만세게라는 여자는 '코끼리'. '아이가 겁내는 것도 당연한 여자'라고 불릴 정도였다.

그런 한편 조지 1세는 부인 조피 도로테아를 독일의 아르덴 성에 불륜을 이유로 가두어 두고 있었다. 조피 도로테아는 딸을 하노버 제후의 비(妃)로 만들려는 아버지가 막대한 지참금을 딸려 보내 억지로 조지 1세와 맺어지게 된 사이였다. 그녀는 조지 1세에게서 받은 기념품을 던져 버리고 울었다고 한다. 게다가 시어머니는 그녀의 신분이 낮다고 미워하며 못살게 굴었다.

그녀가 딸과 아들을 한 명씩 낳았다는 것이 이상할 정도이다. 그런 조피 도로테아를 스웨덴의 불량한 귀족이 농락하기란 식은죽먹기였다. 1689년에 불륜이 발각되자 조지 1세는 그녀를 32년 동안이나 유폐시켰다.

당연히 아들은 어머니 편을 들어 부왕에게 반발했고, 이에 격노한 조지 1세

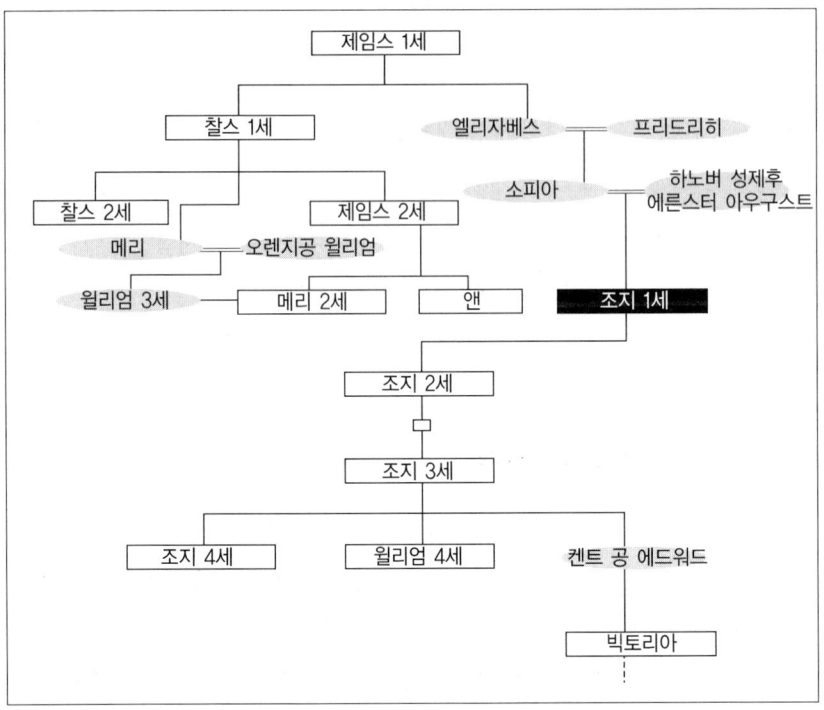

조지 1세 계보

는 아들마저 감금하고 부자의 연을 끊어 버렸다.

추문 거품의 붕괴

조지 1세는 사생활뿐 아니라 정치적으로도 실격자였다. 그는 영어를 못했는데 궁전의 대신들과는 프랑스어로 대화할 수 있었기에 공무에 지장이 없었다는 얘기도 있지만, 아무튼 그가 적극적으로 정치를 했다는 흔적은 찾아볼 수 없다.

그런 중에 정치·경제적 대사건, 즉 1720년에 일어난 '남해포말사건(South Sea Bubble)'이 일어났던 것이다. 이 사건은 정부가 만든 금융회사인 남해(南

海)회사가 자사 주식의 가격을 끌어올리려고 그 인기를 부추긴 데서 비롯되었다.

순식간에 영국에 투기 열풍이 일었으나 곧 그것은 터지고 말았다. 영국판 거품 경제의 붕괴였다. 1720년 4월에 100파운드였던 주가가 430파운드까지 올라가 6월 22일에는 890파운드, 6월 말에는 1000파운드에 달했다. 하지만 8월에 700파운드대까지 내려간 주가는 9월에는 190파운드까지 하락했다. 그 결과 파산자들이 속출했고 자살하는 사람들도 많았다. 게다가 당시의 정부 고관 여러 명이 남해 회사로부터 뇌물을 받아 조사 위원회가 '메이폴' 에렌걸트에게도 처벌을 요청하는 등 혼란은 더욱 가중되었다.

수상 얄궂은 관습

이 소동 속에서 로버트 월폴은 행정가, 경제 전문가로서 뛰어난 수완을 발휘해 사태 수습에 임했다. 1722년 4월, 월폴은 '프라임 미니스터(prime minister)'라는 자리에 앉았다. 로버트 월폴이 영국의 초대 수상이 된 것이었다.

영국의 의원 내각제를 민주 제도의 모델로 알고 있지만, 이것은 엄밀히 말하면 잘못된 것이다. 그도 그럴 것이 영국에서는 형식적이기는 하지만 행정, 사법, 군사의 최고책임자는 국왕이지 수상이 아니기 때문이다. 의회도 국왕의 권력을 제한하기 위해 지주와 자본가가 형성한 것이므로 본래는 왕권과 대립 관계였다.

국왕이 통치의 책임을 내던지고 의회에 일임한 결과, 여당이 내각이라는 정치 담당 팀을 만들어 실무를 행한 것이지 민의(民意)를 정치에 반영시키기 위한 장치는 아니었던 것이다. '내각'으로 번역되는 '캐비닛(cabinet)'은 본래 '밀실(密室)'을 뜻하는 말이었다는 점이 이를 뒷받침해 준다.

요컨대 의원 내각제나 내각 책임제 등은 본래 나태해서 제 구실을 못하는 왕정(王政)이 제 기능을 하게 만들려는 관습일 뿐 민주주의를 위한 것은 물론 제도도 아니었던 것이다.

한 마디로 영국의 정치 체계에는 이처럼 다소 엉뚱하고 별난 부분이 있다고 하겠다.

영국에는 성문화(成文化)된 헌법이 없어도 오랜 역사의 저력으로 잘 유지되고 있지만 의원 내각제가 생겨날 수밖에 없었던 역사적 배경도 알아 두면 좋을 것이다.

말로 — 저주의 편지

1726년, 혼란 속에서도 두 애인과 함께 유유자적한 생활을 하고 있던 조지 1세에게 아내 조피 도로테아가 사망했다는 소식이 전해졌다. 냉혹하기 그지없는 조지 1세는 그녀의 유해를 영국으로 옮겨 왕비로서 장사지내지도 고향으로 돌려보내지도 않고 유폐지인 아르덴에 묻는 것으로 충분하다고 말했다. 그녀를 동정한 사람들이 명령을 무시하고 유해를 고향으로 옮겨 장례식을 치러 주었다.

조피 도로테아가 죽은 다음해인 1727년 6월, 하노버를 향하는 조지 1세의 마차에 편지 한 통이 날아왔다. 그 안에는 '신의 심판대에서 나와 만나는 게 좋을 것이다. 심판을 받는 것은 내가 아니라 당신이다'라고 쓰여 있었는데 바로 조피 도로테아가 그에게 보낸 저주의 편지였다. 그는 절규했고, 얼마 후에 공포에 떨며 죽어갔다.

PYOTR I

표트르 1세

북방의 야인

DATA
생몰 : 1672~1725
재위 : 1682~1725
지역 : 러시아
왕조 : 로마노프 왕조

러시아는 여러 번 혼란에 빠졌고 그리고 다시 한번 강국으로 일어났다. 18세기 초, 혼란으로부터 어렵게 재기한 러시아는 표트르 1세 때에 북방의 발트해로 눈을 돌린다.

배경 17세기 러시아

17세기 프랑스에서는 화려한 예술이 꽃을 피웠고, 네덜란드와 영국은 신대륙과 인도와의 통상으로 부를 쌓아가고 있었다. 그 무렵 러시아는 어떠했을까? 우선 '동란(動亂, 스므크)'이라 불리는 대혼란기가 있었다. 뇌제 이반 4세가 죽은 후에 농민 봉기, 가짜 왕자의 침입, 폴란드군(軍)의 모스크바 점령 등의 사태가 잇달아 일어나 내정이 극심한 혼란 상태에 빠졌다.

폴란드와 스웨덴 등 외국의 군대를 어렵게 물리치고 러시아인의 로마노프 왕조가 성립하자 이번에는 외국 공포증의 시대가 왔다. 러시아 국경으로부터 나오는 것은 귀족에게 있을 수 없는 일로 여겨졌고 남자들은 모두 러시아풍의 수염을 길다랗게 길렀다(러시아에서는 옛날부터 수염은 권위의 상징이며 상대 수염을 뽑거나 깎는 것은 최대의 모욕으로 간주했다).

그런 러시아에 열 살짜리 황제 표트르 1세가 즉위했다. 처음에는 누나와 어머니가 정무(政務)를 보았고 어린 황제는 전쟁놀이, 배타기놀이로 소일했다.

소년 전쟁놀이, 배타기놀이

그의 놀이는 철저했다. 전쟁놀이는 실전 연습과 마찬가지였고 나중에는 진짜 총과 대포를 사용해 소형 요새를 공략하여 종종 사상자까지 나올 정도였

다. 배타기놀이에서는 호수에 돛단배를 띄우고 모스크바 교외의 외국인 마을(외국의 상인들과 러시아인과의 종교적 분쟁을 피하기 위해 외국인을 한 장소에 모아 거주하게 한 것. 일본 에도 시대의 데지마=出島에 가깝다)에 드나들며 조선(操船) 기술과 천체 관측술을 익혔다.

청년 놀이, 현실이 되다

곧 성인이 된 그는 명실공히 황제가 되었다. 표트르는 매우 활동적인데다 2m를 넘는 장신에 타고난 장사요 술을 좋아했으며 항상 도끼와 망치를 사용하고 있었다. 격식을 차리지 않는 성격이라 구운 고기를 손으로 집어먹기를 좋아했다. 초대를 받으면 빈자리에 덥석 앉아 실컷 먹고 마시고는 장소를 가리지 않고 낮잠을 자곤 했다.

그는 친정을 시작하자 즉시 흑해 연안의 터키 요새 아조프로 원정을 떠났지만 참패하고 만다. 군함을 만들어 2년 후에 재반격하여 요새를 함락시켰다.

이듬해에는 250명의 대사절단을 이끌고 주위의 만류도 아랑곳하지 않고 서유럽으로 여행을 떠났다. 명목은 서유럽의 뛰어난 문명을 배우기 위해서였지만 실은 성대하게 배를 만들거나 신식 대포를 쏘고 싶어 견딜 수 없었던 것이다. 가는 곳마다 음주와 여흥을 즐겼고 야만인 같은 행동으로 주위 사람들을 놀라게 하면서 문명과 기술을 흡수했다.

장년 가위와 집게를 쥔 황제

서유럽 여행에서 돌아온 황제는 돌아온 첫날 아내도 만나지 않고 군대 동료들과 밤새워 술을 마셨다. 이튿날 아침, 귀족들이 그의 심기를 살피러 찾아왔다. 황제는 아주 기분이 좋은 듯 여행 얘기를 하다 갑자기 오른손의 가위를 내보였다. 가위는 눈 깜짝할 사이에 귀족들의 수염을 잘라 냈다. 남자로서 최대의 모욕을 당한 귀족들은 그저 어이없을 뿐이었다. 하지만 이것은 비극(보기에 따라서는 희극)의 시작에 불과했다. 황제는 '서양을 본받아 나라를 근대화하려면 우선 구폐(舊弊)의 상징인 수염부터 잘라야 한다'고 생각했는지, 5일 후에 어릿광대에게 시켜 나란히 서있는 귀족들의 수염을 싹둑 자르게 했다.

게다가 엉뚱하게도 그는 서유럽에서 발치술(拔齒術)도 배워 귀족들의 치아를 조사해 나쁜 이를 빼고 싶어했다. 방법은 집게로 힘껏 잡아빼는 것이었는데 그 힘이 너무나 세서 때로는 잇몸의 살점까지 떨어져나갈 정도였다고 한다.

숙적 북방 전쟁

황제가 좋아하는 것은 가위와 집게뿐이 아니었다. 대포도 아주 좋아해서 폴란드와 덴마크와 손을 잡고 스웨덴에 싸움을 걸었다. 국가의 상업을 활발하게 하려면 해양무역을 해야 했고, 그 발판으로 스웨덴을 격파하여 발트해로 진출해야 된다고 생각했던 것 같다.

하지만 스웨덴은 구스타프 아돌프 이후로 무예를 숭상하는 국가였다.

명장 카를 12세가 이끄는 스웨덴의 총병·포병 앞에 러시아 귀족들의 기병대는 크게 패했다. 여기서 카를은 러시아는 다시 회복할 수 없을 것이라 여기고 공격의 화살을 폴란드로 돌렸다.

그러나 러시아는 다시 일어섰다. 표트르는 패전 후에 본격적으로 근대군을 만들기 시작했다. 당시 유럽 군대는 용병(傭兵)이 주류를 이루었으나 스웨덴만은 징병(徵兵)에 의한 국민군을 주력으로 삼고 있었다. 표트르는 스웨덴을 따라 징병제를 도입해 대군(大軍)을 모집했다. 그리고 교회의 종의 1/3을 거두어들여 대포의 지금(地金)으로 사용해 1년 만에 300문의 포(砲)를 만들어 냈다. 발트해 연안의 습지에 큰 요새를 구축하고 요새 옆에는 거대한 돌로 만든 도시를 건설해 수도를 모스크바에서 그곳으로 옮겼다.

하지만 북극권의 진창 속에 수도를 만든다는 것이 쉬운 작업은 아니었다. 사람들은 악천후, 이질, 괴혈병으로 쓰러져갔고 그렇게 많은 희생자들을 내고 건설된 도시가 상트페테르부르크(레닌그라드)였다. 표트르가 생각하기에 이 수도에는 세 가지 이점이 있었다.

- 서유럽과의 통상에 편리한 항구 도시이다.
- 스웨덴에 가까워서 적의 동향에 즉각 대응할 수 있다.
- 모스크바 같은 뿌리깊은 전통이 없어 자기 손으로 처음부터 만든 수도이다(수도의 이름 페테르스부르크 : '나의 도시' 라는 뜻).

표트르가 수도 건설을 서두르고 있는 사이에 카를은 폴란드를 항복시키고 러시아로 공격의 화살을 돌려 우크라이나로 쳐들어왔다. 그러나 막강함을 자랑하는 스웨덴군도 계속되는 전쟁에 지쳐 있었다. 표트르는 우크라이나에서 스웨덴을 물리쳤고, 병사 수가 적은 스웨덴은 더 이상 전쟁을 계속할 수 없었다. 표트르는 너무나 기분이 좋아 포로가 된 스웨덴의 원수(元帥)들을 연회에 불러 "나에게 전략전술을 가르쳐 준 스웨덴의 선생들께 건배!"라고 외쳤.

결국 이 전쟁에서 표트르는 지금의 핀란드, 에스토니아, 라트비아에 해당하는 토지를 스웨덴으로부터 빼앗고 유럽 열강 대열에 합류하게 된다.

유산 ── 예카테리나의 시대로

표트르는 쉰 살이 넘어서도 정력이 쇠하지 않아 자기 손이나 몸을 사용해 일하기를 즐겨했다. 그것이 화근이었다. 마침 얕은 여울에 얹힌 보트를 구하려고 한겨울 얼음물에 빠졌다가 열병을 앓았는데 그에 개의치 않고 평소처럼 많이 먹고 마셔댔다. 하지만 이것이 원인이 되었는지 그는 쉰두 살의 나이에 세상을 뜨고 말았다.

표트르가 죽은 후에 러시아는 다시 한번 혼란에 빠진다. 그러나 그가 러시아의 눈을 서유럽으로 돌려 놓은 것만은 확실했다. 러시아 황족과 유럽 왕족의 결혼도 표트르 1세 때 처음으로 이루어졌다. 그리고 수십 년 후에 독일 출신의 예카테리나는 표트르 제국의 영광을 다시 되찾는다.

프리드리히 2세

FRIEDRICH II

프로이센의 대왕

DATA
- 생몰 : 1712~1786
- 재위 : 1740~1786
- 지역 : 독일 동부
- 왕조 : 프로이센 왕국

가난한 나라 프로이센에 아버지가 남긴 8만의 대군을 이끌고 가혹한 오스트리아 계승전쟁, 그리고 7년 전쟁에서 승리하여 '대왕'이라 불린 프리드리히 2세. 프로이센을 일약 강국으로 만든 그는 어떤 인물이었을까?

배경 — 혼란의 독일

18세기 유럽에서는 중앙 집권이 진행되고 있었다. 그러나 독일은 예외였다. 30년 전쟁으로 독일의 영주들은 종교를 구실로 서로 으르렁거렸고 프랑스와 스웨덴 등도 종교를 구실로 독일에 손을 댔다. 용병(傭兵)들은 주민에게 폭력을 행사하여 재산을 빼앗고 집을 불태우고 사람들을 죽였다. 강도가 들끓는데다 전염병까지 유행했다. 일설에 의하면 독일 인구는 30년 사이에 1,800만 명에서 700만 명으로 감소했다고 한다.

1648년, 프랑스와 스웨덴군(軍)은 지쳤고 이전투구(泥田鬪狗)는 마침내 끝이 났다. 이때 베스트팔렌조약(Peace of Westfalen : 유럽사상 최초의 국제 회의로서, 베스트팔렌 오스나브뤼크에서 1648년 10월 24일 조인되었다. 독일 30년 전쟁을 종결시킨 조약)이 맺어져 신교와 구교의 세력 범위가 결정되었다. 그러나 좀더 중요한 것은 300여 개에 이르는 독일 제후(諸侯)의 영방국가(領邦國家)가 모두 외교권을 지닌 완전한 독립국으로 인정받게 된 일이었다.

하지만 신성 로마 제국은 명목상 아직 존재했으며 독일 남동부의 강국 오스트리아의 국왕이 대대로 황제를 겸하고 있었다. 300여 개의 소국(小國) 중에서는 권위나 국력 면에서 한 단계 위였고 역대 황제는 독일 재통일의 야심에 불타 있었다. 그러나 의외의 복병(伏兵)이 오스트리아 앞을 가로막게 된다. 바로 독일 동북에 위치한 소국, 프로이센이었다.

아버지 프리드리히 빌헬름 1세

엘베 강 동쪽에는 슬라브인들이 살고 있었는데, 12~13세기경부터 독일의 제후가 이 지방을 정복하기 시작해 새 국가 프로이센이 생겨났다. 첫 번째 왕 프리드리히 1세(프로이센 국왕으로서는 프리드리히 1세, 브란덴부르크 선제후로서는 프리드리히 3세)는 30년 전쟁에서 신교 편에 서서 싸웠고 크게 활약해 영토를 넓혔다.

두 번째 왕 프리드리히 빌헬름 1세는 '병대왕(兵隊王)' 이라 불릴 정도로 궁정의 예산을 삭감하고 또 삭감하여 모두 군비에 쏟아부었다. 연병장에서는 매일 몇 시간이고 같은 걸음으로 걷는 훈련이 실시되었고 일제사격에서는 단 하나의 발사음만 들릴 때까지 훈련이 계속되었다. 또한 그는 키가 큰 병사를 좋아해 체격이 큰 남자만을 모아 '거인 병단' 이라는 근위 연대를 만들기도 했다. 러시아의 표트르 1세도 그를 기쁘게 하기 위해 러시아의 체격 큰 남자들을 '1다스 정도' 보냈다는 얘기도 있다. 빌헬름 1세는 열병(閱兵) 매니아로서 실제로 전쟁은 그다지 하지 않았다. '구두쇠라서 전쟁에 돈을 쓰는 것을 싫어한다' 는 것이 한결같은 소문이었다.

아들 프리드리히 2세

그의 아들 프리드리히는 아버지와 달리 군복보다는 프랑스풍의 의상을 좋아했고, 프랑스 소설을 즐겨 읽었으며, 플룻은 전문가 뺨치는 솜씨였다고 한다. 아버지는 그를 계집애 같다며 사람들 앞에서 호통치고 손바닥으로 때리곤 했는데, 어느 기념식전에서는 이런 일도 있었다. 유럽에서 온 사절들과 손님들이 지켜보는 가운데, 빌헬름 1세는 아들을 때리고 진흙탕 속으로 들이받고는 군대의 성대한 퍼레이드로 질질 끌고 갔다고 한다.

참을 수 없게 된 프리드리히는 외국으로 망명하기로 결심했다. 아버지와 함께 남독일을 여행하던 도중에 친구 카테의 안내로 말을 구해 밤에 숙소를 빠져나갔다.

그러나 시종에게 들켜 그 얘기는 왕에게 전해졌다. 계획은 실패로 돌아갔고 프리드리히와 카테는 감옥에 갇히게 되었다. 왕은 두 사람을 사형시키려 했지만 장군들의 간언으로 아들을 사형시키는 것만은 참았다. 카테는 프리드리히 눈앞에서 참수당했고 프리드리히는 기절해 버렸다.

프리드리히는 아버지의 명령으로 큐스트린의 국유지 관리사무소의 말단 관리가 되었다. '이 큐스트린에서 프리드리히는 사람이 완전히 변했다. 하지만 남을 속이는 기술을 익힌 것뿐이라고 하는 지적하는 사람들도 있다.' 큐스트린에서 돌아온 그는 지극히 성실하고 유능한 군인이 되어 있었다. 그러나 그는 베를린에 돌아와서도 아버지와 함께 살지는 않았으며 별장에서 지냈다고 한다. 그로부터 8년 후에 죽음이 다가왔음을 느낀 부왕은 프리드리히를 불러 휠체어에 앉아 쇠약해진 목소리로 말했다.

"나는 평생 검소하게 살았으므로 너에게 8만의 정병(精兵)과 넉넉한 금장(金藏)을 남겨줄 수 있다. 유럽 군주들 어느 누구도 믿지 말아라. 군대를 축소해선 안 된다. 그리고 함부로 전쟁을 해서도 안 된다……."

프리드리히는 가만히 듣고 있었다. 그는 유럽의 군주는 어느 누구도 믿지 않았거니와 군대를 20만까지 늘리려고 생각하고 있었으니 전쟁을 일으킬 심산이 아주 컸던 것이다..

며칠 후에 아버지는 죽었다.

간섭 **오스트리아 계승 전쟁**

프리드리히는 즉위하여 프리드리히 2세가 되었다. 그 무렵 오스트리아에서도 황제가 후사(後嗣)가 없는 채로 죽었다. 딸 마리아 테레지아가 뒤를 이으려 했으나 독일에서 여자가 황제가 된 적은 없었다. 이것을 구실로 많은 나라들이 마리아 테레지아의 즉위에 반대하고 나섰다. 프리드리히는 이 가엾은 여인을 돕기는커녕, 오스트리아의 영토 슐레지엔에 군사를 보낸 다음 "슐레지엔을 주면 즉위를 인정하겠소"라고 공언했다.

당연히 마리아 테레지아는 분노했고 전쟁이 시작되었다. 마리아 테레지아는 소국 프로이센쯤이야 단숨에 압도할 수 있다고 생각했지만 실제 상황은

그림제목

예상을 빗나갔다. 프로이센군은 기존의 유럽 군대와는 전혀 다른 존재였다.

그 당시의 군대는 거의 완전히 화기(火器)로 무장했고 훈련도 전보다는 잘 이루어져 있기는 했지만 기본적으로는 아직 조직력이 부족했고, 전투대형에 닿을 때까지 천천히 걸어 몇 시간이나 걸렸었다. 즉 전투는 이 시대에도 양자의 합의 위에서 이루어졌던 것이다.

그러나 이 모든 것은……프리드리히 대왕이 등장하면서 급변한다. 프리드리히 대왕이 행한 가장 중요한 개혁은 행진을 철저히 리드미컬하게 했다는 점이다. 그 때문에 병대(兵隊)는 고도로 통제된 규율적인 태도로 행진하게 되었다. 그리하여 프리드리히는 적군의 의표를 찌르고 적이 전투를 피하고 싶어하는 때를 골라 공격을 개시할 수 있었다.

13세기의 몽골군이 지녔던 '압도적인 기동성'을 18세기의 프로이센군이 지니고 있었던 것이다. 게다가 프리드리히는 독일에 간섭하고 싶어하던 프랑스와 동맹 관계를 맺었다. 오스트리아군은 각지에서 분단되어 격파당했다. 프리드리히는 강화(講和) 조약으로 훌륭하게 슐레이젠을 나눠 갖고 의기양양하게 베를린으로 돌아왔다. 자신감을 얻은 그는 베를린에 훌륭한 궁전과 과학 아카데미를 만들고 동맹국 프랑스에서 철학자 볼테르를 불러 환대했다. 그의 자신감은 충천해 있었다.

역습 7년 전쟁

그러나 여황제 마리아 테레지아도 가만 있지는 않았다. 숙적 프랑스와 손잡고 러시아까지 끌어들여 프로이센에 포위망을 배치하였다. 프리드리히는 당하기 전에 선제 공격에 나섰다. 7년 전쟁이 시작된 것이었다.

대니건의 책 『워게임(War Game)』에서는 이렇게 묘사해 놓았다.

'재미있게도 상대 3개국에서 권력을 쥐고 있던 것은 모두 여자였다. 오스트리아는 말할 것도 없이 마리아 테레지아. 러시아의 황제도 마찬가지로 여자 엘리자베타. 그리고 프랑스의 국왕은 루이 15세(프랑스 부르봉 왕조의 왕으로 친애왕이라 불린다. 재위 1715~1774)였지만 퐁파두르 부인이 정치적 실권을 쥐고 있었다. 프리드리히는 세 여자를 상대로 전쟁을 한 셈이다.'

당시의 프랑스 · 러시아 · 오스트리아 군대는 아직 군정 개혁이 충분하지 않아 군대의 지휘관은 다분히 실력보다는 가문에 의해 선발되었다. 그러나 프로이센 보병의 기동력은 탁월했다. 프리드리히는 7년 동안 각지에서 싸워 승리를 거듭했다. 그러나 지력(地力)이 틀린데다가 3정면 작전을 써서 이긴다는 것은 아무래도 무리였다. 프로이센은 점차 궁지에 몰렸고 수도 베를린도 한때는 러시아군에 점령당했다.

그러나 운좋게도 마침 그때 러시아에서 여황제 엘리자베타가 죽고 표트르 3세가 뒤를 이었다. 어리석은 표트르는 프리드리히에 심취해 있어 십상팔구 이길 수 있는 전쟁에서 손을 뗐다. 기운을 회복한 프리드리히는 나머지 두 국가에 기적적인 승리를 거두었다.

뒤처리 — 감자와 프리드리히

전쟁에선 이겼지만 국토는 더없이 황폐해져 프리드리히는 평생을 7년 전쟁의 후유증을 처리하는 데 보내야 했다. 늪지를 간척하고 초토화된 토지를 개간했으며 가축 사료이던 남미 원산식물 감자를 식탁에 오르게 했다. 처음에는 감자의 괴이한 모양을 싫어해 '성경에 나오지 않은 악마의 식물'이라고들 하며 좀처럼 먹으려 하지 않았다. 그래서 프리드리히는 한 가지 방책을 세웠는데 '감자는 귀족만 먹어야 한다'라는 공고를 냈던 것이다. 이 작전은 성공적이어서 사람들은 모두 감자를 먹기 시작했다. 그후에 감자는 독일 전역에 보급되어 지금은 독일인의 주식이라 해도 과언이 아닐 정도가 되었다. 프리츠 아저씨(프리드리히)의 유일한 공적은 독일에 감자를 도입한 것이라는 사람들도 있다.

유산 ─ 군인들의 망상

프리드리히는 확실히 프로이센을 강국으로 만들어 빌헬름 1세의 정복사업의 토대를 마련했다. 그러나 그가 남긴 부정적 요소 또한 많은 것이 사실이다. 훗날 독일 군인들은 프리드리히의 전승(戰勝)에 현혹되어 두 차례에 걸쳐(제1, 2차 세계대전) 2정면 작전을 썼다가 패배했다. 1945년 패전 직전의 히틀러는 방공호에서 측근에게 프리드리히 대왕의 전기를 낭독하게 하고 갑자기 미국과 영국이 화평을 요구해 상황이 변하지 않을까 기대했다고 한다.

EKATERINA II

예카테리나 2세

숭상받은 여황제

DATA
생몰 : 1729~1796
재위 : 1762~1796
지역 : 러시아
왕조 : 로마노프 왕조

표트르 대제의 사업을 이어받아 러시아를 다시 한번 강성하게 만든 여황제 예카테리나. 그러나 그녀는 평생 어리석은 남편의 '망령'에 고통받아야 했다.

배경 / 혼란스런 러시아

표트르 대제가 죽은 후에 러시아는 다시 한번 혼란기에 접어들어 37년 동안 7명의 황제가 바뀌었다. 국고는 바닥났으며 군대의 급료는 늦게 지급되었고 표트르 대제가 만들어 놓은 선단(船團)은 수리되지 않은 채 처참한 몰골로 항구에 방치되어 있었다. 이때 독일 태생의 예카테리나 2세가 차르에 즉위하게 된다.

여황제 / 계몽 전제 군주 예카테리나

프로이센의 가난한 귀족의 딸이었던 예카테리나(독일명 조피)는 운좋게도 러시아 황태자의 아내가 되었다. 러시아에 와서는 신교에서 러시아 정교로 개종하고 러시아어를 열심히 익혀 러시아인이 되고자 노력했다.

곧 남편 표트르(표트르 3세)는 황제의 자리에 앉게 되었다. 그는 지능이 낮았으며 장남감 병정 놀이를 좋아했다. 그런데 문제는 표트르 3세가 어처구니 없게도 현재 러시아가 싸우는 상대인 프로이센의 프리드리히 2세에 심취해 있었다는 것이다. 그는 즉위하자마자 다 이긴 바나 다름없던 7년 전쟁에서 손을 떼고, 군대에 프로이센식 군복과 규율을 강제했다. 그러면서도 군대의 급료는 8개월치나 늦게 주었다. 마침내 예카테리나는 군대를 자기 편으로 만들

어 쿠데타를 일으켜 남편에게서 차르의 자리를 빼앗았다. 표트르 3세는 1주일 후에 죽고 말았다.

예카테리나는 재위 기간 동안 터키를 격파하고 흑해 북안 일대를 차지했으며, 프로이센·오스트리아와 손잡고 폴란드를 분할했다. 훗날의 스탈린과 마찬가지로 약한 자에게는 철저히 강한 여자였던 것이다.

국내에서는 서유럽 문화를 왕성하게 도입함은 물론, 프랑스의 계몽 사상가들과 편지 왕래를 즐겨했다. 그러나 프랑스에서 혁명이 일어나자 곧바로 공화주의적 출판물을 단속했다.

그녀에게는 여러 명의 애인이 있었다. 그러나 애정과 정치는 완전히 구별했으며 한번에 여러 명의 애인을 둔 적은 없었다. 아마도 그녀는 당시의 유럽에서 가장 이성 관계가 확실했던 지배자 중 한 명이었을 것이다. 한 마디로 냉철하고 유능한 계몽 전제 군주였다.

망령(1) 푸가초프의 반란

그러나 그녀는 평생 두 번에 걸쳐 남편 표트르의 '망령'에 시달리게 된다.

첫 번째 망령은 동남쪽에서 왔다. 야이크 강 유역에서 푸가초프가 주동이 되어 카자크[1]의 대반란이 일어났다. 그는 보통 키에 어깨가 넓고 앙상하게 말랐으며 듬성듬성 흰 수염이 섞여 있었다. 대담무쌍한 전사인 그는 '자기야말로 표트르 3세'라고 말했다. 예카테리나가 보낸 암살자의 눈을 속이기 위해, 카자크의 무리에 은신하며 때를 기다렸다는 것이었다.

---

1) 러시아 남부에서 활약한 기마에 능했던 전사 집단. 터키계 유목민족과 차르의 지배를 싫어해 도망해 온 러시아 농민의 혼혈이라고 전해진다.

그는 종종 군의 선두에 서서 싸웠는데 일설에 의하면 한 늙은 카자크인이 "조심하십시오, 폐하. 만약 유탄에 맞으시면……"이라고 말하자, 푸가초프는 "노인장, 무슨 소리 하는 거요? 대포가 차르에게 탄을 퍼붓겠소"라고 대답했다고 한다. 표트르 3세 입에서 나올 것 같지 않은 말이었다.

반란은 확대일로를 걸어 도시와 요새가 함락되었다. 도시에서는 반란군을 '빵과 소금'[2]으로 환영했다.

프랑스의 계몽 사상가 볼테르는 예카테리나에게, '우리들은 가짜 드미트리(17세기 초, 폴란드가 러시아 침공을 위해 내세운 가짜 왕자) 시대에 살고 있는 것이 아닙니다. 200년 전에 성공한 연극도 오늘날에는 야유를 받을 겁니다'라는 내용의 편지를 보냈다.

그러나 예카테리나는 볼테르보다 현실적이었다. 터키와의 전쟁을 중단하고, 국내의 전군(全軍)을 반란을 진압하는 데 배치했다. 수세(守勢)로 돌아선 푸가초프는 얼마 후에 부하의 배신으로 붙잡혔다. 그러나 구전(口傳)되는 얘기에 의하면 병사들은 앞다투어 자기 손으로 푸가초프에게 식사를 주고, 아이들에게 "꼬마야, 푸가초프를 본 것을 기억해 둬라"라고 말했다고 한다.

푸가초프는 처형당했다. 예카테리나는 국민들에게 푸가초프의 이름을 입에 담지도 못하게 했으며 자료를 불태우고 불쾌한 추억을 지우기 위해 야이크 강조차 우랄 강으로 이름을 바꾸어 버렸다.

이 때문에 2세대가 지나 푸슈킨[3]이 푸가초프 반란사를 조사하려고 했을 때, 그가 의지할 자료는 구전밖에 없었다. 자연히 푸가초프의 모습은 실제보

---

[2] 큰 둥근 빵에 한 움큼의 소금을 얹어 내놓는 것. 러시아에서는 손님에 대한 최고의 환대를 의미한다.
[3] 알렉산드르 푸슈킨. 19세기 러시아의 시인·소설가·역사가. 러시아 근대문학의 창시자로 일컬어진다.

다 위대하고 토속적이며 민화 같은 성격을 띠게 되었고 그 이름은 유명해져서 일반인들에게 친숙해졌다. 이처럼 자료를 없애 더 손해를 보는 일도 있는 것이다.

망령(2) 파베르 1세

두 번째 망령은 궁전 내에 나타났다.

예카테리나와 표트르의 아들(애인의 아들이라는 설도 있다) 파베르는 자라면서 점점 표트르와 닮아갔다. 더욱이 표트르와 마찬가지로 프로이센에 호의적이었고 예카테리나는 비판했다.

예카테리나에게 있어 유일한 구원은 파베르의 아들 알렉산드르가 자신을 잘 따르고 영리하고 계몽 사상에도 밝다는 점이었다. 늙은 예카테리나는 '자기가 죽으면 파베르가 아니라 알렉산드르를 황제 자리에 앉혀야지'라고 생각했던 것 같다.

예카테리나는 알렉산드르의 즉위를 결정하고 극비의 유서까지 썼다. 그러나 정식으로 선언하기 직전 갑자기 입에 거품을 문 채 쓰러지고 말았다. 알렉산드르는 유서의 존재를 알고 있었지만, 아버지가 상처받을까 두려웠는지 아무 말도 하지 않았다. 파베르는 예카테리나의 방을 샅샅이 뒤져 '내가 죽은 후에 참의회에서 개봉할 것'이라 쓰여진 편지를 발견했으나 보지도 않고 태워 버렸다는 얘기가 전해진다.

파베르의 아들 알렉산드르가 훗날 나폴레옹을 물리치는 러시아 황제 알렉산드르 1세이다.

> 요약
제왕의 시대

짐은 국가이다

— 루이 14세, 자기 자신에 대하여

새로운 세계사

대항해 시대는 유럽 지역에만 있었던 것은 아니다. 몽골 제국에 의해 바다로 내던져진 중국, 아라비아, 그리고 물론 유럽도 포함하는 전(全)유라시아적인 일이었고 유럽에서 미국, 혹은 유럽에서 아프리카를 거쳐 아라비아에 이르는 루트는 전체적으로 보아 일부에 불과했다.

예를 들면, 이슬람 상인이 아시아에 빈번하게 오게 된 것도, 명나라에서 정화(鄭和 : 남해 원정의 총지휘관. 영락제의 명으로 7회에 걸쳐 대선단大船團을 지휘하여 동남 아시아에서 서남 아시아에 이르는 30여 국에 원정하여 국위를 선양하고 무역상의 실리 획득은 물론 화교華僑들의 발전에도 크게 기여하였다. 그가 인도양에 진출한 것은 바스코 다 가마의 인도양 도달보다 80~90년이나 앞섰다.)가 이끄는 대함대가 아프리카에까지 도달한 것도, 일본인이 왜구(倭寇)로서 동중국해에 나선 것도 대항해 시대의 중요한 요소이다.

하지만 이 사건의 가장 큰 영향을 받은 것은 역시 유럽이었다.

프로테스탄트

유럽에서는 대항해 시대를 계기로 많은 남자들이 바다 건너편을 향해 떠나갔다. 그리고 같은 시대에 유럽인들의 의식도 변하고 있었으니, 종교 개혁에 의한 프로테스탄트의 유행이 그것이다.

프로테스탄트는 간단히 말해 카톨릭의 신부를 통해 신과 계약해 오던 것을 그만두자는 운동이었다. 마르틴 루터가 성경을 독일어로 번역한 것을 계기로 각국에서 성경을 자국어로 번역하기 시작했고, 사람들은 봉건 영주이기도 했던 신부에게서 마음 속에 사는 신에게로 계약처를 바꾸게 되었다.

신과 직접 계약한 사람들은 이제 카톨릭 신부들의 설교를 듣지 않아도 되었다. 그 대신에 자기 마음 속의 신에게 부끄러운 일은 할 수 없었다. 사람들은 자기 눈으로 사물을 보게 되었고, 스스로 생각하게 되었다. 당연히 호기심도 늘어났고 곧 새로운 항로(航路)를 개척하고 새 기계를 발명하는 사람들이 생겨났다.

새로운 유럽

그런 중에 유럽 각국의 왕들은 세력을 키워 갔다. 이제 카톨릭 교회는 쓸모가 없었으며 신구 양세력은 모두 그동안 그늘진 처지였던 국왕에게 의지하게 되었다.

새로운 현실에 대처하는 방법은 저마다 달랐다. 대항해 시대의 선구자가 된 스페인에서는 카톨릭의 영향이 너무 강해서 결국 자본주의가 성장하기까지는 20세기를 기다려야만 했다. 한편, 영국에서는 국왕이 카톨릭의 종교적 권위와 토지를 빼앗아 차지해 버렸다. 그 결과 영국은 하나의 통합된 국가, 국민국가가 되어 자본주의의 시대로 남보다 앞서 나아갔다.

또한 이 시대는 전쟁 방법도 크게 변화되었다. 그때까지의 전쟁은 기사 신분의 사람이 일족과 가신을 거느리고 주군에게 급히 달려가는 것이었는데, 점차 용병(傭兵) 주체의 보병과 포병을 주력으로 하는 전쟁으로 변모해 갔다.

호기심에 자극받은 사람들은 새로운 무기, 화기(火器)를 개조하여, 위력과 기동력을 강화시켰다. 그 결과 과거로부터 내려오던 전법(戰法)은 쓸모 없게 되어 기사(騎士)의 신분은 하락했다. 때문에 토지와 기사 신분과 카톨릭 신부들과의 유대는 점차 약해져 국왕들이 권력을 손에 쥐는 원인이 되기도 하였다.

식료의 증산(增産)도 빼놓을 수 없다. 아메리카 대륙에서 들어온 감자는 순식간에 전 유럽으로 보급되었다. 특히 가난한 농민들에게는 신의 선물처럼 느껴졌다. 덕분에 불모의 땅이었던 유럽의 인구가 늘어나기 시작했다.

새로운 폭풍우

그러나 현실의 권력을 차지한 순간부터 왕정(王政)이라는 체계는 파멸의 길로 치닫는다.

생각해 보면 알 일이지만, 한 혈통에서 그렇게 유능한 인물이 계속 태어날 리가 없었기 때문이다. 그때까지의 국왕은 카톨릭, 지주(地主, 기사 계급), 대귀족 등의 반대 세력이 있었고 그 여러 세력들과 맞서면서 자신의 위치를 유지하면 되었다. 하지만 그 입장이 절대화되면 어떠할까?

왕이 절대(絶對)라고 하면 그것은 왕을 옹립한 사람들이 모든 권력을 쥔다는 얘기이다. 그 결과 어떠한 희비극이 일어났을지는 조지 1세의 사건을 보면 확실하다.

더 이상 혈통에 의지할 수는 없었다. 그래서 신을 그렇게 했듯이 왕도 또한 감실(집안에 신령을 모시는 감실)에 모셔 놓기로 하였다.

'군림(君臨)은 하지만 통치는 하지 않는' 사람인 것이다. 국왕이라는 정치상의 신이 정치적 실권(實權)을 잃는 시대가 곧 눈앞에 다가왔다.

그리고 왕들이 살아남기 위한 조건은 현실과 잘 타협할 수 있느냐 없느냐에 달려 있었다. 영국을 비롯하여 네덜란드·벨기에·스웨덴 등 빠른 시기에 자본주의화된 국가에서는 현재도 왕정이 남아 있는데, 이것은 그 국가의 왕이 국민들의 실력을 인정하고 재빨리 타협점을 찾을 수 있었기 때문이다.

하지만 현실과 잘 타협하지 못하는 국왕들도 적지 않았다. 그 대표적 존재가 프랑스이다.

  18세기 후반, 유럽에 폭풍우가 불기 시작한다. 혁명이라는 이름의 폭풍우가.

이 시기에 일어난 역사적 사건			
1492	스페인에서 그라나다 함락, 이교도 추방, 콜럼버스 신대륙 도달	1620	메이플라워호 플리머스에 도착
1498	포르투갈인 바스코 다 가마, 인도의 캘리컷에 도착	1633	이탈리아에서 갈릴레오 갈릴레이가 종교재판을 받다
1517	루터가 95개조 반박문 발표	1642	영국에서 청교도혁명
1526	인도에서 무갈 왕조 성립 (~1858)	1661	루이 14세 친정 시작
1533	잉카제국 멸망	1688	영국에서 명예혁명
1541	칼뱅, 제네바에서 종교 개혁 시작	1700	스페인의 합스부르크 단절, 부르봉가가 대신하다
1543	코페르니쿠스가 천동설 주장	1701	독일에서 프로이센 국왕 성립
1582	교황 그레고리우스 13세가 역법 개혁(그레고리우스력의 시초)	1707	영국에서 스코틀랜드와 잉글랜드가 합동, 대 브리튼 국왕이라 칭하다
1588	영국이 스페인 무적함대 격파	1720	영국에서 '남해회사 포말사건'
1592	임진왜란 발발(~1598)	1747	청나라에서 기독교 포교 엄금
1603	일본에서 에도 막부 시작 (~1867)	1757	프라시의 전투, 인도에서의 영국의 영향력 확립
1616	청나라 발흥(~1912)	1758	네덜란드, 자바를 지배
1618	30년 전쟁 발발(~1648)		

제5장

제왕의 황혼

GEORGE WASHINGTON

조지 워싱턴

미스터 프레지던트

DATA
생몰 : 1732~1799
재직 : 1789~1786
지역 : 미국

영국과 나란히 근대 사회의 모델이 되고 있는 미국. 그 최대의 특징은 지휘자를 세습에 의하지 않고 국민이 선출하고 교대하는 대통령제에 있다. 이 제도는 한 인물이 왕이 되는 것을 거부했을 때 시작되었다.

막부 말기 — 대통령 자손에 대한 궁금증

막부 말기에 후쿠자와 유키치(福澤諭吉 : 일본의 계몽가, 교육가. 게이오 대학 설립자)가 미국에 건너갔을 때의 일이다. 유키치는 "지금 워싱턴의 자손들은 어떻게 되어 있소?"라고 묻자 상대방은 "워싱턴에게는 딸이 있는데 지금 뭘 하는지는 모르겠지만 아마 누군가의 아내가 되어 있겠지요"라고 '냉담하게' 대답했다고 한다.

유키치는 미국의 대통령제는 세습이 아니며 4년마다 교체한다는 것을 지식으로서는 알고 있었다. 하지만 그는 워싱턴을 '미나모토요리토모(源賴朝), 도쿠가와 이에야스(德川家康)'에 필적한다고 여겼으므로 미국인들이 그의 자손에 대해 무관심하다는 사실은 충격이었던 모양이다.

태생 — 이민자의 아들

조지 워싱턴은 1732년에 영국의 식민지 버지니아 주에서 태어났다. 부친은 유복한 농장주였는데 그가 열한 살 때 죽었다. 이복 형제 둘과 사이가 나빴던 조지 소년은 토지 측량기사가 되고 싶어했다. 광대한 미개(未開)의 신대륙에서 토지 측량기사들은 며칠이나 걸려서 캠프를 치고 수렵으로 먹을 것을 구해 가면서 백인들이 밟은 적 없는 땅의 지도를 만들어 나갔다. 이때의 체험이 군인 워싱턴에게 많은 도움이 되었다.

배경 — 신대륙의 쟁란

1754년 프랑스는 신대륙에서의 패권(霸權)을 확립하기 위해 각지에 요새를 구축했다. 그 중 하나, 뒤켄 요새에는 이미 영국이 요새를 구축했지만 프랑스는 이것을 공략하고 자기들 손으로 새로운 요새를 쌓았다. 영국은 얼마 안 되는 대항군을 보냈지만 참패하여 지휘관인 스물한 살의 조지 워싱턴은 포로가 되었다. 다행히 프랑스인의 풍부한 기사도 정신 덕분에 워싱턴 중위는 무사히 석방되었다. 이때를 회상하며 워싱턴은 '나는 탄환의 신음소리를 들었다. 분명히 그 울림에는 나를 사로잡는 뭔가가 있었다'라고 썼다.

전쟁에 매료된 청년 워싱턴은 '프렌치인디언 전쟁'이라 불리는 영·프 간의 전쟁에 6년 동안 종군(從軍)했다.

이 전쟁은 식민지에서 모집한 의용병의 활약 등도 있어 영국이 대승리를 거뒀지만 영국 본국과 식민지 모두에 몇 가지 교훈을 남겼다. 본국에서는 새로운 영토가 이미 전 유럽의 절반 정도나 되어 있었고, 더욱이 그것이 계속 늘어나고 있다는 사실에 놀랐다. 그것은 영국 본국의 부담이 계속 증대될 수 있다는 뜻이기도 했다. 한편, 신대륙 주민들은 자기들이 전쟁을 견뎌낼 수 있다는 자신감과 실전(實戰)에 대한 지식을 얻는 다시없는 소중한 체험이 되었다.

세금부과 — 처음에는 반란부터

당시의 영국 왕 조지 3세는 신대륙에 있는 자국민들에게 애팔래치아 산맥 서쪽으로 들어가는 것을 금지했다. 또한 신대륙의 시민들에게 비용을 대어 상비군을 편성하거나 세금을 내라고 했다. 이것이 '신대륙의 영국인'을 '미국인'으로서 자각하게 만든 계기가 되었다.

여러 가지 갈등이 거듭되던 중, 신대륙 주민과 영국 정부는 무력충돌을 하기에 이른다. 1775년에 일어난 '콩코드' '렉싱턴' 등의 전투를 거쳐 식민지는 본국에 대항할 수 있다는 자신감이 더욱 강해져 드디어 1776년에 '독립 선언'을 했다. 하지만 실제로 전투를 한 것은 매사추세츠 등의 북부뿐이고 남부는 여전히 영국 식민지 상태에 놓여 있었다. 자금난에 빠져 있던 북부는 남부도 북부를 위해 싸우게 만들어야 했다.

독립전쟁을 지휘한 대륙회의는 신대륙군의 총사령관을 남부의 버지니아 출신자로 뽑으면 남부도 참전할 것이라고 생각했다. 그리하여 조지 워싱턴이 총사령관에 선출되었다.

이 무렵 워싱턴은 자산가의 미망인과 결혼해, 버지니아에 광대한 농장을 가진 지주(地主)였다.

워싱턴은 요청을 받아들여 총사령관이 되었다. 전황(戰況)은 신대륙군에게 불리했다. 왜냐하면 신대륙군의 병사들은 제대로 훈련을 받지도 못한데다 장비마저 부족했기 때문이다. 그러나 식민지 주민들이 단결하지 않았은 것이 가장 중요한 원인이었다. 독립전쟁을 지지하는 것은 1/3정도뿐이었고 1/3은 여전히 자기들은 영국 왕의 신하라고 생각하고 있었다. 그 나머지 1/3은 유리한 쪽에 편승하려는 기회주의자들이었다.

전쟁 — 태연한 척한 데 따르는 효과

1777년부터 이듬해에 걸쳐, 워싱턴은 병력을 이끌고 필라델피아의 북서쪽 약 30km에 있는 바리포쥬에 포진했다. 근처의 나무를 베어 만든 병사(兵舍)는 처음에는 그럭저럭 지낼 만했지만 겨울이 되자 주변 일대가 진흙탕으로 변해 보급도 어려워졌다. 워싱턴은 '보급이 없으면 철수할 수밖에 없다'는 보고서를 대륙회의에 제출했다. 이에 대해 대륙회의는 워싱턴에게 근처의 농가에서 군량(軍糧)을 징발하라고 지시했지만 워싱턴은 이 명령을 단호히 거부했다. 기아와 불결로 인해 환자와 탈주병이 속출하고 워싱턴의 병력은 급격히 감소했지만 워싱턴은 후퇴도 약탈도 하지 않았다.

아마도 그때 워싱턴이 약탈을 했더라면 미국의 독립은 없었을 것이다. 왜냐하면 영국은 전혀 반대의 실패를 했으니 말이다. 영국 정부는 국왕 편에 선 사람에게 보호영장을 발행하여 재산을 보증했는데, 영국측이 고용한 독일의 헤센인(人) 용병(傭兵)이 보호영장을 무시하고 약탈을 하고 돌아다녔다. 그 결과 영국은 어제까지의 신민(臣民)을 스스로 반역자로 만들어 버렸다.

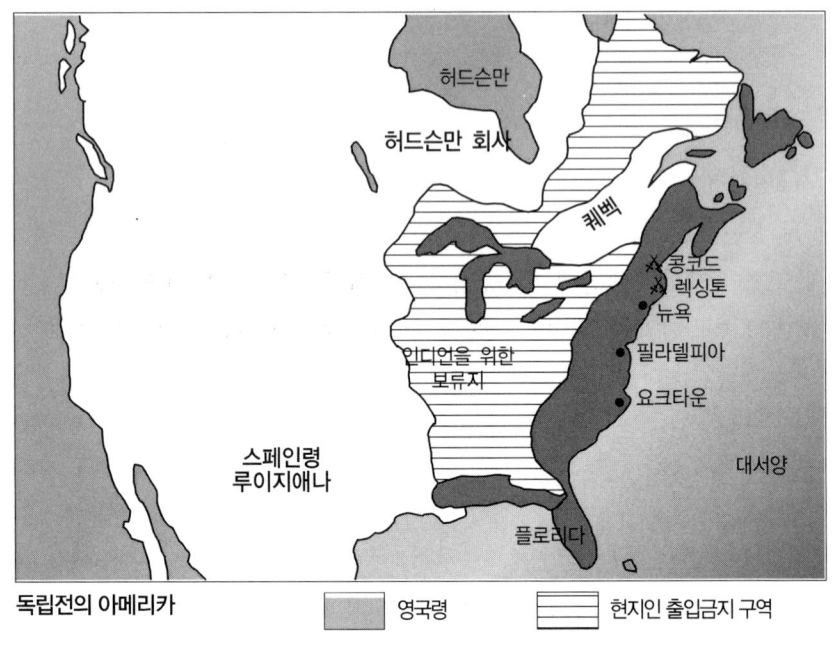

독립전의 아메리카 영국령 현지인 출입금지 구역

전투는 신대륙에서만 있었던 것이 아니다. 벤저민 프랭클린은 유럽 각 궁정을 돌며 미국을 지지해 줄 것을 요청했다. 사라드가의 전투에서 영국군이 패하자 프랑스 · 스페인 · 네덜란드가 영국에 선전포고를 했고, 러시아와 프로이센을 중심으로 한 유럽 여러 나라가 무장 중립을 선언했다. 영국은 고립되었고, 패색이 짙어졌다. 이리하여 1783년에 영국은 미국의 독립을 인정하게 된다.

독립혁명 — 새로운 나라, 새로운 통치자

독립한 미국은 당시에 13개의 주로 나뉘어 있었다. 역사적으로나 보나 이익으로 보나 다른 식민지들을 어떻게 국가로서 통합하느냐에 대해 하나하나 결정해 가야 할 시점이었다. 통치 형태도 그 중 하나였다. 1787년 헌법 제정

회의에 모인 그들은 '증오해야 할' 군주제(君主制)도 포함해 다양한 통치 형태에 대하여 논의했지만 결론이 쉽게 나오지 않았다. 그 중에 군인 출신의 의원 한 사람이 일어나서 '조지 워싱턴을 우리의 왕으로 삼자'고 말했다. 이 의견에 대해 다른 의원은 '나는 그런 생각은 증오해야 하며 엄하게 책망받아야 한다고 생각한다'며 일축했다. 바로 조지 워싱턴 자신이었다.

그렇게 해서 군주제는 부정되었다. 그러나 이번에는 선거로 선출되는 새로운 정체(政體)의 지도자를 뭐라고 부르느냐에 대해 몇 주일 동안 토론을 벌여야 했다. 그 결과 마침내 '대통령 각하(Mr. President)'라 부르기로 했다. 1889년, 조지 워싱턴은 초대 미합중국 대통령으로 취임하였다.

실제로 근대에 왕정 이외의 새로운 통치 시스템은 이때 처음 탄생했다. 그것은 왕정의 종말을 예고하는 것이었다. 물론 그것이 인식되기까지 적어도 100년 남짓한 세월이 더 필요했다.

이 회의는 비밀리에 진행되었기 때문에 국민들은 회의 경과를 알 수 없었다. 회의 마지막 날, 회의장에서 나온 벤저민 프랭클린에게 한 노파가 물었다.

"선생님, 어떻게 됐나요? 공화제입니까, 아니면 군주제입니까?"

그는 이렇게 답했다. "부인, 공화제입니다. 단, 여러분들이 공화제를 지켜주신다면 말이죠."

국부 상징적 존재

유명한 벚꽃나무 일화는 전기(傳記) 작가가 창작해 낸 것이었고, 조지 워싱턴은 다소 오만한 인물이었던 것 같다. 그는 남이 자신에게 닿는 것을 싫어해, 대통령이 되었을 때 '대통령을 만나는 사람은 그의 앞에서 독립부동의 자세를 취해야 한다'는 규칙을 만들었다. 또한 대통령 취임식 전에는 승마 종자(從

者)를 데리고 야단스럽게 말을 탔다. 일부에서는 '조지 3세를 조지 1세로 바꾼 것 같다'는 얘기도 있었다.

하지만 그는 적어도 권력에 연연해하지는 않았다. 대통령의 임기를 두 번 마치자 사직하고 버지니아로 들어갔기 때문이다. 그후에도 미국 육군의 총사령관으로 임명되는 등, 다망하게 지내다가 1799년 19세기를 눈앞에 두고 세상을 떠났다. 워싱턴의 죽음이 유럽에 알려졌을 때 나폴레옹은 머리를 숙였고, 영국의 군함은 영국 해협에서 20발의 예포(禮砲)를 발사했다고 한다.

미국이 워싱턴의 이름을 딴 시를 수도로 삼은 것은 그 이듬해의 일이다. 역사 속에서 워싱턴은 때로는 신화로서 추대받기도 했고 때로는 전혀 인정받지 못하기도 했다.

그러나 제30대 대통령 캘빈 쿨리지는 백악관에서 의자를 돌리며 창 밖을 보면서 이렇게 말했다. "보라, 그는 아직 저기에 살고 있다."

워싱턴은 미국 건국 신화의 상징이 된 것이다.

독립군의 무기

독립전쟁을 한 미국 병사들은 장비도 보급도 여의치 않았고 군대로서의 훈련도 받지 않은 상태였다. 그런 그들이 영국의 프로 군인들을 상대로 싸워 이긴 한 가지 이유는 바로 총의 성능을 들 수 있다.

신대륙 주민들에게 총은 몸을 보호하기 위해서, 그리고 사냥으로 먹거리를 얻기 위해서도 필요했다. 그 때문에 총의 성능은 아주 중요했는데 이 무렵에 총신(銃身)에 홈을 파서 탄환을 회전시켜 궤도를 안정시키는 기구가 발명되었다. 독립전쟁 초기에는 영국군이 우세했지만 서쪽으로 가면 갈수록 일상적으로 총을 다루는 사람들이 영국군보다 훨씬 명중률이 높은 총을 갖고 대항하고 나섰다.

이 광경을 본 어느 왕당원은 런던의 신문에 다음과 같은 글을 기고했다. "이곳에는 1천 명의 사격대가 모여 있다. 이 중에서 가장 솜씨가 떨어지는 사람도 150야드, 200야드 앞에서 사람 머리에 총알을 명중시킬 수 있다. 그러므로 앞으로 미국에 오는 영국 장교에게는 본국에 미련이 없어야 한다고 충고해야 할 것이다."

LOUIS XVI

루이 16세

단두대의 이슬

DATA
생몰 : 1754~1793
재위 : 1774~1792
지역 : 프랑스
왕조 : 부르봉 왕조

루이 16세는 너무도 무기력한 왕이었다. 괴로워하는 국민들을 위해 그는 아무것도 하지 않았다. 봉기한 국민들이 그에게 칼을 들었을 때도 마찬가지였다. 그렇게 그는 죽어갔다.

18세기 말 프랑스 — 태양이 진 후

프랑스의 절대적 왕권도 루이 14세 통치 만년의 반동으로 약체화되고 있었다. 또한 왕국의 경제는 계속되는 전쟁과 왕실의 국고 탕진 등으로 파산지경에 이르렀다. 심지어 다음해의 세입(稅入)까지 다 써버릴 정도였다. 당시에 제3 신분이라 불린 평민들은 무거운 세금에 시달렸고 제1 신분(귀족), 제2 신분(성직자)의 사람들은 면세 등의 특권을 누리며 쾌적한 생활을 하고 있었다. 또한 제3 신분 중에서도 소위 부르주아라는 부유한 상공업층이 나타나 특권 신분과의 대립이 깊어갔다. 통치자의 문제의식도 상당히 부족했던 것 같다. 루이 15세는 나중이야 어찌됐든 상관 없다는 태도였다. 그에게는 총애하는 퐁파두르 부인이 소녀들을 모아 만든 할렘 '사슴 정원'에서 퇴폐적인 쾌락을 즐기는 쪽이 왕국의 현상에 눈을 돌리는 일보다 중요했던 것이다.

타국에서 온 아내 — 마리 앙투아네트

황태자 루이 16세는 열다섯 살 때 결혼했다. 상대는 오스트리아 합스부르크가(家)의 마리 앙투아네트였다. 훗날 그 방탕함 때문에 악명을 떨치게 되는 여인이다. 정식 결혼식은 베르사유 궁전에서 무사히 치러졌고 양국의 우호를

제왕의 황혼 **루이 16세**

희망하는 사람들은 안도했다. 그런데 처음에는 루이가 좀처럼 마리와 '부부 생활'을 하지 않으려 해서 주위를 안절부절못하게 했다. 양국의 유대를 위해서도 자식을 낳는 것은 두 사람에게 급선무였지만 루이는 그럴 마음이 없었는지 마리에게 손을 대지 않았다.

이유 　왕도 사람이거늘

그 이유는 루이에게 육체적 결함이 있었기 때문이었는데, 그는 진성포경(眞性包莖)이었다. 당시에 이미 수술로 치료가 가능했지만 루이는 수술을 거부해, 실제로 7년 동안이나 부부 생활을 하지 못했다. 또한 '수술은 유대인의 할례 같은 행위이기에 카톨릭 신자, 더구나 미래의 프랑스 국왕이 해서는 안 된다'며 교회가 개입한 것도 사태를 더욱 혼란스럽게 만들었다. 결국 독일 황제까지 설득에 나서 마침내 루이도(그 무렵에는 이미 즉위해 있었다) 수술을 승낙하고 치료를 받았다고 한다. 다음해에 두 사람 사이에서 왕녀가 태어났다.

즉위 　그리고 망연자실하다

루이 15세가 죽고 뒤를 잇게 된 황태자 루이는 오스트리아에서 시집온 마리 앙투아네트를 가슴에 안고 '너무나 무거운 짐이구나, 이 나이에! 게다가 나는 무엇 하나 배우지 못했는데'라며 한탄했다고 한다. 실제로 무엇 하나 제대로 배우지 못한 루이 16세는 유능한 부하들에게 정치를 맡김으로써 — 예를 들면 재정 재건에는 고명한 경제학자 튀르고가 등용되었다 — 자신의 미숙함을 보충하기로 했다. 그 부하들 덕분에 루이 16세 자신은 할 일이 없었다. 정말로 아무것도 할 일이 없었다.

루이 16세는 매우 조용하고 매사에 동요되는 법이 없는 사람이었다. 이것은 실제로 아주 무기력한 사람이었다는 뜻이다. 유달리 나쁜 버릇이 있는 것은 아니었지만 그렇다고 재기발랄한 정치가도 아니었다. 그저 궁정에서 시간을 보내는 '장식품 같은' 존재였다.

　왕실 비서가 남긴 기록에는 '그는 남들에게 호감을 주는 데도 격려하는 데도 아무 배려도 안 했으며 평가하거나 부인한 사람에게도 물론 아무 말도 하지 않았다. 가치있는 사람들을 자기 편으로 끌어들이지도 못했다. 그가 국왕이 아니었다면 모르겠지만 이렇게 통치자로서 어울리지 않는 사람은 없을 것이다.' 라고 적혀 있다.

자물쇠를 좋아하다 — 마음의 열쇠

　매사에 동요하지 않는 그도 열중했던 취미가 있었는데, 사냥과 자물쇠 만들기였다. 자물쇠 만들기는 특히 좋아하여 자물쇠공 소년을 불러들여 하루 종일 그 소년과 함께 열쇠와 자물쇠를 만들 정도로 열중했다. 왕비 마리는 남편의 취미를 못마땅해했지만 (그의 손은 기계 기름으로 새까매졌으니까!) 루이는 개의치 않고 그 일에 더욱 열을 올렸다. 그에게 자물쇠를 만지고 있는 시간은 골치아픈 현실에서 도피할 수 있는 귀중한 시간이었다.

실정(失政) — 임명, 파면, 임명

　튀르고는 곡물의 자유 유통을 촉진하고 특권층의 면세권을 몰수하기로 했다. 하지만 이것은 특권층들의 노여움을 사게 되어 그는 파면당하고 말았다. 그러나 그가 착수한 개혁은 확실히 확산되어 갔다. 그 다음으로 루이 16세가 의지한 것은 은행가 네케르였다. 그는 궁정 비용이 국고에 끼치는 부담을 지적했다가 역시 자리에서 물러나야 했다.

그 이후에 여러 명의 재무 대신들이 임명과 파면을 거듭 당하게 된다. 루이 16세에게 조금이라도 부담이 될 실수를 한 사람은 가차없이 파면되었다. 루이는 국왕의 권한을 누군가에게 이양해 자신이 '할 일'을 모두 떠맡기고 싶었던 모양이다.

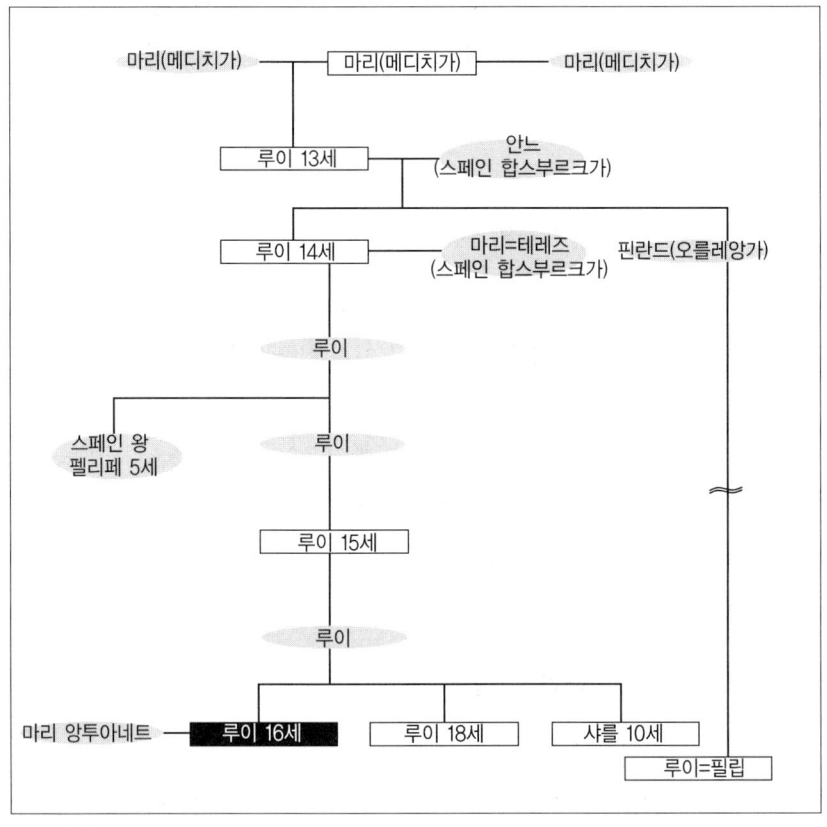

부르봉 왕가

새로운 신화 삼부회

재정개혁에 의한 면세특권의 박탈을 거부한 귀족들은 귀족·성직자·평민 대표자가 모이는 삼부회(三部會)의 소집을 요구했다. 삼부회란 1615년 이후로 열리지 않았던 신분제 회의로서 왕권이 강대했을 때는 그 존재조차 잊혀졌던 것이다. 특권층의 강경한 요구 앞에 루이 16세는 꺾일 수밖에 없었다. 이제는 절대군주로서의 위엄은 어디에도 존재하지 않았다. 이 삼부회가 바로 프랑스 혁명 발발(勃發)의 계기가 되었으므로 귀족들은 자기들의 목을 맨 결과가 된 셈이었다.

1789년 베르사유에서 개최된 삼부회에서 제3 신분(평민)의 대표자들은 표결 방법을 둘러싸고 특권 신분과 대립하였다. 평민들은 스스로를 국민의회라 칭하고 헌법 제정을 요구했는데, 특권층 중에서도 동조자가 나타나 의회는 그 세력을 키워 나갔다. 보수적인 귀족들은 크게 반발하며 '우리 귀족들의 권리를 지키기 위해 열린 삼부회에서 평민 따위가 무슨 말을 하는 건가?' 라는 태도였다. 귀족들은 무력으로 의회를 제압하려고 했고, 민중들은 그에 맞서 봉기(蜂起)했다. 드디어 7월 14일, 바스티유 감옥을 점령하기에 이른다.

혼란은 급속도로 퍼져갔다. 의회는 난국을 수습하기 위해 신분에 의한 특권을 폐지하고 권리 평등을 주창하는 '인권선언'을 발표했다. 루이 16세는 난색을 표했지만 기세등등한 민중들을 이길 수 없었기에 개혁을 승인했다. 루이 16세에게는 선택의 여지가 없었던 것이다.

'아무것도 없다' 혁명일의 일기

루이 16세는 일기를 썼는데 그의 일기에 관련된 유명한 일화가 있다. 그는 일기에 사냥에서 얻은 결과만을 적었다. 성과가 없을 때는 '아무것도 없음'이라고 썼다. 어떤 일이 일어나도 그는 일기에 사냥 이외의 일은 쓰지 않았다. 마리와 결혼한 날도 일기에는 '아무것도 없음'이라고 적혀 있었다. 대신을 파면하든 폭동이 일어나든 그의 일기는 항상 평화로웠다. 민중들이 바스티유 감옥을 점령하고 프랑스 혁명이 일어난 날에도 그는 일기에 적었다, '아무것도 없음'이라고.

처형 단두대의 이슬로

1792년 8월, 왕궁이 외국과 내통할 것을 염려한 민중들은 왕궁을 습격해 왕권 정지를 선언했다. 다음 달에는 공화제가 수립되고 왕정은 폐지되었다. 1793년 1월 21일, 혁명 광장(콩코르드 광장)에서 루이 16세의 처형이 기요틴에 의해 집행되었다. 이는 혁명정권 내의 과격파인 자코뱅파(派) 로베스피에르 등이 제안한 것이었고 '혁명을 보다 잘 추진하기 위함'이라는 이유에서였다.

"국민들이여, 나는 억울하게 죽는다." 루이 16세의 이 말에 귀기울이는 사람은 아무도 없었다. 모두 열광적으로 '공화국 만세!'를 외쳤으며 기요틴의 칼이 내려와 왕의 목이 달아난 순간 왕이라는 존재는 말살되었다. 그리고 왕비 마리 앙투아네트는 같은 해 10월에 같은 장소에서 처형당했다.

성스러운 의무 포기 끝에

짐은 그러한 얘기는 듣고 싶지 않소.
좋을 대로 하시오.
적당히 처리하시오.

……이런 말을 군주가 뱉을 때 그 나라의 정치 체제는 파멸로 치닫고 있다는 뜻이다. 루이 16세가 취한 정치 자세도 바로 이런 것이었다.

루이 16세가 양심적이었다는 점은 모두가 인정하지만 왕으로서의 자질이 전혀 없었다는 것 또한 사실이었다. '너무나 무거운 짐이로구나!'라고 본인이 탄식했듯이 원하지 않는 왕위는 그에게 부담일 뿐이었다.

그렇다고 국왕으로서의 '성스러운 의무'를 태만히 한 데 대한 비난을 면할 수는 없을 것이다. '원하지 않는 왕위에 올라 결국 국민들의 적으로 처형당한' 루이 16세는 너무도 무책임했기에 희생당했다.

프랑스 혁명, 루이 16세의 처형……그렇게 왕권 수립 이외의 건국신화의 유형이 탄생했다. 그것은 혁명이라는 이름을 가지고 있었다. 그 이후에 서유럽 왕들의 생존을 건 사투가 시작되었으나 대부분은 왕들의 실패로 막을 내렸다.

NAPOLEON I
나폴레옹 1세

민주주의에서 나온 황제

DATA
생몰 : 1769~1821
재위 : 1804~1815
지역 : 프랑스
왕조 : 프랑스 제국

1789년 대혁명이 일어난 후 불과 15년 만에 프랑스는 황제를 맞게 된다. 나폴레옹 보나파르트. 그는 이후에 오랫동안 유럽 전역을 전란으로 끌어들이고 영국의 재상 피트로 하여금 '유럽의 지도를 말아라. 앞으로 10년은 소용없는 물건이 될 테니' 라고 한탄하게 만들었다.

시각전 — 1789년과 1795년

1789년의 바스티유 함락을 역사적 사실에 입각해 묘사한 희곡에 「7월 14일」이 있는데 그 희곡에서는 당시의 바스티유 총독 드 로네와 스위스 용병대장 드 후류의 대립이 극명하게 (다소 극적으로 과장해서) 묘사되어 있다.

후류 : "총독 각하, 부디 근처의 민가를 불태워 주십시오. 지붕 위에서 놈들이 쏘는 총알이 성의 중정(中庭)에 떨어질 테니 말입니다."

로네 : "안 돼, 내게 개인의 소유를 불태울 권리는 없지."

후류 : "전쟁을 할 때는 어떤 일도 주저해서는 안 됩니다. 그렇지 않으면 일체 관여를 하지 말아야 합니다."

로네 : "자네는 전쟁의 성공밖에 생각하지 않는군. 하지만 난 다르네. 나는 많은 것을 생각해야 한다구. 무엇이 궁정의 마음에 들 것인지, 내게 어떻게 하라는 것인지 알아야 하니까 말일세"

얼마 후 국민들이 바스티유에 몰려들었을 때 드 후류가 이끄는 스위스 용병은 발포하지만 결국은 프랑스인 병사와 사관에게 저지당했다. 신변 보호를 위해 그렇게 한 사람도 있고, 동포를 쏘아 파리를 전쟁터로 만들 수는 없다고 생각한 사람들도 있었다.

그러나 6개월 후에 총재(總裁) 정부에 맞서 왕당파가 쿠데타를 기도했을 때 총재 정부측 군대는 주저하지 않았다. 파리 시내에서 대포가 굉음을 울리고

제왕의 황혼 **나폴레옹 1세**

쿠데타는 즉각 진압되었다. 당시의 군대 지휘관은 드 후류와 마찬가지로 프랑스에도 파리에도 깊은 생각이 없었으며 '전쟁을 할 때는 어떤 일도 주저해서는 안 된다'고 믿는 자였다. 지휘관의 이름은 나폴레옹 보나파르트였다.

태생 — 코르시카의 소년

나폴레옹은 코르시카 태생이다. 이 섬은 원래 제노바령으로서 독립 기풍이 강해 자주 반란이 일어나곤 했다. 그러자 제노바는 프랑스군에 부탁해 반란을 진압시켰고 마지막에는 빚 저당으로 섬 자체를 프랑스에 팔아 버렸다. 나폴레옹(황야의 라이온)은 이 섬의 독립운동가였던 가난한 귀족의 아들이었는데 생활고 때문에 열 살 때 프랑스 본토의 육군 유년학교에 들어갔다. 이후 5년에 걸친 기숙사 생활은 그다지 즐겁지 않았다. 매점에서 맛있는 것을 살 돈도 없었거니와 가난하다고 놀림까지 당했다. 그러면서도 남에게 고개를 숙이려 하지 않은데다 프랑스에 대한 적대감을 감추지 않아 자주 싸움을 하곤 했다.

사관학교에 들어가 포병사관이 되어서도 가난은 여전했다. 적은 봉급으로 식비를 줄여 책을 샀다. 한 권의 플루타르코스가 종종 저녁식사 대신이었다. 알렉산드로스, 시저, 프리드리히 대왕의 전기를 즐겨 읽었다.

어느덧 나폴레옹은 스무 살이 되었다. 그 해에 프랑스 혁명이 발발했다. 국왕 폐하의 사관이었지만 본래부터 국왕에게 조금의 의리도 느끼지 않았던 나폴레옹은 좋은 기회라고 생각하고 코르시카로 돌아가 독립운동에 참가했다. 그러나 독립운동의 지휘자 파울리와 대립, 결국 가족과 함께 섬에서 추방당하고 말았다.

섬에도 독립운동의 내부 항쟁에도 염증이 난 그는 가족을 부양하기 위해 포병사관으로 돌아갔다. 당시에 혁명 프랑스는 유럽 전체로부터 미움을 사 사방에서 전쟁을 하고 있었기에 참전할 기회는 의외로 빨리 다가왔다. 왕당파가 있는 남프랑스 쯔론 요새 공략의 총사령관이 되어 스스로 전선에 나가 대포를 다루어 요새를 공략해 스물네 살의 젊은 나이에 육군소장이 되었다. 그러나 세상은 그리 만만하지 않았다. 파리 시민들이 혁명에 질리고 급진적인 로베스피에르파가 실각하고 다분히 기회주의적인 총재 정부가 생기자 나폴레옹은 로베스피에르파라는 이유로 투옥되었다. 오해가 풀려 석방되었지만 여전히 변변한 직책은 없었다. 끼니마저 걸러야 하는 날들이 다시 돌아왔다.

그러나 1795년, 마침내 그에게 행운이 찾아왔다. 왕당파의 쿠데타를 눈치챈 총재 정부의 요인(要人)이 진압을 위해 유능한 지휘관을 찾다 쯔론을 공략한 나폴레옹을 특별히 등용한 것이다.

나폴레옹은 파리 시가에 사정없이 대포를 쏘아 반란을 진압함으로써 일약 화제의 인물이 되어 사교계에도 출입하게 된다. 하지만 워낙 외모가 촌스러워 화려한 살롱에는 어울리지 않았다. 신발도 군복도 헐렁해서 마치 '장화를 신은 고양이' 같다며 놀려댔다. 이 '장화를 신은 고양이'가 머지않아 유럽 전역을 뒤흔들 줄 누가 알았겠는가!

대무대 이탈리아 원정

나폴레옹의 다음 임무는 북이탈리아에서 세력을 확대 중이던 오스트리아를 격파하는 것이었다. 임지에 부임한 나폴레옹은 연전 연승을 거두었다. 그는 참모(부하 각 군단에 상세하게 지시를 내리는 연락 책임자)를 중용하여 각 군단의 명령 체계를 철저히 해 이동과 집결을 반복하여 적을 격파했다. 또한 그는 연설에 탁월해 병사들의 마음을 사로잡아 사기를 올리는 데 능했다. 오브리가 엮은 『나폴레옹 언행록』에 정리된 당시의 연설을 보자.

"병사 여러분! 여러분들은 2주 동안에 10번의 승리를 거두었고 21개의 군기(軍旗), 55문의 대포를 빼앗고 1만 5천의 포로를 붙잡아 1만의 적병을 죽였다. ……그러나 병사 여러분! 여러분에게는 아직 해야 할 일이 남아 있는 이상, 아직 아무것도 하지 않은 것과 다름없다. ……여러분에게는 아직 해야 할 전투가 있고 빼앗아야 할 도시가 있고 건너야만 할 강이 있다."

그의 지휘하에 마침내 프랑스군은 이탈리아의 실권을 장악하고, 이어서 오스트리아 본토에 침공하여 수도 빈에 육박할 기세를 보였다. 1797년 10월에 화평이 성립되어 나폴레옹군은 많은 배상금과 전리품을 갖고 개선함으로써

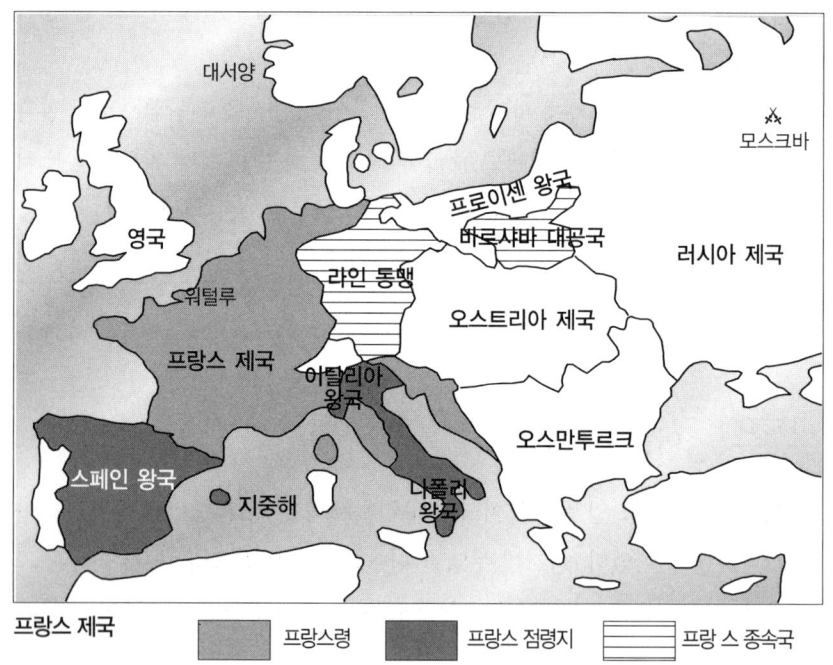

국민들의 열렬한 환영을 받았다.

고투 — 이집트 원정

총재 정부는 '국민의 영웅' 나폴레옹을 겁내 그에게 실패가 확실한 임무를 주기로 했다. 대(對)영국 방면 사령관으로 임명하고 압도적으로 우세한 영국 해군을 상대로 상륙 작전을 하라고 명한 것이다. 그러나 나폴레옹은 "영국을 치려면 지중해를 건너 이집트에 상륙, 영국과 인도의 교통을 차단하는 것이 제일입니다. 저를 이집트로 보내 주십시오"라고 말했다.

그렇게 하여 나폴레옹은 이집트로 상륙하여 현지의 터키군(軍)에게 크게 승리했다. 그러나 프랑스 함대는 이집트 앞바다에서 명장 넬슨이 이끄는 영국 함대에 의해 괴멸하여 프랑스군은 중동(中東)에서 고립되었다. 보급이 끊겨 고전하던 나폴레옹은 프랑스 본국에서 다시 한번 전복(顚覆) 음모가 진행되고 있음을 알고 본국 정부에 무단으로 병사 500명만 데리고 돌아갔다. 이미 이집트의 승리를 전해 들은 사람들은 다시 한번 그를 환영했다.

이 즈음에 나폴레옹은 정부의 실권을 잡을 생각을 하게 되는데, 야심이 있기도 했고 패기없는 총재 정부를 보고 구국(救國)의 열정에 휩싸였기 때문이기도 했다. 둘 다 거짓은 아닐 것이다.

절정 — 황제 나폴레옹

정부의 일부 고관, 군, 파리 시민을 같은 편으로 만든 나폴레옹은 쿠데타를 감행하여 제1통령이 되었다. 형식은 세 명의 통령으로 이루어진 삼두정치였지만, 나폴레옹의 독재체제임은 명백했다. 이 시대에 그는 국내의 안정을 도

모하고 법률을 정비하여 유명한 '나폴레옹 법전'을 편찬하게 하였다. 나폴레옹을 싫어하는 역사가들도 이 법전만은 훌륭하다고 인정한다.

제1통령이 황제가 되는 데는 그다지 오래 걸리지 않았다. 1804년 12월 2일, 드디어 황제 나폴레옹이 탄생하였다.

나폴레옹은 황제가 되어서도 전쟁을 계속해야 했다. 중국의 옛 황제는 "말 위에서 천하를 얻을 수는 있어도 말 위에서 천하를 통치할 수는 없다"라고 했지만 나폴레옹의 생각은 달랐다. 자기는 왕족이 아니므로 국민들의 지지가 자기의 목숨이며, 지지를 얻으려면 전쟁에 계속 이겨야 한다고 보았다. 그는 말 위에서만 천하를 다스릴 수 있었던 것이다.

게다가 나폴레옹이 평화를 원하더라도 다른 국가들이 그것을 용납하지 않았다.

특히 영국은 나폴레옹을 미워하여 다른 국가들을 끌어들여 싸움을 걸어왔다. 그래서 나폴레옹은 영국 본토 상륙을 기도했지만 넬슨에게 트라팔가르 전투에서 패하여 좌절되었다. 넬슨은 이 전투에서 치명상을 입었지만 "신이시여, 감사합니다. 저는 의무를 다했습니다"라는 말을 남기고 조용히 숨을 거두었다고 한다.

바다에서 패한 프랑스군은 육지에서 이겨야 했다. 나폴레옹은 아우스터리츠에서 러시아 · 오스트리아 · 프로이센의 연합군과 싸워 승리했다. 제정(帝政) 프랑스의 출발을 장식하는 대승리였다. 이후에 나폴레옹의 '대륙군'은 각지를 돌며 승리를 거듭했다. 7년 전쟁에서 싸운 프로이센의 명장들…… '백발이 될 때까지 오랫동안 전쟁터를 왕래하고 프리드리히에게 인정받은 사람들'도 그의 적수는 못되었다. 나폴레옹은 "60이 넘은 장군은 이제 있어서는 안 될 것이다. 그들에게는 실권 없는 명예직이면 충분하다"고 말했다.

그러나 영화를 누리던 프랑스제국에 세 가지 어두운 그림자가 드리워지기 시작했다.

첫 번째 그늘은 영국을 굴복시키기 위해 '대륙 봉쇄령'을 내린 데서 비롯되었다. 대륙 봉쇄령이란 유럽 각국과 영국과의 교역을 금지한 조치였는데, 이것이 여러 나라의 불만을 불러일으켰다. 이미 영국은 산업혁명이 한창이라 '세계의 공장'이 되어가고 있었고, 유럽은 영국 제품 없이는 살 수 없게 되었던 것이다.

두 번째 그늘은 스페인 때문이었다. 프랑스는 확실히 지도상에서는 스페인을 정복했지만 스페인의 게릴라전에는 애를 먹었다. 몇 년 후에 나폴레옹은 "스페인의 궤양이 프랑스제국을 멸망시켰다"고 말하게 되었다.

세 번째 그늘, 곧 다른 나라 군인들도 당하기만 하지는 않았다는 것이다. 프로이센을 중심으로 군정을 개혁하고 나폴레옹 전술을 해부, 분석했다.

나폴레옹에게 맞서 싸운 장군들을 중심으로 나폴레옹 제국이 붕괴되어 가는 과정을 살펴보자.

초토 쿠투조프와 러시아 전역

러시아는 좀처럼 대륙 봉쇄령에 따르지 않았고 영국과의 무역을 중지하려고도 하지 않았다. 러시아는 영국의 공업제품이 필요했고, 영국은 배를 만들기 위해 러시아의 재목이 필요했다. 나폴레옹은 '징벌'을 위해 유럽 각국에서 군을 모집했다. 도합 40만의 대군이 러시아로 몰려들었다. 이에 맞선 러시아의 총사령관은 쿠투조프였다. 그는 예카테리나 2세 시대 이래 전쟁터를 왕래한 외눈박이 노장이었는데 아우스터리츠 전투에서는 러시아 황제를 보좌했다. 그러나 실은 '이기면 공훈은 황제의 것, 지면 책임은 쿠투조프의 것'이라는 상태에서 황제가 말하는 대로 싸우다 패하여 좌천당한 것이었다. 그러나

이 일대 위기에 즈음해 황제는 때마침 쿠투조프를 다시 생각해 냈다. 이리하여 병사의 신임이 두터운 그가 총사령관이 되었다. 그러나 쿠투조프는 결전을 할 생각은 없었다. 전술의 천재 나폴레옹에게 정면으로 맞서는 것은 어리석기 짝이 없는 일이었기 때문이다. 쿠투조프는 초토화 작전으로 나가, 모스크바 전면에서 한 번의 전투만 하고 퇴각하였다. 나폴레옹은 의기양양하게 모스크바에 입성했지만 도시는 텅 빈 상태여서 식량을 구할 길이 없었다. 그리고 입성하자마자 모스크바에는 큰 불이 났다(모스크바에 불을 지른 것은 누구인지 아직 밝혀지지 않고 있다. 쿠투조프설, 모스크바 총독설, 사고설 등이 있다). 불탄 모스크바에서 정전(停戰)의 사신(使臣)을 기다리며 한 달을 보내고 나폴레옹은 철수를 결의했다. 그러나 이미 때는 겨울이었다. 혹한과 카자크의 습격

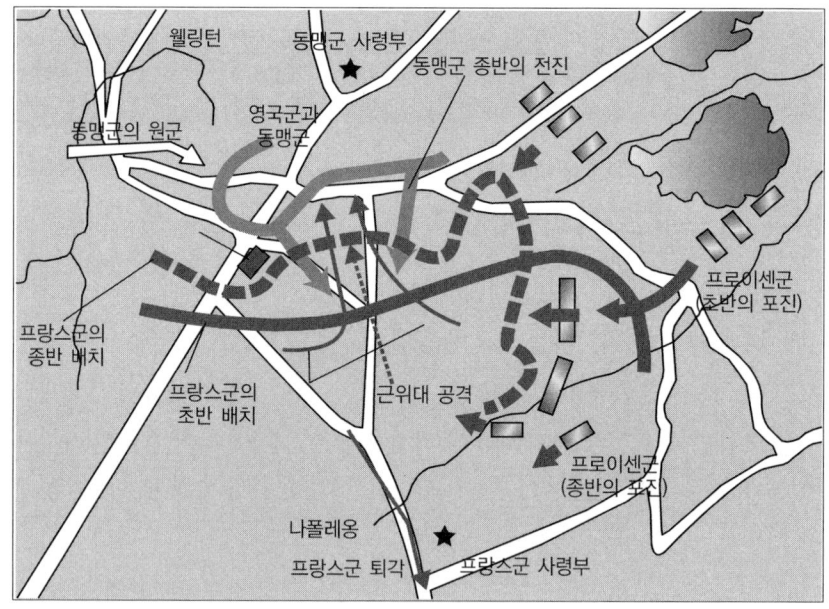

워털루 전투

에 낙오자가 속출해, 국경을 넘을 수 있었던 병사는 40만 중에 1500여 명에 불과했다. 이 일로 '나폴레옹 신화'는 땅에 떨어졌다. 이 해의 혹독한 겨울은 쿠투조프의 목숨도 앗아갔다. 당시 그의 나이 67세였다.

악화 — 독일 참모 본부

'대륙군'의 붕괴를 보고, 지금까지 머리를 숙이고 있던 독일 각국도 반(反)나폴레옹으로 돌아섰다. 특히 프리드리히 2세 이후로 전통을 자랑하는 프로이센에서는 샤른호르스트와 그 제자 그나이제나우가 군정 개혁을 추진하고 있었다. '정보 수집, 작전의 책정, 현장 지휘……각 분야를 전문가에게 일임하고 국왕이더라도 외부가 참견하지 않게 하는 체제를 만들어 샤른호르스트는 한 사람의 천재를 대신하려고 했다.' 나중에 몰트케를 낳는 독일 참모 본부의 시작이었다.

샤른호르스트가 죽은 후에 이 사업을 이어받은 그나이제나우는 군대를 효율적으로 가동하고자 애썼다. '명령 전달의 계통화, 명령서의 형식화'……그리고 프로이센·오스트리아 연합군의 작전회의에서 그나이제나우는 프랑스군으로부터 연합군으로 돌아선 장군들과 협의해 한 가지 결론을 내렸다.

"나폴레옹의 뛰어난 전선 지휘 능력에 정면으로 맞서서는 안 된다. 쿠투조프의 승리는 나폴레옹과 싸우지 않았기에 가능했다. 나폴레옹과의 결전은 항상 피하되 그 사이에 나폴레옹 이외의 장군이 지휘하고 있는 군을 치는 것이다……."

그나이제나우의 계획은 성공했다. 그 결과 나폴레옹은 독일 영토를 잃고 프랑스로 쫓겨갔다. 계속되는 원정으로 국내에서는 반나폴레옹 쿠데타가 일어나 황제는 엘바 섬으로 유배되었고, 프랑스에는 루이 16세와 인척 관계인 루이 18세가 돌아왔다.

그런데 이 루이 18세는 마치 혁명 일어난 적도 없었다는 듯 루이 14세 같은 절대군주처럼 행세했다. 당연히 나폴레옹을 그리워하는 사람들이 많아졌고, 기회를 엿보던 나폴레옹은 섬을 탈출하여 국민들의 영웅으로 다시 돌아왔다.

종말 웰링턴과 워털루 전투

유럽 각국은 황급히 대군을 편성하여 나폴레옹을 맞아 싸웠다. 나폴레옹은 이탈리아에서와 같은 각개격파 전략으로 나갔다. 멀리 있는 오스트리아·러시아군은 뒤로 미루고 우선 가까이에 있는 영국·프로이센 중에서 영국군을 쳤다.

이에 맞서 싸운 것은 영국군이 자랑하는 '철석공작(鐵石公爵)' 웰링턴이었다. 그는 완고한 아일랜드인이며 방어 전술의 명수였다. 어렸을 때부터 수학을 잘했고 그의 전투 방식은 '정확(精確), 예측, 기하, 조심성, 확실한 퇴각, 절약형 예비병, 철저한 냉정함, 일사불란한 방식, 지형을 이용한 전술, 분·초를 따져가며 치르는 전투, 임의 행동의 일체 금지……'였다.

나폴레옹은 잘난 척하지 않아 병사들에게 인기가 있었지만 웰링턴은 병사들의 미움을 샀다. 그래도 병사들은 그의 명령에 절대 복종했고 그도 병사들에게 복종 이상의 것은 요구하지 않았다.

웰링턴은 워털루에서 나폴레옹을 맞아 싸우기로 했다. 특기인 방어전에 들어가 프로이센의 블뤼허군(軍)이 찾아오기를 기다렸다. 블뤼허가 오면 병력 수에서 우세하므로 승산이 있다고 생각했다. 관건은 블뤼허가 제때에 오느냐에 달려있었다. 전투는 시작되었고, 영국의 장교들은 이쪽 저쪽에서 원군(援軍)을 희망했다.

웰링턴은 '한 명의 병사도 없다. 거기서 전사하라' 라고 명하고 원군을 기다렸지만 전황은 불리해지기만 했다. 곧 측근은 '철석대공(鐵石大公)'이 창백해진 입술로 중얼거리는 것을 들었다. '블뤼허가 오든가, 밤이 오든가…….' 그가 오지 않으면 죽음밖에 없었다.

블뤼허는 결국 왔고 워털루 전투는 웰링턴의 승리로 끝났다. 나폴레옹은 붙잡혀 영국에 의해 절해의 고도(孤島) 세인트 헬레나로 보내져 일생을 마치는 운명이 되었다.

환영 ─ 나폴레옹 전설

그러나 돌아온 루이 18세가 무능하여 나폴레옹의 인기는 소리 없이 높아져 갔다. 마지막 패배도 '비극의 영웅' 이미지 만들기에 한몫하여 많은 작가들이 나폴레옹을 추켜세웠다.

왕정 복고기에 활약한 작가 스탕달은 즐겨 민주주의자와 나폴레옹파를 주인공으로 삼았다.

대표작 『적과 흑』은 연애 소설이라기보다는 다분히 정치 소설이다. 즉 분수에 맞지 않는 야심을 품은 농민의 아들이 '나폴레옹 시대라면 나는 서른에 장군이 되었거나 아니면 총탄 한 발로 끝장이다. 하지만 지금은 빨간 군복이 아니라 검은 수도복 시대이니 수도사가 되어 여자를 속여 큰돈이나 벌어보자고 생각을 바꾸어 목적을 위해 매진하지만 타고난 인간성이 방해가 되어……' 라는 투의 얘기가 전개되는 것이다.

작가 빅토르 위고는 아버지가 나폴레옹군의 장군이었는데 어머니는 나폴레옹을 아주 싫어했다고 한다. 부모는 별거하고 유고는 어머니 손에 자라 왕당파가 되었지만, 그후에 자유주의로 기울면서 나폴레옹에게도 끌리게 된다. 그는 같은 편이든 아니든 용감하고 통쾌한 것에는 칭찬하지 않고는 못 견디는 성격이었다. 『레 미제라블』도 나폴레옹군의 용감함을 묘사한 소설 중 하나이다.

19세기 후반에 탄생한 '나폴레옹 전설'은 다분히 예술가들에 의해 것이었다. 그 전설에 편승해 프랑스의 권력자가 된 것이 나폴레옹의 조카, 나폴레옹 3세였다.

WILHELM I

빌헬름 1세

독일 통일의 날

DATA
생몰 : 1797~1888
재위 : 1861~1888
지역 : 독일
왕조 : 독일 제국

19세기에 들어서자 오랫동안 분열되어 있던 독일에도 통일의 징조가 보이기 시작했다. 통일을 주도하는 것은 프로이센, 그리고 프로이센 왕 빌헬름 1세 주위에 '시대의 요청을 총과 피로써 해결'하려는 무서운 사나이들이 있었다.

배경 — 독일 국민회의

나폴레옹 전쟁이 끝나고 반동의 시대가 다가왔다. 빈 회의에서 결정된 것은 결국 유럽을 모두 혁명 전으로 되돌리자는 것이었다. 국경선을 전쟁 전으로 되돌리고 정치 체제도 전쟁 전처럼 절대주의 왕정으로 되돌렸다.

그러나 이 체제는 오래 가지 못했다. 1848년에 파리에서 혁명이 일어나 각국에 확산되었고, 독일 각 영방에서도 국민들이 봉기했다. 특히 프로이센에서는 모인 국민들을 향해 발포하여 혼란은 더욱 가중되었다. 강경파 국왕 프리드리히 빌헬름 4세도 마침내 꺾여 '앞으로는 프로이센이 독일의 통일과 자유의 중심이 될 것'이라고 말했다. (그에게는 원래부터 조울증 증세가 있었다).

얼마 후에 독일 전역에서 대표 500명 정도가 프랑크푸르트에 모였다. 이른바 독일 국민회의였다. 하지만 토론에서는 대학교수들만이 눈에 띄었고 통일 국가에 대한 사고방식은 제각각이어서 도무지 의견이 수렴되지 않았다. 독일을 미국 같은 연방 국가로 할 것인가, 대혁명 후의 프랑스 같은 공화정으로 할 것인가, 그도 저도 아니면 영국처럼 입헌 군주제로 할 것인가, 그리고 오스트리아를 제외하고 프로이센을 중심으로 통합되는 '소독일주의'로 갈 것인가, 오스트리아를 중심으로 독일 전체가 통합되는 '대독일주의'로 갈 것인가. 옥신각신한 끝에 결국 소독일주의와 입헌 군주제라는 가장 온건한 헌법이 채택되었다. 의회는 즉시 대표단을 베를린으로 파견하여 프로이센 왕에게 제관과

헌법을 바치기로 하였다.

그런데 왕은 이를 받지 않았다. 독일 제국 왕이 선택해 준 것이라면 좋지만, 혁명가가 내미는 제관은 원하지 않는다는 이유였다. 약속을 파기한 데 대해 사람들은 분노했고 다시 한번 각지에서 시민군이 일어났다. 하지만 1년 동안에 각국의 군대는 시민 반란에 대한 방비를 견고히 했기 때문에 봉기는 곳곳에서 진압되었다. 진압의 주력은 프로이센의 막강한 군대였다. 의회의 교수들은 거의 전원이 전향해 국가주의와 애국심을 요란스럽게 강조하고 나섰다. 이 상황을 지켜본 프로이센의 왕제(王弟) 빌헬름은 이렇게 썼다.

'독일을 통일하려면 독일을 정복해야만 한다. 통일은 말로 되는 것이 아니다……'

국왕 — 빌헬름 1세

프로이센 왕은 심한 정신병에 걸렸고 왕제 빌헬름은 섭정이 되었다. 곧 왕이 죽자 빌헬름이 즉위했으니, 이이가 빌헬름 1세이다.

군대에 오래 근무했던 빌헬름 1세는 매우 보수적인데다 얼굴은 무표정했고 태도는 거만했으며 멋진 팔자 수염을 기르고 있었다. 그다지 호감을 주지는 않았지만 한번 내린 결론은 중간에 바꾸는 법이 없었고 주변에 우수한 부하들이 많았다.

중요 인물들 — 비스마르크, 몰트케, 크루프

그 필두가 재상 비스마르크였다. 융커(원래 뜻은 '젊은 주인, 곧 도련님'. 아직 주인의 지위에 오르지 않은 귀족의 아들을 가리킨다. 16세기 이래 엘베 강 동쪽 프로이센 동부의 보수적인 지방귀족의 속칭으로 사용되었다.) 출신인 그는 190cm의 큰 키에 대학에서는 28번 결투하여 모두 이겼고 그때의 상처가 평생 얼굴에 남아 있었다. 프로이센 의회(프랑스의 삼부회 같은 것으로서 귀족·중산계급·평민 3부로 나눠져 있었다)에 뽑혀 민주주의에 대한 공격과 프로이센 중심주의로 두각을 나타내 왕에 중용(重用)되었다. 1862년 프로이센의 재상이 되었고, 취임한 지 얼마 안 되어 철혈(鐵血) 연설을 했다.

"독일은 프로이센에 자유주의가 아니라 힘을 기대하고 있다. 시대의 요청은 언론과 다수결이 아닌 철과 피로 해결된다."

다음으로 참모총장 몰트케. 독일의 몰락한 구귀족 출신이며, 원래는 덴마크군(軍)에 있었다. 프로이센의 발전을 기대하고 옮겨왔다. 매우 마른 체격에

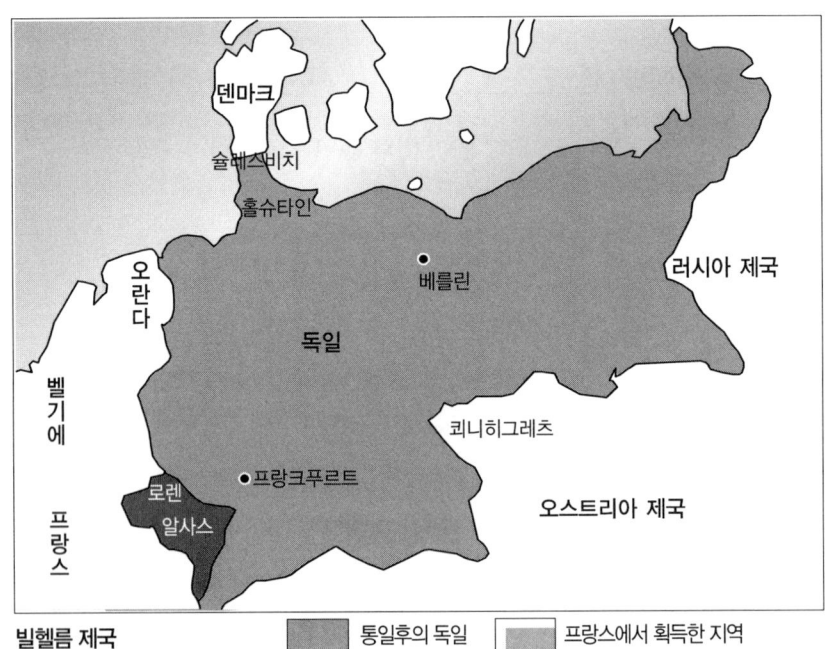

새 같은 눈, 매부리코, 얇은 입술의 그는 당시의 사회사상에 지극히 냉담했다. 말이 없고 금욕적인 편이었는데 책과 담배를 아주 좋아했으며 고급 여송연을 즐겨 피웠다. 철도와 전신(電信)을 중시해 '요새보다도 철도가 중요하다'고 주장했다. 프리드리히 2세와 마찬가지로 기동성이 승리의 열쇠라고 믿는 사람이었다.

그리고 대포왕 크루프가 있었다. 그는 작은 공장주의 아들로서 열네 살에 아버지를 잃고 공장주가 되었다. 청년 시절에는 영국의 진보된 기술을 알기 위해 프로이센 귀족으로 변장, 영국으로 건너가 철광 공장을 시찰하고 다녔다. '큰 키에 품위 있는 태도. 작은 백조를 본뜬 은제 박차(拍車)가 붙은 장화 — 영국인 공장주들은 이 귀족의 정체를 끝내 알아차리지 못했다'고 한다. 그러나 30대에 접어들어서는 고생 탓인지 머리가 벗겨지고 이마에는 깊은 주름이 잡혀 예전의 귀공자 모습은 찾아볼 수가 없었다. 1851년의 런던 박람회에서 청동이 아닌 강철로 만든 6파운드 야포(野砲)를 출품해 군사 관계자들을 놀라게 하기도 했다. 그후 비스마르크가 공장을 방문하자 "다른 나라 정부는 제 앞에 눈이 휘둥그레질 큰돈을 싣고 와서 부디 자기 나라에 대포공장을 만들어 달라고 하고 있습니다"라고 호언하며 최대한 자신을 알렸다. 곧 크루프사(社)의 대포는 프로이센 포병대의 주무기가 되었다.

전쟁(1) 오스트리아와의 전쟁

비스마르크는 재상이 된 후에 의회를 무시하고 병력을 증강했다. 그리고 나중에는 의회 자체를 폐쇄했으며 출판을 엄격히 단속했다. 국민들의 불만은 날로 커져갔고, 그는 전쟁으로 불만을 잠재우기로 마음먹었다. 독일 통일을 위해 전쟁은 꼭 필요하기도 했다.

'비스마르크 · 몰트케 · 크루프' 이들은 독일 정복에 나선 것이다. 우선 오스트리아를 격파해 '대독일주의'의 숨통을 끊어 놓아야만 했다. 프로이센은 오스트리아와 손잡고 덴마크로부터 슐레스비히 · 홀슈타인 지방을 나눠 갖고 있었는데 이 지방의 권익 때문에 오스트리아와 다투었던 것을 구실로 전쟁을 시작했다.

비스마르크는 프랑스의 호의적 중립을 얻어내고 이탈리아와 동맹하여 오스트리아 포위망을 격파했다. 몰트케는 전신과 철도를 이용해 대군(大軍)을 효율적으로 전쟁터로 이끌었다. 크루프는 오스트리아군의 전장총(前裝銃)과 전장식 대포에 맞서 후장총(後裝銃)과 후장식 대포를 프로이센군에게 공급했다.

쾨니히그레츠에서 오스트리아와 격돌했다. 국왕, 비스마르크, 몰트케, 이 세 사람은 언덕 위에서 전투를 지켜보았는데 전투는 고전을 면치 못했고 구원 요청이 빈번히 왔지만 몰트케는 작전을 변경하려 들지 않았다.

이때 비스마르크는 문득 생각나서 여송연 케이스를 내밀고 몰트케에게 권했다. 여송연은 두 개밖에 남지 않았고 한 개는 못쓰게 되어 있었다. 그는 좋은 여송연을 집었다.

비스마르크는 국왕에게 "전투는 승리합니다. 그는 이 중대한 때에 냉정하게 좋은 여송연을 선택했습니다"라고 말했다고 한다. 믿기 어려운 일화이지만 어쨌든 원군(援軍)은 몰트케의 예상대로 도착했다. 오스트리아는 패했고, 프로이센의 위상은 확고해졌다.

전쟁(2) 프로이센 · 프랑스 전쟁

그러나 남독일 국가들은 여전히 프로이센의 지배를 받아들이지 않았다. 그래서 비스마르크는 어제까지의 아군인 프랑스와 싸워 독일인의 국민 의식을 고무하고 남독일을 같은 편으로 끌어들이려 했다. 게다가 프랑스 국왕은 그 한맺힌 나폴레옹의 조카, 나폴레옹 3세였다. 애국심을 고양하는 데 있어 더 이상 좋은 방법은 없었다. 비스마르크는 열심히 구실을 찾았다. 프로이센·프랑스 양국의 긴장은 전세계가 아는 바였다. 막부 말기의 일본 토막파(討幕派)에 사이고 다카모리(西鄕隆盛)라는 희대의 권모가가 있었다. 그는 유신 직전 이미 '도리에 어긋나는 생각이기는 하지만 지금 프로이센과 프랑스가 전쟁을 시작해 주면 프랑스가 막부에 무기 원조를 제대로 할 수 없을 테니 좋은 기회'라고 친구에게 써 보냈다.

1870년에 절호의 기회가 찾아왔다. 스페인에서 왕조가 단절되자 임시 정부는 왕가의 옛 인척인 프로이센의 레오폴트 공자를 맞이하겠다고 한 것이다. 프로이센의 세력이 커질 것을 염려한 프랑스는 즉각 간섭하고 나섰다. 비스마르크는 기뻐 춤을 추었지만 국왕 빌헬름 1세의 생각은 달랐다. 그는 프랑스와의 전쟁을 원하지 않았고 레오폴트가 즉위를 거절하게 했다. 그러나 프랑스는 너무 앞서 갔다. 프랑스가 "프로이센 왕가의 사람은 앞으로 영원히 스페인 왕이 되지 않겠다고 약속해 주시오"라고 말한 것이었다. 빌헬름 1세는 평소의 무표정한 얼굴로 이를 거절했고 비스마르크에게 '일단 보고하라'는 전보를 쳤다. 비스마르크는 마침 몰트케와 식사 중이었는데 포크를 쥔 손을 놓으며 몰트케에게 물었다.

"군대를 준비시키는 데 얼마나 걸리겠소?"

"즉시 할 수 있습니다."

이 말을 듣고 비스마르크는 전보의 내용을 고쳤다.

"프랑스 대사는 국왕에게 너무나 무례한 요구를 했기 때문에 국왕은 면회를 거절해 이제 할 얘기는 없다고 말했다……."

고쳐 쓴 전보는 신문에 발표되었고, 그 효과는 즉시 나타났다. 독일 국민은 분노했고, 프랑스 국민도 화가 났다. 나폴레옹 3세는 여론에 밀려 스스로 선전 포고를 함으로써 주변 국가들의 동정까지 잃어버렸다.

전쟁은 시작되었다. 몰트케로서는 '10년이 넘게 작전을 짰으므로 막상 시작되면 할 게 아무것도 없는' 전쟁이었다. 남독일 영방들은 프로이센의 편에 섰다. 프랑스군의 주력은 파리에서 차단되어 포위당했다. 인기를 얻으려는 나폴레옹 3세는 몸소 군을 이끌고 포위를 풀러 갔는데 오히려 포로가 되고 말았다.

그래도 프랑스 국민은 전쟁을 중지하지 않았고 파리에 공화 정부를 만들어 저항하다 결국은 지쳐 항복했다.

절정 황제의 관을 받다

프랑스의 항복에 앞서 프로이센군은 파리를 완전히 포위하고 교외의 베르사유 궁전을 점거, 궁전에서 빌헬름 1세를 둘러싸고 독일제국의 탄생을 축하했다. 새 황제 빌헬름은 '바이에른의 루트비히 2세가 요청했기 때문에 할 수 없이' 제관을 받았다.

그러나 제국의 영화는 길지 않았다. 빌헬름 1세가 죽은 후에 성공에 취해 있던 빌헬름 2세는 독일을 제1차 세계대전의 수렁에 빠지게 했고 제국은 불과 3대 만에 와해되었다.

NAPOLEON III

나폴레옹 3세

두 번째는 희극으로서

DATA
생몰 : 1808~1873
재위 : 1852~1871
지역 : 프랑스
왕조 : 프랑스 제2 제정

나폴레옹의 조카, 루이 나폴레옹. 그는 숙부의 인기를 업고 통령에서 황제가 된다. 마르크스는 이를 두고 '역사는 반복된다. 첫 번째는 비극으로서 두 번째는 희극으로'라고 말했다.

배경 — 혁명 또 혁명

1851년, 나폴레옹이 세인트 헬레나로 보내진 후에 프랑스는 이미 두 번의 혁명을 경험했다. 처음은 루이 18세가 쫓겨나 루이 필립이 왕위에 올랐고, 그 다음에는 공화제(제2 공화제)가 펼쳐졌다. 그런데 이 공화국이 처음에 한 일이 혁명을 일으켜 공화제를 만들어준 파리의 노동자들을 '진압'하는 것이었다. 작가 조르주 상드는 "나는 이제 프롤레타리아를 죽이는 일을 첫 임무로 삼는 공화국의 존재를 믿지 않습니다"라고 말했다. 그러나 진압을 잘 처리한 장군 카베냐크는 의기양양해져서 다음 선거에서는 자기가 대통령이 되겠다고 궁리하고 있었다. 그러나 뜻밖의 경쟁자가 나타났다. 나폴레옹의 조카, 루이 나폴레옹이었다.

출세 — 허풍쟁이, 대통령, 황제

루이 나폴레옹은 운이 좋은 사람이었다. 처음에는 스위스에 있었는데, 프랑스에서 쿠데타를 일으키려다 실패하고 미국, 영국을 돌아다니며 어머니의 유산을 3년 만에 탕진하고 나서 다시 프랑스로 돌아와 두 번째 쿠데타를 기도했다. 물론 붙잡혀서 투옥되었지만 감옥에서는 태평하게 책을 읽으며 보냈고 애인(및 애인의 가정부)에게 아이까지 낳게 했다.

탈옥해 런던으로 돌아간 그는 프랑스 제2 공화제 의원으로 선출되기도 했다. 파리 거리에서는 시민들이 '나폴레옹 만세!'를 외쳤다. 작가 위고도 그에 동참했다.

사람들은 루이 나폴레옹에게 기대를 걸었다. 농민들은 '좌익은 무서우니 나폴레옹 쪽이 낫겠다'고 생각했고 노동자들은 '우익은 무서우니 카베냐크보다 나폴레옹 쪽이 낫겠다'고 생각했다. 산업계도 그가 '재산·종교·가족의 존중'을 천명했기에 그에게 기대를 걸었다. 루이 나폴레옹은 이리하여 대통령이 되었다.

그러나 그가 궁극적으로 목표로 하는 것은 대통령이 아니었다. 그는 나폴레옹 숭배를 이용하여 군을 장악하고 '전국의 교사들의 나쁜 공화사상'을 탄압했다. 보통선거를 정지하고 선거집회를 자신의 통제하에 두었다. 공화국 의원이었던 위고는 반대했지만 역부족이었다. 이어서 루이 나폴레옹은 헌법의 대통령 재선 금지 조항을 개정하려다 실패하고 쿠데타를 일으켰다. 그는 이번에도 또 '나폴레옹 만세!'라며 환영을 받으며 드디어 황제가 되었다. 나폴레옹 3세의 탄생이었다.

위고는 쿠데타에 반대하다 국외 추방을 당했는데, 당시 그가 쓴 시 중에 이런 것이 있었다. (그의 작품의 예는 죄다, 이것도 터무니없이 길기 때문에 요약한다는 것을 이해해 주기 바란다)

러시아의 황야를 지친 '대륙군'의 잔해가 간다. 나폴레옹은 하늘을 우러러 보며 말한다. "신이시여, 이것이 저의 쿠데타에 대한 보답입니까?"
"아직 아니다!"
절해의 고도(孤島) 세인트 헬레나에 유배된 나폴레옹은 하늘을 향해 부르짖는다.

"신이시여, 이것이 보답입니까?"

"아직 아니다!"

허풍쟁이가 나폴레옹의 이름 아래 쿠데타를 한다. 나폴레옹은 무덤 속에서 절규한다.

"신이시여, 이것이 보답입니까?"

"그렇다!"

몰락 — 전쟁, 포로, 퇴위

새 황제는 국민들이 자신에게 '프랑스의 영광'을 기대한다고 여기고 눈에 띄는 화려한 정책들을 폈다. 파리 시가의 고불고불한 골목을 없애고 아름다운 시가지로 만들었다. 나폴레옹처럼 전쟁을 하기 위해 멕시코로 출병했으나 소득 없이 돌아왔다. 그 다음에는 비스마르크의 도발을 기화로 프로이센과 전쟁을 벌였다. 파리는 '베를린으로, 베를린으로'라는 환호로 가득했다. 정부의 요인은 '나는 가벼운 기분으로 책임을 맡는다'고 말했고, 육군 장관은 '각반 단추 하나까지 부족한 부분은 없다'고 호언했다. 세계 역사상 이처럼 공허한 허세도 드물었다.

프로이센·프랑스 전쟁의 추세에 대해서는 빌헬름 1세 때를 참조하기 바란다. 이 전쟁에서 프랑스는 크게 패하여 황제는 포로가 되었으며 의회는 황제를 저버리고 '임시 국방 정부'를 만들었다. 황제는 퇴위를 당한 후 런던으로 망명했다가 3년 후에 죽었다.

후일담   **파리 코뮌**

파리 시민들은 국방 정부가 국방(國防)을 할 것으로 믿었지만 그 정부는 재빨리 정전(停戰) 교섭에 들어갔고 형식적인 선거 끝에 2/3기 왕당파인 새 의회를 만들었다. 파리 시민들이 분노한 것은 당연했다. 독일군이 철수한 직후 파리에서는 대반란이 일어났다. 정부는 베르사유로 도망갔고, 파리에는 코뮌이라는 정권이 탄생했다.

하지만 이 정권은 자유주의자들과 사회주의자들이 뒤섞인 집단으로 인도주의에 연연한 나머지 은행의 접수와 베르사유 진격을 미루었다. 그 덕에 베르사유 정부는 착실히 '진압' 준비를 하여 공세에 나섰다.

이때 나폴레옹 3세의 유산이 빛을 발했다. 그의 재위 기간 중에 파리는 넓은 도로가 관통하는 멋진 인공적인 도시로 변해 있었고, 옛날처럼 바리케이드를 구축하는 시가전에는 적합하지 않았다. 2, 3만 명의 희생자를 내고 '진압'은 끝이 났다. 베르사유 정부의 요인들은 아마 처음으로 나폴레옹 3세에게 감사했을 것이다.

마르크스는 영화의 절정에 있는 나폴레옹 3세에 대해 그의 쿠데타를 나폴레옹의 쿠데타와 비교하여 "역사는 반복된다. 첫 번째는 비극으로서 두 번째는 희극으로서"라고 말했다. 그것은 사실이었다. 그러나 이 희극에는 파리코뮌이라는 비극이 따라왔다.

코뮌이 한창이었을 때 마르크스는 말했다. "만약 그들이 패한다고 한다면 그것은 그들이 너무 사람이 좋아서이다." 그리고 코뮌은 '그 사람 좋음' 때문에 패했다. 마르크스는 이미 환상을 갖고 있지 않았다. 그 다음으로 그가 생각해 낸 것은 당(黨), 곧 철(鐵)의 규율로 국민들을 지도하는 비밀 조직이었다.

20세기는 이미 눈앞에 와 있었다.

LUDWIG II
루트비히 2세

신들의 황혼

DATA
생몰 : 1845~1886
재위 : 1864~1886
지역 : 독일 남부
왕조 : 바이에른 왕국

19세기의 남독일, 루트비히 2세는 전운이 감도는 세상을 외면하고 유유자적하고자 했으나 그 또한 불가능했다.

반향 — 히틀러와 디즈니

독일의 아돌프 히틀러는 화가가 되려다 독재자가 되었다. 그는 거대한 건축물을 좋아했고 특히 바이에른의 노이슈반슈타인 성(城)을 좋아해 자기가 죽으면 성을 폭파하라고 말할 정도였다.

미국의 월트 디즈니는 화가 지망생이었으나, 고생 끝에 애니메이션으로 크게 성공했다. 그는 애국심이 투철했는데 공산주의자를 일제 검거할 때는 영화계에서 1, 2위를 다툴 만큼(로널드 레이건과 1, 2위를 다툴 정도라는 뜻이다.) 적극적으로 협력해 '암흑의 제왕'이라 불렸다. 그는 거대한 유원지를 만들어 그 안에 신데렐라 성을 만들었다. 이 성의 모델이 된 것이 바로 노이슈반슈타인 성이었다.

20세기의 거물 두 사람에게 이만큼 사랑받은 성을 만든 사람이 바로 19세기 바이에른의 '미치광이 왕' 루트비히 2세였다.

미치광이 왕 — 희대의 매니아

19세기 독일에는 무수한 소국들이 난립하고 있었는데 그 중에서 선두를 다투는 강국이 오스트리아와 프로이센, 그리고 세 번째가 남(南)바이에른이었다. 바이에른의 왕 루트비히는 어릴 때부터 집짓기놀이를 좋아했고, 소년기에는 중세 서사시에 빠져 열다섯 살 때 바그너의 오페라 「로엔그린」을 보고 그의 열렬한 팬이 되었다. 그는 열여덟 살에 왕이 되었는데 국민들은 모두 젊고 아름다운 왕에게 갈채를 보냈었다. 그런데 왕이 내린 첫 명령은 어이없게도 '바그너를 찾아 데려오라'는 것이었다.

바그너는 막대한 빚을 지고 유럽을 전전하고 있었는다. 왕은 그의 빚을 모두 갚아주고 뮌헨에 호화로운 저택까지 지어 주며 작곡 활동을 원조했다. 국고를 낭비한다는 비난을 받자 루트비히는 수도를 떠나 산 속의 성으로 들어가 버렸다.

그는 음악과 축성(築城)에 빠져 있었는데 노이슈반슈타인 성, 린다호프 성, 헤렌키무제 성 등을 만들었다. 물론 시대는 이미 중화기 크루프 시대였고 산성은 요새로서의 의미는 없어졌으므로 순수한 취미에서였다. 그의 두 가지 취미 때문에 왕실 재정은 막대한 적자를 냈다 (그의 세 번째 취미는 남자를 좋아하는 것이었는데, 그것은 그다지 재정을 압박하지는 않았다).

정치 독수리와 비둘기

대독일주의, 소독일주의 등은 안중에도 없이 취미에 열을 올리던 그가 프로이센·프랑스 전쟁에서 갑자기 정치적 주목을 받게 된다.

당시에 남독일 국가들은 프로이센의 지배를 쉽게 받아들이지 않았다. 그래서 프로이센의 재상 비스마르크는 프랑스와 싸워 독일인들의 국민 의식을 고무하고 남독일을 같은 편으로 끌어들이려고 했다. 작전은 성공하여 바이에른 국내에서도 애국열이 높아졌고 마침내 프로이센의 동맹국으로 참전하게 되었다. 비스마르크는 루트비히가 프로이센 왕 빌헬름에게 제관(帝冠)을 준다는 시나리오를 생각했다.

루트비히는 마지못해 제위의 추천인이 되었으나 결국 대관식에는 '심한 치통'을 핑계로 참석하지 않았다. 왕은 이런 상황을 견딜 수 없었던 모양이다. 그 이후에 더욱 정치에 무관심해져 낮에는 잠자고 밤이 되면 금박(金箔) 마차로 성 주변을 달렸다. 탐식과 영양의 불균형으로 몸은 비대해졌으며 치아도 빠졌고 눈에는 사진으로 봐도 명확히 알 수 있을 정도로 광기가 어려 있었다. 마침내 장관들은 왕을 감금했는데, 이튿날 그는 호수에서 의문의 익사체로 발견되었다.

왕은 생전에 성을 구경거리로 삼고 싶지 않으니 자기가 죽으면 성을 폭파하라고 말했었다. 성은 물론 구경거리에 최적이었으므로 폭파되지 않았고 현재도 바이에른의 관광 자원이 되고 있다. 데카르가 『미치광이 왕 루트비히』에서 언급한 대로 바이에른을 파산 직전까지 몰았던 성이 이제는 가장 큰 자산이 되었다. 루트비히가 벌였던 기행(奇行)도 후세 사람들의 흥미를 끌어 그 자체가 관광 자원이 되었다. 이제 그의 지명도는 빌헬름 1세를 능가한다.

빅토리아 여왕

VICTORIA

번영의 여왕

DATA
생몰 : 1819~1901
재위 : 1837~1901
지역 : 영국
왕조 : 하노버 왕조

일찍이 영국이라는 이름의 가스등은 다른 어느 나라보다도 강하고 눈부시게 빛났었다. 그런 황금 시대에 군림한 것은 영국 역사상 가장 오래 재위한 빅토리아 여왕이었다. 그녀는 '영국 그 자체'였다.

영광의 대영제국 — 팍스 브리타니카

19세기 말 영국은 공전의 번영을 맞이하고 있었다. 많은 식민지, 최강의 해군, 진보된 공업력. 빅토리아 여왕이 이 모두를 이룬 것은 아니지만 그녀는 분명 '해가 지지 않는 나라' 영국의 상징이었다.

그녀는 1837년, 열여덟 살 때 여왕에 즉위했다. 즉위했을 때의 일화가 있다. 즉위식이 끝나고 여왕은 시종에게 홍차와 타임지를 갖고 오라고 명령했다. 하지만 그녀는 시종이 그것들을 가져오자 흘깃 보고는 미소만 띨 뿐 손대지 않고 치우게 하였다. 의아한 표정을 짓는 시종에게 그녀는 이렇게 말했다.

"내게 정말로 권력이 있는지 시험해 보고 싶었을 뿐이에요."

엄격히 자라나서 자유롭게 홍차를 마시는 것조차 허락되지 않던 그녀의 소녀다우면서도 풍부한 기지를 엿볼 수 있다.

여왕은 스무 살 때 독일의 색스코버그 고터가(家)의 앨버트 공(公)과 결혼했다. 여왕은 이 아름다운 왕자를 진심으로 사랑했고 모든 일에 의지했다고 한다. 앨버트는 처음에는 외국인이라는 이유로 반발을 샀지만 유능하고 근면했기 때문에 점차 신뢰와 애정을 얻게 되었다.

앨버트는 1861년에 장티푸스(암이라고도 한다)로 세상을 떠났는데 여왕은 너무도 상심하여 한때는 심신상실증 때문에 보행이 힘들 정도였다. 숙부인 벨기에 국왕 레오폴트에게 보낸 편지에서도 그녀의 슬픔을 느낄 수 있다.

'저의 행복은 끝났습니다. 제게 이 세상은 없는 것과 다름없습니다.'

그러나 곧 그녀는 복귀하여 앨버트가 살아 있었을 때보다 더욱 정열적으로 통치에 임했다. 여왕에 대한 신뢰는 전보다 더욱 높아졌다.

낙일 사라져가는 가스등의 불빛

빅토리아는 평생 의회를 존중했으며 견실한 정치를 해나갔다. 실질상의 권한이 의회에 있다고 해서 스스로의 의무를 포기하지는 않았으며 항상 외교와 내정에 배려를 아끼지 않았다.

또한 그녀가 국민에게 인기가 있던 원인은 그 소시민적인 생활 때문이었는데, 남편이 살아있던 당시부터 빅토리아는 규칙적이고 소박한 생활을 하여

당시 귀족을 압도하고 있던 중산계급의 모범으로서 평가되었다.

20세기의 첫 해인 1901년 1월 22일에 빅토리아 여왕의 60여 년에 걸친 통치는 막을 내렸다. 그녀의 나이 81세 때였다. 그 이후에 세계는 '격동의 세기' '대전의 세기'를 맞이하게 된다. 영국도 그 예외는 아니어서 1914년 사라예보에서 울린 총성이 발단이 되는 '인류 사상 최초의 세계대전'에 휘말렸다. 영국의 번영에는 그림자가 지기 시작했고 황금의 시대는 황혼의 시대로 변화해 갔다.

LEOPOLD II

레오폴트 2세

선의의 비극

DATA
생몰 : 1835~1909
재위 : 1865~1909
지역 : 벨기에
왕조 : 벨기에 왕실

영국을 비롯한 근대의 성공은 유럽 각국의 위기감과 야망을 부추겼다. 그 결과 전세계가 유럽의 시장으로 분단되는 비극을 낳았다. 그런 중에 벨기에의 자선가 레오폴트가 등장했다.

배경 — 근대 유럽

네덜란드에는 이런 농담이 있다고 한다.

'세계에서 가장 얇은 책이 두 권 있다. 한 권은 독일인의 유머에 대하여 쓴 책. 그리고 또 한 권은 벨기에 역사서'

'얇은' 벨기에의 역사서에 이름을 남긴 왕이 있었다. 바로 레오폴트 2세였다. 그가 벨기에의 발전을 바라고 그 바람을 실현하려 행동했을 때 비극의 역사는 시작되었다.

태생 — 벨기에 왕국

벨기에는 1830년에 네덜란드에서 독립했다. 그때까지는 플랑드르라 불렸고 상공업이 발전했으며, 독립 정권을 가진 것은 이때가 처음이었다. 초대 국왕은 레오폴트 1세였고 레오폴트 2세가 그 뒤를 이었다.

벨기에는 근대 중엽에 독립하였다. 영국 · 프랑스 · 네덜란드에 둘러싸인 벨기에의 왕으로서 그가 시대의 흐름에 뒤처지지 않으려 했다는 것은 당연할 수도 있지만, 다만 국가 번영을 위해 해외에 식민지를 원한 것, 그것이 비극을 초래했다.

레오폴트 1세가 식민지를 원하게 된 것은 이웃 나라 네덜란드가 자바 식민지에서 얻는 이익을 보았기 때문이다. 그는 중국, 대만, 남태평양, 보르네오, 필리핀, 뉴기니아, 그리고 일본 등 당시의 후진 지역을 물색했으나 식민화하는 데는 모두 실패했다. 그러던 중 아프리카 서해안 지방의 콩고분지를 발견하게 된다.

야망 　식민지의 획득

1877년에 탐험가 스탠리가 발견하기까지 콩고는 서양인들에게 미지의 땅이었다. 처음에는 콩고에 무역회사를 만드는 정도의 계획을 세웠던 레오폴트 2세의 꿈은 프랑스가 이 땅을 영토화하려 한다는 사실을 알고는 영유(領有)하려는 야망으로 바뀌었다.

레오폴트 2세는 '콩고 국제협회'를 설립, 콩고의 영유권을 주장했다. 그때

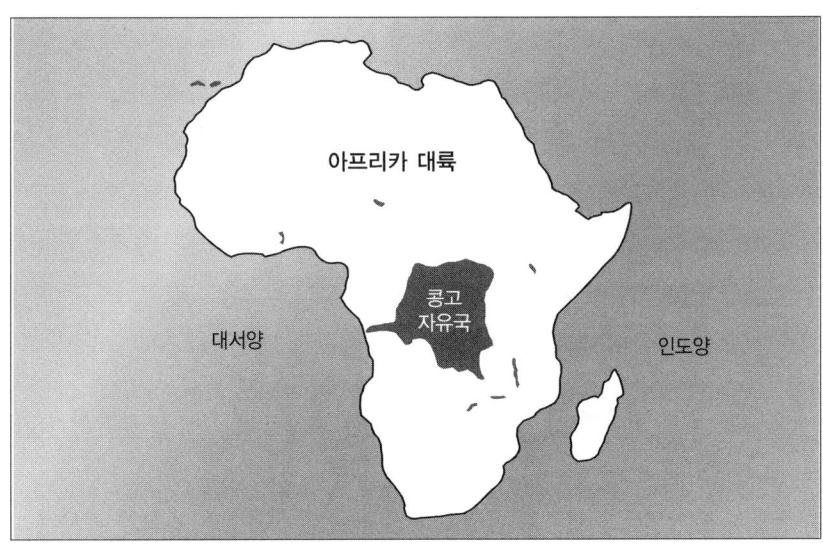

아프리카 대륙과 콩고 자유국

열강의 지지를 얻고자 일체의 관세를 부과하지 않겠다고 선언했다. 이것은 아프리카 대륙에 프랑스의 세력이 확대되는 것을 꺼려하는 영국, 미국 등의 이익과 맞아떨어졌다.

서구 열강들은 콩고 국제협회에 사실상의 주권을 인정했다. 그리고 1884~1885년의 베를린 회의에서 아프리카에서의 영유권이 협의되었을 때, 콩고 국제협회는 열강의 하나로 인정받았다. 1885년 8월 1일에 이곳은 '콩고 자유국'으로서 레오폴트 2세가 영유하는 독립국이 되었다.

'영유' 당하게 된 콩고인들이야 어찌됐든 벨기에 국민들은 크게 기뻐했다. 그러나 예상과 실제 상황은 전혀 달랐다. 벨기에 의회도 반대 내지 무시라는 입장을 취했고, 그 덕에 콩고는 일단 벨기에 식민지가 되지 않았다. 벨기에 국민들은 식민지를 필요로 하지 않았던 것이다.

결과적으로 '콩고 자유국'은 독립은 유지했으나 한 국가가 통째로 레오폴트 2세의 사령(私領)이 되는 중세를 방불케 하는 상황이 연출되었다. 그것은 벨기에의 입헌 군주제 같은 통치 시스템을 갖지 않은, 중세적인 지배를 콩고에도 드리운 것이었다. 그리고 이 상태는 나중에 콩고가 벨기에에 병합되기까지 계속된다.

착취 차별과 편견

식민지화된 콩고에 온 백인들은 원주민을 몰아내고 자생하는 고무나무에서 고무를 마구 채취했다. 산업혁명이 진행되던 당시에 고무는 필수적인 원료 중 하나였다. 콩고에서의 고무 생산량은 매년 증가했고, 1901년에는 세계 총생산의 10퍼센트 정도를 차지하게 되었다. 어쨌든 콩고는 거의가 벨기에의 국유지(레오폴트 2세의 소유지)였고 자라나고 있는 고무나무에 흠집을 내는 것

뿐 아니라 인두세(人頭稅)로서 노동 임금을 염려하지 않고 생산할 수 있었다. 이런 보배를 가만둘 리 있었겠는가. 콩고인들은 백인들에게 착취당했다. 규정 분량을 채취하지 않으면 심한 고문을 당했기 때문에 그들은 며칠씩 숲 속을 걸어들어가 필요한 것들을 채취해야 했다.

통치자는 책임과 명예를 위해서도 스스로 이런 일을 막아야 했지만 당시 백인들의 거주지는 항구 도시 마타디와, 수도로서 만들어진 레오폴트빌(현재의 킨샤사) 사이를 제외하면 자일 강에 있는 몇 군데의 주재소(駐在所)뿐이었다. 그런 상황에서 통치가 제대로 되었을 리가 없다. 정글에 발을 들여놓으면 그곳은 백인이 현지인들을 착취하는 무법의 땅이었다.

이런 비참한 상황을 비판하고 규탄한 것은 영국이었다. 당시 가장 많은 식민지를 획득한 영국은 반대로 인도주의에 있어서도 최첨단이었다. 어찌 보면 염치없기도 한 영국의 비판에 벨기에 국민들은 반발했다. 그러나 현지의 실태를 알게 되면서 벨기에인들의 논조도 바뀌어 갔다. 1904년에 콩고의 상황 보고서가 발매되자 레오폴트 2세에게 비난의 화살이 옮겨갔다. 1908년에 콩고 자유국은 벨기에에 병합되어 벨기에 정부의 통치하에 들어갔다.

하지만 악의 없는 비극은 1909년의 레오폴트 2세의 몰락 이후에도 계속되었다. 예를 들면, 기독교 선교단은 기독교화되지 않은 가엾은 후진 지역을 '문명화' 하기 위해 활약하고 있었다. 당시의 서양 열강의 식민지주의에는 인도적 장식으로서 비문명 지역의 (기독교적) 문명화라는 정말 아름다운 목적이 있었다. 기독교 선교단의 노력으로 콩고의 초등교육은 아프리카 최고 수준에 달했다. 그렇지만 종교 단체에 의한 초등교육의 발달은 국가에 의한 공교육 기관의 발달을 저해하였고 고등교육 기관의 발달이 늦어지는 결과를 낳았다. 결국 콩고 독립 시에는 대학 졸업자가 불과 16명밖에 없는 상황이 되어 사회 혼란을 초래하는 한 원인이 되었던 것이다.

그리고 시대는 흘러 아프리카의 피식민지 제국(諸國)의 독립이 잇달아 이루어지는 1950년대에 콩고에서도 독립의 기운이 높아졌다. 벨기에 정부는 독립 요구를 깨끗하게 인정해 1960년 6월 30일에 콩고는 독립했다. 하지만 반정부 운동과 그에 맞선 탄압, 그리고 그 반발로서의 피식민지인들의 단결 과정 없이 얻어진 독립은 충분한 정치 기반을 갖지 않은 채 콩고 사람들을 또다시 내팽개치는 결과가 되었다. 5년간에 걸친 '콩고 동란'으로 식민지 시대에 불완전하나마 아프리카의 제2의 공업국으로서의 산업기반도 잃어버렸다. 나중에는 국제 정치에도 국가 운영에도 적응이 안 된 콩고 사람들만이 남겨지고 말았다.

선의의 끝에 — 왕정의 말로

유럽에서 자선가로 알려져 있던 레오폴트 2세는 콩고인들에게도 인정을 베풀고자 했다. '식민지 행정관에게는 현지 사람들에게 폭력을 행사하지 말라'는 명령을 반복해서 내렸다. 그러는 한편 콩고의 생산량을 떨어뜨리지 말라고 명령하기도 했다. 현지 관리자는 이 모순된 명령을 절반만 실행했다. 즉 전자는 무시했고 후자에 대해서는 잘 지켰다.

콩고의 비극은 분명 '선의의 자선가' 레오폴트 2세 때문이었다. 그는 물론이고 콩고의 독립을 인정한 벨기에인들에게 악의가 있었던 것은 아니지만 '선에서는 선이 악에서는 악이 생겨나는 게 아니라 종종 그 반대가 진실'이라는 독일의 사회학자 막스 베버의 말처럼 사려 깊지 않은 신(神)의 선의는 사려 깊은 악마를 능가하는 악행을 낳는다는 실례가 되었다.

또한 이 일은 왕에 의한 통치가 이미 과거의 것임을 입증하기도 했다. 왕의 시대는 분명히 끝나가고 있었다.

NIKOLAI II
니콜라이 2세

러시아의 마지막 황제

DATA
생몰 : 1868~1918
재위 : 1894~1917
지역 : 러시아
왕조 : 로마노프 왕조

1917년, 제1차 세계대전에 지친 러시아에는 혁명이 발발했다. 황제 니콜라이는 왕위에서 쫓겨나 총살당했다. 왕의 시대는 끝났고 독일 제국과 마찬가지로 러시아 제국도 붕괴된 것이다.

배경 — 제정의 위기

19세기 말의 러시아는 점차 자본주의화되고 있었다. 그 때문에 노동자들은 서유럽에 비해서 훨씬 열악한 노동 조건하에 있었으며, 혁명의 기운은 점점 무르익어 갔다. 그런 상황에 대해 당시의 황제 알렉산드르 3세는 끝까지 강경한 자세를 흐트러뜨리지 않았다. 그는 러시아의 마지막 전제 군주였다.

새 황제 — 니콜라이 2세

알렉산드르가 죽자 아들이 뒤를 이었으니, 그가 러시아의 마지막 황제 니콜라이 2세였다. 전제 군주라기보다는 예술가, 예술가라기보다는 호사가였던 그는 영화·자동차·그림·사진 등이 취미였다. 신앙이 깊고 성실하며 조심성이 많았으나 소극적이었다. 항상 상냥하고 수줍은 듯한 그는 조금은 쓸쓸해 보이는 미소를 짓곤 했다. 사람을 앞에 놓고는 험담을 하지 못하는 성격이어서 '황제의 부름을 받고 찾아간 대신은 황제와 기분 좋게 대화한 후에 별실로 물러나면 그곳에서 자신이 면직당했다는 소식을 알게 되었다'고 한다. 니콜라이는 혁명을 받아들이는 데도 혁명을 제압하는 데도 맞지 않는 사람이었다. 그리고 불운한 황제였다.

운명　계속되어가는 불운

황태자 시절에 일본을 방문했을 때는 츠루다라는 순사가 치고 덤벼들어 하마터면 죽을 뻔했다.

황제 대관식에는 관례대로 국민들에게 모스크바 교외에서 술이 대접되었다. 밀려드는 인파로 사람들은 장기짝 넘어지듯 하였고 압사자가 다수 발생했다. 하필이면 그때 황제는 프랑스 대사관에서 초대하는 무도회에 가 있어 국민들에게 냉혹하다는 소문이 퍼졌다.

즉위 직후에 일본과 전쟁을 시작했다. 전황은 러시아에 불리하게 돌아갔고 군 수뇌가 황족이었기 때문에 로마노프 왕조 그 자체가 비판을 받았다.

그런 어느 날, 무거운 세금에 괴로워하는 페테르부르크의 노동자들이 교회 깃발을 앞세우고 황제에게 청원하러 왔다. 군 당국은 어리석게도 청원 행진을 향해 발포하는 실수를 저질렀다. 이른바 '피의 일요일' 사건이었다.

사건의 경위가 전해지자 전국에 동맹 파업과 농민 반란이 일어났다. 1905년에 일어난 혁명이었다. 황제 측근들은 할 수 없이 일단 국회 개설 요구를 받아들여 그후에 온갖 수단 방법으로 국회를 유명무실화하여 그 상황을 극복해 나갔다.

이 일이 있은 직후에 제1차 세계대전이 발발했다. 러시아는 독일 · 오스트리아와 싸웠는데, 국민의 전의(戰意)는 낮았고 군은 패배를 거듭했다. 이때 정치에 염증이 난 황제는 라스푸틴(종종 사기꾼, 최면술사 등으로 불린다. 황태자의 백혈병을 괴이한 기도 요법으로 일시적으로 저지하여 황제,황후로부터 두터운 신뢰를 받았다)이라 불리는 기독교 행자(行者)를 중용하여 가족이 모두 기도에 빠져 생활했다.

얼마 후 두 번째 혁명이 일어났다. 혁명은 즉시 정전(停戰)을 강조하여 사람들의 마음을 사로잡았다. 이번에는 국회를 유명무실화하는 방법으로 극복할 수는 없었다. 황제는 퇴위 후 붙잡혀 곧 우랄 산중으로 보내졌다.

종말 — 마지막 일기

산중의 저택에서 황제는 '시민 로마노프'라 불렸다. 저택의 경비병들은 황녀들에게 자주 피아노를 쳐달라고 부탁했는데 좋아하는 곡은 '옛 제도를 잊어버리자'나 '너는 투쟁의 희생자로서 쓰러졌다'였다. 그런 중에 황제는 평소의 그 쓸쓸한 표정으로 일기를 계속 썼다. 마지막 페이지에는 이렇게 쓰여 있다.

"기후는 따뜻하고 쾌적하다. 밖에서 전해지는 소식은 아무것도 없다."

3일 후에 황제 일가는 총살당했다.

빌헬름 2세

WILHELM II

세계대전의 주역

DATA
- 생몰 : 1868~1918
- 재위 : 1888~1918
- 지역 : 독일
- 왕조 : 독일 제국(諸國)

20세기 초, 유럽은 세계를 지배하고 그 영화는 영원히 계속되는 듯싶었다. 그러나 한 발의 총성이 그 꿈을 산산조각냈다.

배경 — 비스마르크 시대

비스마르크는 독일을 통일할 때까지 많은 전쟁을 치렀다. 그러나 통일 후에는 마치 딴 사람처럼 평화 애호가가 되었다. 러시아와 터키의 전쟁이 원인이 되어 유럽에 대전(大戰)이 일어날 기미가 보이자 소동을 진정시키기 위해 활동하여 마침내 베를린 국제회의에서 전쟁을 저지시켰다. 그리고 프랑스를 꼼짝 못하게 하려고 다른 국가들과 손을 잡았다. 외교에서 이렇듯 대성공을 거둔 비스마르크도 내정에서는 실패했다. 카톨릭 교회와 사회주의 운동 모두를 압박한 것이 실패의 원인이었고, 그는 점차 국내의 지지 기반을 잃어갔다.

새 황제 — 빌헬름 2세

빌헬름 1세가 타계한 후 새 황제 프리드리히 3세도 3개월 만에 죽고 말았다. 빌헬름 1세의 손자 빌헬름 2세가 즉위했는데 할아버지보다 훨씬 멋진 카이사르의 수염을 길렀고 비스마르크보다 한층 더 자부심이 강한 젊은이였다. 황제와 비스마르크는 사사건건 충돌하다가 마침내 비스마르크가 사임했다. 이에 대해 황제는 이렇게 말했다.

"나는 할아버지를 다시 잃은 것처럼 슬프다. 그러나 신의 가호로 슬픔을 견뎌야만 한다. 항로, 본래와 같이 전속 전진(前進)!"

그러나 국민들은 황제의 말을 믿지 않았다. 황제가 전속 전진은 하겠지만 항로는 원래와 같지 않을 것이라 생각했다. 그리고 그들의 예상은 빗나가지 않았다.

이변 — 함대를 만들다

황제가 추진하는 외교 정책의 근간은 베를린 · 콘스탄티노플 · 바그다드 사이에 철도를 건설하는 것이었다. 중동 · 인도 방면으로 진출하고자 함이었는데, 이것이 화근이었다. 프랑스뿐 아니라 영국까지도 적으로 만들어 버렸기 때문이다. 그래도 황제는 세 항로를 전진했다. 영국과 대항하기 위해 독일이 일찍이 가진 적이 없는 것, 곧 대함대를 가지려 했다. 해상(海相) 티르피츠의 명령하에 함대가 만들어지기 시작했다. 일이 한번 시작되자 도중에 멈출 수가 없었다. 함대의 건조는 크루프 등을 시작으로 하는 군수 산업의 이익과 관련되어 있었고 독일은 공업 자본가 없이는 유지되기 어려웠다. 황제와 티르피츠는 독일을 되돌릴 수 없는 길, 영국과의 전쟁으로 몰아넣었다. 훗날 나치 독일은 비스마르크와 티르피츠라는 두 척의 전함을 보유하고 있었는데, 비스마르크가 자기 이름이 티르피츠와 나란히 있는 것을 보았더라면 진심으로 분개했을 것이다.

전쟁의 시작 — '나뭇잎이 떨어질 때까지'

1914년 8월 전쟁이 시작되었다. 오스트리아 · 터키 등은 독일 편에 섰고 러시아 · 이탈리아 등은 영국과 프랑스 편에 섰다. 결국 독일은 동서 양쪽에서 대적(大敵)과 맞서 싸워야 했다.

처음에는 모두 사태를 대수롭지 않게 여겼던 것 같다. '나뭇잎이 떨어질 때까지 이길 수 있을 것'이라고 예측했다. '모든 참모장이 공격 계획을 갖고 있었고 그리고 공격 계획밖에 갖지 않았다'. 러일 전쟁에서 기관총이 맹위를 떨쳤던 일은 잊혀져 있었다. '당사자는 일본인과 러시아인이고 그들이 뭘 안다고 하는 것이냐?'라고 하지만 실제로 시작해 보았더니 사정은 크게 달랐다. 참호와 기관총, 그리고 공격측 보병의 시야에 들어가지 않는 지점으로부터 삼각 측량을 사용해 연달아 발사되는 크루프사(社)의 야포……. 이 삼자의 조합은 모든 공격 계획을 무효로 만들었다. (크루프사의 대포라면 독일의 전매특허일 것이라는 의견도 있을지 모르겠지만, 크루프는 편협한 국가주의에 사로잡힐 회사는 아니었다).

계속되는 전쟁 — 누가 처음으로 무너지는가

자연히 전쟁은 장기화되었다. 그러나 독일도 영국도 프랑스도 증세(增稅)를 하려고 하지 않았고, 국채(國債) 발행으로 전쟁 비용을 조달했다. 모두가 '전쟁에 이겨 배상금으로 채산을 맞추려고' 생각하고 있었던 까닭이다. 전쟁은 영원히 계속될 듯이 보였다.

그러나 지상의 만물에 영원이란 없는 법. 먼저 러시아가 녹초가 되었다. 이미 파탄을 초래했던 제정(帝政)은 전쟁을 견디지 못해 혁명이 일어났고, 그 결과 사회주의 정권이 수립되었다. 새 정권의 실권을 쥔 레닌은 즉시 정전(停戰)을 호소했다. 만약 전쟁을 계속하려고 하면 러시아 국민들은 '또 다음 정부'를 선택할지도 모르기 때문이었다. 독일은 레닌의 약점을 잡아 브레스트리토프스크 강화 조약(1918년 러시아 혁명으로 성립된 러시아의 소비에트 정부가 제1차 세계대전 중의 교전국인 독일·오스트리아·불가리아·터키 등과 체결한 굴욕적인 조약. 이에 따라 러시아는 전쟁에서 이탈하고, 영국·프랑스·미국·일본 등 연합국은 이에 대한 응징으로 대소對蘇간섭전쟁까지 일으켰다.)으로 거대한 영토를 나눠 가졌다. 러시아의 혁명가 중 한 사람인 라데크는 '어느 날인가 연합국은 제군(諸君)들에게 브레스트리토프스크를 부과할 것이다'라는 말을 남겼다.

마침 그때 미국이 영국, 프랑스 편에 서서 독일에 선전포고를 하면서 전쟁은 마지막 국면을 맞이하게 되었다.

종전   스피드 레이스

1918년은 속도 경주가 되었다. 2정면 작전으로부터 개방된 독일이 동부의 병력을 서부로 돌려 대공세로 프랑스군을 분쇄하는 것이 빠른가, 아니면 미국이 본격적인 육군을 만들어 유럽에 상륙하게 하는 것이 빠른가. 빌헬름 2세의 독일은 마지막 도박을 했다.

그리고 결국 방어는 공격을 이겼다. 1918년 공세로 독일은 '침투전술'이라 불리는 새 전술을 내보냈다. 그것은 집중 포격으로 적의 전선에 작은 구멍을 뚫고 거기에서 정예보병이 일점(一點) 돌파, 후방의 포병·사령부를 공격한다는 것이었다. 그러나 이 새 전술로도 결정적인 승리를 얻지는 못했다. (이 전술과 영국·프랑스가 투입한 신병기인 탱크를 조합하면 제2차 세계대전에서 독일이 사용한 전격전이 된다. 그러나 침투 또는 탱크만으로는 아직 공격이 방어를 이기지는 못했다).

점차 패색이 짙어가는 독일에서 장관들은 '연합국은 군국주의 독일을 학대할 것'이라고 얘기했다. 군대의 사실상 총사령관이던 루덴도르프는 '좋아, 최고 사령부 명령으로 오늘부터 민주주의다'라는 염치없는 생각을 내놓았다. 꼭두각시 내각을 만들어 자유주의자와 사회민주주의자들을 입각시킨다는 것이었다. 이것이 잘못이었다. 민주주의는 장식에 불과했는데 국민들은 민주주의에 관한 정치 논쟁을 시작했고, 군항에서는 폭동이 일어났다. 빌헬름 2세는 도망가기로 했다. 어용(御用) 열차에서 자동차로 갈아타고 네덜란드로 도망갔다. 몇 시간 후에 국경 넘는 것을 허락받고 1918년 11월 11일, 프로이센 왕위와 독일 황제자리에서 물러나겠다고 서명했다. 이후 1941년에 목숨이 다할 때까지 독일의 광대한 황실 땅에서 수입은 있었지만 자기 자신은 두 번 다시 독일을 방문하는 일은 없었다.

후일담 — 제2차 세계대전

제1차 세계대전은 왕과 황제가 전쟁을 지휘했던 마지막 전쟁이었다. 나중의 제2차 세계대전에서는 어느 나라의 왕은 독재자를 쿠데타로 끌어내릴 때의 장식으로 이용되었을 뿐이었다. 어느 나라의 왕의 입장은 전후(戰後) 일체의 전쟁 책임을 지지 않아도 될 정도로 애매했다. 어떤 나라에서는 왕국을 자칭하면서도 왕은 국내에 들어올 수 없고 오로지 섭정(攝政)이 수상과 손잡고 실권을 쥐었다.

제1차 세계대전은 왕들의 시대의 종말을 고하는 것이었다.

JOHN FITZGERALD KENNEDY

J·F·케네디

민주국가의 왕조

DATA
생몰 : 1917~1963
재직 : 1960~1963
지역 : 미국
왕조 : 케네디 왕조(?)

왕권이라는 픽션이 의미를 상실한 20세기 후반, 민주국가의 대표인 미합중국에서 왕조를 세우려 했던 사람이 있었다. 그리고 그 남자의 망집(妄執)은 전세계가 아는 비극의 계기가 되었다.

태생 — 이민자의 아들로서

근대 민주주의의 특징은 혈통에 의한 지배를 부정한다는 데 있다. 그것은 근대 민주주의가 국민들이 지지한 사람에게 권력을 주는 제도이기 때문이다. 하지만 민주주의 제도는 유지하면서 국민들이 특정한 혈통에 대해 지지를 계속한다면 그것은 왕조라고 부를 만하지 않은가? 이것은 20세기 후반에, 그것도 민주주의의 대표적 국가 미합중국에서 일어난 왕조 성립에 관한 일화이다.

JFK의 가계—케네디가(家)—는 아일랜드 출신이다. 1849년 JFK의 증조부 대에 미국으로 건너왔다. 이 무렵 아일랜드에 기근이 일어나 미국으로 이민 오는 사람들이 급증했고, 그의 증조부 패트릭도 신대륙으로 건너 온 이민자 중 한 사람이었다.

이주한 지 얼마 안 되어 패트릭은 콜레라에 걸려 사망했다. 그 아들(JFK의 조부) 패트릭 조지프 케네디는 스카치 위스키를 수입하여 부를 쌓았고 20대에 매사추세츠 주(州)의 주의회 의원이 되었다.

그 뒤를 이은 것이 JFK의 아버지, 조지프 패트릭 케네디였다. 그리고 그가 '케네디 왕조'를 만들어 냈다.

배경 ― 차별과 단결

당시에 아일랜드인들은 정복자이며 지배자인 영국인(보다 정확하게는 잉글랜드인)에 의한 지배와 차별을 받고 있었다. 그 관계는 미국에서도 마찬가지였고 그런 까닭에 아일랜드계 이민자들은 사회적 결속력이 강했다. 조지프 패트릭은 부를 축적하여 '진짜 미국 시민'이 되려 했지만 그것만으로는 인종 차별의 벽을 깰 수 없음을 알게 되었다. 그래서 조지프 패트릭은 아일랜드계 이민들의 강한 결속력을 지지 기반으로 삼아 아버지에 이어 주의회 의원에 당선되었다.

조지프 패트릭은 미국의 금주법 시대에 약용 종주(藥用種酒)로서 스카치를 계속 수입하여 막대한 재산을 모았다. 그는 그 부를 이용해 1932년 대통령 후

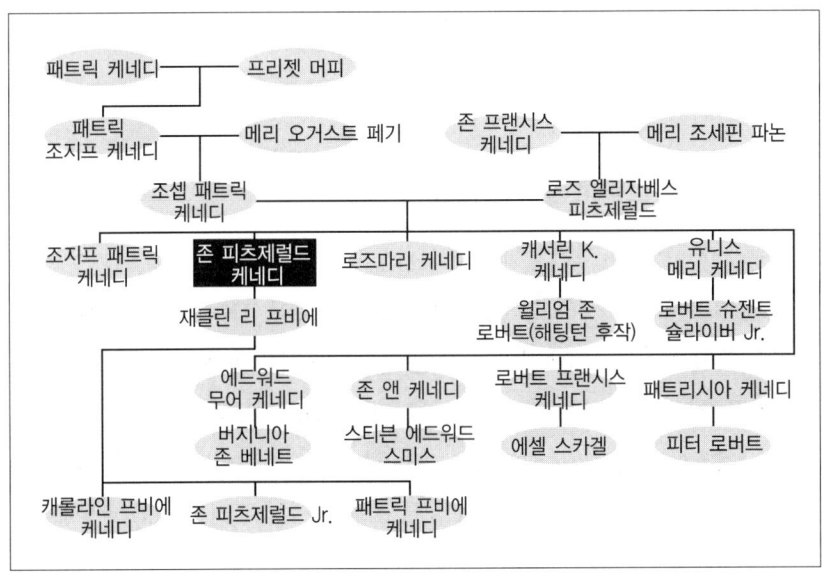

케네디 가계도

보 프랭클린 루스벨트에게 막대한 자금을 원조했다. 패트릭은 그 공적을 인정받아 1937년 루스벨트 정권하에서 영국대사로 임명된다.

조지프 패트릭 케네디 대사 조부의 출신지인 아일랜드는 당시에 섬 전체가 영국의 식민지였었다. 케네디는 그 조상 대대로의 적국(敵國)에 대사로 부임한 것이었다.

그런 이유 때문인지, 아니면 조지프 패트릭에게 정치적 감각이 없었기 때문인지, 그는 당시에 유럽에서 대두되고 있던 파시즘, 특히 나치스에 대한 정확한 정보를 본국에 보내지 못했다. 그 결과 처칠에게 무시당했고 루스벨트에게 냉대를 받았다. 그것은 정치가 조지프 패트릭의 실각을 의미했다. 그는 스스로가 미국의 대통령이 될 가능성을 잃어버리고 말았다.

하지만 그는 좌절하지 않았다. 조지프 패트릭은 '미국 대통령이 된다'는 자신의 야망을 아들들에게 잇게 하기로 했다. 이것이 '케네디 왕조'라는 야망의 시작이었다.

형의 죽음 그리고 찾아온 운명

비극은 갑자기 찾아왔다. 제2차 세계대전이 발발하고 미국은 태평양과 대서양 양쪽에서 계속 싸우고 있었다. 1944년 8월 12일, JFK의 형인 조지프 패트릭 주니어가 제2차 세계대전 중에 독일 전선에서 사망했다.

조지프 패트릭 주니어의 죽음은 아버지 조지프 패트릭의 가훈 '케네디가(家)에 지는 개는 필요 없다. 이기는 개만 있으면 된다'는 사상의 체현(體現)이었다고 할 수 있다. 그도 그럴 것이 동생 존 피츠제럴드 케네디(JFK)가 태평양전쟁에서 영웅이 되었기에 조지프 패트릭 주니어의 위험 임무에 지원해야 하는 입장에 몰렸기 때문이다. 그 임무는 영국으로부터 대륙에 있는 V1 로케 발사 기지를 폭격하는 것이었다. JFK의 형이며 케네디 일가에서 최고가 아니면 안 된다고 강요받던 조지프 패트릭 주니어는 아버지의 가르침에 순종했고 다시는 돌아오지 못했다. 그래도 아버지 조지프 패트릭은 좌절하지 않았다.

장남은 사망해도 차남이 있었다. JFK는 케네디가의 대표로서 대통령이 되어야만 했다.

대통령선거 — 뛰어난 재능과 수완

선조에게서 물려받은 지반(地盤)이 있다고는 하지만 대통령 후보로 JFK의 정치 기반은 도저히 안정되어 있다고 말하기는 어려웠다. 우선 JFK는 아일랜드계의 이민으로서 카톨릭 신자였다. 이것은 앵글로 색슨계의 프로테스탄트

가 많은 미국에서는 소수파라는 의미이다. 게다가 상대 후보는 거물 닉슨이었다. 닉슨은 아이젠하워 대통령 시절에 부통령을 지냈고 그 견실한 정치 수완에는 정평이 나 있었다. 적어도 1950년대의 미국 황금 시대를 아는 사람들이 공화당의 닉슨에게서 민주당에서 입후보한 풋내기에게로 안장을 바꿀 필요는 없었다.

이 상황에 JFK는 어떻게 애처했을까? 그는 속임수와 계책을 쓰지 않고 여러 난제들을 정면 돌파했다.

우선 JFK는 '나는 카톨릭을 대표하여 대통령 후보가 된 것은 아니다'라고 선언하고 종교문제에 일단락을 지었다. 그리고 남부에 지지 기반을 가진 린든 B. 존슨을 부통령 후보로 맞이하여 남부의 보수층을 자기 쪽으로 끌어들였다.

또한 닉슨과의 TV토론회에서는 화면을 잘 받는 메이크업을 하여 젊음과 파워를 강조했다. 많은 시청자들이 보고 있는 앞에서, 지쳐 보였던 닉슨(그는 직전까지 연설회를 했다)에 비해 JFK는 젊고 힘차 보였다. 미국 사회에서 이 전략은 효과가 있었다. 나중에 미국 대통령 선거에서 TV토론이 중시되는 계기가 되었다.

결정적이었던 것은 1960년 9월에 일어난 킹 목사 체포 사건에 대한 신속한 대처였다. 당시의 미국 남부에서는 흑인 인권 운동이 한창이었고 킹 목사는 그 운동의 대표자이자 상징이었다. 목사를 못마땅해 하던 조지아 주(州) 경찰은 연좌 항의운동을 하던 킹 목사를 부당하게 장기간 구속했다. JFK는 이 보고를 받자 즉시 킹 목사의 부인에게 격려 전화를 걸었고 JFK의 동생 로버트 케네디는 조지아 주지사에게 목사를 석방시키도록 손을 썼다. 마침내 킹 목사가 석방되었을 때 JFK(케네디가)의 결단력과 행동력이 미국 전체에 알려지게 되었고, 1960년의 대통령 선거에서 JFK는 대통령에 당선되었다. 그의 나이 불과 마흔세 살 때의 일이었다.

암살   그리고 비극은 찾아왔다

　1960년대에 접어든 미국은 황금 시대에 그늘이 보이기 시작했다. 밖으로 소비에트와의 냉전을 하면서 안으로는 남부의 인종 문제를 안고 있었다. 그런 와중에 JFK는 외우내환(外憂內患)들을 하나하나 극복해 나갔다.

　핵전쟁 직전까지 간 쿠바 위기를 오히려 미국·소련의 긴장 완화의 기초를 만드는 계기로 만든 것도, 남부의 보수층을 설득하고 흑인 차별 철폐를 위해 활동한 것도 모두 JFK의 지략과 행동력에 의한 것이었다.

　하지만 유능한 인물은 시기를 받고 개혁의 성공은 반동을 낳는 법이다. 1963년 11월 22일 텍사스주(州) 댈러스에서 JFK는 암살당했다. 범인이나 목적에 관해서는 여러 가지 설이 있으며 다양한 출판물과 미디어에서 이 문제가 다루어졌다. 무엇보다 이 책의 취지와 직접 관계가 없으므로 암살사건에 관한 상세한 얘기는 언급하지 않겠지만 어쨌든 JFK가 반대파 인물이나 조직에 의해 암살당한 것만은 확실하다.

　JFK는 결코 아버지의 장난감은 아니었다. 예를 들면 조지프 패트릭은 친(親)나치적 정책을 취했던 영국 수상 체임벌린을 지지했지만, JFK는 체임벌린의 정적(政敵) 처칠을 평생 존경하였다. 1950년대에 미국에서 세차게 불었던 '공산주의자 검거' 열풍, 이때 조지프 패트릭은 검거의 주역 조 매카시를 지지했지만 JFK는 매카시의 견책(譴責) 결의에 찬성했다.

　조지프 패트릭의 힘이 없었다면 JFK는 대통령이 되지 못했을지도 모른다. 반면에 아버지의 망집(妄執)이 JFK에게는 '해(害)'가 되지 않았는가 하는 의문도 든다. JFK의 가장 큰 불행은 조지프 패트릭의 아들로 태어났으면서 대통령으로서의 능력과 재주와 직관력이 넘쳤다는 것일지도 모른다. JFK이 좀더 나이 들었고 충분한 지지 기반을 갖고 있었더라면, 그리고 일의 진행이 조금 더

느슨했다면, 반대로 무능하고 만만한 사람이었다면 암살당하지 않았을 수도 있기 때문이다.

종지부 — 망집의 왕조

JFK가 암살당했어도 아버지 조지프 패트릭은 끝내 야망을 버리지 않았다. JFK의 남동생이며 JFK 정권 시대에 법무장관이던 로버트 케네디를 대통령으로 만들려 했다. 진정한 의미에서 '케네디 왕조'라는 사회적 존재가 탄생한 것은 이때인지도 모른다.

로버트는 형 이상으로 총명했고 대중들에게 인기가 있었으며 또한 결벽(潔癖)한 사람으로 알려져 있었다. 정치가로서의 실적도 인권 운동에 대한 대응이나 법무장관 시절의 마피아와의 대결 등에서 충분히 쌓아 놓고 있었다. 로버트가 대통령이 되었다 해도 (어떠한 대통령이 되었을까는 별개로) 그 자체는 그리 부자연스러운 일은 아니었을 것이다. 그렇게 미국에 형제 대통령이 탄생할 듯이 보였다. 하지만 1968년 대통령 선거에 입후보한 로버트가 형과 마찬가지로 암살자의 흉탄에 쓰러져 그 꿈이 실현되지 못했다.

이것으로 그 유명한 조지프 패트릭의 야망도 무너져, 케네디 왕조는 망집(妄執) 안에만 존재하는 것이 되어 버렸다.

그러나 아직도 케네디 일가 사람들은 주(州) 의회 의원 등 정치가로서 활동하고 있다. 또한 케네디가(家)의 가십은 미국 대중지의 뉴스 소재로서 자주 다루어지고 있기도 하다. 미국인들이 JFK 가문에 관심을 갖고 있다는 것 또한 현실이다. 앞으로 케네디가에서 대통령이 탄생할 것인가? 한 혈통에 권력을 계속 준다는 것이 있을 수 있는가? 그것은 민주주의라는 이름에 어울리는가? 그렇지 않으면 왕조로의 회귀인가? 미래는 아무도 모른다.

JFK와 태평양 전쟁

JFK는 독일 전선으로 떠난 형과 반대로 태평양 전쟁에 배속되어 어뢰정(魚雷艇)의 함장이 되었다. 1943년 8월 1일, JFK가 타고 있던 어뢰정 PT-109가 안개 속을 항해하던 도중에 일본의 구축함 천무(天霧)와 충돌하여 선체가 두 동강나는 사건이 발생했다.

JFK는 부상당한 부하 병사를 도와 근처의 섬에 헤엄쳐 도착했다. 그리고 한번은 수영해 우군(友軍)의 구조선을 찾으러 갔다. '상어에게 고환(睾丸)이 먹힐까 봐 배영으로 헤엄쳤다'고 한다. 구조선은 보이지 않았고 JFK가 섬으로 되돌아왔더니 근처의 섬 주민들이 카누를 저어 JFK 일행이 표착(漂着)한 섬으로 와 있었다. JFK는 그들에게 코코넛 열매에 메시지를 써서 건넸다. 7일 후에 구조대가 와서 JFK와 부하는 구출되었다.

이 사건에 대해서 동료인 어뢰정의 함장은 다음과 같이 언급했다.

"이것은 작은 강이 아니고 큰바다이다. 케네디는 세계에서 가장 좁은 곳에서도 회전할 수 있는 배를 타고 있었고, 마력도 충분했을 것이다. 어떻게 해서든 배를 움직일 수 있었는데 새하얀 투구와 갑옷을 걸친 이 기사님은 자기 PT보트를 적의 구축함에 보기 좋게 파괴당하고 말았다."

하지만 전쟁터의 우상을 찾고 있던 매스컴은 영국 대사의 아들이 일으킨 이 사건을 이용했다. 이리하여 JFK는 영웅이 되었다.

> 요약
제왕의 황혼

마지막에 남는 왕은 4명일지도 모른다

— 찰스 영국 황태자, 영국에서 왕정이 폐지될
가능성을 시사하며

새로운 신화

18세기 말부터 19세기, 이때 세계를 정복하고 있었던 것은 영국이다. 산업혁명의 첨단을 달리며 해외 식민지가 생산하는 부와 강력한 해군력을 가진 이 나라는 세계의 여왕으로서 군림했다. 영국의 압도적인 힘 앞에 처음으로 비명을 지른 나라는 프랑스였다. 18세기 말에 프랑스의 자본가들은 영국으로부터 자국의 산업을 보호하도록 요청했는데 루이 16세는 그에 응할 수 없었다. 그 결과 혁명이 일어나 나폴레옹 1세가 등장하게 된다.

프랑스 혁명은 나폴레옹 전쟁에 의해 유럽 전역으로 번져나갔다. 이 전쟁은 여러 나라 국민들을 자극했다. '이대로는 세계의 추세에 혼자 뒤떨어질지도 모른다'는 공포감이 자리잡았다. 살아남기 위한 가장 명확한 방법은 영국 같은 국가를 만드는 것이었다. 전세계는 영국의 정치와 경제 구조를 모방하기 시작했다.

1860년 전세계에서 '뒤처진 자본주의국'이 완성되었다. 러시아의 농노해방, 이탈리아 왕국의 건국, 일본의 명치유신, 그리고 다소 늦게 1871년의 프로이센·프랑스전쟁에 의한 통일 독일의 성립. 이 국가들에서 국가 통일의 상징이 된 것은 국왕이었다. 그러나 이 중에서 현재도 왕정이 남아 있는 것은 일본뿐이다. 그도 그럴 것이 이 국가들은 의회와 헌법은 존재했지만(러시아에는 헌법도 없었지만) 왕들이 실권을 쥐고 있었고, 건국 왕의 계승자들은 그 권력을 잘 사용하지 못했다. 결국 정치적 실권을 쥔 왕들의 자손은 19세기 말부터 20세기에 걸친 격동을 헤쳐 나가지 못했다.

　프랑스 혁명과 그전에 일어난 미국 독립 혁명은 새로운 건국 전설의 유형도 만들어 냈다. 그것은 '민중 의한 포악한 왕정의 타도'라는 신화였다. '자유·평등·박애'를 슬로건으로 하는 근대 민주주의는 새로운 보편적 사상으로서 현재도 (주로 미국에 의해) 전세계에 퍼져가고 있다. 그리하여 왕들의 시대는 종말을 맞이했다.

그리고 새 시대의 왕정

　왕들이 없어지는 한편 왕정이 부활한 국가도 있다. 1993년 아프리카의 우간다 남부에 있던 간다 왕국에서 무테비 2세라는 왕(카바가)이 즉위했다. 우간다에서는 사회주의 독재 정권이 국내에 있던 전통적인 소왕국을 잇달아 파괴했는데 1966년의 추방으로부터 4반세기를 거쳐 왕정을 부활한 것이다. 물론 카바가는 전통과 문화의 상징이고 정치적인 존재는 아니라고 규정되고 있으므로 반동적인 왕정 부활은 아니었다.

　이것이 정치적인 후진성을 의미하는지 당장 결론을 내리기는 힘들다. 왜냐하면 전세계가 같은 정치 시스템으로 채워진다는 것은 정치적 다양성의 상실을 의미하기도 하기 때문이다. 구미(歐美)가 주도하는 근대 민주주의는 전성기를 누리고 있는 한편 그 한계도 지적되고 있다. 이 시스템이 파탄했을 때 손에 든 카드가 없다는 것은 정말 위험한 일이 아닌가?

　어쨌든 다음 카드가 킹(king)은 아니라고 단언할 수 있는 사람은 없을 것이다.

이 시기에 일어난 역사적 사건

1775	미국 독립 혁명 (~1783)	1919	간디의 반영 불복종 운동이 시작
1789	프랑스 혁명	1922	무솔리니 정권 성립
1861	이탈리아 왕국 성립	1929	세계 경제공황 시작
1861	미국 남북 전쟁 (~1865)	1933	독일에서 히틀러가 수상 취임
1868	일본에서 명치유신	1939	제2차 세계대전 (~1945)
1870	프로이센·프랑스전쟁(~1871), 프랑스가 패하고 나폴레옹 3세 퇴진, 공화제 수립	1945	일본의 히로시마, 나가사키에 핵폭탄 투하
		1945	한반도 독립
1871	독일제국 성립	1948	대한민국 정부 수립
1877	영국령 인도 성립	1949	중화 인민 공화국 성립
1894	청·일전쟁(~1895)	1950	한국 전쟁 발발
1904	러·일전쟁(~1905)	1950	인도 공화국 성립
1912	청(淸)나라가 멸망하고 중화민국 성립	1957	소비에트 연방에서 스푸트니크 1호 발사
1914	제1차 세계대전 (~1918)	1961	독일에서 베를린 봉쇄
1917	러시아 혁명, 소비에트 연방 성립	1962	쿠바 위기
1919	3·1 독립만세 운동	1989	독일의 베를린 장벽 붕괴
1919	상해 임시 정부 수립	1992	소비에트 연방 붕괴
1919	독일에서 바이마르 헌법 성립	1993	우간다에서 왕정 부활

〔참고문헌〕

〈서적〉

아이반호(アイブアンホー(上下), 岩波文庫), スコット
적과 흑(赤と黒(上下), 新潮文庫), スタンダール
미합중국의 탄생1500~1800(アメリカ合衆國の誕生1500~1800, 東京書籍), ノーネル・ファー 佐藤亮一 역
아리스테아 쿡의 미국사(アリステア・クックのアメリカ史, NHK BOOKS), アリステア・クック 鈴木健次・櫻井元雄 공역
이반 뇌제(イブァン雷帝, 中公文庫), トロワイヤ
살아남은 제국 비잔틴(生き殘つた帝國ビザンテイン, 講談社現代新書), 井上浩一
영국 귀족(イギリス貴族, 講談社現代新書), 小林章夫
영국사 2(イギリス史2, みすず書房), G. M. トレブェリアン 大野眞弓 역
영국사 3(イギリス史3, みすず書房), G. M. トレブェリアン 大野眞弓 역
이슬람의 영웅 살라딘(イスラームの英雄サラデイン, 講談社選書メチエ), 佐藤次高
영국 왕실 이야기(イギリス王室物語, 講談社現代新書), 小林章夫
인도 삼국지(インド三國志, 講談社文庫), 陳舜臣
빅토리아 왕조의 성과 결혼(ブィクトリア朝の性と結婚, 中公新書), 度會好一
war game handbook(ウォーゲーム ハンドブック, ホビージャパン), ダニガン
영국 왕비 이야기(英國王妃物語, 河出文庫), 森護
오를레앙의 해방(オルレアンの解放, 白水社), レジーヌ・ペルヌー 高山一彦 편역
개설 영국사(概說イギリス史, 有斐閣選書), 青山吉信・今井宏 편
개설 스페인사(概說スペイン史, 有斐閣選書), 立石博高・若松隆 편
함대 산넘기(艦隊山越え, ケイブンシャノベルス), 豊田穣
미친 왕 루트비히(狂王ルートブイヒ, 中公文庫), デ・カール
클레오파트라-세계 제국을 꿈꾼 여자(クレオパトラ―世界帝國を夢みた女, アリアドネ企

畵), P・ファンデンベルク 坂本明美 역

케네디의 실상(ケネディ その實像を求めて, 講談社現代新書), 井上一馬

커피가 돈다 세계사가 돈다(コーヒーが廻り世界史が廻る, 中公新書), 臼井隆一郎

고대 이집트의 여성들·되살아나는 침묵의 세계(古代エジプトの女性たち・よみがえる沈默の世界, 原書房), ザビ・ハウス 吉村作治・西川厚 공역

고대 그리스-지도로 읽는 세계의 역사(古代ギリシア 地図で讀む世界の歷史, 河出書房新社), ロバート・モアコット 櫻井萬里子 감수 靑木桃子 역

고대 로마의 시민 사회(古代ローマの市民社會, 山川出版社), 島田誠

아이들의 전기 전집-나폴레옹(子どもの傳記全集 ナポレオン, ポプラ社), 久保喬

이 민족이 걸어온 길(この民族が步いた道(4~8卷), さ・え・ら書房)

사이고 타카모리의 모든 것(西鄕隆盛のすべて, 新人物往來社)

최후의 러시아 황제 로마노프 2세의 일기(最後のロシア皇帝 ロマノフ二世の日記, 朝日選書), 保田孝一

세계사 속의 여성들(世界史の中の女性たち, 敎養文庫), 三浦一郎

30년 전쟁사(三十年戰爭史(上下), 岩波文庫), シルレル

300년 후엔 반드시…(三百年したらきっと…, 佑學社), レーリヒ

시저의 대전략(シーザーの大戰略, ビジネス社), 中島悟史

JFK-대통령의 신화와 실상(JFK-大統領の神話と實像, ちくま新書), 松尾 之

흰 사슴(白いシカ, 岩波書店), セレディ

잔 다르크-이단의 성녀(ジャンヌ・ダルク 超異端の聖女, 講談社現代新書), 竹下櫛子

소년소녀 세계의 역사(少年少女世界の歷史(3~9卷), あかね書房)

직업으로서의 정치(職業としての政治, 岩波文庫), マックス・ウェーバー 脇圭平 역

여제 예카테리나(女帝エカテリーナ(上下), 中公文庫), トロワイヤ

여제의 러시아(女帝のロシア, 岩波新書), 小野理子

칭기즈 칸(ジンギスカン, ちくま文庫), フォックス

칭기즈 칸의 비밀(ジンギス・カンの謎, 講談社現代新書), 川崎淳之助

신서 아프리카사(新書アフリカ史, 講談社現代新書), 宮本正興・松田素二 편

신서 서양사 1 문명의 여명기(新書西洋史1 文明の**あけぼの**, 講談社現代新書), 富村傳

신서 서양사 6 인도의 역사-다양의 통일 세계(新書西洋史6 インドの歴史 多様の統一世界, 講談社現代新書), 近藤治

신서 서양사 7 동남아시아의 역사-몬순의 풍토(新書西洋史7 東南アジアの歴史 モンスーンの風土, 講談社現代新書), 永積昭

신서 서양사 8 중앙아시아의 역사-초원과 오아시스의 세계(新書西洋史8 中央アジアの歴史 草原とオアシスの世界, 講談社現代新書), 間野英二

신서 서양사 9 서아시아의 역사-성서와 코란(新書西洋史9 西アジアの歴史 聖書とコーラン, 講談社現代新書), 小玉新次郎

신정복옹자전(新訂福翁自傳, 岩波文庫), 福澤諭吉 富田正文 교정

스코틀랜드 왕국 사화(スコットランド王國史話, 大修館書店), 森護

스코틀랜드 여왕 메리(スコットランド女王メアリ, 中央公論社), アントニア・フレイザー 松本たま 역

도설 세계의 역사 - 별책 세계 역사 지도(圖說世界の歴史 別卷 世界歷史地圖, 學習研究社), 松田知彬

스탈린(スターリン, みすず書房), ドイッチャー

프랑스사 2(フランス史2, 山川出版社), 服部春彦・石引正志 편

생활의 세계 역사1(生活の世界歷史1, 河出書房新社), 三笠宮嵩仁 편

성자(聖者, 岩波文庫), マイエル

성서 대세계사 - 기독교적 세계관이란 무엇인가(聖書VS世界史 キリスト教的世界觀とは何か, 講談社現代新書), 岡崎勝世

서양 기사도 사전(西洋騎士道事典, 原書房), オーデン

서양사(1) 고대 오리엔트(西洋史(1) 古代オリエント, 有斐閣新書), 屋形禎亮 편

서양 복장사(西洋服裝史, 洋飯出版), ジェームズ・レーブァー 飯田晴康 감수 中川晃 역

세계사 지식88(世界史の知88, 新書館), 橫山紘一

세계사 용어 사전(世界史用語辭典, 山川出版社), 全國歷史敎育硏究協議會 편

세계 제왕 계도집(世界帝王系圖集, 近藤出版社), 下津淸太郞 편

세계 각국의 역사-소비에트연방(世界の國ぐにの歷史 ソビエト連邦, 岩崎書店), 小島一仁

세계 각국의 역사-독일(世界の國ぐにの歷史 ドイツ, 岩崎書店), 石出法太

세계 각국의 역사-프랑스(世界の國ぐにの歷史 フランス, 岩崎書店), 梅津通郞

세계의 전쟁3- 이슬람의 전쟁(世界の戰爭3 イスラムの戰爭, 講談社), 車田口義郞 편

세계의 역사(世界の歷史(全24卷), 河出文庫)

세계의 역사 교과서 시리즈-영국Ⅲ(世界の歷史敎科書シリーズ・イギリスⅢ, 帝國書院), L. E. スネルグローブ 今井宏・大久保桂子 역

세계의 역사 교과서 시리즈-영국Ⅳ(世界の歷史敎科書シリーズ・イギリスⅣ, 帝國書院), R. J. クーツ 今井宏・河村貞枝 역

세계의 역사 교과서 시리즈-스페인(世界の歷史敎科書シリーズ・スペイン, 帝國書院), フーリオ・バルデロン イシドーロ・ゴンサーレス マリアーノ・マニェ 神吉敬三・小林一宏 역

세계의 역사 교과서 시리즈-프랑스Ⅱ(世界の歷史敎科書シリーズ・フランスⅡ, 帝國書院), ピエール・ミルザ セルジュ・ベルスタン イブ・ゴーテイエー 尙樹啓太郞 역

세계의 역사 교과서 시리즈-프랑스Ⅲ(世界の歷史敎科書シリーズ・フランスⅢ, 帝國書院), ピエール・ミルザ セルジュ・ベルスタン J.L. モヌロン 尙樹啓太郞・里見元一郞 역

세계 역사 대계・영국사 1-선사~중세-(世界歷史大系・イギリス史-先史~中世-, 山川出版社), 靑山吉信 편

세계 역사 대계 · 독일사 2(世界歷史大系 · ドイツ史2, 山川出版社), 成瀨治 · 山田欣吾 · 木村 靖治편

조로아스터의 신비 사상(ゾロアスターの神秘思想, 講談社現代新書), 岡田明憲

제1차 세계대전(第一次世界大戰, 新評論), 테일러

대위의 딸(大尉の娘, 岩波文庫), 푸시킨

대영제국 쇠망사(大英帝國衰亡史, PHP硏究所), 中西輝政

대영박물관-고대 이집트 백과사전(大英博物館 古代エジプト百科事典, 原書房), 이안 · 쇼 · 폴 · 니콜슨 內田杉彦 역

대제 표트르(大帝ピョートル, 中公文庫), 트로와야

싸우는 합스부르크가(戰うハプスブルク家, 講談社現代新書), 菊池良生

티무르(チムール, 朝日選書), 川崎淳之助

지의 재발견 쌍서11 알렉산더 대왕-미완의 세계 제국(「知の再發見」雙書11 アレクサンダー大王-未完の世界帝國, 創元社), 피에르 · 브리앙 櫻井萬里子 감수 福田素子 역

중공문고판-세계의 역사(中公文庫版 · 世界の歷史(全16卷), 中公文庫)

중세의 콘스탄티노플(中世のコンスタンティノープル, 講談社學術文庫), 橋口倫介

독일 근현대사(ドイツ近現代史, シュプリンガー · フェアラーク東京), 디터 · 라프 松本彰 · 芝野由和 · 淸水正義 역

독일 참모본부(ドイツ參謀本部, 中公新書), 渡部昇一

아주 슬픈 스코틀랜드사(とびきり哀しいスコットランド史, 筑摩書房), 프랑크 · 렌윅 小林章夫 역

터키 민족주의(トルコ民族主義, 講談社現代新書), 坂本勉

나폴레옹 언행록(ナポレオン言行錄, 岩波文庫), オブリ 편

남만의 길 II(南蠻の道II, 朝日新聞社), 司馬遼太郞

인간의 역사(人間の歷史(全3卷), 岩波少年文庫), 이린 세갈

네로-황제이자 신, 예술가이자 어릿광대(ネロ 皇帝にして神, 藝術家にして道化師, 河出書房親社), P. ファンデンベルグ 平井吉男 역

연표 고대 오리엔트사(年表古代オリエント史, 時事通信社), 高橋正男

합스부르크가(ハプスブルク家, 講談社現代新書), 江村洋

합스부르크가의 여인들(ハプスブルク家の女たち, 講談社現代新書), 江村洋

파리 코뮌의 시인들(パリ・コミューンの詩人たち, 新日本新書), 大島博光

푸슈킨 전집5(プーシキン全集5, 河出書房新社)

복원도-세계의 도시(復元透し圖世界の都市, 三省堂), ジム・アントーニュ 桐敷眞次郎 역

프랑스 근대사(フランス近代史, ミネルブア書房), 服部春彦・谷川稔

프랑스사1(フランス史1, 山川出版社), 横山紘一

프랑스의 역사(フランスの歷史, 白水社), 山上正太郎

페르시아 제국(ペルシア帝國, 創元社), ヒュール・ブリアン 小川英雄 역

무희-물거품의 기록(舞姫・うたかたの記, 岩波文庫), 森鷗 외

마녀와 성녀-유럽 근세의 여자들(魔女と聖女 ヨーロッパ中・近世の女たち, 講談社現代新書), 池上俊一

메이지라는 국가(明治という國家(下), NHKBOOKS), 司馬遼太郎

이야기-영국 왕실-민화와 그리스 비극 사이(物語 英國王室 おとぎ話とギリシア悲劇の間, 中公新書), 黑岩徹

이야기 세계의 역사 12-대포왕의 길(物語 世界の歷史12 大砲王への道, 岩崎書店)

몽골제국의 흥망(モンゴル帝國の興亡(上下), 講談社現代新書), 杉山正明

유태인(ユダヤ人, 講談社現代新書), 上田和夫

율리우스 케사르-루비콘 이후-〈로마인 이야기〉V〉(ユリウス・カエサル-ルビコン以後-〈ローマ人の物語V〉, 新潮社), 鹽野七生

율리우스 카이사르-루비콘 이전-〈로마인 이야기〉IV〉(ユリウス・カエサル-ルビコン以前-

〈ローマ人の物語Ⅳ〉, 新潮社), 鹽野七生

요시무라 사쿠지의 고대 이집트 강의록(吉村作治の古代エジプト講義錄上·下, 講談社α文庫), 吉村作治

루이 14세(ルイ14世, 白水社), コベール·メチブイエ 前川貞次郎

루이 보나파르트의 블루메일 18일(ルイ·ボナパルトのブリュメール18日, 國民文庫), マルクス

역사(歷史上·中·下, 岩波文庫), ヘロドトス 松平千秋 역

역사 군상 시리즈- 칭기즈칸(歷史群像シリーズ チンギス·ハーン(上下), 學習研究社)

레 미제라블(レ·ミゼラブル(全四卷), 岩波文庫), ユゴー

로마군의 역사〈세계의 생활사 26〉(ローマ軍の歷史〈世界の生活史26〉, 東京書籍), アシェット版福井芳男·木村尚三郎 역

로마 제국-지도로 읽는 세계의 역사(ローマ帝國 地圖で讀む世界の歷史, 河出書房新社), クリス·スカー 吉村忠典 감수 矢羽野薰 역

로마 제국 쇠망사(ローマ帝國衰亡史(全10卷), ちくま學術文庫), ギボン

로마 제국을 건설한 사람들〈세계의 생활사 4〉(ローマ帝國をきずいた人 〈世界の生活史4〉, 東京書籍), アシェット版福井芳男·木村尚三郎 역

로마는 왜 멸망했는가(ローマはなぜ滅んだか, 講談社現代新書), 弓削達

로스차일드가-유태 국제 재벌의 흥망(ロスチャイルド家 ユダヤ國際財閥の興亡, 講談社現代新書), 橫山三四郎

로마노프가의 최후(ロマノフ家の最後, 中公文庫), サマーズ&マンゴールド

로맨틱 가도를 거닐다(ロマンチック街道に遊ぶ 講談社カルチャーブックスロマン·ロラン全集(10~11卷), みすず書房), 釜本美佐子

〈만화〉

에로이카(エロイカ(全14卷), 中公コミック・スーリ), 池田理代子

애장판 여제 예카테리나(愛藏版 女帝エカテリーナ, 中央公論社), 池田理代子

라인의 황금 루트비히Ⅱ세(ラインの黃金 ルードブイヒⅡ世, アスカ コミックスDX), 氷栗優

〈영화〉

이반 뇌제(イワン雷帝(1946), アルマ・アタ・スタジオ 제작), エイゼンシュテイン 감독

전쟁과 평화(戰爭と平和(上下), モスフィルム 제작), ボンダルチュク 감독

로마노프 왕조의 최후(ロマノフ王朝の最期, モスフィルム 제작), クリモフ 감독

〈잡지기사〉

패배하지 않는 사람들(敗れざる者たち(第1~8回), コマンド・マガジン日本版第10~20號(國際通信社)), 平野茂

서부전선1918(西部戰線1918, コマンド・マガジン日本版第8號(國際通信社)), レイサー

독수리들의 황혼-제1차대전과 러시아 제국의 붕괴-(鷲たちの黃昏-第一次大戰とロシア帝國の崩壞-, コマンド・マガジン日本版第21號(國際通信社)), レイサー

〈양서〉

The Armies of Islam 7th-11th Centuries(Osprey Publishing Ltd), D. Nicolle

Castle Falkenstein(R. Talsorian Games), Pondsmith & Eaken

Encyclopaedia of Islam Vol. I-IV(E. J. Brill Press)

Encyclopaedia of Islam (New Edition) Vol. I-VII(E. J. Brill Press)

Space : 1889(Game Designer's Workshop), F. Chadwick

Talisman(Oxford Univ. Press), W. Scott

[찾아보기]

ㄱ

가우가멜라 61~2
가우마타 39, 42
갈리아 81~7, 112, 118
게르만 82~5, 107, 123, 129, 131, 134, 147, 195, 232
고왕국 23~5
공동 통치 23, 25~9, 89, 96
그나이제나우 307
그라니코스 강 54~5
그레고리우스 7세 152~3
금각만 188, 192
기독교 68, 125~6, 133~4, 153, 155, 165, 195, 333, 336

ㄴ

나치스 346
나폴레옹 1세 298, 352
나폴레옹 3세 310, 318~9, 321, 323
네로 110~2, 117
니케아 공의회 125
니콜라이 2세 335

ㄷ

다르크, 잔 186~7
다리우스 1세 39, 42~3, 68
다리우스 3세 54~5, 58~61
다윗 왕 36~7, 173
독립전쟁 284~5, 289
독립혁명 286
동로마 130, 134~5, 138, 144~7, 149, 155, 183, 188~90, 192, 195~6, 221
디오클레티아누스 123~8
디즈니 324

ㄹ

라르사 12, 14, 16
라스푸틴 336
레닌 341
레오폴트 1세 330
레오폴트 2세 330~4
로도스 섬 54, 78~9
로마 교황 147~9, 152, 164, 173, 176, 194~6, 208, 224
로베스피에르 296, 301
롱기누스 90, 104

363

루이 11세 209~11
루이 14세 246~50, 290, 308
루이 16세 290, 292~7, 307
루트비히 2세 318, 324
리처드 1세 160
림신 12, 14~6

ㅁ

마르크스 323
마리 14, 16, 62
마리우스 72, 74~7
마케도니아 43, 46, 48, 50~7, 59, 93~4, 120, 132
메기도 21, 31
메로빙거 왕조 148
메리 1세 226
메메드 2세 188, 190~2, 196
메소포타미아 12, 14, 17, 28, 33, 113, 118, 120
멤논 54, 56~8
몰트케 307, 314, 316~8
몽골 268, 276
무적함대 212, 217~8, 224, 230
미탄니 21, 28, 33

밀집방진 53, 243

ㅂ

바렌슈타인 240, 244
바빌로니아 12, 14~6, 39, 61
바빌론 12, 14, 18, 61
바투 176~7
발바로스 46
벨리사리우스 140~1
보나파르트, 나폴레옹 298, 300
부르주아 250, 290
부케팔라스 49
브루투스, 마르케스 90, 99, 103~5
블러디 메리 226
블린, 앤 214, 224
비스마르크 313, 315~7, 322, 325, 338, 340
빅토리아 327~9
빌헬름 243, 265, 270, 311, 313, 317~8, 322, 338
빌헬름 2세 318, 338, 342

ㅅ

사산 왕조 페르시아 118, 120, 144, 188

살라딘　157~9, 163~4
삼두정치　303
삼부회　295, 314
30년 전쟁　213, 240, 245, 263, 265
샤를 7세　185~6
샤를마뉴　147, 149~50
샤푸르 1세　118
샴시아다드 1세　14, 16~7
서로마　130~1, 138
선제후　208~9, 244, 252, 265
센무트　29
셀주크 왕조　155, 157, 189
솔로몬　36~7, 68, 189
수메르　12, 14~5, 68
술라　72, 75~8
스메르디스　39, 41
스탠리　331
스튜어트, 메리　227, 229, 231, 234~7, 239, 252~3
신성 로마　134, 152~3, 160, 163, 195, 208, 214, 216, 228~9, 263
십자군　154~5, 157

ㅇ

아다드, 야스마하　16~7
아돌프, 구스타프　213, 241~4, 260
아멘호테프 1세　23
아시리아　12, 14, 16
아우구스투스　106~8, 123
아우렐리우스　117
아이유브 왕조　157~8, 173
아틸라　129~31, 195
알렉산드로스 3세　52, 68, 93
알렉산드리아　89, 91, 94~6, 98, 106, 124
앙투아네트, 마리　212, 290, 292, 296
앨버트　327~8
야스마하　16
에슈눈나　16
엘리자베스 1세　224, 231
여호와　37
예루살렘　117, 133~4, 146, 155, 159, 160, 163, 165
예카테리나　262
예카테리나 2세　271, 305
옥타비아누스　97~9, 101~6, 109~10,

133
올림피아스 47, 51~2
우리아 36
워싱턴, 조지 282~5, 287
원로원 72, 76, 78
월폴, 로버트 255
웰링턴 141, 308~9
유고 310
유대 68, 117, 133~4, 205, 278, 292
유스티니아누스 138~43, 196
유프라테스 강 14
이반 219~21
이반 4세 192, 257
이소스 59
이소크라테스 46
이스라엘 36~7, 163
이슬람 202, 205, 216, 276
이신 14, 16
이푸아메스 23, 29
인더스 강 42~3, 64
인페라토르 106

ㅈ

전제군주 64, 68

절대왕정 207, 227, 251
제1차 세계대전 212, 318, 336, 341, 343
제2차 세계대전 342~3, 346
제노비아 120~2, 133
제임스 1세 239, 252
제임스 6세 239
조지 1세 252~4, 256, 278
조지 3세 284
종교 개혁 226, 232, 234, 240, 276

ㅊ

7년 전쟁 304
칭기즈 칸 165, 167, 169~4, 176, 179, 195

ㅋ

카노사의 굴욕 152, 154
카이사르 68, 72, 74, 76, 78~9, 338
카톨릭 203, 213~4, 216, 226, 228~30, 232, 235, 249, 252, 276, 277, 292, 338, 347~8
칼리굴라 110~1
캄비세스 2세 39
케네디, 존 피츠제럴드 344, 346, 348,

350

케네디 왕조 344, 350

콘스탄티노플 126, 138~9, 143, 340

콘스탄티누스 1세 134

콩고 국제협회 331

크라수스 76

크루프 222, 315~6, 325, 340

클라우디우스 110~1, 123

클레오파트라 7세 89, 91, 94~8

키로스 2세 39, 42~3

ㅌ

태양왕 247, 250~1

테레지아, 마리아 212, 268~9

테무진 167~9, 179

테베 46

테오도라 139~40

트라야누스 113, 115, 133, 135

티그리스 강 12, 19, 62, 113

티루스 60~1

티르피츠 340

티무르 172, 181~4, 190

티베리우스 108, 110~1, 117

ㅍ

파라오 34~5

파르티아 86, 97, 101~2, 107, 113, 118, 144

파리 코뮌 323

팔미라 118, 120~2

페니키아 21, 31, 60, 121, 163

페르난도 2세 200

페르시아 39, 43~4, 46, 50, 52, 54~6, 58~60, 141, 144, 170, 173, 179, 188

페르시아 만 12, 113

펠리시테인 36

폼페이우스 76, 78, 81~2, 84, 86~8, 90~1, 95, 101, 105

퐁파두르 부인 269, 290

표트르 1세 257, 262, 265

표트르 3세 269, 271, 273~4

표트르 대제 223, 271

프랑스 혁명 295~6, 300, 353

프랑크 147~9

프랭클린 286~7, 346

프로테스탄트 216, 224, 226, 232, 235, 249, 252, 276

367

프로티나 115
프리드리히 2세 176, 267, 271, 307, 315
프리드리히 3세 208~9, 265, 338
프린켑스 106~7, 123
피우스, 안토니우스 88, 97~8, 101~5, 106
피핀 147~9
필로파토르 94~5
필리포스 2세 46~8, 50~2, 54

히틀러 324
힉소스 23, 28

ㅎ

하드리아누스 115~7
하인리히 4세 152~3, 214
하트셉수트 23~4, 26~9, 31, 34
합스부르크 208~9, 211~2, 240, 242, 290
헤라클리우스 144~6
헤로도토스 42~3
헨리 8세 213~5
헬레니즘 65, 68, 93
현재의 12
호메로스 52, 54
호스로 2세 144, 188
훈족 129~30